LUIS SELLANO

# Portugiesische Rache

EIN LISSABON-KRIMI



WILHELM HEYNE VERLAG
MÜNCHEN

MIX
Papier aus verantwortungsvollen Quellen
FSC® C083411

Verlagsgruppe Random House FSC® N001967

Vollständige deutsche Erstausgabe 06/2017

Printed in Germany
Redaktion: Tamara Rapp
Umschlaggestaltung: Johannes Wiebel/punchdesign, München,
unter Verwendung von Motiven von shutterstock.com
(Carlos Caetano, Pakhnyushchy, Tetiana Chernykova)
Satz: Satzwerk Huber, Germering
Druck und Bindung: CPI books GmbH, Leck
ISBN: 978-3-453-41945-2

www.heyne.de

*Für meine Eltern*

*»Quem não viu Lisboa, não viu coisa boa!«*
*(Wer Lissabon nicht gesehen hat, hat nichts Schönes gesehen.)*

Portugiesisches Sprichwort

# 1

Henrik Falkner drückte die Hände auf den Bauch des Mannes, der drei Stunden zuvor ein Buch bei ihm gekauft hatte.

Blut quoll zwischen seinen Fingern hervor. Warm pulsierte es aus der Stichwunde gegen seine Handfläche. Dunkel wie Portwein und klebrig wie der Kirschlikör, den sie unten am Largo de São Domingos ausschenkten.

Noch immer fühlte sich niemand dazu veranlasst, die laute Rockmusik runterzudrehen. Brian Johnsons überreizte Stimme dröhnte aus den Lautsprechern, unterlegt von treibenden Beats und den unverkennbaren Gitarrenriffs, die den Weg in die Hölle wiesen.

Der Mann am Boden starrte ihm mit geweitetem Blick entgegen. Aus Augen, so hell wie Gletschereis. Eine ungewöhnliche Farbe, die man in diesem Teil Europas eher selten zu sehen bekam. In dem klaren Blau spiegelte sich eine Mischung aus Vorwurf, Verzweiflung und Todesangst. Gegen keine dieser aufwühlenden Gefühlsregungen konnte Henrik etwas ausrichten, weshalb er dem Blick auswich, bevor ihm dieser ein Loch in die Seele brannte.

Victor hinter dem Tresen telefonierte bereits auffällig lang mit der Notrufzentrale, den Zeigefinger im Ohr, statt einfach nur den Ausschaltknopf der Musikanlage zu betätigen.

*Sie stehen unter Schock. Alle!*

Nicht nur der Barkeeper war mit der Situation überfordert. Die meisten Gäste waren binnen weniger Sekunden panisch nach draußen geflüchtet. Die Verbliebenen waren offenbar zu paralysiert, um davonzurennen. Sie waren von Henrik abgerückt, so weit es der enge Schankraum zuließ. Niemand bot an, Hilfe zu leisten. Was also hielt sie noch hier? Neugier? Er hoffte inständig, dass nicht schon Fotos oder gar Videos gemacht wurden. Sollte er jemanden dabei erwischen, würde er für nichts garantieren können.

Wegen der lauten Musik machte es kaum Sinn, beruhigend auf den Verletzten einzureden. Er hätte schreien müssen, und das schien völlig unangebracht. Also war alles, was er tun konnte, die Hände auf die Wunde zu pressen. Zu pressen und zu beten. Im Stillen feuerte er den Mann an durchzuhalten, als hätte dieser irgendeinen Einfluss darauf, wie viel Blut aus ihm heraussprudeln durfte. Der körperwarme, klebrige Lebenssaft bildete eine Pfütze unter dem Rücken des Verletzten, die mittlerweile so groß war, dass sie Henriks Knie umschloss. Seine Jeans sog die dunkle Flüssigkeit auf, aber er wagte nicht, sein Gewicht zu verlagern.

Endlich nickte ihm Victor zu, signalisierte, dass ein Rettungswagen unterwegs war. Gott sei Dank!

*Und jetzt mach die verfluchte Musik aus!*

Bevor er dem Barkeeper diese Worte entgegenbrüllen konnte, begannen plötzlich die Augenlider des Mannes zu flattern.

Früher hatte Henrik oft vergleichbare Situationen erlebt. Die Aussichtslosigkeit kratzte mit spitzen Nägeln an seinem Zwerchfell. Trotzdem hielt er an der Hoffnung fest, auch wenn es schwerfiel. Das Blut auf dem abgetretenen Dielenboden entsprach optisch wahrscheinlich nicht annähernd der Menge, die es wirklich maß. Ohne Zweifel war es viel. Viel zu viel – und die lebenserhaltenden Funktionen des Mannes reagierten drastisch. Soeben begann es mit unkontrollierten Muskelkontraktionen, die den Körper unter seinen Händen beben ließen und die nahende Ohnmacht ankündigten.

Der Anfall währte nur kurz, dann lag der Körper wieder still. Henrik spürte die Kälte an seinen Fingern, die plötzlich von dem Mann ausging und die eigentlich nur Einbildung sein konnte. Erneut tastete er nach der Halsschlagader und fand einen kaum wahrnehmbaren Puls. Ein Messerstich in den Bauch war extrem gefährlich. Ohne schnellen medizinischen Eingriff bot eine derartige Verletzung kaum Überlebenschancen.

Wo zur Hölle blieb der Notarzt?

Obwohl die Bar Esquina seinem Haus direkt gegenüberlag, hatte er es noch nie in dieses Etablissement geschafft. Jetzt, da die Kälte des heranrückenden Todes die Zeit einzufrieren schien, fragte er sich, warum er ausgerechnet heute hierhergekommen war. Er konnte es natürlich aufs Wetter schieben. Den ganzen Tag waren Schauer über die Stadt gezogen, begleitet von heftigen Böen, sodass er nach Feierabend keinen Drang verspürt hatte, noch hinauf ins Bairro Alto oder auf den Largo do Carmo zu gehen. Genauso wenig wie darauf, alleine zu Hause zu sitzen.

*Zu Hause?*

Seit Kurzem fiel es ihm erstaunlich leicht, die Stadt am Tejo als sein Zuhause zu bezeichnen. Lissabon veränderte sein Leben. Sie freundeten sich an, er und diese Stadt. Jeden Tag ein wenig mehr. Womit er auch jeden Tag einem Zustand näher kam, der die Bezeichnung Zufriedenheit verdiente.

Und nun das! Dieser Mann vor ihm auf dem abgetretenen Boden dieser Musikkneipe, aus dem das Leben sickerte. Das war wie ein Rückschlag. Wie schnell war das heimelige Gefühl der Zufriedenheit dahin. Wie schnell konnte etwas geschehen, das ihn zurück in die Dunkelheit taumeln ließ, aus der er sich gerade zu befreien begann.

Alles war so rasend schnell gegangen. Henrik hatte an der Bar gestanden und auf den Mojito gewartet, den er bei Victor bestellt hatte. Obwohl er vorher nie Gast des Esquina gewesen war, kannte er den Wirt vom Sehen, hatte mit ihm ab und an ein paar Worte gewechselt, wenn sie sich in den vergangenen Wochen zufällig auf der Straße begegnet waren. Meistens, wenn der Kneipenbesitzer die Sonnenschirme mit der Bierreklame aufspannte, welche die vier Tische vor der Bar beschatteten. Flüchtige, nachbarschaftliche Begegnungen, bei denen er immer wieder versprochen hatte, bald mal auf einen Drink reinzuschneien. Bis vor zehn Minuten war heute der passende Moment gewesen, um dieses Versprechen einzulösen.

In dem kleinen Schankraum hatte Gedränge geherrscht. Die Bar besuchten vor allem junge Leute, die gerne ausgelassen bis in den Morgen feierten. Studenten, Hipster, Yuccies, oder wie auch immer diese Generation sich neuerdings zu nennen pflegte. Mit ein Grund, warum Henrik die Bar bisher gemieden hatte. Nicht, dass er sich mit Mitte dreißig zu alt gefühlt hätte, um sich unter diese Leute zu mischen. Er war nur generell nicht der Partygänger und hatte gewiss auch heute nicht vorgehabt, da eine Ausnahme zu machen. Einfach ein Drink oder zwei, um das Gemüt zu beruhigen und die Nachbarschaft zu pflegen.

An den Tresen gelehnt, war er nicht dazu gekommen, auch nur an seinem Mojito zu nippen. Hinter ihm war plötzlich Unruhe aufgeflammt. Rufe hatten die Musik übertönt, gefolgt vom Kreischen einer Frau. Er war herumgefahren. Ein Stuhl kippte um. Leute wichen irritiert zur Seite. Dann taumelte der Mann aus der Menge und ihm direkt in die Arme. Erst als er ihn behutsam auf den Boden legte, sah er das Blut, das sein Hemd tränkte. Henrik hatte den durchnässten Stoff zur Seite geschoben und die Bauchverletzung freigelegt. Es hatte ein paar Sekunden gedauert, bis er den Mann im gedämpften Barlicht wiedererkannte.

Der Verletzte hatte sich bis kurz vor Ladenschluss im Antiquariat aufgehalten und nach langem Herumstöbern ein Buch erstanden. Ein Buch, das zu lesen er keine Gelegenheit mehr bekommen würde.

Überrumpelt von der dringenden Herausforderung, ein Leben zu retten, hatte Henrik zu spät damit begonnen, die Umgebung zu beobachten. Gerade so, als wäre er nach wenigen Monaten schon außer Übung, als wären die Instinkte und Reflexe eingerostet, die er sich über Jahre hinweg in seinem Job antrainiert hatte. Nun drängten die Fragen dafür umso rascher an die Oberfläche. Wer war kurz nach dem Vorfall aus der Bar gestürmt? Wer hatte sich verdächtig verhalten? Was hatte er selbst vor dem Zwischenfall wahrgenommen, ohne zu diesem Zeitpunkt einen Gedanken daran zu verschwenden?

Er studierte die konsternierten Gesichter der Leute, die zurückgeblieben waren. Bemerkte Entsetzen, Angst, Hilflosigkeit. Kein Gast vermittelte ihm den Eindruck zu wissen, was genau vor wenigen Minuten vorgefallen war. Minuten, die sich längst wie Stunden anfühlten.

»Hat jemand gesehen, was passiert ist? Quem era? Wer hat das getan?«, rief er.

Kopfschütteln. Ungelenkes Achselzucken. Ansonsten nur stummes Grauen und Betroffenheit.

Auch Victor hob bloß die Schultern und griff dann endlich nach dem Lautstärkeregler der Musikanlage. Er würgte den Refrain des Rocksongs ab. Für einen Moment dröhnte Henrik die Stille lauter in den Ohren als die Bässe und harten Riffs.

Henrik spürte Schweiß seinen Rücken hinunterlaufen. Empfand die schlaffe Leblosigkeit des Körpers unter seinen Händen. Seine eigene Machtlosigkeit. Das Kreuz tat ihm weh von der angespannten Haltung. Jemand weinte leise. Dann plötzlich flackerte geisterhaft blaues Licht über die Barterrasse ins Innere des Lokals. Was er so verzweifelt herbeigesehnt hatte, versetzte ihm jetzt einen Schrecken. Schon im nächsten Moment folgten hektische Schritte. Eine Hand legte sich auf seine Schulter und drängte ihn grob beiseite. Rotweiß gekleidete Männer schoben sich zwischen ihn und den Verletzten. Er drehte sich weg, wollte auf einmal nicht mehr wissen, ob sein Einsatz sich gelohnt hatte. Niedergeschlagen betrachtete er seine blutverschmierten Finger.

Anstandslos machten ihm die Leute Platz, und er verließ mit gesenktem Kopf die Bar.

# 2

Heißes Wasser prasselte auf ihn herab, ohne dass sich das Gefühl einstellte, endlich sauber zu sein. Das Klingeln an der Tür, während er noch unter der Dusche stand, wirkte wie ein Weckruf. Man musste kein Prophet sein, um zu erraten, wer um diese Zeit noch etwas von ihm wollte. Sie hämmerten bereits gegen die Haustür, als er mit dem Badetuch um die Hüften in den Flur trat. Wenn sie die Eingangstür weiter so bearbeiteten, würde sie aus dem maroden Türstock brechen. Alles an diesem Haus war alt, und er beeilte sich, den Türöffner zu betätigen. Wie eine Horde Büffel trampelten sie die Holzstiege empor. Er war beinahe enttäuscht, dass sie nur zu zweit daherkamen.

»Senhor Falkner?«

»Wer sonst!«, antwortete er.

Wenn ihnen sein Aufzug fragwürdig erschien, ließen sich die beiden Polizisten nichts anmerken.

»Warum haben Sie den Tatort verlassen?«, fragte der ältere, während er seinen Hosenbund samt schwer beladenem Gürtel zurechtrückte. Er war übergewichtig, schwitzte stark und atmete japsend. Sein Gesicht wirkte teigig, das spärliche dunkle Haar hatte er quer über seine Glatze gekämmt. Sein Englisch war gut verständlich, wie bei den meisten Lissabonnern. Mit ein Grund, warum Henrik sich bislang davor hatte drücken können, endlich einen Sprachkurs für Portugiesisch zu belegen.

»Mir war danach, das Blut abzuwaschen«, erklärte er. »Sie hatten ja keine Probleme, mich zu finden.«

»Weil es Zeugen gab, die beobachtet haben, wohin Sie verschwunden sind.«

*Verschwunden!*

Die Aufregung war unbegründet und überzogen. Die Leute in der Rua do Almada wussten mittlerweile, wo der *alemão* wohnte. Was sollte das? »Ich bin nicht abgehauen, ich wollte mich nur frisch machen«, erklärte er spöttisch und wies auf seine mit dem Handtuch umschlungenen Hüften.

Der Dicke verzog keine Miene. Sein junger Kollege, dem bislang kein Wort über die fleischigen Lippen gekommen war, postierte sich so, dass seine breiten Schultern den Zugang zur Treppe versperrte. Sein Kinnbärtchen war fein säuberlich ausrasiert, die Miene steinern. Die rechte Hand lag auf dem Griff der Dienstwaffe. Sie benahmen sich, fand Henrik, als hätte er den Mann erstochen und wäre nun auf der Flucht gestellt worden. Allein dass sie überhaupt in Erwägung zogen, ihn zu verdächtigen, missfiel ihm in höchstem Maße. Aber es gab Dringlicheres, als seinen Unmut darüber kundzutun. »Wird er es schaffen?«

»Wir brauchen Ihre Aussage!«, verlangte das Wabbelgesicht.

»Wissen Sie wenigstens, wer der Mann ist?«, hakte Henrik nach und verstieß damit gleich zu Beginn massiv gegen die eiserne Wir-stellen-hier-die-Fragen-Regel, was die Polizisten noch mehr gegen ihn aufbrachte. Ihre stechenden Blicke machten ihm deutlich, dass sie nicht vorhatten, ihm eine wie auch immer geartete Auskunft zu geben, sondern dass er sich glücklich schätzen durfte, nicht gleich niedergerungen und in Handschellen abgeführt zu werden. Still wünschte er sich Helena herbei, um seinen Bericht zu dem Vorfall im Esquina aufzunehmen. Nach ihr zu verlangen, war jedoch undenkbar, also machte er Platz und lud die beiden Uniformierten widerwillig zu sich in die Wohnung ein. Während der junge Polizist im Türrahmen stehen blieb, setzte sich der Dicke zu Henrik an den Küchentisch. Vorschriftsmäßig nahm er die Personalien auf und prüfte Henriks Papiere.

»Wie lange halten Sie sich hier schon auf?«

*Ich halte mich hier nicht auf, ich lebe hier*, lag ihm auf der Zunge, doch plötzlich fühlte er sich zu erschöpft, um weiter auf Konfrontation zu gehen. »Seit Juli.«

»Was ist der Grund Ihres Aufenthalts?«

»Ich führe das Antiquariat im Erdgeschoss.«

»Ihnen gehört das Haus.«

Keine Frage, eine Feststellung. Eigentlich wussten sie also alles über ihn. Sinnlos, sich darüber zu ärgern. »Ja. Eine Erbschaft.«

»War das der Grund, warum Sie Deutschland verlassen haben?«

»Ja!« Und nein, dachte er. Sein portugiesisches Erbe war bloß ein Anreiz gewesen, den wahren Grund behielt er für sich. Er würde nicht über seinen Verlust sprechen, genauso wenig wie über die Finsternis, die ihn danach gefangen gehalten hatte. Nichts von alldem würde er diesen Männern anvertrauen.

Die Uniformierten tauschten einen Blick. »Was ist drüben in der Bar passiert?«

Er schilderte das Geschehen aus seiner Sicht, auf die sachliche Weise, wie er es in seinem einstigen Beruf gelernt hatte. Bis vor einem knappen Jahr war er selbst bei der Polizei gewesen. Kriminalkommissar, Ermittler für Gewaltverbrechen. Er wusste, dass das hier lediglich eine vorläufige Anhörung war. Die beiden Streifenpolizisten verkörperten nur die Vorhut, das war keinesfalls sein letztes Gespräch mit den Behörden über den Vorfall im Esquina. Bereits im Sommer hatten einige fragwürdige Ereignisse dafür gesorgt, dass die portugiesische Polizei auf ihn aufmerksam wurde, bevor er überhaupt richtig aus dem Flieger gestiegen war. Er hatte sich mit den falschen Leuten angelegt und stand seither vermutlich unter Beobachtung. Unter anderem von Leuten, die ihn durchaus gerne losgeworden wären.

»Kannten Sie den Mann, auf den eingestochen wurde? Haben Sie ihn jemals zuvor getroffen?«

Was für eine eigenwillige Formulierung. *Jemals zuvor.* Der Mann hatte bei ihm ein Buch gekauft. Gab es auch dafür Zeugen? Hatte man ihn danach aus dem Antiquariat kommen sehen? War der Mann direkt im Anschluss in die Bar gegangen, hatte er sich womöglich mit jemandem getroffen und über seinen Erwerb berichtet?

»Nein!«, sagte Henrik, obwohl ihm das Risiko dieser Falschaussage bewusst war. Er fand keine Erklärung dafür, warum er log. Abgesehen von seiner Intuition, und dafür brauchte er keine Rechtfertigung.

»Halten Sie sich zu unserer Verfügung!«, verlangte der Dicke und erhob sich schwerfällig.

»Keine Angst, ich gehe hier nicht weg!«

# 3

Obwohl er sich lange bemühte, hielt es ihn schließlich nicht mehr im Bett. Er schlüpfte in eine Jogginghose und streifte ein T-Shirt über. Die Leuchtzahlen des Weckers zeigten auf kurz nach zwei. Er ging aufs Klo und wusch sich danach Hände und Gesicht. Einen Blick in den Spiegel vermied er. Die sommerliche Bräune täuschte allzu leicht über seinen Seelenzustand hinweg. Innerlich fühlte er sich nach wie vor blass, auch wenn ihn schon sehr lange kein depressiver Schub mehr ereilt hatte. Er war auf dem Weg der Besserung, aber noch nicht übern Berg. Kein Anlass also, sein Spiegelbild zu betrachten und sich zu fragen, wer ihm da aus graublauen Augen entgegenstarrte. Er wusste, wie er aussah. Sein Haar, in dem immer mehr graue Strähnen auftauchten, hatte er nie zuvor so lang getragen. Noch ein paar Wochen, und er konnte es mit einem Pferdeschwanz versuchen. Die Ausrede, dass er hier noch keinen Friseur gefunden hat, war bloß vorgeschoben. Das alles war Teil einer Verwandlung, die er nicht absichtlich heraufbeschwor, gegen die er sich aber auch nicht wehrte. Nicht, weil er sich dazu nicht in der Lage fühlte, sondern weil er neugierig war, was diese Metamorphose letztlich aus ihm machen würde. *Zumindest habe ich nicht weiter zugenommen.* Ja, das war durchaus positiv. Wobei die neunzig Kilo immer noch zehn zu viel waren. Wenigstens daran sollte er aktiv arbeiten.

Andererseits – er war einfach zu selbstkritisch. Schon immer gewesen. Auch was sein Aussehen betraf und obwohl er eigentlich wusste, dass er für Frauen nicht uninteressant war. Aber das war ein anderes heikles Thema.

In der Küche trank er ein Glas Wasser. Das würde allerdings nicht ausreichen, um wieder einschlafen zu können, weshalb er erst gar nicht zurück ins Schlafzimmer schlurfte. Die Unruhe, die ihn geweckt hatte, hielt immer noch an. Etwas hatte seinen Instinkt aktiviert. Diese Gabe, die man auf der Polizeischule nicht erlernen konnte, sondern bestenfalls mitbrachte, wenn man sich für diesen Beruf entschied. *Mein einziges, wirkliches Talent, das mich zu einem guten Ermittler gemacht hat.*

Er vermisste seinen früheren Job. Fühlte die Leere, die gelegentlich aufkam, seit er den Kriminalkommissar an den Nagel gehängt hatte. Doch nicht mehr im Dienst des deutschen Polizeiapparats zu stehen lief ja nicht automatisch auf komplette Untätigkeit hinaus. Lissabon hatte ihm sehr schnell deutlich gemacht, dass seine Fähigkeiten, zu beobachten, zu analysieren und die richtigen Folgerungen zu ziehen, hier nicht verkümmern würden.

Barfuß tapste er die Treppe ins Erdgeschoss hinunter. Die hölzernen Stufen kommentierten jeden seiner Schritte mit mürrischem Knarren, so als würde sein Gewicht sie aus ihrem wohlverdienten Schlaf reißen. Vielleicht kam ihm das Ächzen der Stiege auch nur deshalb so übertrieben laut vor, weil die nächtliche Ruhe heute besonders prägnant wirkte. Selbst der übliche Lärm aus der Gasse fehlte. Keine Autos, keine knatternden Mopeds. Vor allem fehlte das Lachen und Plaudern, das Gläserklirren, untermalt von Rockmusik. Akustische Ausgelassenheit, verursacht von Leuten, die niemals schliefen. Die ihre Nächte in der Bar unter seinem Fenster verbrachten. Abgesehen von dieser Nacht. Die Polizei war zwar zum jetzigen Zeitpunkt bereits abgezogen, würde die Räumlichkeiten aber erst wieder freigeben, wenn sämtliche

Untersuchungen des Tatorts abgeschlossen waren. Und selbst dann würde Victor erst mal jede Menge Blut aufwischen müssen. Diese Nacht war für ihn gelaufen. Rein ökonomisch betrachtet, ein verschmerzbarer Einnahmeverlust für den Barbetreiber. Die menschliche Schwäche der Neugier würde dafür sorgen, dass er morgen den Umsatz des Jahres machte. Darauf hätte Henrik sein Antiquariat verwettet. All jene, die davon Wind bekamen und für die Voyeurismus – wenn überhaupt – nur eine lässliche Sünde war, würden sich um den Tresen drängeln und bohrende Fragen stellen, während sie ihre Drinks orderten. Besonders dreiste Gäste würden Selfies machen, schräg von oben, damit man den dunklen Fleck auf dem Boden noch erahnen konnte, und sie dann über ihre Social-Media-Kanäle mit der Welt teilen. Henrik schüttelte sich diese pietätlosen Bilder aus dem Kopf. Gelegentlich überkamen ihn misanthropische Launen gegenüber seinen Mitmenschen. Oder vielmehr gegenüber dem rücksichtslosen Verhalten innerhalb der Gesellschaft. Ein Thema, in das er sich nur zu gerne hineinsteigerte und das zwangsläufig mit den schmerzlichen Erinnerungen an Nina endete. Wie sinnlos ihr Tod doch war, für die Welt, in der sie noch so viel Schönes hätte bewirken können. Er vermisste …

*Nein, nicht Nina. Nicht jetzt!*

Jetzt musste er sich auf etwas anderes konzentrieren. Brauchte einen freien Kopf, um dem Impuls nachzugehen, der ihn durchs Haus trieb. Er verzichtete darauf, Licht zu machen, und tastete sich durch die Dunkelheit wie ein Eindringling. Ein Gefühl, das ihn öfter befiel, wenn er auf die Leute traf, die mit ihm unter diesem Dach wohnten. Äußerlich stets um Freundlichkeit bemüht, vermittelten sie ihm unterschwellig, fehl am Platz zu sein, sich ihnen gegenüber falsch zu verhalten: nämlich weit weniger großzügig, als sie es all die Jahre vom Vorbesitzer gewohnt gewesen waren. Henrik war ein Fremdkörper in dieser Hausgemeinschaft, die er sich nicht ausgesucht hatte. Sein Onkel hatte ihn dort hineingedrängt, als er ihm das Gebäude in der Rua do Almada vermachte. Nun mussten sie mit ihm leben – so wie er mit ihnen. Eine Symbiose, in der er rein rechtlich der Wirt war, sich aber meistens als der Parasit fühlte, ohne etwas dagegen tun zu können.

Das Licht der Straßenlaterne, das durch das Fenster im Treppenhaus hereinfiel, wies ihm den Weg. Letztlich hätte er auch dem Geruch folgen können. Dieser unverkennbaren Ausdünstung, mit dem ihn das Antiquariat jeden Tag aufs Neue begrüßte. Selbst nach der langen Zeitspanne, die er dort nun schon ein und aus ging, hatte sich seine Nase mit diesem Bouquet der Jahrhunderte noch nicht richtig angefreundet. Schwer vorstellbar, dass sein Geruchssinn sich je daran gewöhnen würde. An das Aroma des Altertums, den eindringlichen Modergeruch, den Tausende von Büchern ausdünsteten. An das herbe Odeur des alten Leders, in das viele der Werke gebunden waren. An den Prozess der Zersetzung und den Staub, der von brüchigen, von Pilzfraß befallenen Papieren stammte, den stechenden chemischen Gestank der Komponenten, mit denen die Kladden vor Jahrzehnten oder Jahrhunderten verleimt worden waren. Aufdringlich, rauchig, süß, exotisch. Abstoßend, aber auch anregend, ja sogar beruhigend, je nachdem wie er sich selber gerade fühlte. Olfaktorisch war von allem etwas dabei, jede Epoche trug ihren Duftstempel. Zeitweilig verschaffte ihm die Fülle der Gerüche das Gefühl von Verbundenheit, fast schon Geborgenheit. Nicht immer, aber immer häufiger in den letzten

Wochen. *Jetzt ist es passiert, ich fühle mich in diesem Mief zu Hause!*

Dass er in stockdunkler Nacht in das vieldeutige Reich hinabstieg, das sein Onkel geschaffen hatte, kam jedoch eher selten vor. Die Überlegung, die ihn heute hier herunterführte, war abwegig. Und gleichzeitig auch nicht. Ein Buch dafür verantwortlich zu machen, dass man einem Mann ein Messer in den Bauch gerammt hatte, war, nüchtern betrachtet, ein ziemlich verwegener Ermittlungsansatz. Wer stach auf jemanden wegen einer vergilbten Schwarte ein? Doch jetzt, mitten in der Nacht und aus einem wirren Traum herausgerissen, schien ihm alles möglich. Vor allem, wenn das Buch im Antiquariat in der Rua do Almada gekauft worden war.

Wäre er nur aufmerksamer gewesen! Catia hätte gewusst, welches literarische Werk da über den Ladentisch gegangen war. Aber seine einzige Mitarbeiterin machte gerade Urlaub. Zwei ganze Wochen. Verdientermaßen, ohne Frage. Catia hatte das Antiquariat nach dem Tod seines Onkels allein weitergeführt. Nicht ganz uneigennützig, dennoch mit Sachverstand und Herzblut. Nachdem dann Henrik aus heiterem Himmel aufgetaucht war, sich als Erbe präsentiert und sie vor vollendete Tatsachen gestellt hatte, waren anfängliche Schwierigkeiten nicht ausgeblieben. Doch mittlerweile hatten sie sich zusammengerauft.

Freunde waren sie dabei nicht geworden, und das würde auch in naher Zukunft kaum passieren. Aber was die Arbeit im Antiquariat anging, hatte Catia wirklich Geduld mit ihm bewiesen. Dafür war er ihr dankbar – und wollte ihr das zeigen. Allerdings bedurfte es einiges an Überzeugungsarbeit, bis Catia zu der Einsicht gelangte, man könne ihn nach dreimonatigem Einlernen durchaus einmal alleine lassen. Vielleicht sogar für vierzehn Tage.

Und nun, kaum war sie weg, brauchte er sie wieder. Womöglich hatte er ja einen Fehler begangen und eines der wenigen, wirklich kostbaren Bücher aus dem Bestand nachlässig verschleudert. Ein Buch, für das es sich lohnte, das Leben eines Menschen zu riskieren.

Ganz abgesehen vom monetären Wert der literarischen Rarität, bestand da noch eine andere Möglichkeit. *Was habe ich übersehen?*

Henrik machte Licht, auch wenn er sich inzwischen zugetraut hätte, im Dunkeln durch das Labyrinth aus Regalen, Möbelstücken und auf dem Boden verteilten Bücherstapeln bis zur Verkaufstheke zu wandeln. Die orientalischen Lampen, die von der ergrauten Decke baumelten, zeichneten weiche, orangefarbene Kreise, die selbst am Tag nicht ausreichten, um den verstellten und verwinkelten Raum vernünftig auszuleuchten. Wer hier ein Buch aus den Regalen nahm, um darin zu blättern oder gar etwas zu entziffern, musste über ausgezeichnete Augen verfügen. Catia hatte sich vehement gegen seinen Vorschlag gewehrt, die angelaufenen Funzeln gegen lichtstarke LED-Strahler auszutauschen, um eine effizientere Verkaufsatmosphäre zu schaffen. Letztlich musste er ihr natürlich recht geben. Modernes, kaltes Licht würde die verwunschene Rätselhaftigkeit des Antiquariats zerstören. Außerdem beschleunigte grelles Licht den Verfall der betagten Dokumente. Wer sich ernsthaft für ein Buch interessierte, konnte schließlich auch vor die Tür treten, um sich darin zu vertiefen, lautete Catias Devise. Dafür stellte sie tagsüber neuerdings einen Stehtisch hinaus auf den schmalen Gehweg. Das war ihre Art, Kompromisse einzugehen.

Er fand auf Anhieb die Lücke, die das verkaufte Buch in der Regalreihe hinterlassen hatte. Dieser Bereich widmete sich hauptsächlich der portugiesischen Literatur aus dem neunzehnten und zwanzigsten Jahrhundert. So weit wusste er Bescheid. Catia pries gerne die Werke Fernando Pessoas an. Die von Maria Isabel Barreno, José Cardoso Pires oder einen frühen José Saramago. Sie verfügten aktuell zwar über keine der seltenen und begehrten Erstausgaben, aber selbst für eine dritte oder vierte Auflage eines der großen, portugiesischen Literaten waren Sammler bereit, tiefer in die Tasche zu greifen. Nur, was hatte in dem schmalen Spalt gesteckt, der nun zwischen den Bänden klaffte?

Und wo war das Buch jetzt?

Sofern die Polizei gründlich gearbeitet hatte, war es zusammen mit den Habseligkeiten des Mannes sichergestellt worden. Oder vielleicht war es auch in der Bar liegen geblieben, nachdem man den Verletzten abtransportiert hatte. Um Klarheit darüber zu bekommen, musste er wohl oder übel bis zum Abend warten.

Unzufrieden mit seinen nächtlichen Nachforschungen, löschte er das Licht. Dennoch konnte er sich nicht dazu durchringen, wieder ins Bett zu gehen. Gedankenversunken hockte er sich hinter dem Tresen auf einen mit Büchern gefüllten Karton, der gestern geliefert worden war und den er noch nicht ausgepackt hatte. Etwas, das man ohnehin besser Catia überließ, wenn man keinen Ärger provozieren wollte. Bücher über Bücher. Wie viele von ihnen bargen wohl ein Geheimnis? Wie viele waren dazu zweckentfremdet worden, eine versteckte Botschaft aus dem Jenseits für ihn zu bewahren?

Er unterdrückte ein Seufzen. Einerseits war Portugal seine Rettung gewesen. Der Aufbruch in die Fremde hatte ihm neuen Mut beschert, ihm die Kraft gegeben, die kalte Schwärze zu überwinden, die nach dem Tod von Nina zu seinem Gefängnis geworden war. Andererseits bedeutete Portugal dieses Erbe. Ein Erbe, das auch eine Bürde war. Eine Verantwortung, die sich ihm zwar schneller offenbart hatte, als ihm lieb war, deren wahrer Umfang sich aber bis zum heutigen Tag nicht einmal im Ansatz erfassen ließ. Das umstrittene Vermächtnis eines Unbekannten.

Er hatte Martin Falkner, den Bruder seiner Mutter, nie persönlich getroffen. Martin war für ihn bis vor wenigen Monaten nur eine Anekdote aus der falknerschen Familienchronik gewesen. Ein in Ungnade gefallener Abkömmling, über den nicht gesprochen wurde. Auch der Notar hatte neben den Erbschaftsdokumenten lediglich einen handgeschriebenen Brief von Martin für ihn bereitgehalten. Erst später hatte er versucht, zwischen den Zeilen der wenigen Sätze zu lesen. Eigentlich erst, nachdem sich die ominösen Andeutungen von Menschen häuften, die seinem Onkel nahegestanden hatten. Da keiner von ihnen je deutlich geworden war, verfügte Henrik nur über eine Unmenge vager Äußerungen und musste abwägen, wie viel Wahrheit darin verborgen lag. Alles, was er wusste, zu wissen glaubte oder auch nur ahnte, bezog sich auf solche verborgenen Hinweise, auf Anspielungen und Vermutungen.

Was seine Aufmerksamkeit erregte, konnte er kaum Geräusch nennen. Er war nicht einmal sicher, ob er es über seine Ohren oder über die Haut wahrgenommen hatte. Eine minimale Verschiebung der hermetischen Atmosphäre innerhalb des Antiquariats, die ihm vermittelte, dass er nicht mehr allein war. Die Anwesenheit einer anderen Person hatte das Klima verändert.

Aber wie?

Die Eingangstür war abgeschlossen, ein gewaltsames Öffnen wäre ihm nicht entgangen. Blieb nur der Weg über den Keller und das Treppenhaus. Auf dieselbe Weise, wie er selbst den Laden betreten hatte: durch die Tür im Flur, die er vorhin aus Rücksicht auf die nächtliche Stille bloß angelehnt hatte. Die Tür klemmte nämlich und konnte daher nur mit viel Schwung ins Schloss geschlagen werden.

Der Schalter für Licht und Erkenntnis befand sich nur eine Armlänge entfernt, doch er regte sich nicht. Die Dunkelheit schützte den Eindringling, aber auch ihn, solange er sich nicht bewegte. Flach atmend beschloss er zu warten. Sein Herz wummerte, und Adrenalin flutete seinen Körper. Konzentriert auf den schmalen Lichtstreifen, der von der Straße her durch einen freien Spalt im fast blinden Schaufenster in den Verkaufsraum fiel, harrte er aus. Die Bezeichnung Lichtstreifen war dabei noch maßlos übertrieben. Es handelte sich lediglich um einen Schimmer, der einen handbreiten Korridor aus düsterem Grau bildete; in ihm zeichnete sich kaum merklich die Kontur eines Regals ab. Henrik hielt die Luft an, als die Umrisse einer Person davor auftauchten. Eine Person, die sich katzenhaft durch die Dunkelheit auf ihn zubewegte.

Drei Meter vor dem Tresen hielt sie ruckartig inne.

*Er sieht mich!*

Unmöglich.

Nicht einmal er selbst konnte seine Hände erkennen, so satt war die Schwärze in der Ecke, in der er hockte. Und doch. Das Phantom regte sich nicht mehr, starrte stattdessen über den Verkaufstresen hinweg, starrte *ihn* an!

Henrik sprang auf und umrundete die Theke.

Die Gestalt reagierte sofort. Mit einer schnellen Drehung verschwand sie in die allumfassende Dunkelheit.

Henrik machte noch einen Schritt, dann explodierte etwas an seiner linken Schläfe. Ein Gongschlag zerriss die Stille. Er sah Sterne, wo keine waren, und taumelte wie ein angeschlagener Boxer zwischen die Regale. Wie hatte er diesen verfluchten Kupferkessel vergessen können, mit dem er selbst bei Licht schon mehrfach Bekanntschaft gemacht hatte? Nun hallte das bauchige Ungetüm dröhnend nach und schaukelte dabei quietschend an der Kette, an der es von der Decke hing. Das Dröhnen setzte sich in seinem Schädel fort und legte den einzigen Sinn lahm, der ihm bei den vorherrschenden Lichtverhältnissen geblieben war. Wild ruderte er mit den Armen, um sein Gleichgewicht wiederzuerlangen, während er vorwärtsstolperte.

*Wo ist er hin? Schon durch die Tür?*

Die Antwort folgte unmittelbar. Etwas rammte ihn von der Seite und beförderte ihn unsanft in Catias Esoterikecke. Im Fallen fegte er das sorgsam drapierte Arrangement aus Buddha-Figürchen, Klangschalen und Räucherstäbchenhaltern von dem indischen Teetisch. Unüberhörbar ging dabei einiges von den fragwürdigen Devotionalien zu Bruch. Er wirbelte herum und schaffte es irgendwie, einen Sturz zu vermeiden. Hektisch schnappte er nach allem, was ihm in die Finger kam, um es dorthin zu schleudern, wo er den Angreifer vermutete. Als seine Hände nichts mehr fanden, warf er sich blindlings hinterher.

Und traf sein Ziel.

Verblüfft darüber, dass seine Gegenattacke gelungen war, schlang er die Arme um die schwarze Gestalt, der ein überraschtes Zischen entwich. Immer noch benommen von der

Kollision mit dem antiken Kupferkessel, mangelte es ihm allerdings an der nötigen Balance. Mit der Rechten verhakte er sich in einem elastischen Material, das keinen Widerstand bot. Das Phantom vollzog indessen eine rotierende Ausweichbewegung, die den Schwung vervielfachte, den Henrik mitbrachte, und die Fliehkräfte schleuderten ihn hinein in die undurchdringliche Finsternis zwischen den Bücherregalen. Die Holzdielen empfingen ihn mit aller Härte. Erneut schlug er sich den Kopf an, was einen weiteren Sternchenregen zur Folge hatte. Stechender Schmerz durchzuckte sein Rückgrat und jagte hinauf bis unter die Schädeldecke. Kurz bekam er keine Luft.

*Bleib liegen, einfach nur liegen. Nur eine Sekunde, vielleicht auch zwei!*

Seine Hände tasteten unbeholfen nach Halt. Bevor noch die erste Schmerzwelle verebbte, hörte er die Tür knallen und fühlte Dankbarkeit darüber, sich nicht sofort wieder aufrappeln zu müssen. Er hatte den Eindringling in die Flucht schlagen können, womit sich bewahrheitete, dass Angriff bisweilen die beste Verteidigung war. Mit brummendem Schädel befühlte er das, was er dem Phantom hatte entreißen können, bevor es ihn so gründlich zu Boden geschickt hatte. Als er begriff, was er da in Händen hielt, stülpte er es sich vorsichtig über die Augen und blickte hindurch. Das Nachtsichtgerät tauchte das Antiquariat in geisterhaft grünes Licht.

# 4

Wahrhaftig, für einen gewöhnlichen Dieb gab es hier nichts zu holen. Die paar wertvollen Schmöker rechtfertigten einfach keinen Einbruch. Und die Kasse wurde täglich geleert – sofern sie denn überhaupt eine Füllung erfuhr. Nein, wer mutwillig in das Antiquariat eindrang, kam aus anderen Gründen. Dieser verstaubte, skurril anmutende Laden war mehr, als er vorgab zu sein.

Jeder Tag, an dem Henrik sich durch das Inventar wühlte, konnte mit der Entdeckung einer versteckten Botschaft enden. Ein Zufallsfund gleich zu Beginn seines Aufenthalts in Lissabon hatte ihn das gelehrt und ihn auf die Spur eines schockierenden Verbrechens gebracht, das vor einem Vierteljahrhundert begangen worden war. Wenn er daran dachte, überlief ihn auch heute noch ein kalter Schauder. Seither begleitete ihn die Angst vor dem, was da noch aus dem Dunkel kriechen mochte. Es klang paranoid, aber bisweilen fühlte er sich umzingelt von unsichtbaren Feinden, die nur darauf lauerten, dass er einen falschen Handgriff tat und dabei aus Versehen irgendwelche chiffrierten Notizen freilegte. Rätselhafte Skizzen, enigmatische Schriftwechsel, nicht zu deutende Zahlenkolonnen, grünstichige Fotos mit Markierungen. Die Hinweise konnten sich überall verbergen. In einem Buch, das er zufällig aufschlug, auf einer Landkarte, die er entrollte, hinter einem Gemälde, das er leichtfertig von der Wand nahm. Das Antiquariat war ein verschlüsseltes Archiv ungeklärter Verbrechen. Wer es verstand, die Symbole zu lesen und die Fragmente richtig aneinanderzufügen, der konnte die Wahrheit zutage fördern. Konnte die Maske der Unschuld von den Gesichtern jener reißen, die bisher mit Macht, Geld und Beziehungen verhindert hatten, dass unschöne Flecken ihre weißen Westen besudelten. Lissabon war eine Stadt im Licht – und gleichzeitig ein Moloch. Wie in jeder anderen Metropole auf diesem Planeten existierte im Schatten von Glanz, Schönheit und Lebensfreude ein stinkender Sumpf aus Korruption, Gewalt und Wahnsinn. Und es gab genügend Leute in dieser Stadt, deren größte Sorge darin bestand, dass dieser Sumpf eines Tages trockengelegt werden mochte. Er, Henrik Falkner, verfügte über Indizien, die der Flurbereinigung dieser kriminellen Landschaft dienlich waren. Sein nächtlicher Besucher hatte diese Vermutung aufs Neue bestätigt. Gelegentlich zwang offenbar die Angst vor der Wahrheit jemanden dazu, zwielichtige Handlanger ins Antiquariat zu entsenden. Unter anderem solche, die mit Nachtsichtgeräten ausgerüstet waren.

*Geht es wieder los?*

War womöglich sein gestriger Kunde der Auslöser für einen erneuten Anlauf zur Erstürmung der Bastille gewesen?

Umhüllt von Dunkelheit, dachte er zum wiederholten Mal darüber nach, warum er geblieben war, als sich herauskristallisierte, was Martin ihm da hinterlassen hatte? Es wäre nur ein kleiner Schritt nötig gewesen, eine einfache Entscheidung. Zurück nach Deutschland. Sein Flugticket hatte zu diesem Zeitpunkt noch in seiner Tasche gesteckt. Doch mit jedem Tag, den er in Lissabon verbrachte, war diese Option weiter in die Ferne gerückt. Eine Abreise wäre nichts als eine feige Flucht gewesen. Und Feigheit gehörte nun einmal nicht zu seinen Tugenden. Er war zwar verzweifelt gewesen, aber in dieser Verzweiflung niemals feige. Darum war er geblieben. Und wegen seines ausgeprägten Gerechtigkeitssinns. Jedenfalls war es einfacher, sich darauf zu berufen, auch sich selbst gegenüber. Obschon die Aufgaben, die Martin für ihn vorgesehen hatte, schmerzhafte Begegnungen bereithielten, Gefahr für Leib und Leben bedeuteten, erschien ihm das immer noch besser, als dorthin zurückzukehren, wo er Nina verloren hatte. Lissabon war und blieb sein Weg zurück ins Licht.

Offensichtlich hatte Martin diese wichtige Entscheidung seines Neffen vorausgeahnt und ihn daher zu seinem Erben bestimmt.

Das heisere Klingeln in die nächtliche Stille hinein versetzte ihm einen gewaltigen Schreck – und half dabei, sich trotz der Schmerzen aufzurichten. Fordernd schellte es aus dem Büro. Als ginge er auf Eiern, stakste er auf nackten Sohlen durch den Laden, um nicht auf die scharfkantigen Überreste der tönernen Buddha-Statuen zu treten. Unversehrt gelangte er um die Verkaufstheke herum in den abgetrennten, fensterlosen Raum, in dem noch dieselbe Unordnung herrschte wie bei seiner Ankunft vor einem Vierteljahr. Das museumsreife Wählscheibentelefon klingelte bereits zum fünften Mal, als er es endlich erreichte. Wer zur Hölle rief um diese unchristliche Uhrzeit hier an? Seine Hand zitterte leicht, während er nach dem Hörer griff. Mit der anderen schaltete er das Licht ein.

»Estou!«

»Henrik!«

»Helena?« Erleichterung überkam ihn. »Verdammt, du hast mich erschreckt.«

»Du bist nicht ans Handy gegangen«, tönte es vorwurfsvoll aus der Leitung.

Natürlich, es lag oben, neben dem Bett oder im Wohnzimmer. Warum hätte er es auch mitten in der Nacht einstecken sollen?

»Und da hast du dir gedacht, du probierst es um drei Uhr nachts einfach mal im Antiquariat?«

»Ich hatte einen Einsatz ...«, erklärte sie, nun deutlich leiser.

Eine mitfühlende Frage lag ihm auf der Zunge, aber letztlich war es immer schlimm, wenn das Dezernat für Gewaltverbrechen zu einem Tatort gerufen wurde.

»... und dann habe ich im Revier gehört, was bei dir passiert ist.«

Für eine Sekunde dachte er, dass sie doch unmöglich von dem Einbruch wissen konnte. Dann fiel ihm wieder ein, was gestern Abend passiert war.

»Mir geht's gut«, teilte er ihr mit. Kopf und Kreuz taten ihm weh, und er musste ein paar unschöne blaue Flecken davongetragen haben, aber das wollte er ihr jetzt nicht erzählen.

»Der Fall ist bei mir auf dem Tisch gelandet.«

Hatte er sich das nicht vor ein paar Stunden noch gewünscht? »Das ist ...«

»... Absicht, nehme ich an.«

Vermutlich hatte sie recht. Nachdem die Bearbeitung des Messerangriffs zur PJ, der Polícia Judiciária, weitergereicht worden und in Verbindung damit sein Name aufgetaucht war, hatte Helenas Vorgesetzter schnell reagiert. Genau wie Inspetora Helena Gomes von der Divisão de Investigação Criminal witterte auch Henrik pure Absicht dahinter.

»Du solltest vorsichtig sein!«, mahnte sie ihn. Ein unnötiger Ratschlag, den er nicht einfach so hinnehmen konnte.

»Hätte ich weggehen und den Mann verbluten lassen sollen?«

Sekundenlang herrschte Schweigen. Aus den Hintergrundgeräuschen schloss er, dass sie im Auto unterwegs war. »Wohin fährst du?«

»Bin auf dem Heimweg. Ich muss erst ein paar Stunden schlafen, bevor ich dir einen Besuch abstatte, um dich offiziell zu befragen.«

Er sah hinunter auf seine nackten Zehen. Auch er gehörte ins Bett. Was wäre wohl passiert, hätte er den Eindringling nicht überrascht? Hätte er dann überhaupt bemerkt, dass wieder mal bei ihm eingebrochen worden war? Er betrachtete das Nachtsichtgerät, das er immer noch in der Hand hielt.

»Henrik? Ist wirklich alles in Ordnung bei dir?«, hörte er Helena fragen.

Er setzte gerade dazu an, sich zu verabschieden, um den Gedanken fortzuspinnen, der ihm eben in den Sinn kam, da unterbrach ihn Helena. »Ich wollte dir noch sagen ... Der Mann aus der Bar ... er hat es nicht geschafft.«

# 5

Er war also tot.

Hinter Martins zugestelltem Schreibtisch kauernd, dachte er über den Mann nach, der unter seinen Händen verblutet war.

Henrik war bereits entschlossen gewesen, es für diesen Tag gut sein zu lassen und das Antiquariat zuzusperren. Bevor er jedoch den Plan in die Tat umsetzen konnte, hatte der Mann den Laden betreten. Der Kunde wollte keine Beratung, sondern bat darum, sich ungestört umsehen zu dürfen. Das kam Henrik nicht ungelegen. Er konnte nach wie vor keine fundierten Empfehlungen aussprechen, genauso wenig wie er in der Lage war, tiefergehende Fragen zu Autoren und Werken zu beantworten. Daher ließ er den Mann nur zu gern allein zwischen den Regalen stöbern und vergaß ihn sogar für eine Weile. Vor allem als der Chef einer Entrümplungsfirma anrief, der ihm die komplette Bibliothek eines verstorbenen Sammlers anbieten wollte und ihn deshalb beharrlich volllaberte. Nachdem er den aufdringlichen Geschäftemacher endlich abgewürgt hatte, vernahm er plötzlich Schritte zwischen den Regalen, was ihm erst wieder die Anwesenheit des späten Kunden ins Gedächtnis rief. Der Mann, ein unauffälliger Mensch, der nur das Nötigste sprach und ihm nicht in die Augen sehen wollte, trat an den Tresen und bezahlte. Wenn Henrik jetzt daran dachte, rückte für ihn plötzlich wieder das Buch in den Fokus. Das Vertrackte an dem umfangreichen Inventar des Antiquariats war ja, dass er nie sicher sein konnte, ob er nicht gerade dabei war, einen von Martins umfunktionierten Geheimnisträgern zu veräußern. Selbstverständlich prüfte er die Bücher, Karten, Handschriften, Radierungen, Kunstdrucke, selbst den Tand und die Antiquitäten sorgsam, bevor er sie den Kunden aushändigte. Und was dieses Buch betraf ... Er konnte sich zwar nicht mehr an den Titel erinnern, aber daran, dass er genau hingesehen hatte und ihm nichts Ungewöhnliches aufgefallen war. Sonst hätte er es kaum so arglos in eine Papiertüte gepackt und dem Kunden ausgehändigt.

Doch jetzt war der Mann tot!

Martins Archivierungssystem war aber auch zu idiotisch; ein Dechiffrierprogramm der CIA wäre hier nicht fehl am Platz gewesen. Denn Martins Geheimnisse waren so undurchschaubar wie er selbst. Bis vor einem Vierteljahr hatte Henrik nur gewusst, dass sein Onkel irgendwie, irgendwo in der Ferne existierte. Und selbst seither hatte er nur äußerst wenig über Martin Falkner herausgefunden.

Sein Onkel war in den späten 1970ern der Liebe wegen nach Lissabon gezogen. Zusammen mit seinem Lebensgefährten, dem Kunstmaler João de Castro, erwarb er das Haus *numero trinta e oito* in der Rua do Almada, mitsamt dem Antiquariat. Dafür verzichtete er auf eine vielversprechende Karriere bei der deutschen Staatsanwaltschaft. Wohl aus dem einfachen Grund, weil er wusste, dass er sich auf Dauer nicht verstellen konnte. Nicht in der Lage war, nach außen hin seine wahre Neigung zu verbergen, die vor vierzig Jahren auf wenig Verständnis in jener Gesellschaft gestoßen wäre, in der er sich damals bewegte. Wollte er ein glückliches, zufriedenes Leben führen, musste er ausbrechen. Aus den gesellschaftlichen Zwängen ebenso wie aus der erzkonservativen Familie Falkner, die damals noch von Henriks Großvater Walter despotisch regiert wurde.

Nach allem, was Henrik bislang in Erfahrung hatte bringen können, war Martin eine erfüllende Zeit gegönnt gewesen, bis zu jenem schicksalshaften Tag im Jahr 1988, an dem João ermordet wurde. Ein Verbrechen, das niemals aufgeklärt wurde. Die örtlichen Behörden verspürten offensichtlich keine Veranlassung dazu, dem gewaltsamen Tod eines schwulen Künstlers besondere Aufmerksamkeit zu schenken. Ein Umstand, den Martin um keinen Preis der Welt hinnehmen konnte. Was er in Deutschland im Dienste der Staatsanwaltschaft gelernt hatte, erwies sich plötzlich doch noch als nützlich. Er ermittelte auf eigene Faust – und auch wenn es ihm in der ganzen Zeit nicht gelang, den Mörder seines Lebensgefährten hinter Schloss und Riegel zu bringen, waren seine kriminalistischen Recherchen doch nicht umsonst. In den darauffolgenden drei Jahrzehnten stieß er offensichtlich auf zahlreiche ungeklärte Verbrechen, die er auf eigenwillige Weise dokumentierte. Diese verborgenen Beweise waren Henriks eigentliches Erbe und wohl auch der wahre Grund, warum sein Onkel ihm dieses Antiquariat vermacht hatte. Ihm, dem Ex-Polizisten. Dem Witwer, der seine Frau viel zu früh durch einen Verkehrsunfall verloren hatte und dem ähnlich wie Martin damit gewaltsam die große Liebe entrissen worden war. Ihm, der einen tiefen Groll gegen die Justiz hegte, weil derjenige, der Ninas Tod unter Drogeneinfluss verschuldet hatte, eine viel zu milde Strafe dafür erhalten hatte. Weil der Vater des Junkies gute Beziehungen bis ganz nach oben hatte. Weil es Menschen gab, die sich dank Einfluss und Geld über Recht und Gesetz stellen konnten. Genau dieser Umstand verband sie beide.

Warum nur hatte sein Onkel mit der Offenlegung seiner Ermittlungen so lange gezögert? So lange, bis ihm der Tod zuvorgekommen war? Ob auf natürlichem Weg oder weil jemand das Risiko minimieren wollte, dass der eigentümliche Buchhändler doch noch etwas ans Tageslicht brachte, was niemand erfahren sollte.

Herzinfarkt, hatte die offizielle Todesursache gelautet. Allerdings glaubte keiner von denen, die Martin eng verbunden gewesen waren, wirklich an diese Diagnose. Das war auch so eine Sache, die Henrik nicht losließ. Nur hatte er bislang keine stichhaltigen Indizien gefunden, die ihm halfen, das Gegenteil zu beweisen.

Wie belastend Martins Material über Gewaltverbrechen, Intrigen und Korruption innerhalb von Polizei, Justiz, Verwaltung und Politik wirklich war, wusste niemand. Henrik hatte als Polizist zwar gelernt, richtig hinzusehen und Details zu entdecken, die anderen verborgen blieben, doch das war gar nicht das eigentliche Problem. Die Herausforderung bestand vielmehr darin, Martins absurdes Sammelsurium zu deuten und – im Idealfall – die einzelnen Verbrechen offenzulegen. Die Taten mächtiger, einflussreicher Gegner, für die, wenn sie ihre Position in der Gesellschaft in Gefahr sahen, unter Umständen auch ein Menschenleben nichts bedeutete.

Was hatte er nicht schon alles gefunden! Martins Aufzeichnungen und Notizen waren allgegenwärtig in den Büchern. Dazu kamen Unterstreichungen, von einzelnen Wörtern bis hin zu ganzen Textpassagen. Zahllose Querverweise, ohne dass er bislang sagen konnte, wohin diese wiederum führten oder wozu sie dienten. Es gab Anmerkungen auf den historischen Land- und Stadtkarten, den Plakaten und sogar auf den Gemälden, Radierungen und Illustrationen, die freie Wandflächen schmückten oder sich in einer Ecke stapelten.

Eine Batterie Karteikästen mit altem Fotomaterial und Postkarten aus allen erdenklichen Epochen. Henrik fehlten schlichtweg die Zusammenhänge, die Verbindungen und konkreten Vermerke. Wer Martins Archiv verstehen wollte, musste ein Genie sein oder sich auf den Zufall verlassen.

Bislang hatten Henrik Geduld und Zeit gefehlt, um tiefer in die Materie einzudringen. Er hatte das letzte Vierteljahr hauptsächlich dazu benötigt, sich physisch wie psychisch zu akklimatisieren. Außerdem hatte seine erste Ermittlung hier auf derart spektakuläre Weise geendet, dass er es bis auf Weiteres als ratsam erachtete, noch eine Weile die Füße stillzuhalten. Und das nicht allein der Polizei wegen.

So war es ruhig geworden in den vergangenen Tagen. Auch wenn er es genoss, dass man schon länger nicht mehr versucht hatte, ihn zu überfahren oder von Dächern zu stoßen, hatte er sich doch gefragt, ob Martins geheimes Archiv tatsächlich in der Form existierte, wie er es sich in den vergangenen Wochen zusammengereimt hatte. Oder ob sein Onkel einfach komplett gaga gewesen war, ein wahnhafter Verschwörungstheoretiker, der seine ins Nichts führenden Fantastereien in Dutzende Bücher gekritzelt hatte.

Doch jetzt, so unverhofft, als wollte ihn das Schicksal eines Besseren belehren, war dieser Mann gestorben. Auch wenn es keinen Beleg dafür gab, dass dieser Vorfall mit seinem Erbe zu tun hatte, trotzte sein Bauchgefühl der Vernunft. Und das nicht allein der ungebetenen Kundschaft wegen, die dafür gesorgt hatte, dass ihm immer noch der Schädel dröhnte.

# 6

Er hatte nie groß darüber nachgedacht, wie sich der Herbst in Lissabon anfühlen würde.

So war der Sommer dahingegangen, ohne dass er es wirklich wahrgenommen hatte. Abgesehen davon, dass das Wetter nun weniger beständig war und die Tage im Oktober merklich kürzer wurden, blieb es tagsüber weiterhin warm – auch wenn die anstrengende Hitze hinter ihm lag. Nach Sonnenuntergang empfahl sich eine Jacke, wenn man draußen sitzen wollte, genau wie morgens, bevor die Sonne über die Hügel kam. Doch damit konnte er sich problemlos arrangieren, ja er empfand das Klima geradezu als perfekt. Winterkälte, wie er sie aus Deutschland kannte, war ihm immer schon zuwider gewesen.

Nach den gestrigen Schauern zeichnete sich heute wie zur Entschädigung ein klarer, sonniger Tag ab. Das Licht fiel weich in die Häuserschluchten und ließ bereits die Wärme erahnen, mit der sich in zwei, drei Stunden die Gassen füllen würden. Obwohl er kaum geschlafen hatte, war er früh wach geworden. Zu früh für portugiesische Verhältnisse; allerdings kannte er mittlerweile ein paar Läden, die um diese Zeit schon geöffnet hatten. Da Martin ein ausgesprochener Teetrinker gewesen war, fehlte im Hausrat die Kaffeemaschine. Henrik selbst hatte es zunächst nicht geschafft, eine zu besorgen, und war inzwischen ohnehin der Meinung, dass es dieser Anschaffung nicht mehr bedurfte. Er wohnte zentral in einer Stadt, die für erstklassigen Kaffee bekannt war. Fußläufig um ihn herum gab es zahlreiche Cafés und beinahe an jeder Ecke eine Pastelaria. In diesen meist recht beengten Lädchen, die irgendwo zwischen Bäckerei und Konditorei angesiedelt waren, pflegten die Lissabonner ihr Frühstück ein- oder, sofern man es ausnahmsweise doch mal eilig hatte, mitzunehmen. Pastelarias waren kleine Welten für sich, die dazu dienten, den Leuten ihren Start in den Tag zu erleichtern – vor allem zu versüßen. In den Auslagen und Vitrinen warteten neben den weltberühmten Puddingtörtchen, den Pastéis de Nata, auch zuckrige Köstlichkeiten wie Tartes de Amêndoa, Bolos de Arroz oder Mil Folhas. Alle hatte er sie schon durchprobiert, das meiste war ihm viel zu süß. Daher verleibte er sich für gewöhnlich zu seinem Galao, dem portugiesischen Milchkaffee, am liebsten ein Torrada ein: getoastetes Weißbrot mit Butter. Ihm knurrte bereits der Magen, wenn er daran dachte. Henrik strebte die nächstgelegene Pastelaria an. Häufig ging er ins Chiado Caffe oder ins Emenda, gleich neben dem Cinema Ideal, einem kleinen kommunalen Kino. Beide Pastelarias lagen in der Rua do Loreto, keine zwei Minuten von der Rua do Almada entfernt. Dazwischen, zwei Querstraßen weiter, am Largo Calhariz, befand sich eine von Lissabons zahlreichen Attraktionen. Hier hielt die Ascensor da Bica, eine der drei Standseilbahnen der Stadt, die stets für touristischen Wirbel in dieser Ecke des Viertels sorgte. Um diese Zeit war sie noch nicht in Betrieb, weshalb er seinen Weg unbehelligt fortsetzen konnte, ohne sich durch Urlaubertrauben schieben zu müssen. Dafür klingelte sein Handy. Er rechnete erneut mit Helena und nahm das Gespräch entgegen, ohne auf das Display zu schauen.

»Bom dia, Henrik!«

Seine Schritte gerieten ins Stocken. »Adriana!«

»Überrascht?«

Allerdings! Ihr bezauberndes Lächeln flammte vor seinem inneren Auge auf, und gleichzeitig durchströmte ihn brennende Sehnsucht, gewürzt mit einer Prise Ärger. Die attraktive Portugiesin hatte ihn nach seiner Ankunft hier in null Komma nichts um den Finger gewickelt und ihm einen Hauch Hoffnung gegeben, dass er sein Herz nach dem Tod seiner Frau womöglich doch wieder würde öffnen können. Andererseits schaffte sie es, dem fragilen Konstrukt, das seinem Herzen entwuchs, immer wieder jeglichen Nährboden zu entziehen.

»Ja, ich bin überrascht. Du bist also zurück?«

»Seit vorgestern. Ich finde, es ist an der Zeit, dass wir wieder mal zusammen frühstücken.«

*Nein, eigentlich nicht.* Er zögerte, hin und her gerissen zwischen spontaner Freude und Groll. Er hatte ihr nicht nur einmal signalisiert, dass er noch nicht bereit für eine neue Beziehung war. Auch wenn er den Versuch in Erwägung gezogen hatte, nachdem er die Vorfälle des vergangenen Sommers einigermaßen verdaut hatte. Doch dann hatte sie sich zuerst rargemacht und wenig später eine Reise nach Südamerika angekündigt. Geschäftlich, betonte sie – und war verschwunden, noch ehe er Gelegenheit fand, ihr seine Zuneigung zu gestehen. Lediglich zwei nichtssagende Postkarten hatten ihn in den letzten Wochen erreicht. Sonnige Grüße! *Blablabla.*

»Frühstück also? Und wo?«

»Café a Brasileira«, schlug sie vor.

Wo auch sonst? Dort waren sie sich zum ersten Mal begegnet. Er sah auf die Uhr. Wie er wusste, öffnete das berühmte Künstlercafé am Largo do Chidao bereits um acht. In fünf Minuten konnte er dort sein und in aller Ruhe einen Kaffee trinken, während er auf sie wartete. »Ich bin auf dem Weg!«, ließ er sie wissen und trennte die Verbindung.

Adriana Teixeira war die Steuerberaterin seines Onkels gewesen und damit irgendwie nun auch die seine, selbst wenn er ihre Dienste noch nicht in Anspruch genommen hatte. Doch das portugiesische Steuersystem und die Undurchschaubarkeit von Martins Buchführung würden ihm früher oder später keine Wahl lassen. So wie sein Onkel in seiner Küche auf eine Kaffeemaschine verzichtet hatte, fehlte im Büro leider auch ein Computer. Stattdessen gab es eine chaotische Zettelwirtschaft.

Was Adriana für Martin darüber hinaus noch bedeutete, war bislang unausgesprochen geblieben. Beginnend mit der Frage, wie sein Onkel auf die Idee gekommen war, bezüglich seiner Steuerangelegenheiten ausgerechnet diese hinreißende Dame zu konsultieren, deren Kundenstamm sonst nur aus Oberschicht-Klienten und ökonomischen Schwergewichten bestand. Anfangs war Henrik davon ausgegangen, dass Martin sie wegen ihrer guten Deutschkenntnisse engagiert hatte, die von zwei Studiensemestern in Berlin herrührten. Doch eigentlich musste er davon ausgehen, dass es nach so langen Jahren in Lissabon für Martin nicht mehr relevant war, ob jemand seine Muttersprache beherrschte. Weshalb also ausgerechnet Adriana? Aus ihrer Sicht war der Steuerkram, der im Antiquariat anfiel, ohne Zweifel eher lächerlich.

Adriana hatte seine diesbezüglichen Fragen bisher auf ihre besondere Art weggelächelt. Und selbst Catia, die Adriana im Übrigen nicht ausstehen konnte, hatte dafür keine Erklärung. Ob ihre Abneigung auf eine gewisse Eifersucht zurückzuführen war oder ob mehr dahintersteckte, wollte auch Catia nicht beantworten.

Er befühlte seine Stirn. Die Blessur von der Begegnung mit dem Kupferkessel war weniger schlimm, als sie sich zuerst angefühlt hatte. Ansonsten hatte er bloß einen Kratzer am Hals, von dem er nicht wusste, wie und wo er ihn sich eingefangen hatte. Beide Verletzungen waren unauffällig genug, um sie hoffentlich nicht erklären zu müssen. Vor allem nicht Adriana.

So früh am Morgen war es kein Problem, einen Platz im Café a Brasileira zu ergattern. Für einen Tisch draußen auf der Esplanade erschien es ihm zu frisch, also überließ er die Caféterrasse ganz allein Fernando Pessoa, der dort in Bronze gegossen ganzjährig einen Stammplatz beanspruchte. Die Statue eines der bekanntesten Söhne der Stadt war ein starker Anziehungspunkt auf den beiden aneinandergereihten Plätzen zwischen dem Baixa-Viertel und dem Bairro Alto.

Henrik wählte den Tisch unterhalb der großen Wanduhr im hinteren Teil des Cafés, mit Blick entlang der polierten Holztheke bis hin zum Eingang. Die Kellner in ihren dunkelgrünen Schürzen legten trotz mangelnder Gäste eine übertriebene Geschäftigkeit an den Tag. Einer bestückte die in den Mahagonitresen eingelassenen Vitrinen mit der Auswahl an klassisch portugiesischem Gebäck, ein anderer klapperte mit Untertellern und Tassen, die er griffbereit um die chromglänzende Kaffeemaschine drapierte. Ein dritter wischte die Tische sauber und arrangierte die Stühle. Und über allem die ausladenden Kronleuchter mit ihrem goldenen Licht.

Er bestellte einen Bica, der in etwa vergleichbar mit dem italienischen Espresso und so ziemlich das Konzentrierteste an Koffein war, das er bislang kennengelernt hatte. Eine Dosis, die er nach dieser Nacht einfach nötig hatte, um richtig wach zu werden. Vor allem in Hinblick auf die Begegnung, die ihm bevorstand. Als Nächstes schnappte er sich eine der Tageszeitungen, die für Gäste auslagen. Die Diário de Notícias erwies sich zwar nicht als das einfachste Medium für seine mäßigen Portugiesischkenntnisse, aber zum einen suchte er gern die Herausforderung, und zum anderen konnte er sich vermutlich Zeit damit lassen. Ein Irrtum, wie sich nach nur drei Minuten herausstellte. Noch während er anhand der Schlagzeilen und Artikelüberschriften herauszufinden versuchte, ob bereits etwas über die Messerstecherei im Esquina in der Zeitung stand, hörte er das unverkennbare Stakkato hoher Absätze und hob überrascht den Blick. So schnell hatte er nicht mit ihr gerechnet. Das Gegenlicht der Morgensonne, die schräg ins Café fiel, umgab sie mit der Aura einer Heiligen.

*Santa Adriana.* Er verkniff sich ein Grinsen. *Nein, ganz gewiss nicht!*

Die Kellner hinter der Theke hielten in ihrer Tätigkeit inne und verfolgten, wie sie auf Henriks Tisch zuschritt. Auch Henrik musterte sie ausgiebig, während er die Zeitung faltete. Sie sah so verteufelt gut aus. Langsam erhob er sich. Adriana lächelte, streifte ihre Aktentasche von der Schulter, stellte sie auf den freien Stuhl und umarmte ihn. Neid blitzte in den Augen der Kellner auf. Als die Servicekräfte bemerkten, dass er sie über ihre Schulter hinweg beobachtete, wandten sie sich verlegen ihren Aufgaben zu. Eine Sekunde später klapperte wieder das Geschirr, und die Kaffeemaschine begann zu zischen. Erst der überlaute Dampfstoß aus dem verchromten Ungetüm machte ihn darauf aufmerksam, dass Adriana noch immer an seinem Hals hing und ihren Kopf in seltsamer Vertrautheit gegen seine Brust drückte.

»Bum, bum, bum. Das pocht, als wärst du ziemlich aufgeregt.«

»Ich freu mich nur, dich zu sehen«, murmelte er, dann schob er sie lächelnd auf Armlänge von sich weg. Wie üblich, wenn sie auf den Weg zur Arbeit war, trug sie ein blaues Businesskostüm und darunter eine weiße Bluse. Ihr dunkelbraunes Haar hatte sie geschäftsmäßig hochgesteckt. Es wirkte heller, als er es in Erinnerung hatte, womöglich war es von der südamerikanischen Sonne gebleicht. Bevor er etwas sagen konnte, küsste sie ihn rechts und links auf seine unrasierten Wangen. Die übliche Art, sich hier zu begrüßen, ohne dass man dem eine tiefere Bedeutung beimessen durfte. Quasi jeder, der sich auch nur im Ansatz kannte, tauschte Wangenküsschen aus. Wäre da nicht vorweg diese innige Umarmung gewesen, hätte er sich überhaupt nichts dabei gedacht.

»Du bist zeitig unterwegs.«

»Du hast recht, es ist viel zu früh für mich, aber ich habe heute bereits um halb zehn einen Termin.«

Sie nahmen Platz. Sofort eilte einer der Kellner an ihren Tisch.

»Essen wir was?«, fragte Adriana.

Ihm war der Appetit vergangen. Trotzdem schloss er sich ihr an und bestellte wie sie ein Pão de Leite, ein fluffiges Milchbrötchen, das sich prima in den Kaffee tunken ließ. Danach saßen sie da und sahen sich an, bis aus den weißen Porzellantassen vor ihnen der verführerische Duft des würzigen Kaffees emporstieg. Henrik kämpfte mit sich; sollte er ihr ein Kompliment machen? Über ihr seidig glänzendes Haar, die ungewöhnlich kornblumenblauen Augen, ihren bronzefarbenen Teint und wie alles zusammen sie zu dieser wunderschönen Frau machte.

»Wie ist es dir ergangen?«, kam sie ihm zuvor.

Was genau wollte sie wissen? Wie er damit klargekommen war, dass sie sich einfach für mehrere Wochen nach Südamerika abgesetzt hatte? »Tudo bem … Alles okay!«, presste er hervor und nippte an seinem Bica. »Wie war Rio?«

Sie lächelte gequält. »Bleibt ein Traum, mein Lieber. Ich habe nicht Urlaub gemacht, falls du das denkst, und ich war auch nicht in Brasilien. Ein Kunde von mir plant, nach Argentinien, Chile und Peru zu expandieren. Ich war damit beauftragt, mich mit den steuerrechtlichen Bedingungen für ausländische Investitionen auseinanderzusetzen. Die Luft ist dünn im Hochland der Anden, und ich hatte nicht nur einmal das Gefühl, demnächst zu erfrieren.«

Er betrachtete ihr sonnengebräuntes Gesicht. »Erwarte jetzt bitte kein Mitleid.«

Sie zupfte ein Stück von ihrem Milchbrötchen ab, ohne es in den Mund zu schieben. »Ich dachte, wir waren uns einig. Ein bisschen Spaß, aber keine großen Gefühle.«

»Sieht so aus, als wäre ich nicht der Typ für diese Form von Beziehung.«

»Das ist nicht mein Problem«, konterte sie. »Außerdem – und korrigiere mich, wenn ich falschliege –, deine Liebe gehört doch immer noch deiner Ehefrau. Du kannst dein Herz gar nicht an jemand anderen verlieren. Dir fällt das vermutlich nicht auf, aber du trägst immer noch deinen Ehering.«

Sein Schweigen kam einem Eingeständnis gleich. Ebenso wie seine Reaktion – er hatte peinlich berührt für einen Moment seine Hand unter dem Tisch versteckt. Doch das war lächerlich. Er brauchte sich für seine Liebe nicht zu rechtfertigen. Ninas Verlust war noch nicht überwunden, und so wie er sich bisweilen fühlte, spürte er wenig Zuversicht, ihren Tod jemals akzeptieren zu können. Die Zeit heilte vielleicht die Wunden, aber die Narben blieben, genau wie die Phantomschmerzen. Die Seele ist ein Labyrinth, und wenn es darin dunkel wird, ist es schier unmöglich, es zu durchqueren. Nina war das Licht, das diesen Irrgarten stets erleuchtet hatte.

»Ich habe mich so auf dich gefreut, also lass uns nicht streiten!«, lenkte Adriana ein.

Er nickte. »Ja, es war schön, dass du dich gemeldet hast. Ich hätte sonst nicht gewusst, wie ich meine Steuererklärung für dieses Jahr hinkriegen soll.«

Über den Tisch hinweg boxte sie ihm gegen die Schulter, und beide mussten lachen. Die Portugiesen waren bekannt für ihren Schwermut und den Weltschmerz, den sie Saudade nannten. Doch trotz dieser zutiefst melancholischen Lebensphilosophie, die in ihnen verwurzelt war und die sie am eindringlichsten in ihren Fadogesängen verkündeten, fehlte ihnen die knöcherne Verbissenheit, die Henrik aus Deutschland kannte. Hier in Lissabon reichte ein Wimpernschlag, um sich aus der Traurigkeit zu blinzeln, mitten hinein in pure Lebensfreude. Gleiches galt für den Ärger, den man miteinander haben konnte und der hier nie unüberwindbar schien, wenn man in die offenen Gesichter dieser Menschen blickte. Auch wenn das nicht für alle Leute galt, die ihm hier bisher begegnet waren, korrigierte er sich. Auch über der Stadt am Tejo schien nicht nur die Sonne, wie er schon mehrfach hatte feststellen dürfen.

»Was ist passiert?«, fragte sie prompt, noch während er über die wandelbaren, teilweise sprunghaft wirkenden Wesenszüge der Portugiesen sinnierte. Sie zeigte auf seine Beule, die er unter dem Haar zu verbergen versucht hatte.

»Ich kann nur empfehlen, Licht zu machen, wenn man nachts durch die Wohnung schleicht.«

Sie sah ihn skeptisch an. »Ist was Besonderes vorgefallen, während ich weg war?«

Was für eine Frage! Henrik dachte weniger an den Einbrecher als vielmehr daran, was Stunden zuvor geschehen war. An das Blut des Mannes an seinen Händen. Er stellte seine Tasse wieder ab, aus der er eben den letzten Schluck Kaffee hatte nehmen wollen. Eine heftige Welle des Misstrauens schwappte über ihn hinweg.

»Was Besonderes?«, wiederholte er. »Was meinst du damit?« Sein Tonfall klang frostiger als beabsichtigt. Doch der Zwischenfall in der Bar war noch keinen halben Tag alt. Auch wenn sich Geschichten, vor allem jene, die großen Sensationscharakter aufwiesen, in den Vierteln wie Lauffeuer verbreiten mochten, erschien ihm der Bericht über die Messerstecherei doch nicht von solcher Tragweite, dass er es über Nacht vom Bairro Alto hinunter in die noble Unterstadt geschafft hätte, wo Adriana nicht nur ihr Büro, sondern auch ihre Appartement hatte.

»Ich weiß nicht. Irgendwas wird sich ja wohl zugetragen haben in den Wochen während meiner Abwesenheit?«, fragte sie mit Unschuldsmiene.

»Nein, nichts«, gab er zurück – vielleicht etwas zu laut. Die wenigen Leute, die sich zu dieser morgendlichen Stunde im Café a Brasileira eingefunden hatten, wandten die Köpfe in seine Richtung. Er senkte den Blick, als könnte er sich damit unsichtbar machen.

Adriana musterte ihn tadelnd.

»Tut mir leid, ich bin etwas angespannt. Dein plötzliches Auftauchen ... ich hab einfach nicht mit dir gerechnet.«

»Das sollte mir jetzt eigentlich schmeicheln.«

*Tut es aber nicht*, dachte er ihren Satz zu Ende. Zum einen war ihm bewusst, dass er eben überreagiert hatte. Andererseits wollte das Misstrauen einfach nicht weichen. Nahezu sechs Wochen hörte er nichts von ihr, und kaum passierte ein Unglück, in das er irgendwie verwickelt war, rief sie unverhofft an und schlug ihm ein gemeinsames Frühstück vor. Er war zu lange Polizist gewesen, um derlei als puren Zufall abzutun. Nur, wo war der Zusammenhang? Ein Mann wurde in der Bar erstochen, die seinem Haus direkt gegenüberlag und in der er gerade einen Absacker zu sich nehmen wollte. Dann hatte er versucht, den Mann vor dem Verbluten zu retten. Das war's. Was sollte Adriana damit zu tun haben?

Sie legte ihre Hand auf die seine und riss ihn aus seinen Gedanken. »Tut mir leid, wenn ich dich durcheinandergebracht habe.«

»Schon gut, ich habe bloß zu wenig geschlafen.« Er trank seinen Bica leer, der längst kalt geworden war.

»Wir können es ja in ein paar Tagen noch mal probieren«, schlug sie vor. »Was hältst du von einem Abendessen?«

»Klingt fantastisch«, erwiderte er, ohne dass es sich überzeugend anhörte.

»Rufst du mich an?«

»Verlass dich drauf.«

Adriana erhob sich und küsste ihn diesmal auf den Mund. »Adeusinho, Henrik!«, raunte sie, drehte sich um und strebte dem Ausgang zu. Ihr Milchbrötchen hatte sie zerpflückt, aber nichts davon gegessen. Er starrte ihr nach, genau wie die Kellner, einen bitteren Geschmack auf den Lippen, der nicht nur vom Kaffee kam.

# 7

Nachdem Henrik lustlos sein Milchbrötchen verzehrt hatte, zahlte er und trat hinaus in die Sonne. Die Stadt erwachte nach und nach, und die ersten Touristen ließen sich blicken. An der Haltestelle der Straßenbahn drängte sich eine Traube hellhäutiger Urlauber, die auf die gelbe Electrico 28 warteten, um mit dem historischen Gefährt eine Stadtrundfahrt der besonderen Art zu genießen. Schon war vom Praça Luís de Camões her das typisch metallische Schleifen und Quietschen zu vernehmen. Er stopfte seine Hände in die Hosentaschen und marschierte über das sahneweiße Pflaster des großen Platzes, in dessen Mitte das Monument des Dichters aufragte. Auf den Stufen des achteckigen Sockels, über dem die Statue thronte, war ein Rudel Rucksacktouristen gestrandet. Rund um den Platz und entlang der Hauptstraße öffneten gerade die Läden. Zeit auch für ihn, das Antiquariat aufzuschließen, obschon er mit einem eher bescheidenen Kundenansturm rechnete.

Nach nur wenigen Minuten bog er in die Rua do Almada ein. Schon von Weitem sah er den schwarzen Seat vor der Tür parken, so rücksichtslos, dass kein anderes Auto die Gasse passieren konnte. Sie warteten bereits auf ihn.

Helena lehnte am Kotflügel. Sie trug Jeans und über einer weißen Bluse einen marineblauen Blazer, der weit genug geschnitten war, um die Dienstwaffe im Schulterhalfter zu kaschieren. Ihr dunkelbraunes Haar, das sie wie üblich zu einem Pferdeschwanz gebunden hatte, glänzte in der Sonne. Die Sonnenbrille hatte sie nicht der Helligkeit wegen aufgesetzt, sondern wohl eher, um die Spuren ihres nächtlichen Einsatzes zu verbergen. Ihr Kollege Lui dagegen trug seine verspiegelte Brille vermutlich aus Eitelkeit. Henriks Wunsch, mit Helena allein zu sprechen, verstärkte sich beim Anblick des Mannes. Der Kommissar maß knapp zwei Meter, hatte abfallende Schultern und einen leicht gekrümmten Rücken, der daher rührte, dass er sich ständig bücken musste, wenn er mit anderen sprach. Lui würde nicht nur äußerst genau hinhören, was Henrik zu sagen hatte, sondern ebenso akribisch darauf achten, wie seine Kollegin auf den *alemão* reagierte.

»Parkverbot«, sagte Henrik und schlüpfte am zivilen Dienstwagen der PJ vorbei, um zur Haustür zu gelangen.

Helena lächelte schmal. Lui schob sich die Fliegerbrille ins schwarze Lockenhaar. Die Ärmel seines cremefarbenen Anzugsjacketts waren wie immer zu kurz für seine Affenarme. Unnötigerweise zückte er seinen Dienstausweis. Henrik tat ihm den Gefallen und studierte das Stück Plastik ausgiebig.

Lui und er waren sich während des Sommers nicht nur einmal begegnet. Zuletzt, als der Polizist ihn in eine Zelle gesteckt hatte, in der er einen Tag lang über seine ungewisse Zukunft nachdenken durfte. Aber das war eine andere Geschichte, deren Ausgang lediglich dem Ende eines Aktes glich. Wie lange die Inszenierung insgesamt andauerte, wussten nur die Sterne.

Wie immer sprach ihn der Kripobeamte auf Portugiesisch an und untermauerte damit sein abfälliges Verhalten Henrik gegenüber. Ihm schien es egal zu sein, ob Henrik ihn verstand.

»Wir wollten Sie schon zur Fahndung ausschreiben«, sagte Helena, und Henrik war sich nicht sicher, ob sie nur die

Worte ihres Kollegen übersetzte oder es tatsächlich ernst meinte. Ihre Förmlichkeit wirkte eigenartig fremd. Ohne darauf einzugehen, schloss er auf, und die beiden Ermittler folgten ihm ins Antiquariat.

Henrik stellte sich hinter die Verkaufstheke und überließ es den Kommissaren, sich ihren Platz zwischen den Büchern zu suchen. Sitzgelegenheiten konnte er nicht anbieten, was die Vernehmung hoffentlich beschleunigen würde.

»Was ist hier passiert?«, wollte Helena wissen und deutete auf die zerstörte Auslage in der Esoterikecke.

»Der letzte Buchkarton war zu schwer. Ich bin noch nicht zum Aufräumen gekommen.«

Ihr Blick streifte seine Blessur an der Stirn.

»Muss ich jetzt alles noch mal von vorne erzählen?«, fragte er, um sie abzulenken.

Helena nickte. Ihre Mimik blieb maskenhaft, die Augen hinter der Brille verborgen. Sie hatten sich eine Weile nicht gesehen, vor letzter Nacht auch länger nicht miteinander gesprochen. Doch im Gegensatz zu seiner Verbindung mit Adriana hatte er hier keineswegs das Gefühl, als ob sie sich voneinander entfernt hätten. Es war den Umständen ihrer Position geschuldet, dass sie nicht auf die Weise miteinander umgehen konnten, wie er – und hoffentlich auch sie – es sich gewünscht hätte. Es gab Gründe, einen gewissen Abstand zu wahren. Ihr dringlichster hieß Sara und war vier Jahre alt.

Henrik schilderte das Geschehen in der Bar Esquina im selben Wortlaut, wie er es am Abend zuvor bei den Streifenpolizisten getan hatte. Helena machte sich Notizen, Lui lehnte an einem der Bücherregale und betrachtete seine Fingernägel.

»Der Mann ist Ihnen nie zuvor begegnet?«

Konnte er auch Helena belügen? Heftiger als gewollt schüttelte er den Kopf. Als ehemaliger Polizist hätte er geschickter darin sein müssen, die Unwahrheit zu sagen; er konnte nur hoffen, dass er damit durchkam.

»Wie heißt denn der Mann?«, fragte er seinerseits.

Lui hob ruckartig den Kopf und starrte ihn durchdringend an.

»Ruben Mendes, er lebte in Porto«, antwortete Helena, und ihr Kollege verpasste ihr einen tadelnden Blick. »Sagt Ihnen der Name etwas?«

»Mendes? Klingt nach einem Allerweltsnamen.«

»Kam Ihnen jemand verdächtig vor, oder hat sich jemand seltsam verhalten, nachdem Senhor Mendes zusammengebrochen war?«

Da konnte er ihr tatsächlich nicht weiterhelfen, hatte er sich doch ganz auf den Verletzten konzentriert. »Es ging alles sehr schnell, und es war ein ziemliches Gedränge in der Bar, wie schon erwähnt. Kaum lag dieser Mendes am Boden, und die Leute sahen, wie das Blut aus ihm heraussprudelte, verfielen alle in Hysterie. Der perfekte Moment für den Täter, um unbemerkt zu entwischen.«

»Gut. Falls Ihnen noch was einfällt«, sagte Helena und legte eine Visitenkarte auf den Tresen. Eine Geste, die Lui verächtlich belächelte. Beinahe wäre Henrik eine weitere Frage herausgerutscht, er konnte sich gerade noch bremsen.

Die Beamten ließen ihn in seinem stickigen Laden zurück. Vermutlich würden sie erneut aufkreuzen, wenn die Ermittlungen nicht vorangingen. Erst nachdem das Gebimmel der Ladenglocke verstummt war, fiel ihm ein, dass er sich vor Lui der Form halber nach dem Befinden des Mannes hätte erkundigen müssen. Offiziell wusste er schließlich nicht, dass

Ruben Mendes in der Nacht verstorben war. Er ärgerte sich über seine Nachlässigkeit, die Helena womöglich weitere Schwierigkeiten einhandeln würde. Missmutig griff er nach der Visitenkarte. Auf der Rückseite fand er eine mit der Hand geschriebene Telefonnummer, die er noch nicht kannte.

Als hätte er im Treppenhaus darauf gelauert, betrat Renato Fernandes das Antiquariat, kaum dass die Polizisten in ihr Auto gestiegen waren. Renato war einer seiner Mieter und bewohnte das Appartement direkt unterm Dach. Nun ja, Mieter war nicht zwingend die richtige Bezeichnung. *Hausbesetzer* traf es eher.

»Was wollten die *bófias*?«, knurrte der Alte statt einer Begrüßung. Von allen Leuten im Haus hätte Henrik ihn am ehesten als Freund bezeichnet, auch wenn seine ruppige Art gewöhnungsbedürftig war. Henrik wusste natürlich längst, dass das mürrische Gehabe nur Fassade war. Die Extravaganz eines Künstlers, der nie die Aufmerksamkeit erfahren hatte, die ihm seiner Meinung nach zustand. Allerdings, überlegte Henrik, war *Freund* eine ebenso schönfärberische Bezeichnung wie *Mieter*. Ihre gegenseitige Sympathie gründete auf Eigennutz. Beiden war bewusst, dass sie einander in gewisser Weise brauchten. Renato hatte zum engsten Freundeskreis von Martin gezählt und war daher für Henrik eine wichtige Quelle, wenn es darum ging, mehr über seinen Onkel zu erfahren. Weshalb er sich bemühte, ihn nicht zu vergraulen. Ebenso stellte sich Renato mit ihm gut – und das nicht allein der Mietschulden wegen. Der alte Mann empfand noch eine ganz andere Schuld Henrik gegenüber. Schließlich wäre Renato letzten Sommer womöglich im Hinterhof eines Abbruchgebäudes gestorben, hätte Henrik ihn nicht zufällig dort gefunden. Dies alles schuf zwischen ihnen ein Klima gegenseitigen Wohlwollens und machte sie in mancher Hinsicht zu Verbündeten.

Henrik senkte die Stimme. »Dieser Kerl, den sie gestern drüben in der Bar erstochen haben … er hat davor ein Buch bei mir gekauft«, erklärte er und stillte damit Renatos Neugier, die ihm aus dunklen Augen entgegenleuchtete.

»Hast du ihn gekannt?«

Er schüttelte den Kopf. »Kein Stammkunde.«

»Laufkundschaft, ha! Das macht die Sache natürlich verdächtig«, frotzelte der Alte, der wusste, wie übersichtlich die Anzahl der Zufallskunden und Touristen war, die sich in das Antiquariat verirrten. Dann wurde er wieder ernst. »Vielleicht hatte er ja einen ganz anderen Grund für seinen Besuch«, gab er zu bedenken.

*So weit war ich auch schon.*

Anfangs hatte es einiger Überredung bedurft, bis sich Renato bemüßigt gefühlt hatte, ihn wenigstens annähernd darüber aufzuklären, woraus Martins wahre Obsession bestanden hatte. Warum all diese seltsamen Dinge passierten, kaum dass er erstmals einen Fuß in dieses Antiquariat gesetzt hatte. Warum Leute bedroht und misshandelt wurden und man auch ihm ans Leder wollte. Renato musste erst selbst zum Opfer werden, bevor er scheibchenweise auspackte. Vermutlich behielt er noch immer einiges für sich.

»Du bist hier der Sheriff, finde raus, was dahintersteckt und ob wir uns wieder Sorgen machen müssen!«

»Aber du bist besser darin, dich in der Nachbarschaft umzuhören.«

»Mitgefangen, mitgehangen«, grummelte Renato und strich sich über die noch immer glänzende Narbe, die sich oberhalb seines Auges über die runzlige Stirn zog. Die knotige Wulst über dem Nasenbein war ein weiteres Andenken, das er, wie er gelegentlich knurrig zum Besten gab, Henriks Einmischung in sein Leben verdankte. Diese und noch einige Verletzungen mehr hatten ihm ein paar feige Schläger vor einem Vierteljahr in jenem finsteren Hinterhof zugefügt, um ihn daran zu erinnern, den Mund zu halten.

»Wir sitzen alle im selben Boot, ich bau auf dich! Außerdem wollte ich dich bitten, verstärkt ein Auge aufs Antiquariat zu haben, wenn ich unterwegs bin. Zu unser aller Wohl!«

»Ach, lass mich doch in Frieden!«, brummte der Alte und machte sich davon.

Allein mit dem Staub und den Büchern, musste er sich selbst ermahnen, nicht unverzüglich die Nummer anzurufen, die Helena ihm hinterlassen hatte. Um sich abzulenken, inspizierte er erst einmal den Keller. Seit er an Eingangs- und Ladentür zusätzliche Schlösser angebracht hatte, war es nicht mehr so einfach, einzubrechen. Aber die Ratten fanden ihre Schlupflöcher. Unübersehbare Einbruchsspuren an der Kellertür hatten ihn dazu genötigt, auch diese mit einem Panzerriegel auszustatten. Selbst mit einer massiven Ramme war es jetzt schwierig, dort gewaltsam einzudringen. Die Kellerfenster zur Straße hin waren zudem vergittert. Allerdings nicht die, die zum kleinen Innenhof hinaus lagen. Die waren die Schwachstelle seiner Festung. Schnell fand er das aufgehebelte Fenster, durch das sein nächtlicher Besucher ins Haus gelangt war. Der Schacht war eng. Der Eindringling war äußerst wendig – wie er schon am eigenen Leib erfahren hatte. Er verschloss das Fenster, so gut es ging, und schob ein Regal davor, das er anschließend mit sämtlichem Krempel füllte, der ihm unterkam. Die feuchten Kellerräume benötigten wirklich dringend eine Entrümpelung. Noch eine Baustelle mehr, über die er jetzt nicht weiter nachdenken wollte.

Er ließ zwei weitere Stunden verstreichen, dann hielt er die Warterei nicht mehr aus, schloss das Antiquariat ab und überquerte die Gasse. Die Sonnenschirme auf der Terrasse der Bar waren noch immer zusammengebunden, die Markise eingefahren. Der übliche Anblick um diese Tageszeit. Victor öffnete nach Lust und Laune – und vor allem relativ spät, weshalb der Sonnenschutz ziemlich widersinnig war.

Wie er jetzt bemerkte, war der Zugang zur Bar nicht mehr versiegelt. Die Polizei hatte ihre Untersuchung demnach abgeschlossen. Trotzdem, dass der Tatort so rasch freigegeben worden war, kam ihm verdächtig vor. Er dachte darüber nach, ob Victor eventuell Schmiergeld bezahlt hatte, um schnell wieder öffnen zu können. Gewundert hätte ihn das nicht.

Henrik warf einen Blick durch das Fenster, konnte aber weder den Wirt noch eine Thekenhilfe oder gar eine Putzfrau ausmachen. Er umrundete das grüngelb gekachelte Gebäude, ohne auf einen offenen Nebeneingang zu stoßen. Zurück auf der Terrasse, hämmerte er frustriert gegen die Eingangstür des Esquina. Auch das führte zu keinem Ergebnis, abgesehen davon, dass er die Aufmerksamkeit einiger Passanten erregte, die vermutlich unterwegs zum Aussichtspunkt Santa Catarina waren. Sie betrachteten ihn misstrauisch. Verlegen wandte er sich ab. Sein knurrender Magen erinnerte ihn daran, wie spärlich sein Frühstück heute ausgefallen war. Der Kühlschrank war wie gewöhnlich leer. Ihm fehlte einfach die Motivation, für sich alleine zu kochen, warum also sollte er Vorräte einlagern? Verspürte er Hunger, ging er auf die Straße. Das funktionierte in der Regel zu jeder Tages- und

Nachtzeit. Seine Mutter hätte diese Form der Existenz ohne Zweifel als Lotterleben bezeichnet.

Ihm fiel ein, dass kürzlich ein neues Fast-Food-Restaurant eröffnet hatte, gleich hier um die Ecke. Waschechten Lisboetas wäre es natürlich nie in den Sinn gekommen, über diese stillose Form der Nahrungsaufnahme nachzudenken. Stattdessen bevorzugte man zu dieser Tageszeit den *prato do dia*, den klassischen Mittagstisch in einem ordentlichen Restaurant, für den man sich auch angemessen Zeit nahm. An der Zeit lag es bei Henrik in der Regel nicht, aber ihm fehlte häufig die Geduld. Die südländische Gelassenheit war einem entweder angeboren oder blieb eine schöne Theorie. Egal ob man das nun auf ein ausgedehntes Mittagessen bezog oder generell auf die Angewohnheit, unbekümmert in den Tag hinzueinleben. Vielleicht war es ja Martin gelungen, während seiner vier Jahrzehnte in Lissabon diesen nahezu meditativen Zustand zu erlangen. Henriks Weg dorthin war jedenfalls mit Sicherheit noch lang, und gewiss würde er heute nicht damit anfangen. Dafür war sein Kopf zu voll. Abgesehen davon missfiel es ihm, stundenlang allein an einem Restauranttisch zu sitzen. Fast Food war da eindeutig die bessere Alternative, besser zumindest als ein Loch im Magen. Schwungvoll bog er in die Travessa do Sequeiro ein und prallte mit einem Mann zusammen, der dort, in eine Zeitung vertieft, an der Hauswand lehnte. Beide stammelten ein schnelles *desculpe*, dann knüllte der Mann das Blatt zusammen, schob sich an ihm vorbei und eilte davon. Henrik machte noch zwei Schritte, blieb erneut stehen und drehte sich um. Der Zeitungsleser war um die Ecke verschwunden.

Er betrachtete das Gebäude zu seiner Linken. Es war eines der vielen leer stehenden, dem Verfall überlassenen Häuser in seinem Viertel. Der Eingang war mit Brettern vernagelt. Hier wohnte niemand, und das Gleiche galt für das Nachbargrundstück. Seltsam. Irgendetwas drängte ihn dazu, kehrtzumachen und zurück zur Abzweigung zu gehen. Er stellte sich ungefähr dorthin, wo der Mann gestanden hatte, bevor er in ihn hineingelaufen war. Dann rückte er zwei Fußlängen vor und spähte um die abgeplatzte Mauerkante. Er konnte am Antiquariat vorbei bis hinauf zur Terrasse des Esquina blicken.

Den Mann entdeckte er nicht. Der musste sich sehr beeilt haben, um in der schnurgeraden Rua do Almada außer Sicht zu geraten. Falls er nicht wie ein Irrer die steilen Treppen hoch zur Rua Marechal Saldanha gestürmt war, was Henrik innerhalb der wenigen Sekunden, die seither vergangen waren, als schier unmöglich erschien. Blieb die naheliegende Möglichkeit, dass er in einen Hauseingang geschlüpft war.

*Um sich zu verstecken?*

Henrik beobachtete die Gasse eine halbe Minute lang, ohne dass sich etwas Verdächtigtes ereignete. Warum bloß war er eben umgekehrt? Was war ihm an dieser zufällig anmutenden Begegnung suspekt vorgekommen?

Ganz entgegen der portugiesischen Gelassenheit, über die er vorhin noch philosophiert hatte, hatte sich der Zeitungsleser von ihm aufschrecken lassen. Hinzu kam, dass der Vorfall eine Erinnerung weckte. Schon einmal hatte sich jemand hinter einer Zeitung verborgen, um ihn zu observieren. Es lag eine Weile zurück, seit er zuletzt bewusst an diese Person gedacht hatte, dennoch war sie nie wirklich aus seinem Gedächtnis verschwunden. Dafür waren ihre Zusammenstöße zu schmerzhaft gewesen.

Er runzelte die Stirn. War er in den letzten Wochen zu nachlässig geworden? Eigentlich hätte ihm doch immer und überall bewusst sein müssen, wie er vor drei Monaten knapp dem Tod entronnen war – und zwar nicht nur einmal. Jedes Mal war diese Person dabei der Flankengeber gewesen. Die Gefahr hatte permanent im Hintergrund geschlummert.

Mit einem Mal überkam ihn die eisige Ahnung, dass der Wahnsinn mit dem gestrigen Vorfall in der Bar einen neuen Anlauf genommen hatte.

Verglichen mit der Bedrohung aus seiner Erinnerung, hatte der Zeitungsleser an der Ecke eher verängstigt gewirkt. Ein junger Bursche mit aschblondem, ins Gesicht gekämmtem Haar, das ihm zerzaust und lang über die Ohren hing. Unauffällig gekleidet, mit Jeans und einem Hemd. Die Knopfleiste offen, sodass man das T-Shirt darunter sah. Es hatte einen Aufdruck, aber den Wortlaut bekam Henrik nicht zusammen. Bei einer polizeilichen Befragung wäre er kaum in der Lage, mehr als eine vage Personenbeschreibung abzuliefern. Erneut fragte er sich, ob er wohl aus der Übung kam. Er verdrängte den Gedanken, und gleichzeitig wurde ihm bewusst, dass er nach wie vor verstohlen um die Hausecke linste. Möglicherweise hatte es sich bei dem Zusammenstoß tatsächlich nur um einen dummen Zufall gehandelt. Lissabon hatte ihm bereits einige verstörende Ereignisse beschert. Kein Wunder, dass er gelegentlich von Paranoia heimgesucht wurde.

Nach dem Essen beschloss Henrik, dass das Antiquariat heute noch eine Weile zubleiben konnte. Er holte ein Prepaid-Handy aus seiner Wohnung, das er sich vorausschauenderweise bei einem der zahllosen schwarzafrikanischen Straßenverkäufer besorgt hatte. Damit machte er sich auf den Weg, ohne einen Plan zu haben, wohin. Er ließ sich treiben. Ein probates Mittel, das meistens half, die richtigen Gedanken zu finden. Auf der Calçada do Combro zuckelte gerade eine Straßenbahn heran. Warum nicht, dachte er und stieg ein. Die Linie ratterte stadtauswärts, die Fenster waren auf beiden Seiten geöffnet. Er liebte diesen Durchzug, auch jetzt noch, obwohl die frische Luft draußen kaum mehr an die Hitze des Sommers erinnerte. Die Electrico transportierte eine Familie, vom Klang her Franzosen. Eltern und drei Kinder in einem Alter, in dem es noch schwerfiel, auf Bänken sitzen zu bleiben. Ganz vorne hockten zwei vom Alter gebeugte Senhoras in Schwarz, deren Ziel offensichtlich war. Die gesamte Fahrt über stieg niemand aus und, was für ihn wesentlich relevanter war, auch niemand mehr zu. Er war unbemerkt davongekommen.

Hinter den beiden Damen verließ er an der Endhaltestelle beim Kreisverkehr am Praça São João Bosco die Bahn. Auch die Franzosen gesellten sich zu ihnen. Gemeinsam, als gehörten sie zusammen, schlenderten sie bei der Fußgängerampel über die Straße. Die Kinder wetzten vorneweg, dicht gefolgt von den Eltern. Im Anschluss und wesentlich langsamer: die Senhoras, schon jetzt bewaffnet mit ihren Rosenkränzen, die sie gleich nach dem Verlassen der Tram aus ihren altmodischen schwarzen Lederhandtäschchen gezogen hatten. Henrik hinterdrein, ohne Eile und mit einem gelegentlichen Blick über die Schulter. So bewegte sich die Prozession auf den Haupteingang des Cemitério dos Prazeres zu, des Friedhofs der Freude, wie er auch genannt wurde. Es mochte absurd klingen, aber er fühlte sich hier wohl und ging daher gelegentlich zwischen den Grabdenkmälern spazieren. Hier ruhten viele wichtige Persönlichkeiten, Maler, Schriftsteller, Musiker, Großindustrielle und Staatsmänner, die dieses Land geprägt hatten. Im Stillen vereint mit den

Abertausenden, die lediglich von ihren Familien vermisst und betrauert wurden. Die Wege hatten Straßenamen, die Grabhäuschen und Mausoleen Hausnummern. Der Friedhof war eine kleine Stadt, eine Stadt der Ruhe und des Schweigens; es wurde nur von den unzähligen Vögeln gebrochen, die in den Kronen der hohen Kiefern und Pinien mit ihrem Gezwitscher gegen das millionenfache Zirpen der Zikaden ansangen. Selbst jetzt noch konnte man sie hören: ein letztes Abschiedskonzert für den scheidenden Sommer.

Nach dem Tor, auf dem breiten Boulevard, der zur Grabkapelle führte, trennte sich die Gruppe. Henrik bog nach links ab, um über eine der beschatteten Alleen tiefer hinein ins Reich der Toten zu wandern. Wollte man ausgiebig nachdenken, war man hier besser aufgehoben als in jedem Park, den er kannte. Zikaden und Grünfinken waren weitaus verträglicher für die Ohren als ausgelassene Kleinkinder, Erziehungstipps austauschende Mütter, partysüchtige Teenager oder Feierabendkicker, die ihre vom langen Sitzen im Büro aufgestaute Energie loswerden mussten, bevor sie fürs Abendessen nach Hause gingen. Die Geräusche der Fauna traten bereits nach wenigen Schritten in den Hintergrund. Selbst wenn die Natur laut war, war sie doch niemals aufdringlich oder störend. Auch die quiekenden Stimmen der französischen Kinder vernahm man hier nicht mehr. Die innere Ruhe ließ trotzdem auf sich warten. Und dann … Er war noch gar nicht weit gekommen, da fühlte er sich verfolgt. Mehrmals blickte er über seine Schulter zurück, ohne dass die Ahnung zum begründeten Verdacht reifte. Der Boulevard zwischen den Grabhäuschen war breit und in beide Richtungen einsehbar. Niemand außer ihm war in diesem Teil des Friedhofs unterwegs. Keine Trauernden, keine Gärtner oder Handwerker, die eines der Mausoleen herrichteten. Auch keine Toten.

Sein Verhältnis zur Spiritualität war wenig ausgeprägt, aber es kam selbstredend auch auf die Umgebung an. In alten, verfallenen Grabhäusern, die mangels Geld oder Angehöriger schon lange keine Pflege mehr erfuhren, konnte man manchmal Knochen sehen. Särge, die aus den vom Zahn der Zeit angenagten Regalen gekippt und dabei auseinandergebrochen waren, entdeckte man hier immer wieder. Gebeine und Schädel schimmerten hinter gesprungenen Glasscheiben, durch fadenscheinige Vorhänge oder Ritzen in den maroden Türen. Ein makaberer Anblick und auch ein Grund, warum Leute hierherkamen.

Nach weiteren dreißig Metern schloss Henrik einen erzürnten Geist endgültig als Verfolger aus. Er glitt in den schmalen Schatten zwischen zwei der Grabhäuser und konzentrierte sich. Wind kam auf und strich vom Atlantik her über den Friedhof; die salzige Luft mischte sich mit einem Hauch Verwesung. Wolken türmten sich über den Bergen von Sintra – vielleicht der nächste Regen, der sich da ankündigte. In den nächsten zwei Minuten ging niemand an ihm vorbei. Trotzdem war er nun relativ sicher, dass da jemand war, der sich nicht wie ein normaler Friedhofsbesucher oder Tourist verhielt. Keine gemurmelten Gebete, kein Klicken einer Kamera. Schritte waren zwar nicht zu hören, weil der Wind aus der falschen Richtung wehte, und doch …

Er wagte einen Blick um die gemauerte Grabstätte.

Und da, in einiger Entfernung, stand er.

Seinerseits suchend.

Henrik fluchte in sich hinein. Er erkannte den Mann sofort, selbst von hier aus. Noch bevor sich ihre Blicke trafen, sprang er aus seinem Versteck und stürmte los. Das Überraschungsmoment lag auf seiner Seite, aber die Distanz eines halben Fußballfeldes reichte trotz allem aus, dass der Zeitungsleser vom Vormittag rechtzeitig reagieren konnte. Das Bürschchen wirbelte herum und spurtete auf seinen dürren Beinen Richtung Haupttor davon.

Henrik war immer ein ganz leidlicher Sprinter gewesen. Doch zum einen ging es bergauf, und zum anderen war er außer Form. Seit er aus dem Polizeidienst ausgeschieden war, hatte er sich eher selten als regelmäßig sportlich betätigt. Und wenn die Ausdauer fehlte, half die ganze Grundschnelligkeit nichts.

Oben bei der Grabkirche brannte ihm die Lunge. Keuchend umrundete er den Sakralbau, doch der Platz vor dem Eingang war leer bis auf einen einsamen Hund. Von seinem Schattenplatz an einer der Wasserstellen, wo die Angehörigen ihre Gießkannen füllen konnten, blickte ihm die Promenadenmischung hechelnd entgegen. Henriks Zunge musste ihm ähnlich weit aus dem Hals hängen. »Wo ist er hin?«, fragte er japsend, erhielt aber keine Antwort.

# 8

»Warum, verdammt noch mal, hast du mich angelogen?«

»Tja, offensichtlich kommt dir mein Anruf nicht ungelegen, sonst würdest du nicht so aufbrausend reagieren.«

»Henrik, bitte! Das ist eine verfahrene Situation, und deine Falschaussage macht es nicht gerade einfacher.«

Verfahrene Situation, Falschaussage? Was zum Teufel … Er spürte nun seinerseits, dass er ungehalten wurde. »Ich habe nur versucht, jemandem das Leben zu retten. Wer will mir daraus einen Strick drehen?«

»Wenn dem so war, warum hast du uns dann nicht einfach gesagt, dass Ruben Mendes kurz vor seinem Tod bei dir im Laden war?«

»Ich hielt das nicht für relevant«, stöhnte er genervt.

»Du warst Polizist, Henrik. Sag mir nicht, du würdest diese Tatsache nicht hinterfragen, wenn es deine Ermittlung wäre!«

Sie hatte recht, aber es widerstrebte ihm, das zuzugeben.

»Wir müssen uns treffen!«, verlangte sie, nannte ihm Uhrzeit und Adresse und beendete das Gespräch, ehe er etwas erwidern konnte. So war Helena. Kantig und kompromisslos. Vermutlich war das einer der Gründe, warum er sich zu ihr hingezogen fühlte.

Er nahm die SIM-Karte aus dem Billighandy, brach sie entzwei und entsorgte sie im nächsten Mülleimer. *Sicherheitsmaßnahmen* nannte Helena dieses Vorgehen. Nur auf diese Weise durfte er sie privat anrufen.

Die Basílica dos Mártires in der Rua Garrett lag nicht weit von dort, wo er wohnte. Was aber letztlich keine Rolle spielte. Traf er sich mit Helena, hatte er Anweisung, nie den direkten Weg zu nehmen. Sicherheitsmaßnahme Nummer zwei, so gesehen. Nach den jüngsten Vorfällen konnte er ihr auch nur recht geben. Er musste wieder wesentlich vorsichtiger werden und auf alles vorbereitet sein, wenn er sich auf die Straße wagte.

Eine graue Wolkendecke hatte sich über die Stadt geschoben. Darunter staute sich die Wärme des Tages. Der Atem der Stadt, der sich nun, da der Wind ihn nicht zerstreuen konnte, zäh und stickig anfühlte. Mit der Straßenbahn fuhr er hinunter ins Baixa-Viertel und suchte sich dort eine Gasse mit einer Steigung, die er auf dem Weg nach oben stets überblicken konnte. Es gab keine Garantie, aber er war zuversichtlich, unbeobachtet sein Ziel zu erreichen. So schnell, wie der Mann vom Friedhof das Weite gesucht hatte, erschien es Henrik unwahrscheinlich, dass er heute noch mal auftauchte. Doch natürlich bestand die Möglichkeit, dass der Bursche nicht allein operierte. Grund genug, sich dem Gotteshaus aus einer Seitengasse heraus zu nähern.

Von außen eher unscheinbar, reihte sich die weiß getünchte Basilika am Ende der bekannten Einkaufsstraßen fast nahtlos in die Häuserzeile ein. Touristen, die den Vorschlägen aus ihren Reiseführern folgten, kamen zwangsläufig hier vorbei. Daher ließen sich Besucher gerne dazu hinreißen, einen Blick in die Kirche zu werfen. Und sei es auch nur, um für kurze Momente der Hitze zu entfliehen oder der Einkaufswut der Ehefrau mit Besinnlichkeit vor dem Herrn entgegenzuwirken. Obwohl die Hitze nicht der Grund sein konnte, war die Basilika auch heute gut besucht, als Henrik pünktlich um kurz nach sieben die sechs Stufen des Portals erklomm und das von Gemurmel erfüllte Innere betrat. Die Barockkirche war bekannt für ihre herrlichen Deckenmalereien und für die Orgel, die angeblich die beste im Land sein sollte. Er war nicht zum ersten Mal hier und kannte die detailreichen Fresken, die das Gewölbe schmückten. Daher richtete sich seine Aufmerksamkeit auf die Bänke im Mittelschiff. Helena saß im hinteren Teil, relativ unbehelligt von den sakral interessierten Urlaubsgästen. Einem Gespräch in für die Umgebung angemessenem Flüsterton stand nichts im Wege. Er rutschte neben sie in die hölzerne Bank. Sie hielt ihren Blick auf den Altar gerichtet.

»Wie geht es dir?«, wagte er das Gespräch auf persönlicher Ebene zu beginnen und sah sie von der Seite her an.

»Es ist nicht einfacher geworden.«

»Und Sara?«

Für den Moment schloss sie die Lider, senkte leicht den Kopf, als erwartete sie, dass der Herrgott persönlich ihr die Antwort ins Ohr säuselte. »Wir kommen klar«, sagte sie und ließ einen Moment verstreichen, bevor sie sich ihm zuwandte. Für eine Sekunde schimmerte so etwas wie Sehnsucht in ihren dunklen Pupillen mit den goldenen Einschlüssen. Noch bevor er entscheiden konnte, ob er sich ihre Gefühlsregung nur wünschte oder ob sie tatsächlich vorhanden war, blinzelte sie, und der durchdringende Blick der Polizistin war wieder da. Er musste wohl akzeptieren, dass sie auch diesmal nicht zusammengekommen waren, um private Dinge zu bereden. Das war die Tragik ihrer Bekanntschaft. Diese unumstößliche Vereinbarung, keinen offiziellen Kontakt zu pflegen, die Distanz zu wahren, um sich nicht angreifbar zu machen.

»Hatten wir Kirchen als Treffpunkt nicht ausgeschlossen?«

»Man muss sich seinen Ängsten stellen.«

Ihre letzte Zusammenkunft in einem Gotteshaus hatte zur Folge gehabt, dass er wenig später an der Dachrinne des Gebäudes hing, sich dabei an dem heißen Kupferblech die Hände verbrannte und fürchten musste, drei Stockwerke tief in den Tod zu stürzen. »Meiner Erinnerung nach war ich meinen Ängsten nie intensiver ausgesetzt. Ich bezweifle, dass diese Erfahrung therapierbar ist.«

»Was vorgefallen ist, hat weder etwas mit der Kirche noch mit Gott zu tun.«

»Stimmt, es war der Teufel, der uns über den Dachfirst gehetzt hat«, wandte er trocken ein. Daraufhin schenkte sie ihm ein schmales Lächeln und richtete ihren Blick wieder auf den Altar, der eben von einer Gruppe Asiaten bewundert und aus allen Perspektiven fotografiert wurde.

»Soso, der Teufel. Bislang dachte ich immer, du bist Atheist.«

»Mach dich nicht über mich lustig!«, erwiderte er und zog einen gespielt beleidigten Flunsch. Natürlich hatte sie recht. Glauben und Religion hatte er nie viel abgewinnen können, und nach Ninas Tod war es endgültig vorbei damit, die Existenz eines dem Menschen gütig zugeneigten, höheren Wesens zu akzeptieren. Kein gerechter Gott würde seine Schöpfung so leiden lassen. Kein gerechter Gott würde wollen, dass seine Schöpfung einen derartigen Verlust ertragen musste.

»Habt ihr die Tatwaffe?«, fragte er, um endlich zum Thema zu kommen.

Sie schüttelte den Kopf. »Der Täter muss sie mitgenommen haben. Ist er runter zum Fluss geflüchtet, liegt das Messer wahrscheinlich im Tejo.«

»Und das Buch? Konntet ihr das sicherstellen?«

»Welches Buch?«

Er musterte sie verwundert. »Das Buch, das dieser Mendes bei mir gekauft hat. Das Buch, wegen dem du mich als Lügner bezeichnet hast. Der Tote war vor seinem Ableben bei mir im Laden, du erinnerst dich?«

Nun wirkte auch Helena überrascht. »Es gab lediglich eine Zeugenaussage, die andeutete, dass er aus dem Antiquariat kam, bevor er die Bar betrat«, murmelte sie, mehr zu sich selbst. »Es hat mich schon genug irritiert, dass du das verschwiegen hast. Jetzt hat er also auch noch ein Buch erstanden?«

»Okay, fürs Protokoll: ja, hat er.«

Sie sah Henrik direkt in die Augen und schüttelte dann den Kopf. »Er trug nichts bei sich, außer ein bisschen Geld und eine Schlüsselkarte für ein Hotelzimmer. Darüber haben wir letztlich seine Personalien rausgefunden.«

»Verdammt«, stieß Henrik hervor und duckte sich dann reuevoll vor dem Herrn, in dessen Haus er sich zu einem Fluch hatte hinreißen lassen.

»Wer war er?«

»Ruben Mendes aus Porto«, murmelte sie.

»Verheiratet, Kinder?«

»Fünfundvierzig Jahre alt, ledig. Wir konnten bis jetzt keine Angehörigen ausfindig machen.«

»Einer, den niemand vermisst?«

Helena nickte nachdenklich. »Keine Auffälligkeiten, keine Einträge im Polizeiregister. Ein Computerfachmann, der unter anderem Firmen in Lissabon betreute. Er entwickelte individuelle Softwarelösungen, half Unternehmen bei IT-Problemen, lauter so Kram. Das geht aus den Unterlagen hervor, die wir in seinem Zimmer im Miraparque sichergestellt haben. In dem Hotel wohnte er seit Beginn der Woche. Er war dort Stammgast, sagte man uns, immer wenn er geschäftlich in der Stadt zu tun hatte. Laut Aussage des Hotelpersonals hat er es gestern in aller Frühe verlassen und ist nicht wieder zurückgekommen. Ich werde mich morgen in dem Unternehmen umhören, in dem Mendes zuletzt tätig war, und seinen Tagesablauf rekonstruieren. Vielleicht wissen wir danach mehr.«

»Ein Computerspezialist. Klingt auf den ersten Blick recht unspektakulär.«

»Trotzdem fand jemand einen Grund, ihm ein Messer in den Bauch zu rammen. Und zwar ziemlich exakt dorthin, wo er sicher sein konnte, dass Mendes verbluten würde, bevor Hilfe eintraf.«

»Die Art des Einstichs weist demnach auf eine mutwillige Tötungsabsicht hin?«

Helena zuckte mit den Achseln. »Könnte, muss aber nicht. Wenn man jemanden in den Unterleib sticht, ist die Chance auf eine lebensgefährliche Verletzung ziemlich groß. Solange wir kein Motiv sehen, können wir weder Vorsatz noch Affekt ausschließen.«

»Immerhin hatte der Täter ein Messer dabei«, wandte er ein. »Scheidet da Affekt nicht schon aus?«

Helena blickte hoch zu den Fresken. »Fest steht nur, dass es vor dem tödlichen Stich keinen Streit gab. Da waren sich die befragten Gäste einig. Es herrschte allgemeine Enge in der Bar, alle drängten ins Innere, weil es regnete. Niemand hat beobachtet, ob Mendes sich mit jemandem unterhalten hatte und wer ihn letztlich angriff. Der Mann scheint überhaupt erst aufgefallen zu sein, als er blutend auf dem Boden lag.«

Das alles enthielt nichts Neues für ihn, bis auf die Tatsache, dass der unauffällige IT-Fachmann das Buch nicht mehr bei sich trug. Dabei hatte Mendes nach seinem Einkauf im Antiquariat keinen Abstecher mehr ins Hotel gemacht. Wenn er es also nicht woanders abgeliefert hatte, bedeutete dies, dass jemand aus der Bar das Buch an sich genommen hatte, nachdem der Mann zusammengebrochen war. Oder auch schon davor. Wieder dachte er darüber nach, ob das Buch der Auslöser für den tödlichen Stich gewesen sein konnte. Wenn ja, dann erschien es naheliegend, dass diejenige Person, die sich das Buch geschnappt hatte, auch Mendes' Mörder war.

Helena erahnte seine Gedanken. »Du meinst, es ging um das Buch?«

»Ich würde sagen, das ist die heißeste Spur, die wir haben!«

Victor kehrte seine Terrasse. Der Barbetreiber war einer von diesen markigen Typen, die kräftemäßig weit unberechenbarer waren als ein offensichtlicher Muskelprotz. Ein zäher Hund, den man nicht unterschätzen durfte, weil sein Wille ihn auch dann noch auf den Beinen hielt, wenn sein Körper eigentlich schon am Aufgeben war. Er trug nur ein Unterhemd, das seine zahlreichen Tätowierungen zur Schau stellte. Keine Knasttattoos allerdings, sondern verschnörkelte, filigrane Kunstwerke, für die der Tätowierer viel Zeit gebraucht hatte. Was einherging mit permanentem Schmerz, den es zu ertragen galt. Henrik hatte sich kurz nach seinem achtzehnten Geburtstag aus einer trotzigen Laune heraus einen kleinen Skorpion aufs linke Schulterblatt stechen lassen. Sein Sternzeichen, auch wenn er nicht an diesen Astrologenquatsch glaubte. Er war damit der erste Falkner, der sich mit so einer verwerflichen Zierde geschmückt hatte. Damals hatte er sich diebisch darauf gefreut, sich bald mit entblößtem

Oberkörper seiner Mutter oder gar seinem Großvater zu zeigen. Vielleicht beim nächsten Gartenfest, bei dem am besten noch andere Gäste anwesend waren, um dem Skandal den richtigen Rahmen zu verleihen. Ja, so hatte er sich das ausgemalt, als er auf der Pritsche im Tätowierstudio lag.

Ein geplanter Eklat – der eine Fantasie blieb. Bis heute wusste seine Mutter nichts von dem Frevel, der sich auf seinem Rücken befand. Selbst er erinnerte sich nur noch dann daran, wenn er sich zufällig im Spiegel sah. Die Schmerzen der Nadel, die tausendfach in seine Haut gestochen hatte, hatte er glücklicherweise vergessen. Viktor hätte wahrscheinlich ohnehin nur darüber gelacht. Verglichen mit dem kaum handtellergroßen Skorpion war der Körper des Barmanns ein Gesamtkunstwerk. Natürlich war nicht ausgeschlossen, dass Victor eventuell doch eingesessen hatte. Da war irgendetwas in seinen schwarzen Augen, das Henrik diese Vermutung nahelegte. Ein Gefängnisaufenthalt veränderte das ganze Leben, so etwas ließ sich nie gänzlich verbergen, egal wie sehr man darum bemüht war.

»Erlauben sie dir, schon wieder aufzumachen?«

Victor fuhr zu ihm herum, die Hände dabei auf eine Weise um den Besenstiel geklammert, die Henrik vom Stockkampf her kannte. Genau das war es. Dieser Mann wirkte mit jeder Faser seines sehnigen Körpers stets auf der Hut und angriffsbereit. Durchaus gewillt, hart und erbarmungslos zuzuschlagen.

»War ja nicht der erste Zwischenfall, der mir die Bullen ins Haus gebracht hat ... obwohl es bisher dabei keinen Toten gab.«

»Ich habe den Drink nicht bezahlt«, sagte Henrik und brachte den Barmann damit zum Grinsen.

»Geht aufs Haus. Immerhin warst du der Einzige, der zumindest versucht hat, ihn zu retten.«

»Kanntest du den Mann?«

Victor schüttelte den Kopf. Schwarze Strähnen fielen ihm dabei in die wulstige Stirn. Sie belauerten sich für zwei, drei Sekunden.

»Ist zufällig irgendwas … liegen geblieben?«

»Weiß nicht, was du meinst«, antwortete Victor schmallippig.

»Ein Buch.«

»Buch?«

»Ein altes Buch.«

Der Barkeeper hob die rechte Augenbraue, durch die sich eine feine, weiß glänzende Narbe zog, und warf einen kurzen Blick die Gasse hinunter auf das Antiquariat. »Bücher sind nicht so mein Ding«, erklärte er und begann wieder zu fegen.

# 9

Das ganze Wochenende über passierte nichts. Keine Einbrüche im Antiquariat, keine Verfolger auf den Straßen. Er hörte auch nichts von Helena. Am Samstag war er noch eine Weile Martins Hinweise durchgegangen, die er bisher im Laden gefunden hatte, doch nichts davon verwies auf einen Ruben Mendes. Als in der Nacht auf Montag endlich auch die Träume nachließen, in denen er ihn immer wieder sah, dachte er immer weniger über den Computerspezialisten und die Umstände seines Sterbens nach. Und das, obwohl ihm ausreichend Zeit zur Verfügung stand. Es verliefen sich spürbar weniger Leute ins Antiquariat als noch in den Sommermonaten. Womit die Zahl seiner Kunden stark gegen null tendierte. Er wollte sich nicht ausmalen, was die rückläufigen Touristenzahlen im Winter für ihn bedeuten würden.

Warte einfach auf das Weihnachtsgeschäft – so hatte Catia ihm mehrmals Mut zugesprochen. Ihm wäre es durchaus gelegen gekommen, wenn diese goldenen Wochen sehr bald begannen. Nicht unbedingt der Einnahmen wegen, sondern schlicht, um nicht stundenlang allein Zeit im Laden verbringen zu müssen. Diese Denkweise war zwar absolut unökonomisch, aber so fühlte er sich nun mal. Die Kasse brauchte nicht zwingend zu klingeln, solange er monatlich Geld aus einer anderen Quelle erhielt. Zuwendungen, denen er es verdankte, dass das Geschäftskonto stets ausgeglichen war. Die letztendlich sogar dafür sorgten, dass dieses Gebäude überhaupt noch stand und einigermaßen funktionierte. João de Castros Vermögen hatte schon zu Martins Zeiten dazu beigetragen, Haus und Antiquariat all die Jahre über Wasser zu halten. Nach dem Tod seines Onkels war diese Geldquelle für kurze Zeit erloschen, was Henrik fast dazu genötigt hätte, das Haus zu veräußern. Doch dann entschied Joãos Familie zu seiner Überraschung, dass man ihn trotz Martins Ableben weiterhin subventionieren wollte. Nicht ohne Gegenleistung, verstand sich. Die wohlhabenden de Castros hatten einen klaren Auftrag an ihn formuliert, und seitdem stand er bei ihnen in einer Bringschuld.

Die de Castros litten nach wie vor darunter, dass der Mord an João nicht aufgeklärt worden war. Martin hatte dreißig Jahre lange nach dem Mörder seines Lebensgefährten gesucht oder vielmehr daran gearbeitet, dessen Schuld zu beweisen. Vielleicht sollte Henrik sich geschmeichelt fühlen, dass man ihm zutraute, den Fall endlich aufzuklären.

Mit Joãos Schwester Anabela, deren Bekanntschaft er machen durfte, kurz nachdem er das Erbe angetreten hatte, war kürzlich sogar vereinbart worden, dass im Frühjahr die dringend nötige Renovierung des Hauses angegangen wurde. Irgendwann Anfang September waren strenge Auflagen der Denkmalschutzbehörde ins Haus geflattert. Wie ihm prophezeit worden war, erwachten die Ämter in seinem Fall blitzartig aus ihrer Lethargie und stellten Forderungen, auf die ein Portugiese wahrscheinlich Jahre hätte warten können. Die Direktive besagte, dass er die klassizistische Fassade in ihrer Ursprungsform wiederherstellen musste, um überhaupt weitere Genehmigungen für Erneuerungs- und Umbaumaßnahmen zu erlangen. Eine Auflage, die er finanziell unmöglich hätte tragen können. Anabela de Castro hatte sich einverstanden erklärt, die Sache zu übernehmen, ihn aber im selben Atemzug an ihre Vereinbarung erinnert.

Die Frage war nun, was passierte, wenn er tatsächlich Licht in das Verbrechen an dem Kunstmaler brachte. Gelegentlich kam es ihm vor, als hätte er den Pakt zwischen sich und den de Castros mit Blut unterzeichnet. Sollte er scheitern, würden sie ihm zwar nicht seine Seele nehmen, aber alles andere, was er noch besaß. War er hingegen erfolgreich, bestand kein Anlass mehr, ihn weiter zu finanzieren. Höchstens vielleicht aus Dankbarkeit, sagte er sich, aber daran zu glauben, war nicht mehr als Wunschdenken. Wie auch immer – er hatte ohnehin keine Wahl gehabt, als sich auf diesen Deal einzulassen.

Ein Mord, der dreißig Jahre zurücklag, bedeutete in jedem Fall eine Menge Ermittlungsarbeit. Alles, was in seinem Umfeld geschah, konnte von Bedeutung sein. Gleichzeitig durfte er sich aber auch nicht verrückt machen. Es war wichtig zu differenzieren, und womöglich war Ruben Mendes' Unglück doch einfach nur ein Zufall. Gewiss ein tragischer, aber ein Zufall, der ihn nicht weiter zu beschäftigen brauchte.

Gepolter im Treppenhaus riss ihn aus seinen Gedanken. Als müsste er seinem Ruf als pedantischer Deutscher gerecht werden, der seinen Mietern stets auf die Finger schaute, ging er nachsehen. Den Lärm verursachte Paco; er mühte sich mit einem sperrigen Monstrum von Koffer ab, den er bereits mehrfach gegen das Treppengeländer gedonnert hatte.

»Brauchst du Hilfe?«, fragte Henrik.

Paco erschrak, und beinahe wäre dem schmächtigen Mann das Gepäckstück entglitten. Seine blonde Dreadlockmähne raubte ihm die Sicht, aber im Augenblick hatte er keine Hand frei, um sich die verfilzten Haarsträhnen aus dem Gesicht zu wischen.

Paco wohnte mit dem aus Mali stammenden Hugo und dem Marokkaner Luis in einer Wohngemeinschaft im zweiten Stock. Die drei hausten nicht nur zusammen, sie traten auch als Jazztrio auf und verdienten sich so ihren Lebensunterhalt. Wenn auch nicht besonders erfolgreich. Ab und an hing ein Plakat an der Antiquariatstür, das ein Konzert der Combo ankündigte. Immer wenn sie irgendwo spielten, wurde Henrik selbstverständlich eingeladen. Es war ihm peinlich, dass er sich bislang noch nicht hatte aufraffen können, bei einem dieser Auftritte dabei zu sein. Jazz war einfach nicht sein Ding. Aber allein um seine Neugier zu stillen, hatte er sich fest vorgenommen, das nächste Konzert zu besuchen. Auf jeden Fall das übernächste. Schließlich musste er irgendwann ein Gefühl dafür bekommen, wie viele Zuhörer die drei mit ihren Gigs anlockten. Catia hatte angedeutet, dass sie meistens auf kleinen Festivals spielten, die keinen Eintritt kosteten. Kein Wunder, dass die Jungs stets den Eindruck erweckten, am Hungertuch zu nagen. Einerseits taten sie ihm leid, andererseits hatten sie sich sehenden Auges für dieses Leben entschieden. Sie konnten sich glücklich schätzen, dass ihnen Martin hier ein Dach über dem Kopf geboten hatte. Und Henrik seinerseits durfte wohl froh darüber sein, dass sie die Wohnung, die direkt über der seinen lag, nicht auch noch als Probenraum nutzten. Abgesehen von den wenigen Gelegenheiten, wenn er sie ermahnte, die Joints bitte nicht im Haus zu rauchen, hatten sie kaum Kontakt, denn sie verhielten sich wirklich still. Vermutlich damit sie nicht in die Verlegenheit kamen, auf ausstehende Mietraten angesprochen zu werden.

Auch jetzt war es Paco sichtlich unangenehm, dass er Henrik mit seinem lauten Gepolter aus dem Laden gelockt hatte.

»Komme schon klar«, keuchte der Musiker.

»Du hast doch da keine Leiche drin?«, fragte Henrik und genoss es fast ein wenig, dass Paco noch nervöser wurde, während das Gepäckstück immer mehr an ihm zerrte.

»Stehen Sie nicht so dumm rum, packen Sie mit an!«, ertönte plötzlich eine barsche Stimme. Henrik fuhr herum. Im Gang war eine Frau aufgetaucht, die ihn nun abschätzend musterte.

»Schon gut, Mama, ich krieg das Ding alleine hoch«, rief Paco, der es mittlerweile um die enge Biegung in den ersten Stock geschaffte hatte.

»Mama?«, entfuhr es Henrik, und er machte einen Schritt rückwärts, um die Dame genauer in Augenschein zu nehmen. »Bom dia, Senhora Coelho!«, grüßte er schließlich steif. »Como está?«

»Für Sie Dona Celeste!«, belehrte ihn Pacos Mutter, ohne auf die höfliche Floskel einzugehen. »Sie müssen der Vermieter sein«, konstatierte sie dann, und der vorwurfsvolle Unterton war unüberhörbar.

»Henrik Falkner!«, stellte er sich vor und hielt ihr die Hand hin. »Muito prazer!«

Der Händedruck von Dona Celeste war so fest, wie es ihr Auftreten vermuten ließ. Nicht dass sie von sonderlich kräftiger Statur war. Im Gegenteil. Für ihr Alter wirkte sie ziemlich adrett. Er schätzte sie auf etwa sechzig, vielleicht etwas darüber. Sie war stilvoll gekleidet, trug ein umbrafarbenes Kostüm, darunter eine helle Bluse und einen bunten Seidenschal. Die Schuhe mit den hohen Absätzen betonten ihre schlanken Fesseln. Weder das löchrige, sahneweiße Kopfsteinpflaster noch die allgegenwärtigen glasglatten Fliesenmosaike auf den Gehwegen und Plätzen konnten die Senhoras dazu bewegen, auf High Heels zu verzichten. Oder überhaupt auf die Art, wie sich Damen ihrer Generation in Lissabon eben zu kleiden pflegten und damit ungeachtet aller Modetrends ein besonderes nostalgisches Flair in die Straßen der Stadt brachten. Dona Celeste besaß diese typische portugiesische *elegância* und widersprach damit absolut allen seinen Vorstellungen von der Mutter eines Späthippies wie Paco Coelho. Ihr Haar war tiefschwarz gefärbt und das Make-up dezent, bis auf den kräftigen Lippenstift, der farblich mit ihrem Schal harmonierte. Neben dem Kofferungetüm, mit dem ihr Sohn sich die Stufen hochkämpfte, reihten sich hinter ihr im Eingang noch zwei Reisetaschen und diverses Handgepäck.

»Bleiben Sie länger?«

Sie folgte seinem Blick, schürzte die Lippen und griff nach dem silberfarbenen Beautycase, das zuoberst auf dem Gepäckstapel thronte. »Keine Angst, nur ein paar Tage. Leider weiß man nie, welches Wetter einem Lissabon um diese Jahreszeit beschert. Ihr seid hier nicht so verwöhnt wie wir unten an der Algarve. Also plane ich für meinen Hauptstadtbesuch lieber alle Eventualitäten mit ein.«

»Algarve«, wiederholte Henrik und nickte, weil er nicht wusste, was er sonst zu dem neuen Gast in seinem Haus sagen sollte.

»Ich mochte Ihren Onkel, er war stets so galant und zuvorkommend. Wer es nicht besser wusste, konnte ihn durchaus für einen Portugiesen halten.«

»Zuvorkommend ist Henrik auch!«, schleimte Paco vom Treppenabsatz der zweiten Etage herab.«

Daraufhin musterte ihn Senhora Coelho noch kritischer. »Sie fragen sich, warum ich bei meinem Sohn nächtige, wenn ich in der Stadt bin?« Das war ihm tatsächlich durch den

Kopf geschossen, und offenbar entging ihr das nicht, denn sie fuhr fort: »Nennen wir es eine alte Tradition. Wir sehen uns selten, und wenn ich schon den weiten Weg hinter mich bringe und in den Norden fahre, will ich sichergehen, dass wir die Zeit, die ich mir nehme, auch miteinander verbringen.«

Das klang sehr danach, als ob Paco gar keine Wahl hätte.

»Außerdem«, fuhr die Senhora fort, »braucht er ein wenig auf die Rippen, finden Sie nicht?«

Eine Finanzspritze käme ihm bestimmt auch gelegen, dachte Henrik. »Bitte verstehen Sie mich nicht falsch, ich habe keinerlei Probleme mit Ihrem Besuch. Im Gegenteil. Ich freue mich, Sie hier begrüßen zu dürfen. Es ist nur, na ja, …«

»Die drei Herren sind durchaus in der Lage, eine Dame zu beherbergen, Senhor Falkner. Ihre Sorgen sind also unbegründet. Seien Sie versichert, solange ich bleibe, wird in der Wohnung weder gefeiert noch gekifft.«

Henrik hob lächelnd die Hände, um zu signalisieren, dass er sich ergab. »Dann wünsche ich Ihnen schöne Tage in Lissabon!«

»Bin oben!«, hallte es durchs Treppenhaus. Dona Celeste nickte Henrik zufrieden zu und schob sich an ihm vorbei, um die Stufen zu erklimmen. Henrik blickte auf die restlichen Reisetaschen, seufzte und packte dann mit an.

Er schlug Pacos Einladung zum Kaffee aus, weil er die Wiedersehensfreude zwischen Mutter und Sohn nicht stören wollte. Jedenfalls ging das nach ein wenig Hin und Her als Argument durch. Offenbar hatten ähnliche Überlegungen auch Hugo und Luis veranlasst, die Wohnung rechtzeitig vor der Ankunft der Senhora zu verlassen. Schon möglich, dass Dona Celeste gut mit den beiden Mitbewohnern ihres Sohnes auskam, aber wie stand es umgekehrt? Es konnte natürlich auch sein, dass die beiden schlichtweg keine Lust aufs Kofferschleppen verspürt hatten.

Auf derselben Etage wie die Musiker wohnte die indische Familie Bhikkhu. Vater Ajit, Mutter Jaya und fünf kleine Kinder, von denen noch keines übers Grundschulalter hinaus war. Gemessen an der Kinderschar ging auch von dieser Seite des Flurs die meiste Zeit eine erstaunliche Ruhe aus. Henrik konnte sich also nicht beklagen, abgesehen davon, dass auch von den Indern im letzten Vierteljahr keine Geldeingänge zu verbuchen gewesen waren. Ausnahmslos hatten ihm seine Mieter gleich zu Beginn klargemacht, dass Martin der gute Samariter gewesen war, der bei Zahlungsverzug keinen Aufstand machte. Nach anfänglichem Tumult gingen seine Mitbewohner nun irgendwie davon aus, dass die mit seinem Onkel getroffenen Absprachen auch bei Henrik galten. Und es schien nicht so, als würde sich daran in nächster Zeit etwas ändern. Papa Ajit ging seines Wissens einem mies bezahlten Job als Fensterputzer nach. Wie sollte bei so vielen hungrigen Mäulern noch Geld für etwas anderes außer Essen übrig bleiben?

Wer in der *Rua do Almada numero trinta e oito* wohnte, zahlte, was er entbehren konnte, und insgeheim war Henrik froh, auf das Eintreiben von Mietschulden verzichten zu können. Alleine wenn er nur an die dunklen Kulleraugen der Bhikkhu-Kinder dachte …

Jaya Bhikkhu war es gewesen, die damals Martin nach seinem ominösen Herzinfarkt in der Wohnung gefunden hatte. Henrik hoffte immer noch darauf, dass sie irgendwann bei ihm anklopfen würde, um ihm von jenem Tag zu berichten. Doch bislang – und obwohl er sie schon mehrmals daran erinnert hatte – waren ihre Aussagen über diese schicksalhafte Entdeckung ausweichend geblieben. Vermutlich weil sie Angst hatte. Nur vor wem? Oder vor was? Vor der Wahrheit? Einer Wahrheit, die seine Mieter einerseits einforderten und andererseits nicht hören wollten. Auch wenn sie es nicht offen aussprachen, erwarteten die Menschen, die unter seinem Dach wohnten, dass er ihnen irgendwann eine Erklärung für Martins Tod lieferte. Und bestenfalls den Schuldigen gleich mit dazu. Widersinnigerweise rührten sie jedoch keinen Finger, um ihm dabei zu helfen.

Auf halbem Weg die Treppe runter entschied er sich, nicht zurück ins Antiquariat zu gehen. Er brauchte frische Luft. Schon wieder. Draußen war es angenehm warm, beinahe frühlingshaft. Die tief hängenden Wolken der vergangenen Tage hatten einem hohen, stahlblauen Himmel Platz gemacht. Der beste Grund, nicht weiter in diesem verstaubten Laden auszuharren, sondern eine vorgezogene Mittagspause einzulegen. Zielstrebig begab er sich zum Largo do Carmo, einem seiner Lieblingsorte in Lissabon. Während der Nelkenrevolution 1974, die für Portugal das Ende der Diktatur bedeutete, war dieser Platz ein wichtiger Versammlungsort gewesen. In seinem Zentrum plätscherte der Brunnen Chafariz do Carmo aus dem 18. Jahrhundert gemächlich vor sich hin. Auch ohne ihre lilafarbene Blütenpracht, die sie während der Sommermonate zeigten, waren die Jacaranda-Bäume rings um den Platz ein schöner Anblick und spendeten angenehmen Schatten. Gleich gegenüber dem Zugang zum berühmten Elevador de Santa Justa ragten die Ruinen des Convento do Carmo, des ehemaligen Karmeliter-Klosters, auf, das dem Erdbeben von 1755 wie so viele andere Sakralbauten nicht hatte standhalten können. An dieser Ecke des Platzes gab es eine Imbissbude. Dort kaufte er ein halbes Dutzend Pão de queijo, knusprig gebackene Käsebällchen, und ein Glas der erfrischenden, mit Basilikum verfeinerten Zitronenlimonade, die nirgendwo besser schmeckte als an diesem Ort. Damit setzte er sich auf eine der Steinbänke und lauschte dem Spiel einer Akustikgitarre. Hier konnte man tagsüber stets Straßenmusiker hören. Solisten oder Gruppen, die für gewöhnlich zusammen spielten oder sich am Largo do Carmo spontan trafen und unaufdringlich für gute Unterhaltung sorgten. Man konnte in Ruhe lauschen, ausgelassen tanzen oder einfach nur die Leute studieren. Ganz egal, wie oft er schon hier gesessen hatte, er hatte immer nur erstklassige Darbietungen erlebt. Qualität und Niveau schienen die selbstverständliche Voraussetzung zu sein, um hier Musik machen zu dürfen.

Während er aß, beobachtete er das Kommen und Gehen. Um diese Zeit waren es überwiegend Touristen, die an ihm vorbeizogen. Einige davon hatten ihre Nasen in Reiseführer gesteckt, die meisten begutachteten den Platz durch ihre Handydisplays. Was für eine Verschwendung, diesen schönen Ort durch einen digitalen Filter zu bestaunen! Er fragte sich, warum diese Menschen überhaupt herkamen, wenn sich ihre Welt ohnehin auf einen vier bis fünf Zoll großen Bildschirm beschränkte. Wohin steuerte die Welt, die mittlerweile so abhängig von dieser Technologie war? Da war es doch mehr als beruhigend, dass er die meiste Zeit nur alte Bücher um sich hatte.

Er sah den Mann nur kurz, doch der Moment reichte, um sich an einem der Käsebällchen zu verschlucken. Er musste husten, Wasser stieg ihm in die Augen und trübte seinen Blick. Eine elend lange Minute verstrich, dann war seine

Luftröhre wieder frei. Er sah wieder klar, doch gleichzeitig schlich sich die Vermutung ein, einer Täuschung aufgesessen zu sein. Was für einen Anlass sollte er haben, wieder in Henriks Leben zu treten?

Es sei denn ...

Henrik trank den Rest seiner Zitronenlimonade, um das letzte Kratzen fortzuspülen, gab das Glas am Kiosk ab und ging langsam im Schutz der Baumreihe hinüber zu der Gasse, in die der Mann abgebogen war. Die schmale Straße führte ins Bairro Alto hinein. Wenn jemand ungesehen davonkommen wollte, eignete sich dieser verwinkelte Stadtteil hervorragend dafür. Zumal dort auch immer viele Menschen unterwegs waren und die Lage damit noch unübersichtlicher wurde. Er blieb stehen und blickte die Häuserzeilen entlang. Bestimmt hatte er sich getäuscht.

Ja, ganz sicher hatte er das! Schon allein deswegen, weil derjenige, den er erkannt zu haben glaubte, nicht vor ihm weggelaufen wäre. Schon gar nicht, wenn er tatsächlich etwas von ihm wollte. Nein, dieser Mann war eine Naturgewalt, der man nur schwer entkommen konnte. Kein Vergleich zu seinem Verfolger auf dem Prazeres-Friedhof. Henrik ballte die Fäuste. Spontan fragte er sich, ob da etwa eine Verbindung bestand.

Wenn diese kurze Begegnung wirklich stattgefunden hatte, was konnte sie dann bedeuten? Was war passiert, dass sie seine Fährte wiederaufgenommen hatten? Sie – die Namenlosen.

Darauf gab es nur eine Antwort: Ruben Mendes war passiert.

Ein nervöses Brodeln füllte den Raum unter seinem Zwerchfell. Sollte er seinerseits zum Verfolger werden, um

Klarheit zu erlangen? Jetzt noch loszustürmen war jedenfalls keine Option, dafür hatte er zu lange gezögert. Er drehte sich um und fuhr zusammen.

»Verdammt!«

»Henrik!«

»Scheiße, hast du mich erschreckt.«

»Ich wollte dich gerade antippen.«

»Antippen, ja«, stammelte er. »Was machst du überhaupt hier, ich dachte, du bist in ...« Ihm fiel nicht mehr ein, wohin sie hatte fahren wollen.

»Also wirklich! Genau so möchte man von seinem Chef nach einer Woche Urlaub begrüßt werden«, rügte ihn Catia.

Er machte eine entschuldigende Geste. »Ja, tut mir leid, ich war gerade etwas angespannt.«

»Du wirkst, als hättest du ein Gespenst gesehen.«

Noch einmal spähte er über seine Schulter in die Gasse hinein. »So was in der Art.«

Catia schien zu verstehen. »Ist denn was passiert, während ich weg war?«, fragte sie wachsam.

*Meine Gespenster sind auch die ihren*, dachte Henrik und quälte sich ein Lächeln ab. Sie schien sich gut erholt zu haben. Jetzt fiel ihm wieder ein, dass sie davon gesprochen hatte, in die Berge zu fahren. In ein Kloster. Stille, Natur, Meditation. Das hatte sich offenbar bezahlt gemacht. Er hatte nur nicht damit gerechnet, dass sie schon wieder in der Stadt war. Und sie sich dann auch noch zufällig über den Weg laufen würden. Na gut, dafür gab es eine Erklärung. Catia wohnte in dieser Ecke.

Sein Pulsschlag normalisierte sich allmählich, und er musterte sie ausgiebig. Wie so häufig trug sie eines ihrer bunten, orientalischen Kleider. Gewickelt, mit viel Stoff, und doch irgendwie körperbetont. Sie war schlank und konnte sich diesen Stil leisten. Für Ende vierzig sah sie wirklich gut aus. Wild und ein bisschen verwegen. Ihre schwarze, von grauen Strähnen durchzogene Lockenmähne hatte sie mit einem farblich zum Kleid passenden Tuch gezähmt. Sie verzichtete grundsätzlich auf Schminke, trotzdem merkte man ihr das Alter nicht unbedingt an. In ihren dunklen, von feinen Fältchen umrahmten Augen erkannte er, dass sie auf eine Antwort wartete.

»Äh, nein, nichts. Nichts, was dich beunruhigen sollte.«

»Warum glaube ich dir das nicht, Henrik?«

Da war sie wieder, die misstrauische Catia, die selbst nach über einem Vierteljahr, in dem sie sich fast täglich begegnet waren, eine gewisse Distanz zu ihm hielt. Und ihn dennoch immer zu durchschauen schien. Sie war eine enge Vertraute von Martin gewesen. Auf jeden Fall mehr als nur die Angestellte, die den Laden am Laufen hielt, davon war Henrik überzeugt. Auch davon, dass sie mehr über die Passion seines Onkels wusste, als sie bereit war zuzugeben. Was auch immer ihre Gründe waren, sie wirkte bisweilen so geheimnisvoll wie das Antiquariat selbst. Würde es ihm je gelingen, sie wirklich zu erreichen? Seine Bereitschaft zum offenen Austausch hatte er mehrfach signalisiert.

Andererseits ... Hartnäckig hielten sich auch bei ihm Reste von Misstrauen, oder warum hatte er sie gerade eben belogen?

Vermutlich lag es an der Stadt. Daran, wie sie ihn empfangen hatte. Mit ihrer gleißenden Schönheit, ihrer lässigen Lebensart – aber leider auch mit Düsternis. Hier gab es neuralgische Punkte aus Finsternis, die nie etwas von der portugiesischen Sonne abbekamen. In der Metropole am Tejo wucherten Krebsgeschwüre. Er hatte erlebt, wie schnell man in so eine Wucherung hineingeraten konnte und plötzlich dem Tod ins Auge blickte. Einander echtes Vertrauen zu schenken, war unter diesen Umständen keine einfache Sache.

»Ich weiß, du hast noch Urlaub, aber ich könnte kurz deine Hilfe im Antiquariat gebrauchen«, sagte er und stellte damit seine Bedenken hintan.

»Also ist doch was geschehen?«

»Nicht direkt«, druckste er herum. »Ich … Ich hab ein Buch verkauft.«

# 10

»Ah, Pacos Mutter ist mal wieder da«, kommentierte Catia den Essensduft, der ihnen in die Nase strömte. Sie wirkte dabei seltsam wehmütig. Nicht, weil sie selbst gerne etwas von dem verführerisch duftenden Essen gehabt hätte, vermutete Henrik, sondern eher, weil sie niemanden hatte, den sie ihrerseits bemuttern konnte. Catia, diese attraktive Frau, lebte allein. Obschon sie ihm bislang kaum Einblick in ihr Privatleben gegeben hatte, war er sich da einigermaßen sicher. Immerhin verbrachte sie spirituelle Urlaube in Klöstern. Dort ging man wohl nicht zu zweit hin, um Spaß zu haben.

Trotz der Pão de queijo, die er vor dreißig Minuten gegessen hatte, knurrte sein Magen, angeregt von dem Geruch, der durchs Treppenhaus zog.

»Kennst du Senhora Coelho näher?«, fragte er Catia.

»Sie kommt ein-, zweimal im Jahr, um nach dem Rechten zu sehen.«

»Irgendwie kann ich sie mir nur schwer am Herd vorstellen.«

Catia warf ihm einen fragenden Blick zu.

»Ich habe nur laut gedacht«, erklärte er und schloss das Antiquariat auf. Zielstrebig ging er zu dem Regal und zeigte auf die Lücke in der Buchreihe. »Erinnerst du dich, was hier gestanden hat?«, fragte er und drehte sich um, als er keine Antwort bekam. Catia war ihm nicht gefolgt.

»Scheiße, Henrik! Was ist denn hier passier?«, hörte er sie im nächsten Moment zetern.

Mist! Er hatte es immer noch nicht geschafft, den Esoterik-Kram wieder ordentlich zu drapieren. Noch schlimmer, er hatte das Malheur komplett vergessen. Reumütig lugte er um die Ecke. Sie hatte die Hände in die Hüften gestemmt und betrachtete den Teetisch, auf den er nachlässig alles zurückgestellt hatte, was nicht zu Bruch gegangen war.

»Tut mir leid, mir ist da ein Bücherkarton aus den Händen gerutscht«, wärmte er die Lüge auf, die er schon bei Helena und Lui benutzt hatte. »Ich bringe das nachher in Ordnung.«

»Und der Rest? Das hast du doch nicht alles verkauft?«

»Traust du mir das etwa nicht zu?«

Sie bückte sich und wischte mit dem Zeigefinger über die Holzdielen. Verdammt, er hätte nicht nur mit dem Handfeger kehren, sondern gründlich saugen sollen.

»Könntest du mir jetzt kurz hier hinten deine Aufmerksamkeit schenken? Das Buch, du weißt schon!«

Mit mürrischer Miene trat sie zu ihm und würdigte das Regal, auf das er zeigte, nur eines flüchtigen Blickes.

»Ich weiß, ich hätte Titel und Autor vermerken sollen, bevor es über den Ladentisch ging. Aber du kannst dich doch sonst auch an jeden Schmöker erinnern, den wir loswerden.«

Trotz der schlechten Beleuchtung meinte er ein kurzes Funkeln in ihren Augen zu erkennen. Ihre Stimme klang jedoch abweisend. »Warum genau ist es dir eigentlich so wichtig, welches Buch du verkauft hast?«, fragte sie und musterte ihn mit diesem vorwurfsvollen Blick, mit dem sie ihn besonders zu Anfang ihrer Bekanntschaft häufig fixiert hatte. Ihre Haltung machte deutlich, dass sie im Moment nicht vorhatte, ihm behilflich zu sein. Manchmal war sie störrisch wie ein Esel, und das konnte er jetzt partout nicht gebrauchen. »Gut, vielleicht fällt es dir ja später irgendwann ein. Genieß erst mal deine restlichen Urlaubstage«, knurrte er.

»Verdammt, Henrik …«

»Mein Ernst, Catia! Vergiss es einfach, wir sehen uns nächste Woche!«

Es fiepte in seiner Hosentasche. Er zog das Handy heraus und wandte sich ab, bevor seine Mitarbeiterin zu einer Erwiderung ansetzen konnte. Es war eine SMS von Helena. Die Nachricht bestand lediglich aus zwei Worten und einer Uhrzeit, ohne weiteren Kommentar dazu. Noch während er darüber nachdachte, was das bedeuten konnte, hörte er die Glöckchen über der Ladentür. Catia war verschwunden.

Ein gutes Stück landeinwärts überspannte die siebzehn Kilometer lange Ponte Vasco da Gama den weiten Sund des Tejo. Die Sicht war klar. Auch etwas, worin sich der Oktober von den Sommermonaten unterschied. Der Herbst zeichnete scharfe Konturen in die prickelnde Luft. Man konnte sogar die einzelnen Autos erkennen, die sich in Kolonnen über die Brücke schoben und sonst an diesigen Tagen lediglich eine Kette in sich verschmolzener Lichtreflexionen bildeten.

Henrik hatte die Linie 28 genommen und war mit einer Schar Touristen am Largo das Portas do Sol, einem der vielen herrlichen Aussichtspunkte der Stadt, ausgestiegen. Der Abend senkte sich über Lissabon, und auf dem umtriebigen Platz wurde Musik gemacht und Tand verkauft; man genoss die letzten Sonnenstrahlen. Das rote Glühen verlieh der weißen Fassade der Igreja São Vicente de Fora einen lachsfarbenen Anstrich. Ein Anblick, den jeder passionierte Landschaftsmaler unverzüglich auf eine Leinwand gebannt hätte. Hinter dem sakralen Gebäudekomplex ragte die beeindruckende Kuppel des Panteão Nacional auf, die er anfangs für einen Teil des Klosters gehalten hatte. Er hatte dazugelernt, wie in so vielen Dingen, was die Stadt anging. Entgegen den bewundernden Ausrufen der Urlauber schnürte ihm der Anblick von São Vicente nach wie vor die Kehle zu. Genau hier hatte er an der Dachrinne des Seitenflügels gehangen und um sein Leben gekämpft. Während also alle, die mit ihm hier oben die Electrico verlassen hatten, ihre Kameras auspackten und zur Aussichtsplattform strömten, musste er sich für jeden Schritt überwinden. Es war in der Tat wichtig, sich den eigenen Ängsten zu stellen, wie Helena gesagt hatte. Ein Ratschlag, den er vor einem Jahr noch müde belächelt hatte. Möglicherweise oder gerade weil er damals von dem Polizeipsychologen gekommen war, zu dem man ihn nach Ninas Tod geschickt hatte. Eine Zwangsmaßnahme, die sein Dienststellenleiter angeordnet hatte, nachdem er wegen Depressionen für den Polizeieinsatz untragbar geworden war. Damals war sein innerer Widerstand so groß gewesen, dass er für die Weisheiten des Seelenklempners kein Verständnis aufbringen konnte. Aufbringen wollte! Der Schmerz über seinen Verlust hatte ihn trotzig werden lassen. Zynisch und aggressiv. Hasserfüllt gegenüber allen, die nicht auf ähnliche Weise litten wie er selbst. Heute sah er die Dinge anders, ohne sagen zu können, wann genau dieser Sinneswandel eingesetzt hatte. Inzwischen hätte er sich gerne bei dem Psychologen für seine abweisende Haltung entschuldigt. Oder sich zumindest dafür bedankt, dass ihm Hilfe angeboten worden war, auch wenn er sie nicht hatte annehmen wollen.

São Vicente de Fora lag auf seinem Weg zu der Adresse, die Helena ihm geschickt hatte. Er sah auf die Uhr. Ja, er lag gut in der Zeit, trotz des kleinen Umwegs, den er prophylaktisch eingeplant hatte. Keine Ausrede also. Der Moment war gekommen, um endlich jemanden innerhalb der Klostermauern aufzusuchen, dem er womöglich noch wesentlich mehr zu Dank verpflichtet war als dem Psychologen seiner ehemaligen Polizeidirektion. Diesen Besuch hatte er schon viel zu lang vor sich hergeschoben. Allerdings war das ebenfalls den Ereignissen des Sommers geschuldet, denn auch in dieser Angelegenheit war es ratsam gewesen, etwas Gras über die Sache wachsen zu lassen.

Er mischte sich unter eine holländische Reisegruppe, deren Ziel die Kirche war, wenn er die Unterhaltungen rund um sich her richtig deutete. Vor dem Hauptportal löste er sich aus dem Trupp und wandte sich dem Eingang zum Besucherzentrum zu. Am Empfang erntete er zuerst Unverständnis, doch dann schien eine der Mitarbeiterinnen zu begreifen, nach wem er fragte, und griff zum Telefon. Man bat ihn, in dem öffentlich zugänglichen Klosterhof zu warten. Die Mauern, die ihn hier umgaben, waren von dichten Ranken bewachsen, die im Sommer leuchtend rote Blüten trugen. Von der Farbenpracht war nichts mehr zu sehen, auch wenn die Sonne in den Hof leuchtete. Vögel zwitscherten lautstark aus dem verflochtenen Geäst. Dem Geraschel und den Gesängen nach mussten es Hunderte sein. Er setzte sich auf eine der überdachten Bänke. Wasser plätscherte neben ihm aus einem Brunnen und lief in schmale, gekachelte Kanäle, die sich kreuzförmig in der Mitte des Platzes trafen. Eine Architektur mit Stolperfallen, für die es in Deutschland keine Zulassung gegeben hätte, solange man die knietiefen Gräben nicht mit einem Geländer gesichert hätte.

Der Padre ließ nicht lang auf sich warten. Wie er da über den Klosterhof auf ihn zuschritt, fiel Henrik erneut das leichte Humpeln auf. Das linke Knie – oder irgendetwas an der Hüfte – machte den Gang des Geistlichen unrund, auch wenn er geübt darin war, das so weit wie möglich zu verbergen. Sein schütteres Haar war noch dünner geworden. Überhaupt kam ihm der Priester in seiner schwarzen Soutane viel schmäler vor, als er ihn in Erinnerung hatte. Die dunklen Augen lagen tief in den Höhlen, der Bartschatten um sein Kinn schimmerte blau durch die blasse Haut. Unverzüglich bekam er ein schlechtes Gewissen. Er stand auf und ging Pater Bruno entgegen.

»Henrik!«, rief dieser schon von Weitem und lächelte, als träte ihm ein alter Freund gegenüber. Statt einer Umarmung fasste Bruno nach seinen Händen, drehte sie nach oben und betrachtete die Handflächen. »Es ist alles gut verheilt.«

»Dank Ihrer gekonnten Erstversorgung«, fügte Henrik an, und der Priester machte eine beschämte Miene. Für Sekunden standen sie nur so da und sahen sich an. Er hatte den Geistlichen jünger in Erinnerung. Da er binnen weniger Wochen nicht so drastisch gealtert sein konnte, musste er bei ihrer damaligen Begegnung einer Täuschung erlegen sein. Es war düster gewesen in den Gängen hinter den Klostermauern. Jetzt, im weichen Licht der Abendsonne, schätzte er den Priester mindestens auf sein eigenes Alter, sehr wahrscheinlich sogar ein Stück älter.

Bruno gab seine Hände wieder frei, und sie setzten sich auf die Bank. Ein Gruppe Jugendlicher strömte in den Hof. Sie scherzten, alberten herum und fotografierten sich gegenseitig, schräg von unten, damit die von der Abendsonne angeleuchteten Spitzen der Kirchtürme noch aufs Bild passten. Niemand schenkte ihnen beiden Beachtung.

»Ich habe ein schlechtes Gewissen, weil ich erst jetzt komme, um mich für Ihre Hilfe zu bedanken«, begann Henrik. »Aber ich wollte Sie nicht noch weiter in mein Schlamassel mit reinziehen.«

»Machen Sie sich doch keine Gedanken«, erwiderte der Priester, vielleicht ein wenig übereilt. »Auch ich habe es versäumt, Sie zu besuchen, um mich nach Ihrem Befinden zu erkundigen.«

»Das wäre wahrlich zu viel verlangt gewesen. Es war ohnehin unverantwortlich von mir, Sie dieser Gefahr auszusetzen, in der ich damals steckte.«

»Hören wir doch einfach auf, uns für unsere Versäumnisse zu entschuldigen. Haben Sie denn gefunden, wonach Sie gesucht haben?«

Henrik nickte und zog dabei eine schmerzverzerrte Grimasse. »Gefunden ja, aber es hat mir nicht gefallen.«

»Und nun … ist es vorbei?«, fragte der Priester zögernd.

Die Vögel über ihren Köpfen zwitscherten laut. Es war niemand da, der ihr Gespräch hätte belauschen können. Trotzdem senkte Henrik die Stimme. »Es ist fraglich, ob es das jemals sein wird. Ehrlich gesagt, gehe ich davon aus, dass die Suche erst so richtig begonnen hat.«

»Das habe ich befürchtet«, erwiderte Bruno und legte seine Finger um das schlichte Silberkreuz, das um seinen Hals hing. Eine offenbar unbewusste Geste.

»Ich hoffe inständig, Sie haben keine Schwierigkeiten bekommen, nachdem Sie mir geholfen haben?«

»Schwierigkeiten«, wiederholte der Priester, und Henrik begriff sofort.

»Verzeihen Sie mir, wenn ich das sage, aber Sie sehen müde aus, und ich vermute mal, meine Bedenken sind nicht unbegründet. Man hat Ihnen doch nichts … angetan?«

Bruno schenkte ihm ein schmales Lächeln. »Nichts im Vergleich zu den Leiden, die unser Herr Jesus Christus zu ertragen hatte, um die Sünden der Welt von uns zu nehmen.«

»So wie ich Sie kennengelernt habe, verstecken Sie sich nie hinter religiösen Floskeln, also darf ich annehmen, dass es schlimmer war, als Sie mich gerade glauben machen wollen, Padre.«

Pater Bruno schloss für eine Sekunde die Augen, und seine Mundwinkel sackten nach unten, was sein Pferdegesicht noch länger werden ließ. Dann legte er seine Hand auf die von Henrik. »Die Polizei hat mich verhört. Ausgiebig. Es hat eine Weile gebraucht, bis sie eingesehen haben, dass ich ihnen nichts zu sagen hatte.«

»Und sonst, hat sonst niemand Fragen gestellt?«, wollte Henrik besorgt wissen.

Bruno blickte sich um. Die jugendlichen Touristen hatten den Klosterhof bereits wieder verlassen. Auch die Abendröte war verschwunden, und mit ihr die Wärme. Selbst die Vögel waren verstummt, und nicht einmal das Pulsieren der Stadt um sie herum war innerhalb der Klostermauern zu vernehmen. Es war, als wären sie allein auf der Welt.

»Er kommt gelegentlich zur Beichte«, murmelte der Geistliche. »Doch ich spüre, dass er gar nicht wirklich bereuen will. Ich bezweifle sogar, dass es *seine* Sünden sind, die er mir entgegenflüstert ... Jedenfalls verzichtet er nie darauf, nach Ihnen zu fragen.«

Henrik lief es eiskalt über den Rücken. »Ist er Ihnen gegenüber gewalttätig geworden?«

Bruno schüttelte den Kopf.

»Sie hätten mir Bescheid geben sollen, dass er Sie bedroht.«

»Es hätte ja nichts geändert.« Noch einmal drückte der Pater Henriks Hand. Eine Geste, die ihn aufmuntern sollte, aber irgendwie bloß das Gegenteil bewirkte. Was wollten sie von

Pater Bruno? Warum schickten sie ihm ausgerechnet den Söldner vorbei? Wozu diese Psychospielchen? Dann überkam ihn ein verwegener Gedanke. »Kennen Sie einen Ruben Mendes?«

»Dieser Name ist sehr häufig«, sagte der Priester und zögerte dabei einen Moment zu lange, als dass es einem geschulten Ermittler wie Henrik hätte entgehen können.

»Der Mendes, den ich meine, stammte aus Porto.«

»Stammte«, murmelte Bruno, nickte und schlug ein Kreuzzeichen. Dann schwiegen sie. Betrachteten den Schatten der Mauer, der sich immer weiter über den Klosterhof schob, bis er auch den letzten Streifen Abendlicht verschluckte.

»Ich lese gleich die *feira de noite.* Fühlen Sie sich eingeladen!«, sagte Bruno.

»Ein anderes Mal, Padre. Passen Sie auf sich auf!«

Henrik nahm die Rua da Voz do Operário und stieg dann den Hügel zur Igreja e Convento da Graça hinauf, wobei er, so gut es ging, die Lichtkreise der Straßenbeleuchtung mied. Gleich bei der Kirche lag der Jardim Augusto Gil. Der kleine Park auf der Anhöhe, der die Form eines Tortenviertels hatte, war nach einem portugiesischen Dichter benannt. Die Mitte der Grünanlage zierte ein ausladender, runder Springbrunnen, am Zugang kauerte auf einer brusthohen Granitsäule eine nackte Elfe. Zumindest hielt Henrik die Bronzestatue in lasziver Pose für ein derartiges Fabelwesen. Nur ein paar Schritte waren es noch zum Miradouro Sophia de Mello Breyner Andresen. Eine goldglänzende Büste der Poetin und Regimegegnerin zierte den beliebten Aussichtspunkt.

An der Brüstung des Ausblicks drängten sich die Leute, um den Ausblick auf Lissabons Lichter, die zu Millionen in den Nachthimmel strahlten, zu genießen. Immer wieder flackerten Blitzlichter unter den Pinien auf, die dort den Tausenden von Besuchern tagsüber Schatten spendeten. Der Park selbst schien hingegen leer zu sein, soweit er die wenigen Wege und Bänke überblicken konnte.

Plötzlich stand sie neben ihm. »Keine Zeit zum Träumen!«

Es war ihm peinlich, dass sie ihn dermaßen erschrecken konnte. »Du gönnst mir auch gar nichts!«

Helena ging voraus, hinein in den Park und zu einer Bank, die nicht unter einer Laterne stand. Sie hatte die Kapuze ihres Sweaters über den Kopf gezogen. Ihre schlanken Beine verbarg sie in einer ausgebeulten Jogginghose. Diente das nur der Tarnung, oder unterbrach sie für ihn tatsächlich gerade ihre tägliche Laufrunde?

Sie setzten sich, jeder auf eine Ecke der Parkbank. Es war frisch geworden. Jetzt war er froh um seine Jacke und zog den Reißverschluss bis unters Kinn. »Warum heute keine Kirche?«

»Du warst bisher nie besonders zum Beten aufgelegt.«

»Stattdessen ein Park. Dabei hatte ich doch endlich auf ein Abendessen mit dir gehofft.«

Die mondhelle Nacht erlaubte es ihm, ihre Reaktion trotz der Kapuze zu erahnen. »Du weißt, dass das nicht geht«, rügte sie ihn und versuchte dabei den Schein der harten Polizistin zu wahren. Doch er glaubte das Bedauern in ihren verschatteten Augen zu erkennen. Hätte das Schicksal sie unter anderen Umständen zusammengeführt, dann ...

»Ich kann Entwarnung geben«, unterbrach sie seinen Gedankengang. »Ruben Mendes hatte eine Affäre mit der Ehefrau von einem seiner Kunden. Mehrere Zeugen haben bestätigt, dass es zu Streit und eindeutigen Drohungen kam. Die Ehefrau hat die Liaison zwar nicht gestanden, aber auch nicht abgestritten. Sie verweigert schlichtweg jede Aussage, wohl auch, damit sie ihren Mann nicht weiter belastet. Den haben wir inzwischen zur Fahndung ausgeschrieben. Seit Mendes erstochen wurde, hat ihn keiner mehr gesehen. Das erklärt auch, warum Mendes kein Handy bei sich trug. Wir gehen davon aus, die Daten darauf hätten uns verraten, dass er öfter mit seiner Liebschaft telefoniert hat. Deshalb hat der Ehemann es wahrscheinlich auch mitgehen lassen.«

»Das beruht doch alles nur auf Vermutungen«, wandte er ein.

»Es fehlt eine erhebliche Summe aus dem Firmenkapital des Mannes. Das deutet darauf hin, dass er sich abgesetzt hat.«

Henrik dachte darüber nach. Helena und Lui waren in den vergangenen Tagen fleißig gewesen, hatten einen Hauptverdächtigen mit einem klaren Motiv identifiziert. Mord aus Eifersucht, danach eine mehr oder weniger organisierte Flucht, für die der Täter Geld beiseitegeschafft hatte. Für den Kopf klang das auch ganz plausibel. Seinem Bauchgefühl dagegen gefiel diese Auslegung weniger. Tötete man den Widersacher, nur um dann zu flüchten, was bedeutete, die Frau, für die man gemordet hat, letztlich doch zu verlieren? Nein, das gefiel ihm ganz und gar nicht. Es war weder Fisch noch Fleisch: weder ein richtiger Mord im Affekt, getrieben von Leidenschaft, noch ein lang geplanter Tötungvorsatz.

»Diese Firma, für die Mendes tätig war, hat die einen Namen?«, fragte er so beiläufig, wie es eben ging.

»Henrik, ich habe dir schon mehr als genug erzählt. Jetzt, da alles darauf hinauszulaufen scheint, dass es sich um eine Beziehungstat handelt, brauchst du dir über die Sache keine Gedanken mehr zu machen!«, mahnte sie ihn.

»Was ist mit dem Buch?«

Helena seufzte. »Wir haben kein Buch sichergestellt«, wiederholte sie.

»Warum hätte der Täter es mitnehmen sollen?«, wandte Henrik ein.

»Was spielt das denn für eine Rolle? Du solltest froh sein, dass wir nichts bei Mendes gefunden haben, das dich mit diesem Mann in Verbindung bringt, bevor du dich zu seinem Retter gemacht hast.«

»Zum erfolglosen Retter«, korrigierte er sie. »Du willst mir also sagen, die Ermittlungen konzentrieren sich nun ausschließlich auf den gehörnten Ehemann?«

»Ich will dir sagen, dass du dich nicht weiter damit zu beschäftigen brauchst!«

Von der Aussichtsplattform drang ausgelassenes Lachen herüber. Man war im Urlaub, das Leben war leicht, die Atmosphäre berauschend, und die Luft prickelte. Das wirkte ansteckend. Mehrere Leute suchten sich ihren Weg hinunter in die Stadt und redeten dabei durcheinander. Schilderten sich lautstark die Eindrücke, die Lissabon bei ihnen hinterließ. Irgendwo bellte ein Hund. Ein Motorrad heulte den Berg herauf. Hinter alldem lag das ewige Rauschen der Stadt. Trügerische Normalität? Herbstkühle zog über das Tejo-Delta, aber er bezweifelte, dass er nur wegen der sinkenden Temperatur fröstelte.

»Entspann dich!«, riet Helena.

»Diese Empfehlung, ausgerechnet von dir?«

»Vielleicht haben wir uns da in etwas verrannt.«

»Ich erkenne dich nicht wieder«, sagte er und stand auf, weil er nicht mehr sitzen konnte. Diese Unbekümmertheit bei ihr kam ihm seltsam fremd vor. Was war da faul?

Helena erhob sich ebenfalls. »Henrik! Bitte!« Sie trat nahe an ihn heran. Er konnte ihr Parfüm riechen und fühlte noch mehr Irritation, weil sie zu diesem Treffen überhaupt welches aufgetragen hatte. Die Nummer mit dem Sportprogramm nach Feierabend war damit durch. Sie schlug die Kapuze zurück und sah ihm tief in die Augen. Sterne funkelten darin. Ihre Hand bewegte sich auf sein Gesicht zu. Mit dem Zeigefinger strich sie ihm zart über die Wange. Dieser sinnliche Mund.

Was …?

Er packte ihre Hand. »Der Söldner. Ich habe ihn gesehen. Er ist wieder da, und das sicher nicht grundlos.«

Die Galaxie in ihren Augen verflüssigte sich, und sie versuchte die Tränen wegzublinzeln. Danach hatte ihr Blick etwas Flehendes.

Was tun sie dir an?, wollte er sagen, doch dann begriff er, dass er schweigen musste.

Sie küsste ihn auf den Mundwinkel, drehte sich um und eilte davon, hinein in den Schatten der Pinien, wo die Dunkelheit sie verschluckte. Kurz danach verhallten auch ihre Schritte. Es schmerzte. Nicht allein die Erkenntnis, dass er womöglich ab jetzt auf sich allein gestellt war. Sondern vor allem, dass sie Helena leiden ließen. Er blickte sich um, konnte aber niemanden ausmachen. In diesem Park existierten zu viele finstere Stellen, zu viele Löcher für Ratten, die es gewohnt waren, sich darin zu verbergen.

# 11

Er hatte schlecht geschlafen. Sich die ganze Nacht herumgewälzt.

Jetzt, da die Sonne in sein Schlafzimmer leuchtete und ihn zum Aufstehen nötigte, wollte ihn die Matratze nicht loslassen. Letztlich spielte es keine Rolle, ob er das Antiquariat eine halbe Stunde später öffnete, oder? Wer sollte sich beschweren?

Und was die andere Sache anging, war Helena ja ziemlich deutlich geworden.

*Entspann dich!*

Dummerweise war ihm absolut nicht danach.

Er hatte von Helena geträumt, erinnerte sich aber nur noch vage, worum es in dem Traum gegangen war. Sie waren auf der Flucht gewesen. Wie im wirklichen Leben. Seit er sie kennengelernt hatte, waren sie ständig am Davonlaufen. Vor dem allgegenwärtigen, unsichtbaren Feind, der sie nicht zur Ruhe kommen ließ. Oder war das alles doch nur Einbildung? Eine Paranoia, in die sie sich gegenseitig hineingetrieben hatten? War Helena zu dieser Erkenntnis gelangt und hatte deshalb gestern so merkwürdig reagiert?

Das Schellen der Türglocke schreckte ihn auf. Offensichtlich war er noch einmal weggedöst. Nun fühlte er sich noch benommener. Mit dem zweiten Klingeln quälte er sich aus dem Bett.

»Ja, ja, verdammt!«, rief er in den Flur hinein, obwohl ihm klar war, dass er nicht bis unten auf die Straße zu hören war. Vermutlich nur der Paketdienst. Irgendeine unnötige Bücherlieferung, die Catia vor ihrem Urlaub noch bestellt hatte.

Oder es war noch mal die Polizei. Womöglich war das Buch doch noch aufgetaucht, und plötzlich hatte man weitere Fragen an ihn. Noch ehe er den Türöffner betätigen konnte, klopfte es schon an seiner Wohnungstür.

Er zog sie einen Spalt auf und linste hinaus ins Treppenhaus. Das Gähnen blieb ihm im Hals stecken. Innerhalb einer Millisekunde war er hellwach.

»*Papa*?«

»Hat ja nicht lang gedauert, bis du hier zum Langschläfer geworden bist.«

»Was? Wie?« Henrik sah an sich hinunter. Er trug nur eine Unterhose.

»Warum?«, ergänzte sein Vater.

»Ja, selber warum? Warum bist du in Lissabon?« Eine plötzliche Eiseskälte überkam ihn, und die Gänsehaut zog sich hoch bis in den Nacken. »Mama?«

»Keine Angst, ich bin allein, und jetzt lass mich endlich rein!«

Henrik trat zurück, und sein Vater schob sich an ihm vorbei in den Flur, wobei er einen kleinen Trolley hinter sich herzog. Nur Handgepäck. Das machte die Verwirrung nicht geringer.

»Ich hoffe, du hast ein Gästebett?«

»Du willst *bleiben*?«

»Sofern du mich nicht wegschickst.«

»Und Mama?«

Sein Vater zuckte mit den Schultern. »Ist zu Hause.«

»Ich ... Moment, da ist doch was faul! Du bist noch nie ohne sie in Urlaub gefahren.«

Albrecht Falkner blickte den Gang hinauf und dann wieder zu ihm. Mit einem Mal war es ihm peinlich, seinen Vater nur in Boxershorts zu empfangen.

»Irrtum! Sie ist noch nie ohne *mich* verreist«, klärte ihn sein Vater auf.

»Ist das nicht dasselbe?«

»Das ist ein himmelweiter Unterschied, mein Sohn!«, korrigierte er ihn und tippte ihm dabei mit dem Zeigefinger gegen die nackte Brust. »Machst du mir Kaffee? Der im Flieger war eine Katastrophe. Von der Taxifahrt hierher will ich erst gar nicht sprechen. Gibt es in Portugal überhaupt so was wie eine Führerscheinprüfung?«

»Nein.«

»Ist das dein Ernst? Keine Prüfung?«

»Keinen Kaffee«, erklärte Henrik.

»Das nenne ich Gastfreundschaft«, brummte Albrecht beleidigt. »In dieser Richtung musst du noch an dir arbeiten, wenn du Portugiese werden möchtest. Gastfreundschaft soll hier weitverbreitet sein.«

»Ist keiner im Haus, wollte ich damit sagen. Ich springe kurz unter die Dusche, dann gehen wir frühstücken.«

»Warum bist du hier?«

»Ich wollte dich besuchen. Sehen, wie es dir geht. Du hast uns ja sehr überrascht mit dieser ... ähm, Geschichte hier. Uns so im Ungewissen zu lassen war nicht in Ordnung.«

Nein, das war es nicht. Aber er hatte auch nicht die Energie gefunden, ihnen seine Entscheidung zu erklären. Vor allem nicht seiner Mutter. Dieser Konfrontation war er bewusst aus dem Weg gegangen. Zu gestehen, dass er das Erbe ihres verstoßenen Bruders angetreten hatte, war ihm bislang schlichtweg unmöglich gewesen. Selbstredend war das nicht sonderlich klug, zumal es unvermeidbar war, dass seine Mutter über andere Kanäle davon erfuhr. Über Tante Brigitte, wie er annahm. Was die ohnehin verwerfliche Tatsache, dass Henrik zum Erben des Mannes bestimmt worden war, über den bei den Falkners wegen seiner sexuellen Desorientierung nicht geredet wurde, letztlich noch viel schlimmer machte. Da hatte man Martin quasi aus dem Stammbuch gelöscht, seine Fotos von den Kaminsimsen entfernt und allen vorgegaukelt, er wäre nie geboren worden, und nun drängte er sich auf diese infame Weise wieder zurück in die Familie. Henriks Großvater und seine Mutter waren all die Jahre die treibende Kraft hinter dieser Vertuschungskampagne gewesen. Wie hätte er unter diesen Umständen je bei ihr antanzen und freudig von Martins Hinterlassenschaft berichten können? Unmöglich.

Genau genommen war es ihm ganz recht gewesen, dass Tante Brigitte das übernommen hatte. Darin war sie sehr verlässlich. Anfang September war er für vier Tage zurück nach Deutschland geflogen, um die Sache amtlich zu machen und alles zu regeln, was geregelt werden musste. Bei der Gelegenheit hatte er sich mit Brigitte getroffen und damit den Dingen ihren Lauf gelassen. Kaum zurück in Portugal, begannen die Anrufe, die er jedoch stoisch ignorierte und lediglich mit Kurznachrichten beantwortete.

*Es geht mir gut, macht euch keine Sorgen!*

Und nun saß ihm sein Vater gegenüber. Im Noobai Café, direkt am Miradouro Santa Catarina, mit Blick über die Stadt. Bis hinüber zu Cristo Rei, der mit ausgebreiteten Armen vom anderen Flussufer grüßte, wo die rot leuchtende Brücke des 25. April den Tejo überspannte.

Am erstaunlichsten für ihn war immer noch, dass Albrecht alleine gekommen war. Dass ihm dieser Schritt erlaubt worden war. Er konnte sich nicht daran erinnern, dass sich sein

Vater jemals gegen eine Entscheidung seiner Mutter gewehrt hatte. Selbst seinen Nachnamen hatte er aufgeben müssen. Wobei diese Bedingung damals Henriks Großvater diktiert hatte. Der Patriarch, der zu jener Zeit noch alles bestimmte. Der es gewohnt war, dass getan wurde, was er mit seiner lauten, diktatorischen Stimme anordnete. Egal, ob innerhalb der Familie oder als Bürgermeister und späterer Landespolitiker. Niemand wagte ihm zu widersprechen, so lange, bis das Alter ihn zwang, sich zurückzuziehen, ihn beugte und schließlich zum Schweigen brachte. Danach übernahm Henriks Mutter seine Funktion und hielt die Tradition aufrecht.

Genau deshalb konnte Henrik auch nicht wirklich glauben, dass sein Vater *nicht* als ihr Botschafter hier war, nachdem alles Anrufen und Briefeschreiben zu keinem Erfolg geführt hatte.

»Wie geht es Miriam?«

»Deiner Schwester geht es gut. Sie lässt sich scheiden.«

»Oha! Das tut mir leid. Wie nimmt Mama das auf?«

Albrecht runzelte die Stirn. »Was denkst du? Sie verliert ihren perfekten Schwiegersohn!«

War das Ironie? Henrik hatte seinen Schwager nie gemocht. Thorsten war ein geleckter Affe und Arschkriecher. Aber dass sein Vater sich auch hier gegen seine Frau stellte, warf weitere Fragen auf. »Das klingt alles so, als liefe es nicht gerade gut für Mama. Jetzt, da nach mir nun auch noch ihre Tochter aus der Reihe tanzt.«

Albrechts Miene drückte Bedauern aus. »Es ist nicht leicht für sie. Und nicht nur wegen Miriams Eheproblemen. Auch wegen dir, weil du so mir nichts, dir nichts abgehauen bist. Das hat sie hart getroffen.«

»Mag sein, aber egal, was du oder ihr erwartet, ich werde Lissabon nicht verlassen.«

»Gute Entscheidung!«, bestärkte ihn sein Vater und nahm noch einen Schluck Kaffee. »Ich habe immer gutgeheißen, was du gemacht hast. Als du damals entschieden hast, zur Polizei zu gehen, stand ich hinter dir. Ich war sehr stolz auf dich.«

»Davon hab ich nichts gemerkt.«

Albrechts Kopf sackte ein wenig Richtung Brust. Er sah Henrik über den Rand seiner Brille an und bekam dabei einen Dackelblick. »Ich weiß, es war nicht immer leicht. Wenn deine Mutter sich was in den Kopf gesetzt hat ...«

»Hast du klein beigegeben«, vollendete Henrik den Satz, was seinen Vater noch geknickter wirken ließ. Er schob seine Brille zurecht, sah hinüber zu Cristo Rei und seufzte. Henrik kannte dieses Verhalten. Sein Vater würde nicht protestieren. Er ging Diskussionen und Konflikten nur zu gern aus dem Weg. Vor allem denen mit seiner Frau. Er hatte nie wirklich probiert, sich durchzusetzen, sondern sich lieber anderen gegenüber als Märtyrer präsentiert. Früher hatte Henrik dieses Muster nicht verstanden, und es gab Zeiten, da hatte er seinen Vater für sein Duckmäusertum verabscheut. Jetzt stellte er plötzlich fest, dass von diesen negativen Gefühlen nichts mehr übrig war. Albrecht tat ihm leid, das war alles.

Und sein Vater überraschte ihn. Statt herumzujammern, wie Henrik es eigentlich erwartet hatte, biss sein Vater herzhaft in den gebutterten Toast. Irgendwie schien ihn das wieder aufzurichten, und Henrik musterte ihn genauer. Albrecht sah verändert aus. Besser, gesünder, vitaler als in Henriks Erinnerung. Der Verlust von Nina damals hatte auch Albrecht getroffen. Sein Vater hatte seine Schwiegertochter gemocht.

Sehr sogar. Nicht allein aus Trotz gegen den Rest der falknerschen Sippschaft. Auch weil sie die Tochter war, die er selber gerne großgezogen hätte, wie Henrik vermutete. Wäre der Anlass nicht so tragisch gewesen, hätte man fast sagen können, dass Ninas Tod ihn seinem Vater wieder nähergebracht hatte. Sie hatten versucht, sich gegenseitig Trost zuzusprechen, auch wenn es beim Versuch blieb. Sicher auch, weil Albrechts Trauer hinter dem Rücken seiner Frau stattfinden musste.

»Weiß sie überhaupt, dass du hier bist?«, fragte er bei dem Gedanken an seine Mutter.

»Konntest du jemals was vor Mama geheim halten?«

Fiel es ihm tatsächlich so schwer zu glauben, dass seine Mutter ihren Gatten hatte alleine nach Lissabon fliegen lassen? Womöglich regierte sie längst weniger streng, als er es in Erinnerung hatte. Was hatte er denn überhaupt in den letzten Jahren noch von seinen Eltern und ihrem Leben mitbekommen? Henrik hatte sich rargemacht. Eigentlich schon, seit er bekannt gegeben hatte, in den Polizeidienst zu gehen, statt Jura oder Medizin zu studieren, wie es von ihm erwartet wurde. Ab da hatte er sich von seinen Eltern ferngehalten, um nicht ständig mit ihrem Missfallen konfrontiert zu werden.

Doch nun saß sein Vater ihm gegenüber, und sie blickten hinaus auf die Tejomündung, dort, wo der Fluss sich in den glitzernden Atlantik ergoss. Albrechts Augen leuchteten blau, als würden sie den portugiesischen Himmel spiegeln. Er sah wirklich erholt aus. Smart geradezu. Hatte was von Sean Connery. Er schüttelte den Kopf und verkniff sich ein Grinsen. Das plötzliche Auftauchen seines alten Herrn hatte einfach so etwas Unwirkliches. So als würde ein Blinzeln ausreichen – und der Platz ihm gegenüber wäre leer.

Albrechts Blick wurde mit einem Mal sorgenvoll. »Wie geht es dir eigentlich?«

»Hast du mich das nicht schon gefragt?«

Albrecht zögerte. »Ich meine ... wegen Nina?«

Das tat weh. »Wie soll es mir da schon gehen, sie ist tot!« Die Antwort war harsch, und er bereute sie in der nächsten Sekunde, ohne dass sein Ärger gänzlich verflog. »Ich will jetzt nicht drüber reden«, fügte er etwas versöhnlicher hinzu.

»Ich vermisse sie auch«, erwiderte Albrecht. »Aber du hast recht. Du bestimmst, wann du mit mir über ihren Verlust sprechen willst.«

Auch wenn er es vermutlich gut meinte, er klang wie ein Therapeut. Henrik hatte keinesfalls vor, mit seinem Vater jemals über seine Gefühle wegen Nina zu sprechen. Nicht mit seinem Vater und auch mit sonst niemandem. Aber vielleicht konnte ihm Albrecht bei etwas anderem weiterhelfen. »Kanntest du Martin eigentlich?«

»Martin? Ja, früher. Er war ... sympathisch. Soweit ich mich entsinne, habe ich ihn zuletzt an dem Tag gesehen, als ich deine Mutter geheiratet habe.«

»Und er hat dich nicht vor dieser Familie gewarnt?«

Albrecht grinste und behielt für sich, was er dachte. Bisher war Henrik stets der Meinung gewesen, sein Vater hätte es als Ehre betrachtet, in die angesehene Falkner-Familie eingeheiratet zu haben.

»Wie lang willst du bleiben?«

»Wieso? Bin ich dir schon lästig?«

»Papa, bitte! Das ist eine ganz normale Frage ohne Hintergedanken.«

»Ein paar Tage«, sagte Albrecht und schaute dabei so beleidigt drein, dass Henrik nicht nachzufragen wagte, für welches Datum er den Rückflug gebucht hatte. Unverhofft zog Albrecht ein Smartphone aus der Innentasche seines Sakkos. Wie viele Überraschungen hatte sein alter Herr noch für ihn parat?

»Kannst du damit umgehen?«

»Hältst du mich für einen alten Trottel?«

»Immerhin hast du dich bis zuletzt geweigert, dass sie dir einen Computer ins Büro stellen.«

»Das wäre eine unnötige Anschaffung gewesen, ich hatte eine sehr gute Sekretärin. Und jetzt gib mir deine neue Nummer, damit ich dich erreichen kann!«

»Das werde ich wahrscheinlich bereuen«, seufzte Henrik und nannte ihm die Zahlenfolge, die Albrecht ungelenk und umständlich in das Gerät tippte.

»Prima!«, lobte sich Albrecht selbst, zufrieden damit, eine Technik zu beherrschen, der er früher so argwöhnisch gegenübergestanden hatte. Genau wie Martin, der auch großes Misstrauen gegenüber der digitalen Welt gehegt hatte und daher keinen Computer im Haus haben wollte.

»Und dieses Antiquariat, das läuft?«, fragte sein Vater und stopfte das Handy zurück in seine Jacke. »Du kannst wirklich davon leben?«

»Mit der nötigen Bescheidenheit«, antwortete er, weil ihm nicht behagte, in welche Richtung die Unterhaltung abzielte.

»Das Gebäude sieht mir schon recht renovierungsbedürftig aus, wenn du meine Meinung hören willst.«

Wollte er nicht, weil diese Meinung von den Maßstäben seiner Mutter gefärbt war.

»Warum hast du den Kasten nicht verkauft?«

»Es wäre nicht in Martins Sinne gewesen«, erklärte Henrik kurz angebunden. Es drängte ihn keineswegs, das näher zu erläutern. Martin hatte testamentarisch bestimmt, dass Henrik das Erbe nicht erhielt, wenn er das Haus mit allem Drum und Dran verkaufte. Was letztlich juristisch eine leicht zu umschiffende Klippe gewesen wäre. Aber ehe er wirklich darüber nachdenken konnte, hatten die Mysterien des Antiquariats Henrik schon für sich eingenommen. Schnell war ihm bewusst geworden, dass es hier nicht in erster Linie um materielle Werte ging. Obwohl er durchaus lukrative Angebote erhalten hatte, war es ihm daher nicht schwergefallen, diese abzulehnen. Nichts von alldem jedoch wollte er Albrecht auf die Nase binden. »Im Frühjahr wird die Fassade neu gemacht. Aber das braucht euch nicht zu beunruhigen, ich werde euch weder um einen Kredit noch um eine Bürgschaft anhauen. Ich komme zurecht.«

»So war das doch gar nicht gemeint.«

»Kam aber so rüber«, konterte Henrik.

Sein Vater hob abwehrend die Hände. »Entschuldige, dass ich mich für dein neues Leben hier interessiere.«

Danach verfielen sie in Schweigen und sprachen auch auf dem Rückweg in die Rua do Almada nur das Nötigste. Henrik kommentierte lediglich den Small Talk seines Vaters.

*Was für ein Wetter, du bist zu beneiden.*

*Ja.*

*Dieser Ausblick, herrlich!*

*Ja.*

*Schönes Gebäude, wunderbare Architektur.*

*Ja.*

Er machte Albrecht das Gästezimmer zurecht, weil dieser sich nach der Anreise ausruhen wollte. Henrik war klar, dass er Tante Brigitte anrufen musste, wenn er etwas über die Stimmung im Hause Falkner erfahren wollte. Allerdings fehlte ihm dazu der Nerv. Er musste sich allen Ernstes überlegen, was er mit seinem Vater anstellte, solange dieser bei ihm wohnte. Eins war klar, er würde nicht drum herumkommen, den Fremdenführer zu spielen. Ausgerechnet jetzt, wo sich diese neuen Schwierigkeiten anbahnten!

*Ein paar Tage.* Das war eine Zeitspanne, die sich so und so interpretieren ließ. Er beschloss, darauf zu achten, dass Albrecht sich nicht zu sehr mit der Stadt anfreundete. Es gab durchaus ein paar schäbige Ecken, die er mit ins Sightseeing-Programm aufnehmen konnte.

Offensichtlich war Catia während seiner Abwesenheit im Laden gewesen, denn die Auslage auf dem Teetisch war endlich in Ordnung gebracht worden. Bevor er sich darüber wundern oder echauffieren konnte, betrat ein älterer Mann den Laden. Augenscheinlich ein Kunde. Er trug einen eleganten Anzug, dazu einen Fedora auf dem runden Kopf und stützte sich auf einen Gehstock mit Silberknauf. Der graue Schnauzer unter der knolligen Nase war sauber ausrasiert. Das Halstuch, das aus seinem Hemdkragen ragte, glänzte seidig. In seiner Erscheinung war der Mann eindeutig ein Portugiese. Ungewöhnlich war nur die getönte Brille, die es nicht gestattete, ihm in die Augen zu sehen.

»Bom dia!«

Der Mann erwiderte den Gruß, indem er sich an die Hutkrempe tippte. »Ich sehe mich ein wenig um, wenn Sie gestatten«, erwiderte er in einem Englisch, dem der typische portugiesische Akzent anhaftete. Der Mann hatte ihn demnach bereits anhand des knappen Grußes als Ausländer entlarvt. Und er hatte gedacht, er hätte die Aussprache mittlerweile perfekt drauf.

»Bitte, schauen Sie sich um!« Henriks Blick folgte dem Mann, der jenseits der siebzig sein musste, bis dieser zwischen die Regale trat. Ohne jegliche Ambition, sich mit tief greifenden Literaturfragen auseinanderzusetzen, kam ihm das gerade recht. Der Kunde machte den Eindruck zu wissen, wonach er suchte. Außerdem konnte Henrik es nicht leiden, wenn Leute in geschlossenen Räumen Sonnenbrillen trugen.

Henrik horchte dem Klicken des Gehstocks auf dem Holzboden. Hörte, wie der Mann sich langsam bis in die hinterste Ecke bewegte und dort verweilte. Genau dort, wo auch Ruben Mendes sich lange aufgehalten hatte, fiel ihm ein. Sofort war sein Misstrauen geweckt.

*Du siehst schon wieder Gespenster!*

Helenas Aufforderung kam ihm wieder in den Sinn. *Entspann dich!*

Er horchte in sich hinein und entschied, dass ihm das nicht gelang. Also verließ er seinen Platz hinter dem Tresen, um nach dem Rechten zu sehen.

»Kann ich Ihnen helfen?«, fragte er den Mann, der unter der spärlichen Beleuchtung mit schräg gelegtem Kopf die Buchrücken studierte.

»Schön, dass Sie alles so belassen haben«, antwortete der Alte, ohne sich nach ihm umzudrehen.

»Sie waren schon mal hier?«, fragte Henrik und spürte, wie seine Anspannung wuchs.

»Das ist Jahre her.«

»Kannten Sie meinen ... den vorherigen Inhaber?«

Nun wandte sich der Mann ihm zu, stützte sich mit beiden Händen auf seinen Stock und lächelte milde. »Wir hatten eine anregende Unterhaltung, ich habe nur vergessen, worum es ging.«

Ein paar Atemzüge standen sie sich wortlos gegenüber.

»Wahrscheinlich um Bücher«, schlug Henrik vor.

»Natürlich, natürlich. Worum auch sonst, wir befinden uns schließlich in einem Antiquariat«, stimmte der Alte ihm zu und grinste dabei schief. War das eine Narbe, die da vom Mundwinkel bis unter den Kiefer verlief?

»Ich hatte gehofft, ich finde einen Grão bei ihnen«, fuhr er fort und zeigte weiterhin gelbe Zähne.

»Grão?«

»Ricardo Grão, ein portugiesischer Autor. Leider sehr früh verstorben. Es gibt nur eine nennenswerte Publikation von ihm, die, wie ich meine, 1968 in einer sehr kleinen Auflage erschienen ist. Ich jage diesem Buch schon sehr lange hinterher.«

»Grão«, wiederholte Henrik erneut, dem der Name noch nie untergekommen war. »Wenn Sie mir den Titel nennen, höre ich mich gerne um, ob es irgendwo noch ein verfügbares Exemplar gibt«, bot er an. Er rechnete damit, dass Catia weiterhelfen konnte.

Wieder erntete er dieses schiefe Grinsen. »Das wäre sehr freundlich. *O fim do mundo.*«

»Was?«

»So lautet der Titel. *O fim do mundo*, das Ende der Welt.«

Henrik nickte, begab sich zurück hinter die Verkaufstheke und notierte den Namen des Autors, den Titel und die Jahreszahl. Als er wieder aufblickte, stand der Mann vor ihm, und er zuckte zusammen. Er musste die paar Meter ohne Zuhilfenahme des Stockes zurückgelegt haben, so leise war er herangetreten. Und das trotz der polierten Budapester, die er trug.

»Wie kann ich Sie erreichen?«, fragte er. Die Anwesenheit des Mannes wühlte ihn auf, ohne dass er einen Grund dafür nennen konnte.

Der Alte musterte ihn durchdringend, und Henrik fühlte sich dabei ertappt, wie er den Verlauf der dünnen, gezackten Narbe über dessen Unterkiefer studierte, die eigenwilligerweise am Hals in einem Muttermal endete, das zum größten Teil von dem Seidenschal verdeckt wurde.

»Falls ich Ihr Buch auftreibe, meine ich.«

»Legen Sie es einfach zurück, ich komme in den nächsten Tagen vorbei.« Wieder tippte er sich gegen die Hutkrempe, drehte sich um und strebte dem Ausgang zu.

»Auf welchen Namen?«, rief Henrik ihm hinterher, doch alles, was er zu hören bekam, war das Gebimmel der Türglocken. Er widerstand dem Drang hinauszueilen, um zu sehen, wohin der Mann verschwand. »O fim do mundo«, murmelte er vor sich hin.

# 12

*Papa!*

Erschrocken sah er auf die Uhr. Seinen Vater hatte er total vergessen. Er hätte ihn schon vor einer Stunde wecken sollen. Nicht, dass er noch vorgeworfen bekam, er würde Albrecht seinen Aufenthalt in Lissabon verschlafen lassen. Jetzt, wo sein Alter sich endlich mal von seiner herrischen Gattin hatte loseisen können, um sich selbstständig in ein Abenteuer zu stürzen, wollte er dies sicherlich auskosten. Henrik schloss rasch den Laden ab und ging hoch in die Wohnung. Er klopfte vorsichtig an die Tür zum Gästezimmer, doch drinnen rührte sich nichts. Offensichtlich hatte der Flug nach Lissabon seinen Vater doch mehr angestrengt, als er zugegeben hatte. Henrik öffnete vorsichtig die Tür. Die Vorhänge waren zugezogen, ließen aber ausreichend Licht ins Zimmer. Neben dem Schrank stand der Koffer, immer noch ungeöffnet. Und das war's. Das Bett war leer.

»Papa?«, rief er, und seine Verunsicherung hallte durch den leeren Flur. Er fand seinen Vater weder im Bad noch in der Küche und erhielt auch keine Antwort. Wenn er nach draußen gegangen wäre, hätte er doch zumindest Bescheid gegeben. Albrecht war einundsiebzig, aber doch in keiner Form verwirrt, oder? Davon war ihm jedenfalls nichts bekannt, außerdem hätte er das bemerkt, als sie vorhin zusammen frühstücken waren. Er wirkte zwar ein wenig schrulliger als früher, aber doch eigentlich auch wie immer.

Konnte jemand unbemerkt in die Wohnung eingedrungen sein?

Für eine Sekunde dachte er an den Portugiesen mit dem schiefen Grinsen. War der nur im Laden gewesen, um ihn abzulenken?

Nein, das war völlig unsinnig. Trotzdem bildete sich ein Kloß in seinem Hals. War sein Vater vielleicht dement? War womöglich diese schleichende Krankheit der Grund, wieso er plötzlich hier auftauchte? Das passte doch alles nicht zusammen. Eine durch Demenz hervorgerufene Unselbstständigkeit hätte gewiss verhindert, dass er seinen Sohn in Lissabon überhaupt fand.

Er hörte jemanden im Treppenhaus. Gelächter klang auf. Henrik eilte aus der Wohnung – nur um die nächste Überraschung zu erleben.

Es war sein Vater, der da so herzhaft lachte. Auf eine Art, die ihm fremd war. Hatte er Albrecht jemals so ausgelassen lachen hören? Obendrein war er nicht allein, und womöglich war es dieses Bild, das diese Szene so kurios und unwirklich machte. Neben ihm auf dem Treppenabsatz stand Dona Celeste, und beide giggelten sie um die Wette.

»Habe ich was verpasst?«, rief er nach oben.

Albrecht verschluckte sich. Das Lachen wurde zu einem Husten, was seine Wangen noch mehr rötete. Tränen liefen ihm aus den blassblauen Augen. Dona Celeste blieb ganz Herrin der Situation und klopfte ihm kräftig auf den Rücken.

»Henrik«, keuchte sein Vater schließlich und wischte sich die Augen. »Du solltest mich doch wecken!« Es klang alles andere als vorwurfsvoll. »Nicht so schlimm«, winkte er auch sofort ab. »Ich bin für deine Nachlässigkeit sogar dankbar. Hättest du dich an meinen Zeitplan gehalten, wäre ich sehr wahrscheinlich nicht mit der reizenden Senhora Dona Celeste zusammengestoßen. Was ich im Nachhinein als sehr bedauerlich empfunden hätte, weil mir dann eine wunderbare Einladung zum Kaffee entgangen wäre. Sie macht einen vorzüglichen Kuchen, auch wenn ich mir den Namen nicht merken kann.«

»Bolo de rosas«, informierte sie Dona Celeste und begann schon wieder zu kichern. Man hätte meinen können, sie verstünde jedes Wort.

»Rosenkuchen, selbstverständlich. Und so vortrefflich!«, flötete Albrecht.

Das hörte sich nicht gerade nach Demenz an. Aber als normal konnte man das Verhalten seines Vaters auch nicht bezeichnen. Sein ganzes Leben lang hatte Henrik ihn noch nie so erlebt. Zu allem Überfluss hakte sich Pacos Mutter jetzt bei Albrecht unter, und sie stolzierten die Stufen herab wie ein Pärchen, das sich schon eine Ewigkeit kannte. Henrik blieb die Spucke weg. Wie ein willenloser Zombie folgte er ihnen.

»Wir haben kurzerhand beschlossen, dass Frau Coelho mir ein wenig die Stadt zeigt. So kannst du dich weiter um dein Antiquariat kümmern. Wir sehen uns dann zum Abendessen«, verkündete Albrecht, während er galant die Haustür für seine Begleitung öffnete. Dona Celeste warf Henrik einen koketten Blick zu und trat hinaus in die Sonne.

»Such doch ein hübsches Restaurant für heute Abend aus. Gerne mit Musik. Ich brenne darauf, endlich den Fado zu hören. Ach, und bestell einen Tisch für drei Personen, ich muss mich ja für die Einladung zu Kaffee und Kuchen revanchieren«, ergänzte sein Vater, tätschelte ihm den Oberarm und folgt dann der adretten Senhora nach draußen.

# 13

Das warf seine Pläne nun komplett über den Haufen. Sein Vater zog eine weibliche Begleitung für seine Stadtbesichtigung vor? Eine, die er zufällig im Treppenhaus kennengelernt hatte? Nein, das war definitiv nicht der Albrecht Falkner, bei dem er aufgewachsen war. Er würde nicht umhinkommen, seine Mutter anzurufen. Albrechts eigenwilliges Verhalten nötigte ihn quasi dazu.

Aber nicht jetzt. Besser, er nutzte die Zeit, während sich Albrecht mit Senhora Coelho vergnügte, und beschäftigte sich mit dringlicheren Dingen. Sie spielten wieder Katz und Maus mit ihm. Es war an der Zeit, dem ein Ende zu setzen. Er holte aus der Wohnung, was er brauchte, und verließ ebenfalls das Haus. Gleich hinter dem Denkmal des Dichters António Ribeiro Chiado beförderten ihn die unendlichen Rolltreppen hinunter zur Metrostation Baixa-Chiado. Dort nahm er die Linea Azul Richtung Amadora Este bis zur Haltestelle Parque. Mit dem Park war der Jardim Amália Rodrigues gemeint. Diese großzügige Gartenanlage, die sich vom Praça do Marquês de Pombal hoch bis zur Rua Marquês da Fronteira erstreckte, war die flächenmäßig größte innerstädtische Grünanlage in Lissabon und wies in ihrer Gestaltung architektonische Besonderheiten auf. Vom höchsten Punkt des Parks hatte man einen herrlichen, unverbauten Blick über die Stadt bis hinunter zum Tejo.

Sein Ziel lag dem Park direkt gegenüber. Er verharrte eine volle Minute am Abgang zur Metrostation und beobachtete seine Umgebung. Leute schlenderten an ihm vorbei, aber er entdeckte niemanden, der sich auffällig verhielt, indem er Unauffälligkeit vortäuschte.

Zum Hotel Miraparque in der Avenida Sidónio Pais waren es nur wenige Schritte. Vor dem Hotel angekommen, regten sich Zweifel an seinem Vorhaben. Er konnte davon ausgehen, dass Helena und Lui bei ihren Ermittlungen dem Personal alle erdenklichen und erforderlichen Fragen gestellt hatten. Die Aussichten, dass man sich mit ihm über den verstorbenen Stammgast Ruben Mendes unterhalten würde, waren äußerst gering. In der Regel war Hotelpersonal seinen Gästen gegenüber sehr loyal. Er musste improvisieren, wollte er etwas erreichen. Nach einem tiefen Atemzug betrat er das in Schweinchenrosa gehaltene Gebäude mit dem weiß getünchten Fassadenstuck über den Fenstern. Der helle Marmorboden glänzte wie eine spiegelnde Eisfläche und stand in hartem Kontrast zu den dunkel getäfelten Wänden. Die Dame am Empfang strahlte ihm entgegen. Sie war jung, nicht älter als Mitte zwanzig, kräftig geschminkt und hatte ihr walnussbraunes Haar geschäftsmäßig hochgesteckt. Erst als sie bemerkte, dass er keinen Koffer hinter sich herzog, schmälerte sich ihr Lächeln. Das goldene Schildchen am Revers ihres schwarzen Blazers verriet, dass er es mit Senhora Santos zu tun hatte.

»Mein Name ist Henrik Falkner. Ich bin hier mit einem Gast von Ihnen verabredet. Ruben Mendes.«

Die Mundwinkel von Senhora Santos ergaben sich der Schwerkraft. Auf ihrer hohen Stirn trat deutlich eine Ader hervor, die selbst das Make-up nicht kaschieren konnte. »Senhor Mendes wohnt nicht mehr bei uns«, erklärte sie knapp.

»Unmöglich. Er hat mich extra herbestellt«, widersprach er, laut genug, dass die Architektur des Foyers seiner Stimme einen Hall verlieh.

Die Rezeptionistin beugte sich ihm entgegen. »Sie haben es wohl noch nicht gehört. Ich bedauere sehr, Ihnen mitteilen zu müssen, dass Senhor Mendes verstorben ist«, raunte sie betont leise, obwohl keine Gäste in Sicht waren.

Die Betroffenheit, die er daraufhin an den Tag legte, fiel Henrik nicht schwer. Immerhin brauchte er nur daran zu denken, wie Mendes in seiner Anwesenheit gestorben war. »O mein Gott! Und seine Frau? Ich meine, wie geht es ihr?«, fragte er, vielleicht eine Spur zu hysterisch.

»Frau?«

»Ist sie nicht ... Hat sie Lissabon bereits verlassen?«

Senhora Santos kräuselte ihre akkurat gezupften Brauen. »Senhor Mendes war nicht in Begleitung seiner Frau hier.«

»Also, das wundert mich jetzt schon sehr, wo er doch versprochen hatte, sie mir endlich vorzustellen.«

Längst war er der Empfangsdame mehr als nur lästig. Für einen kurzen Moment folgte er ihrem Blick über seine Schulter. Mehrere Leute hatten das Foyer betreten. Araber. Allesamt in wüstensandfarbenen Anzügen. Die Kragen ihrer weißen Hemden waren mit einem verschnörkelten Emblem bestickt. Geschäftsleute also, denen es vorgeschrieben war, das Unternehmenslogo auf dem Hemdkragen mit sich herumzutragen. Dem Verhalten der Empfangsdame nach zu deuten, handelte es sich um Hausgäste, die sie gerne unverzüglich bedienen wollte. Er konnte hören, wie die Männer sich hinter ihm aufreihten, hielt seine Augen aber jetzt starr auf die Rezeptionistin gerichtet.

»Wie gesagt, Senhor Mendes wohnte alleine«, wiederholte sie, bereits leicht gereizt. Die Ader auf ihrer Stirn pochte.

»Und Sie haben ihn wirklich nie in Begleitung einer Frau gesehen?«

Der Araber direkt hinter ihm scharrte mit den Absätzen seiner Lederschuhe. Der Marmor quietschte.

»Darüber kann ich Ihnen beim besten Willen keine Auskunft geben.«

Er machte Anstalten, sich zu verabschieden, hielt dann, als Senhora Santos bereits erleichtert ausatmete, jedoch noch einmal inne. »Ist vielleicht was liegen geblieben? Ruben wollte mir ein Buch mitbringen. Ein antiquarisches Buch!«

»Ein Buch?«, wiederholte sie ungläubig. »Nein, Senhor. Keine Frau, kein Buch. Vielleicht klären Sie das alles besser mit der Polizei! Die haben wegen dieser Sache in den vergangenen Tagen ohnehin schon für genug Wirbel unter den Gästen gesorgt. Bitte gehen Sie jetzt!«

Er tat ihr den Gefallen, gab den Empfangstresen frei und steuerte dem Ausgang entgegen. Kaum widmete Senhora Santos ihre volle Aufmerksamkeit den wartenden Geschäftsleuten, änderte er die Richtung und folgte mit schnellen Schritten der Beschilderung zur Hotelbar. Es war eigentlich zu früh, um sie aufzusuchen, doch barg die Sache zwei Vorteile. Waren die Araber gläubige Muslime, würden sie ihn hier nicht stören. Tatsächlich war er der einzige Gast – worauf er gehofft hatte. Der Barmann, groß gewachsen, um die dreißig und allem Anschein nach kein Portugiese, langweilte sich. Vor der beleuchteten Wand mit der Spirituosenauswahl polierte er Gläser. Als Henrik hereinkam, freute er sich sichtlich über den ersten Zecher des noch jungen Tages.

Henrik ließ die gemütlichen Loungesessel-Arrangements unbeachtet und setzte sich auf einen der Barhocker. Er bestellte ein Sagres, um den Schein zu wahren, und ließ dann betroffen die Schultern hängen.

Der Barkeeper schluckte den Köder. »Alles in Ordnung?«, fragte er, während er das Bier zapfte. Sein Englisch war astrein, zumindest für deutsche Ohren. So astrein wie das Blau seiner Augen. Henrik schätzte, dass der Mann mit dem blonden Haarschopf, der es verstand, seine Sommerbräune bis in den Herbst hinein zu pflegen, irgendwo aus Skandinavien stammte. Was ihn zu einem weniger mitfühlenden Kandidaten machte. Ein waschechter Portugiese, der die Saudade kannte und lebte, wäre besser geeignet gewesen, um sich Henriks Lamento anzuhören. Aber er musste nehmen, was er bekam, und falls der Mann lang genug in Lissabon lebte, hatte der portugiesische Weltschmerz vielleicht schon ein wenig auf seine Seele abgefärbt, so ähnlich wie die südländische Sonne auf seine Haut.

Erst als der Mann das Bier vor ihm auf die polierte Steinplatte stellte, konnte Henrik das Namensschild lesen, das an seine Weste geheftet war.

*Johansen.* Als Nordeuropäer so zu heißen, war beinahe schon einfallslos. Er bedankte sich mit schmerzlicher Miene und versuchte dann sein Glück. »Ich habe eben erfahren, dass mein Freund verstorben ist. Er war bis vor Kurzem Gast in Ihrem Haus«, fügte er an und wischte sich eine imaginäre Träne aus dem Augenwinkel.

»Tut mir leid«, erwiderte der Barkeeper und blickte kurz auf das Bier, wohl um anzudeuten, dass er durchaus Stärkeres im Angebot hatte, um den Kummer zu betäuben.

»Sie kannten ihn sicher. Ruben Mendes. Ich wette, er hat sich ebenfalls lieber direkt an die Bar gehockt, um sein Feierabendbier zu trinken«, riet er ins Blaue hinein und nahm einen kräftigen Schluck.

Johansen griff sich ein weiteres Glas aus dem Korb der Geschirrspülmaschine und entfernte im Gegenlicht der Barbeleuchtung die verbliebenen Wasserflecken. »Er kam nie vor zwanzig Uhr und trank lieber Wein. Mit der Platzwahl haben Sie jedoch recht.«

Mist. Das Misstrauen des Mannes war geweckt. Sicher war auch der Barmann von der Polizei befragt worden und entsprechend sensibilisiert. Er durfte sich jetzt keinen Patzer mehr erlauben. »Wein? Sieh an! Da zeigen sich postum noch ganz neue Seiten von Ruben. Offenbar hat er seine Trinkgewohnheit demjenigen angepasst, mit dem er zusammensaß. Und da wir Deutsche bekanntlich Biertrinker sind ... Na ja, wie auch immer«, seufzte er, »ich werde ihn vermissen.«

Das stimmte den Mann hinter der Theke offenbar versöhnlich. »Sind Sie auch in der IT-Branche tätig?«

»Gott bewahre, ich und Computer? Nein, ich kenne Ruben privat.« Er beugte sich etwas vor und senkte seine Stimme. »Genauer gesagt, über seine Frau.«

»Frau?«

»Freundin«, korrigierte er sich und warf Johansen einen konspirativen Blick zu. »Sie wissen schon! Ruben hatte da so seine eignen Ansichten, was Beziehungen betraf.« Er schüttelte den Kopf. »Oje, die Ärmste. Ich muss sie nachher gleich mal anrufen, um zu hören, wie es ihr geht. War sie denn mal mit ihm hier?«

Johansen schaute sich um, vergewisserte sich, ob sie noch allein waren. »War ihr wohl zu heikel«, ließ er verlauten, dann wurde auch er leiser. »Aber sie hat ihn manchmal abgeholt. Am Eingang zur Metro. Ich habe sie zwei-, dreimal gesehen. Zufällig. Immer dann, wenn meine Schicht anfing und sie sich dort getroffen haben. Man merkte Senhor Mendes an, dass es ihm unangenehm war. Aber ihr noch viel mehr ...« Plötzlich stockte er; ihm war wohl eingefallen, dass er mit Fremden nicht über andere Hotelgäste plaudern sollte. Selbst über die nicht, die nie wieder hier einchecken und bei ihm an der Bar sitzen würden.

»Ja, ja, er wirkte nicht so, aber er war ein Tausendsassa, was das schöne Geschlecht anging. Womöglich reden wir beide gerade über zwei unterschiedliche Frauen?« Henrik grinste, wurde aber sogleich wieder ernst. Er durfte es nicht übertreiben.

Johansen lächelte verlegen, spähte erneut zum Eingang und nahm sich dann das nächste Glas vor. »So was sollten Sie Senhora Cabral nicht hören lassen«, murmelte er vor sich hin, und Henrik entging nicht, dass er sich, kaum ausgesprochen, gerne dafür auf die Zunge gebissen hätte.

Senhora Cabral. Hatte ihm diese improvisierte Aktion tatsächlich einen Namen beschert?

»Puh, jetzt bin ich aber froh, dass wir von derselben Dame sprechen«, entgegnete Henrik. »Wobei mich überrascht, dass Sie ihren Namen kennen, wo Sie doch vorhin sagten, dass sie nie mit Ruben hier war.«

»Sie ist trotz allem keine Unbekannte, das sollten Sie doch wissen.« Wieder erntete er einen skeptischen Blick von dem Barkeeper.

*Keine Unbekannte.* Was zur Hölle konnte das jetzt wieder heißen?

Er hatte den Bogen überspannt, so viel war klar. Henrik trank sein Bier leer, bezahlte und ließ ein großzügiges Trinkgeld auf dem Tresen liegen.

*Cabral!* Hoffentlich war das nicht, analog zu Johanson, ein Allerweltsname in Portugal.

Er suchte das nächstbeste Internetcafé auf. Noch immer hatte er bei sich in der Rua do Almada keinen Anschluss beantragt. Jedes Mal wenn er etwas recherchieren wollte, wurde er daran erinnert – und schaffte es dann doch nicht, sich endlich darum zu kümmern. Der Laden, den er ausfindig machte, lag in einer Gasse parallel zur Avenida da Liberdade. Das Publikum bestand durchweg aus Schwarzafrikanern. Reggae-Musik schallte durch den Raum. Henrik bekam einen PC-Platz zugewiesen und setzte sich auf den knirschenden Stuhl. Die Rechner waren nicht mehr die jüngsten. Unter den billigen Sperrholztischen, auf denen die Computer aufgereiht waren, verlief ein Gewirr aus Kabeln, umwoben von Wollmäusen, Haaren, Schokoriegelverpackungen und allerlei anderem Unrat. Maus und Tastatur klebten, als hätte jemand vor Kurzem Cola darübergeschüttet. Doch der Kasten funktionierte, und darauf kam es letztlich an. Schnell blendete er seine Umgebung aus und tauchte ein in die digitale Welt, die alles wusste und jeden kannte.

Den Mord aus Eifersucht stellte er nach wie vor infrage. Das war es nicht, was ihn anspornte und warum er nun nach der Identität von Rubens Liebschaft forschte. Vielleicht wusste diese ominöse Senhora Cabral ja etwas über den Verbleib des Buchs. Sie oder ihr gehörnter Gatte. Er fragte sich, ob die Kommissarin Senhora Cabral überhaupt dazu befragt hatte.

Wieder verfiel er ins Grübeln über Helenas verstocktes Verhalten. Er musste sich dazu zwingen, seine Gedanken auf die Recherche zu konzentrieren. Es galt herauszufinden, für welche Firma Mendes zuletzt tätig gewesen war. Nur so konnte er weiterkommen.

Nach einer knappen Stunde hatte er die Auswahl auf ein halbes Dutzend möglicher Unternehmen eingedampft, auf deren Websites der Name Cabral in irgendeiner Form auftauchte. Diese Firmen wollte er nun genauer unter die Lupe nehmen. Unnötige Kleinarbeit, die er der Senhora Inspetora verdankte. Er druckte gerade die Adressen aus, da meldete sich sein Handy. Als steckte sie mit in seinem Kopf, kam der Anruf von Helena.

»Was gibt's?«, meldete er sich unwirsch.

»Henrik!«

Allein die Art, wie sie seinen Namen aussprach, versetzte ihm einen Schock.

»Sara ist verschwunden.«

# 14

Helena war vier Jahre alt gewesen, als ihr Bruder Tomás verschwand.

Dieses tragische Ereignis hatte die Familie Gomes nachhaltig traumatisiert. Die Eltern suchten ihr Heil in der Verdrängung. Mit mäßigem Erfolg, wie Henrik hatte feststellen müssen. Im Alter hatten sie sich in ein kleines Häuschen am Meer draußen an der äußersten Spitze des Festlands, im Ferienort Cascais, verkrochen. Der Schmerz über den verlorenen Sohn steckte nach einem Vierteljahrhundert immer noch wie ein schwelender Stachel in ihren Herzen. Es bedurfte nur einer unmerklichen emotionalen Bewegung, und schon brach die Kruste wieder auf, und beißender Eiter ergoss sich aus der Wunde. Helena war damals noch zu klein gewesen, um das Leid über Tomás' Verschwinden von Beginn an und unmittelbar zu spüren. Doch sie wuchs mit der allgegenwärtigen Trauer und der Verzweiflung auf, die jeden einzelnen Tag ihrer Familie bestimmten. Jahraus, jahrein, es war unmöglich, dem zu entrinnen oder sich gar davon zu befreien. Das war ihr – wenn auch nur in geringem Maße – erst gelungen, als sie selber ein Kind zur Welt brachte. Ihre Tochter Sara. Die niedliche kleine Sara, die nun offenbar ebenfalls verschwunden war.

Henrik erreichte den Praça da Armada, immer noch schockiert über die Nachricht. Der überschattete Platz, wo sich Saras Kindergarten befand, lag praktischerweise nur wenige Gehminuten von der gemeinsamen Polizeistation der Dienststelle für öffentliche Sicherheit und Kriminalpolizei entfernt. Die beste Lösung für die alleinerziehende Mutter, der keine Wahl blieb, als einer Vollbeschäftigung nachzugehen, um über die Runden zu kommen.

Soweit Henrik verstanden hatte, wollte Helena das Mädchen nach Dienstschluss wie üblich abholen. Doch Sara war nicht mehr da, und keine der Erzieherinnen konnte erklären, wohin sie gegangen oder von wem sie mitgenommen worden war.

Helena begegnete ihm mit versteinerter Miene. Sie war bleich. Noch nie hatte er diese Frau so zerbrechlich erlebt.

»Wie lange ist sie schon weg?«

»Sie wissen es nicht genau.« Helena sah auf ihre Uhr. »Ich bin vor gut dreißig Minuten hier angekommen. Ich denke, sie fehlt nicht länger als eine Dreiviertelstunde.«

»Behaupten die Erzieherinnen«, ergänzte Henrik unwirsch. Schnell hatte sich seine Furcht um das Kind wie ein aggressiver Virus in seine Organe gefressen.

»Ich muss ihnen glauben.« Ihre Stimme war rau, als müssten sich die Worte um den Kloß herumquetschen, der ihr ihm Hals steckte.

»Hast du deine Kollegen informiert?«, fragte er und ahnte schon, dass sie den Kopf schütteln würde, bevor sie genau das tat.

*Wem vertraust du überhaupt?*

»Meine Eltern sind auf dem Weg. Zwei der Erzieherinnen suchen den Block ab, hoch bis zum Tapada das Necessidades. In diesen Park gehen sie manchmal mit den Kindern. Sara liebt diesen Ort, und die beiden haben gesagt, sie wüssten, an welchen Stellen sie nachsehen müssen. Wir konzentrieren uns auf die nähere Umgebung. Ich nehme mir die Straßen westlich von hier bis zur Rua João de Oliveira Miguens vor, und du arbeitest dich nach Osten bis zur Avenida Infante

Santo vor. Wir treffen uns in einer Stunde wieder hier.« Jetzt hatte sie auf den diszipliniert sachlichen Polizistenton umgeschaltet, und er fragte sich, woher sie dazu die Kraft nahm.

»Kann es nicht sein, dass sie Richtung Fluss gelaufen ist, dir entgegen?«, wandte er ein. Er dachte mit Grauen an die sechsspurige Avenida Brasilia, die dort zwischen der Unterstadt und dem Tejo verlief. Zusätzlich zu den Bahngleisen der Vorortzüge.

»Dann wäre sie mir begegnet, diesen Weg sind wir schon öfter gegangen«, antwortete Helena. »Und jetzt lass uns keine Zeit verlieren!«

Sie wollte los, das Viertel absuchen, das sie sich vorgenommen hatte, doch er packte sie am Arm. »Hat Sara das schon mal gemacht, einfach abzuhauen aus dem Kindergarten?« Kurz betrachtete er das himmelblau gekachelte Gebäude, in dessen Erdgeschoss der Kindergarten untergebracht war. Das Tor zur Straße hin hatte eine elektronische Verriegelung, die nur mithilfe eines Zahlencodes geöffnet werden konnte. Die Einrichtung wirkte zumindest von außen nicht so, als könnte eine Vierjährige völlig unbemerkt hinausspazieren. Er wollte seine Bedenken nicht direkt aussprechen, aber Helena wusste trotzdem, was er meinte. Natürlich musste dieser quälende Gedanke sie ebenfalls beschäftigen.

»Wenn sie nicht freiwillig ... Ich meine, wir schaffen das nicht allein«, wandte Henrik ein. Egal, wie Helena zu ihren Kollegen stand, keiner von ihnen konnte so herzlos sein und sich ernsthaft weigern, sich bei der Suche nach einem vermissten Kleinkind zu beteiligen. Es sei denn ...

»Ich hab bereits mit ein paar Leuten telefoniert. Hilfe ist unterwegs. Und jetzt fang an zu suchen, bitte! Ich kann hier nicht rumstehen, sonst werde ich verrückt!«

Das mit dem Anruf glaubte er ihr nicht, ließ sie aber dennoch los. Sie rannte sofort los, die Straße an dem kleinen Park entlang, in dem wie zum Hohn gemütliche Bänke unter haushohen Tulpenbäumen zum Verweilen einluden. Er sah ihr nach, bis sie beim Straßencafé an der Ecke abbog und von der Häuserzeile verschluckt wurde. Erst dann wandte er sich in die entgegengesetzte Richtung. Der Stadtteil Lapa war ihm noch fremd. Nur einmal war er in dieser Gegend gewesen. Vor einer Ewigkeit, wie ihm schien, hatte ihn Helena ganz in der Nähe in eine Pastelaria geführt – ihr erstes Treffen, bereits ebenso konspirativ wie alle, die danach noch folgten. Ein Hinweis seines Onkels hatte ihn damals zu der Kriminalkommissarin geführt. Ein Hinweis, der ihm sagte, dass er dieser Frau vertrauen konnte, sollte er Hilfe seitens der Polizei benötigen. Die Einschätzung von Martin hatte sich als richtig erwiesen, und so war Inspetora Gomes zu seiner geheimen Kontaktperson bei der Divisão de Investigação Criminal geworden. Unfreiwillig, aber nicht uneigennützig, denn auf diesem Weg erfuhr sie endlich, was mit ihrem Bruder geschehen war. Durch dieses gemeinsame Abenteuer war sie für Henrik auch zu einer Freundin geworden. Einer Freundin, von der er sich eigentlich fernhalten sollte. Vor allem, um Sara nicht in Gefahr zu bringen.

Und doch war nun genau das passiert, wovor sie sich so unbedingt hatten schützen wollen.

Was war der Auslöser? Wer konnte einen Grund haben, zu solch einem verabscheuungswürdigen Mittel zu greifen? Wobei ... musste er sich diese Fragen überhaupt stellen? Lag es nicht auf der Hand, dass seine jüngsten Ermittlungen damit zu tun hatten? Ja, in der Tat: Das schlechte Gewissen trieb ihn an.

Würde er die Kleine überhaupt wiedererkennen? Immerhin war er ihr nur einmal begegnet. »Uma menina, pequenita menina?«, fragte er die Leute, die seinen Weg durch das Viertel kreuzten, und deutete jedes Mal an seinem Oberschenkel an, bis wohin ihm Sara gerade reichte. Doch alle, die er auf diese Weise unbeholfen ansprach – Ladenbesitzer, Cafégäste, ein Trupp Straßenkehrer, Senioren und Seniorinnen, die ihre Stühle in den schattigen Hauseingängen platziert hatten –, schüttelten nur die Köpfe. Anteilnehmend, weil man ihm die Verzagtheit ansah. Einige boten ihm Hilfe an. Doch je enger sie ihn umringten, um zu erfahren, was passiert war, desto unzureichender konnte er Auskunft geben. Es war zum Verzweifeln. Statt Hinweisen erntete er nur fragende Blicke. Das komplette Viertel schien kein Englisch zu verstehen. Warum hatte er nicht längst besser Portugiesisch gelernt? Warum konnten diese Leute nicht richtig zuhören, sondern redeten ihrerseits wirr durcheinander?

Schließlich blieb ihm nur die Flucht aus der Menschentraube, die sich längst um ihn gebildet hatte und deren Stimmung zunehmend hysterisch geworden war. Auf sich allein gestellt, nahm er sich eine Gasse nach der andern vor. Hielt nur noch sporadisch Passanten an, fragte nach der *pequenita menina* und eilte weiter, wenn nur ein Schulterzucken kam. Sehr bald war er schweißnass und heiser. Trotzdem rief er weiter ihren Namen. Immer und immer wieder. »Sara, Sara!« Weil es ihm einige Leute gleichtaten, hallte der Name des Mädchens bald wie ein Echo zwischen den Häusern, ehe der Wind ihn wieder davontrug. In den Gassen, die zum Wasser hinführten, blies er ihm heftig entgegen und brachte seine Augen zum Tränen. Unbeirrt schrie er gegen die Böen an. »Sara, Sara!«

*Ich bin schuld, es tut mir so leid!*

Seine fieberhafte Suche wurde mit jeder Minute aussichtsloser. Irgendwann verbot er es sich einfach, auf die Uhr zu schauen, und konzentrierte sich darauf, ganz Polizist zu sein, so wie er es gelernt hatte. Analytisch vorzugehen, auch wenn es schwerfiel.

*Rickeracke! Rickeracke!*
*Geht die Mühle mit Geknacke.*

Dann, gerade als er bereit war, aufzugeben, bog er um eine Ecke – und verschluckte den nächsten Ruf nach dem Mädchen.

Sein Verstand tat sich schwer damit, zu verarbeiten, was seine Augen erfassten. Rund fünfzig Meter voraus blockierte ein Lieferwagen die Straße. Die vier Autofahrer, die sich dahinter aufreihten, verloren just in diesem Augenblick die Geduld und fingen an, im Wechsel zu hupen. Auf dem Gehweg saßen ein paar alte Männer auf billigen Plastikstühlen vor einem Kiosk, rauchten und diskutierten. Zwei Häuser weiter hängte eine Frau Wäsche auf eine Leine unter ihrem Fenster im dritten Stock. Aus dem Krämerladen darunter hetzte kreischend eine Katze, dicht gefolgt von einem kleinen Mann mit Schürze, der einen Besen schwang. Eine alltägliche Szene inmitten dieser Stadt. Ein Mikrokosmos, wie ein kleinteiliges Suchbild, in dem für den Betrachter ein Fehler versteckt war. Henrik erkannte diesen Fehler unverzüglich.

Dort, wo der Kleinlaster den Stau verursachte und auch den Bürgersteig verstellte, dort stand er. Er wandte ihm den Rücken zu und betrachtete mit leicht geneigtem Kopf das Verkehrschaos en miniature. Offenbar wartete er darauf, dass der Lieferwagenfahrer die letzten Kisten und seine Sackkarre verstaute und endlich die Hecktür schloss, damit er weitergehen konnte. Das Mädchen, das er an der Hand führte, spähte über die Schulter in Henriks Richtung, als ahnte sie, wer dort aufgetaucht war.

Die Sonne blendete ihn, doch er wusste, dass sie es war.

Sie sagte etwas.

Er konnte es natürlich nicht hören, aber der Mann neben ihr verstand ihre Worte. Verstand auch deren Sinn und drehte sich nach Henrik um. Ohne Eile. Geradezu schmerzlich langsam. Mit einem Lächeln auf den Lippen.

*Er hat mich erwartet.*

Der Mann trug eine Sonnenbrille. Versteckte seine Augen, wie er dies üblicherweise tat, verbarg die Kälte in ihnen. Und er war es, ganz ohne Zweifel. Der Mann vom Largo do Carmo. Der Handlanger der Namenlosen. Der, der sich um die Drecksarbeit kümmerte. Der, der nun die winzige Kinderhand von Helenas Tochter in seinen Mörderfingern hielt.

*Meine Schuld! Alles meine Schuld!*

Henrik rannte los, so schnell, wie er schon lange nicht mehr gerannt war.

# 15

Sein Herz wummerte laut, sein Mund war trocken. Ein metallischer Geschmack setzte sich auf seiner Zunge fest. Er konnte das Adrenalin fühlen, das seine Oberschenkelmuskulatur zu Höchstleistungen antrieb. Leute wichen erschrocken zur Seite, drückten sich an die sonnenwarmen Hauswände oder sprangen auf die Straße, um ihm Platz zu machen.

Der Söldner blickte ihm entgegen, wartete, bis er zwei Drittel der Strecke zurückgelegt hatte. Dann nahm er ganz ruhig die Kleine auf den Arm.

Sara machte ein ängstliches Gesicht und drückte ihr Köpfchen gegen den Hals des Mannes.

*Was zur Hölle ...?*

Er verlangsamte seine Schritte, merkte, wie die Kraft ihn verließ. Sie hat Angst. Aber nicht vor dem Mann mit der Glatze.

Diese Erkenntnis ließ ihn noch langsamer werden. Ihm wurde bewusst, wie er aussehen musste. Das vom Wind zerzauste Haar. Das verschwitzte, vom Zorn gerötete Gesicht. Er war ein wütender, mit gesenktem Kopf heranstürmender Bulle. Ein bösartiger Troll. Ein Fremder, ohne jede Ähnlichkeit mit dem Freund ihrer Mutter, dem das Mädchen vor vielen Wochen begegnet war. Sie konnte sich unmöglich an ihn erinnern.

Saras Reaktion war logisch und nachvollziehbar. Sie suchte Schutz bei dem Mann mit der sanften Stimme. Ausgerechnet bei ihrem Entführer.

Henrik blieb in einem Abstand von fünf Metern vor ihnen stehen und versuchte irgendwie normal auszusehen. Seinen rasselnden Atem unter Kontrolle zu bekommen, ebenso wie seine Wut. »Sara!«, stieß er mit rauer Stimme hervor, was lediglich dazu führte, dass sich das Mädchen noch fester gegen die breite Schulter des Söldners presste. Kein Wunder, er hörte sich alles andere als einfühlsam und vertrauenerweckend an. Überdies verstand sie nur Portugiesisch. Er konnte ihr nicht einmal *sagen*, dass ihre Mutter ihn schickte.

Neben ihm setzten sich nun die Autos in Bewegung, die ungeduldig hinter dem Lieferwagen gewartet hatten. Der Weg des Söldners war wieder frei. Er konnte ungehindert verschwinden und Sara mitnehmen.

»Geben Sie mir das Kind!«, forderte Henrik.

Der Söldner flüsterte Sara etwas ins Ohr, bevor er ihm antwortete. »Ich habe ihr ein Eis versprochen, bevor wir zurück zum Kindergarten gehen.«

»Lassen Sie das Kind in Ruhe!«, schrie Henrik. Trotz der Lautstärke klang es kläglich.

»Soll mich das in irgendeiner Form beeindrucken? Was wollen Sie tun, wenn ich nein sage? Sich vor den Augen der Kleinen mit mir prügeln?«

Inzwischen lockte die Unterhaltung Schaulustige an. Er spürte ihre Blicke in seinem Rücken, hörte das Gemurmel. Die Situation rückte ihn ins falsche Licht. Scheinbar bedrohte er einen fürsorglichen Vater und dessen bezauberndes Töchterchen.

Aber er konnte den Dreckskerl doch nicht einfach ziehen lassen. Nicht mit Sara auf seinem Arm. Er wünschte sich seine Dienstpistole zurück, auch wenn das Ziehen einer Waffe alles noch schlimmer gemacht hätte. Abgesehen davon, dass dies den Söldner gewiss nicht eingeschüchtert hätte. Dafür war der Kerl viel zu erfahren und abgebrüht. Er hatte das Mädchen und deshalb alle Trümpfe in der Hand. Und er suhlte sich in seiner Überlegenheit, genoss es, dass sich die Situation so vorteilhaft für ihn entwickelte.

»Warum haben Sie sich das Mädchen geholt? Was bezwecken Sie damit? Was hat Helena getan, dass man Sie geschickt hat, um sie auf diese erbärmliche Weise zu bestrafen?«

»Inspetora Gomes weiß genau, worum es geht, unnötig also, sich darüber den Kopf zu zerbrechen.«

Schweigend belauerten sie sich, während um sie herum Unruhe die Gasse füllte. Die Leute würden nicht ihm, sondern dem Söldner beistehen, weil sie die Situation nicht begriffen. Er musste etwas unternehmen, jetzt gleich. Doch in seinem Kopf war nur Leere. Die bodenlose Angst um das Kind blockierte seinen Verstand. Jetzt konnte er nur zu gut nachvollziehen, wie Helena sich gelegentlich fühlen musste.

Mit einem Mal stellte der Mann mit dem Vollbart Sara zurück auf den Boden, strich ihr zärtlich übers Haar und flüsterte noch ein paar honigsüße Worte, ehe er ihr einen kleinen Schubs gab, der sie in Henriks Richtung beförderte.

»Sie schulden ihr ein Eis!«, ließ er verlauten, drehte sich um und marschierte davon. Zwei Häuser weiter parkte ein schwarzer Audi mit verdunkelten Scheiben. Er stieg auf der Beifahrerseite ein. Kaum war die Tür ins Schloss gefallen, scherte der Wagen aus der Parklücke und rauschte davon.

Sara stand drei Meter vor Henrik. Ihre Unterlippe zitterte. Die Lage hätte sich nach der unvorhergesehenen Wendung eigentlich entspannen müssen. Doch die Hilflosigkeit, die Henrik nach wie vor empfand, ließ keine Freude zu. Selbst die Erleichterung stellte sich nur äußerst verhalten ein. Ungelenk ging er in die Knie, damit das Mädchen ihm in die Augen sehen konnte. »Sara, ich bin's, Henrik«, versuchte er sein Glück.

Sie fing an zu weinen.

# 16

Erst der Anruf bei Helena rettete ihn aus der Bredouille. Zum einen, weil sie, nachdem er das Telefon auf Lautsprecher gestellt hatte, Sara beruhigen und vor allem überreden konnte, mit Henrik mitzugehen. Zum andern, weil sich damit auch die Leute beruhigten, die sich nach dem überraschenden Abgang des Söldners genötigt fühlten, ein Auge auf die Kleine zu haben. Oder besser auf den seltsamen Fremden, dem man sie unverständlicherweise überlassen hatte.

Schließlich wandte man sich kopfschüttelnd ab. Auf der Straße, dem Theater des Lebens, war der kurze Akt eines Dramas dargeboten worden, doch nun war der Vorhang gefallen und ließ ein ratloses Publikum zurück. Dennoch kehrte binnen weniger Sekunden die Normalität in die Gasse zurück, und das Leben ging wieder seinen gewohnten Gang.

Irgendwann hörte Sara auf zu weinen, schniefte lautstark und nickte. Sie gab damit ihr Einverständnis, Henrik zu begleiten, doch ihr war anzusehen, dass es ihr schwerfiel. Er hatte nichts bei sich, womit er ihr tränennasses Gesicht abwischen konnte, also begnügte sie sich mit dem Ärmel ihres T-Shirts. Seine Knie knackten, als er die hockende Position aufgab. Er hatte immer noch Butter in den Oberschenkeln. Unfassbar, dass diese Geschichte so glimpflich zu Ende gegangen war. Wobei es natürlich nicht das Ende war, korrigierte er sich; er spürte, wie seine Ängste zurückkehrten. Sara blickte zu ihm hoch – und plötzlich schien die Kommunikation ohne Worte wieder besser zwischen ihnen zu funktionieren. Mit einem Mal schaute sie nicht mehr ängstlich drein. Fast schien es, als hätte sie Mitleid mit ihm, wodurch er sich gleich noch mieser fühlte. Sie war jetzt sogar bereit, ihm die Hand zu reichen. Dankbar fasste er nach den winzigen Fingern, dann marschierten sie los.

Fátima und António Gomes waren mittlerweile eingetroffen. Ebenso die Erzieherinnen, die von ihrer Suche im Park zurück waren. Vor dem Kindergarten standen sie beisammen und redeten aufgeregt miteinander, bis sie wie vom Blitz getroffen erstarrten: Sie hatten ihn und Sara entdeckt. Im nächsten Moment gab es kein Halten mehr, und die Familie Gomes stürmte los. Helena voran.

Henrik gab die Hand des Mädchens frei, und sie eilte auf ihren kurzen Beinen ihrer Mutter entgegen. Diese fing sie auf, riss sie hoch und drückte sie lachend an sich. Saras Großeltern stießen dazu und umarmten die beiden so fest sie konnten.

Henrik hielt Abstand und senkte den Blick. Ungeachtet der Wiedersehensfreude war er immer noch aufgebracht. Vorhin am Telefon war keine Zeit gewesen, um Helena zu berichten, unter welchen Umständen und vor allem in wessen Gesellschaft er ihre Tochter gefunden hatte. Er plante auch nicht, das vor den Großeltern zu besprechen, um deren Glück darüber, dass das Mädchen unversehrt wieder da war, nicht zu trüben. Doch für ihn gab es keinen Zweifel daran, was hier abgelaufen war. Saras Entführung war eine Inszenierung gewesen, mit der die Namenlosen ihre Macht demonstrierten. Eine Warnung, die nicht allein Helena galt. Jemand hatte entschieden, dass das Duo Gomes/Falkner zur Räson gebracht werden musste. Als adäquates Druckmittel war eine Vierjährige ausgewählt worden. Und tatsächlich: Sie zwei Stunden verschwinden zu lassen, hatte ausgereicht. Wie tief musste man sinken, wie skrupellos und menschenverachtend veranlagt sein, um so einen Auftrag zu erteilen?

Warum musste die Polizistin auf so niederträchtige Weise eingeschüchtert werden?

Bevor der Zorn wieder hochkochen konnte, trat António zu ihm und klopfte ihm mit Tränen in den Augen auf die Schulter. Er reichte Henrik gerade einmal bis unters Kinn. Ein weißer Haarkranz zierte seinen runden Schädel. Das Leben direkt am Meer hatte ihm eine tiefe Bräune verliehen, die selbst den Schock über seine vermisste Enkeltochter nicht hatte ausbleichen können. Wie schon bei ihrer ersten Begegnung trug er ein auffällig geblümtes Hemd. Bunt und schrill, als wollte er damit seinem tragischen Schicksal trotzen, das den größten Teil seines Lebens in schmutzig graue Farben gemalt hatte.

Antónios Ehefrau, die stets zurückhaltende Fátima, schenkte ihm ein zutiefst dankbares Lächeln aus der Ferne. Ihr Haar musste einst denselben intensiven Ton gehabt haben wie das von Helena. Nun war es überwiegend grau und zu einem schmucklosen Zopf geflochten. Auch in ihren feinen Gesichtszügen fand er Helena wieder, angefangen bei den Augen über die Mundpartie bis hin zur Melancholie, die sich in jeder ihrer Falten spiegelte. Die Gomes-Eltern waren ihm sympathisch, ohne dass er je viele Worte mit ihnen gewechselt hatte. Vielleicht auch, weil ihnen ein ähnliches Leid wie ihm selbst widerfahren war. Dementsprechend waren auch die Anlässe ihrer bisherigen Zusammenkünfte nur traurig und von Sorgen durchwoben gewesen. Es schien kaum denkbar, dass sie jemals Frieden finden würden. Das war es allerdings, sagte er sich, was sie von ihm unterschied. Er hatte dahingehend noch Hoffnung auf ein Leben im Licht, auch wenn sich seiner Seele momentan eine dunkle Sturmfront näherte.

Helena kam zu ihm, Sara immer noch auf dem Arm, und drückte seine Hand. »Ich bin dir so dankbar!«

Henrik zog die Kommissarin beiseite. »Was ist hier eigentlich los?«

»Nicht jetzt!«, sagte sie bestimmt und sah sich nach ihren Eltern um. »Sie nehmen Sara mit.«

Er senkte die Stimme zu einem Flüstern. »Du meinst, in Cascais ist sie sicher?«

»Meine Eltern werden sie nicht aus den Augen lassen. Das ist die beste Option, die ich im Moment habe.« Aus schmalen Augen warf sie einen Blick hinüber zum Kindergarten. Was die Aufsichtspflicht der Erzieherinnen anging, war für sie das letzte Wort wohl noch nicht gesprochen.

Fátima nahm Sara an sich. Die Kleine schmiegte sich an ihre Großmutter. »Tomamos o trem?«, fragte sie das Mädchen. Sara nickte. Sie konnte schon wieder lachen und war damit wie so oft die Einzige in der Familie Gomes.

»Wir begleiten euch zum Bahnhof«, verkündete Helena.

Wir! Das schloss ihn mit ein und stimmte ihn für den Moment versöhnlich.

Alcantara-Mar war die nächstgelegene Bahnstation der Vorortzüge, die entlang der Küste bis hinaus nach Cascais fuhren. Sie brauchten keine fünf Minuten, in denen Henrik mit etwas Abstand zu der Familie ging, um sie zumindest etwas nach hinten abzusichern. Es folgte ihnen zwar niemand, aber der Stachel saß tief im Fleisch und hatte Widerhaken gegen das Vergessen.

Sie mussten auf den Zug warten. Minuten, die in unangenehmem Schweigen verstrichen. Erst als die Anzeige den einfahrenden Zug ankündigte, begann António übers Wetter zu reden. Die Hochsaison für Badeurlauber im einst so beschaulichen Fischerdorf Cascais war für dieses Jahr vorüber. Nur noch an den Wochenenden herrschte Trubel, wenn die Lissabonner hinaus ans Meer drängten.

»Besuchen Sie uns doch mal wieder!«, lud er Henrik ein, kurz bevor der Vorortzug mit einem Kreischen zum Stehen kam. Die Familie umarmte sich erneut und schloss ihn diesmal mit ein. Es gab letzte Anweisungen von Helena und viele Küsse für ihre Tochter. Dann standen sie und er Schulter an Schulter und sahen zu, wie der Zug mit Sara und ihren Großeltern kleiner und kleiner wurde.

»Wo können wir reden?«, fragte Henrik. Die Wut über den Vorfall mit dem Söldner war zurück und glühte rot wie die Rücklichter des Zugs. Doch was Helena vorschlug, sorgte dafür, dass sein Zorn unverzüglich verrauchte.

»Gehen wir zu mir!«

# 17

»Tun wir, was sie erwarten«, sagte Helena, diktierte ihm eine Adresse und verließ dann eilig das Bahnhofsgebäude.

Henrik wartete noch fünf Minuten und entschied sich dann, den Weg über die Uferpromenade einzuschlagen. Wie vorhersehbar traf er dort auf zahlreiche Menschen – und das war gut. Auf dem Praça do Comércio tummelten sich viele Urlauber. Der prächtige, von der Sonne überstrahlte Exerzierplatz lag direkt am Tejo und diente als Drehkreuz für die Touristenbusse und historischen Straßenbahnlinien. Außerdem gelangte man von dort durch den Arco da Rua Augusta, einen pompösen Triumphbogen, in das Baixa-Viertel. Dieser Bereich der Unterstadt, der für seine Einkaufsstraßen berühmt war, war beim Wiederaufbau Lissabons im achtzehnten Jahrhundert von den Planern und Architekten streng geometrisch angelegt worden. Städtebaulich bildete er den auffälligsten Kontrast zu den Stadtteilen, die das Erdbeben einst verschont hatte und die immer noch genauso verwinkelt und verschachtelt waren, wie man sie über Epochen hinweg erbaut hatte. Allen voran das Alfama-Viertel, das am Tejo-Ufer begann und sich den steilen Schlossberg hinauf erstreckte. In ihm war noch ganz deutlich der Einfluss der Mauren zu erkennen, welche die Stadt im Mittelalter besetzt hielten. Hier wohnte Helena.

Henrik bewegte sich zwischen den Leuten hindurch und versuchte dabei, so teilnahmslos wie möglich auszusehen. Seine Gedanken hingegen kreisten wie wild um Helenas unverhoffte Einladung und vor allem um die Frage, warum man den Söldner auf sie angesetzt hatte. Und wie hing das alles bloß mit dem aktuellen Fall zusammen? Der Tod von Ruben Mendes hatte irgendetwas ausgelöst. Oder vielmehr jemanden aufgeschreckt. Jemanden, der deswegen Einfluss auf die Polizeiarbeit nahm, und zwar mit übelsten Mitteln: Einschüchterung, subtiler Androhung von Gewalt, Demonstration seiner Macht. Sicher auch mit Geld, das an die richtige Stelle geflossen war. Wieder sah sich Henrik gezwungen, durch den knietiefen Sumpf der Korruption zu waten. Doch er war bereit, noch weitaus tiefer zu graben, wenn er diesem Irrsinn damit ein Ende setzen konnte.

Auf Höhe des Fado-Museums, dort, wo üblicherweise die imposanten Kreuzfahrtschiffe anlegten, verließ er die Uferpromenade und nahm den steilen Anstieg durch die engen Gassen in Angriff, mitten hinein ins ärmliche Alfama-Viertel. Ärmlich, aber gleichwohl charmant und mit Romantik behaftet. Ihm gefiel diese Ecke Lissabons außerordentlich, auch wenn er heute kaum einen Blick für die oft versteckten Besonderheiten in dem dichten Flickwerk an Gebäuden und Behausungen hatte. Je näher er dem Ziel kam, desto weniger gelang es ihm, überhaupt einen klaren Gedanken zu fassen. Schließlich blieb nur noch einer übrig: Helena lud ihn zu sich ein. Was sollte er davon halten?

Er musste sich mittlerweile ganz in der Nähe des Boto Machado Parks befinden, um den herum jeden Samstag Lissabons größter Flohmarkt stattfand. Der Feira da Ladra, der Markt der Diebe, wie er offiziell genannt wurde, war ein besonderes Erlebnis. Die dramatischen Ereignisse nach seinem ersten Besuch auf dem Campo de Santa Clara hatten ihn nicht davon abgehalten, diesen irrsinnigen Rummel ein weiteres Mal zu besuchen. Heute traf er jedoch nur auf ein enttäuschtes, holländisches Touristenpaar, das den Reiseführer falsch gelesen hatte und vergebens nach dem Feira da Ladra Ausschau hielt. Er gab geflissentlich Auskunft, bevor er sich wieder auf die Suche nach der Gasse mit dem klangvollen Namen Travessa do Paraíso machte. Das Alfama konnte zum Irrgarten werden, wenn man die Geduld verlor. Doch er hielt sich wacker und benötigte keine fünf Minuten, bis er vor dem Haus Nummer sieben stand. Es unterschied sich nicht von den anderen in diesem Teil der Stadt. Es wirkte baufällig, trotz oder gerade wegen der Vielzahl an Ausbesserungen, die man im Lauf der Jahre daran vorgenommen hatte und die wenig professionell anmuteten. Aber es war gekachelt. In Gelb und Marineblau, mit verschnörkelten Ornamenten auf den Fliesen. Und das machte es wiederum bewundernswert.

Sie wartete vor dem in Sandstein gefassten Eingang.

»Schön!«, sagte er.

»Gewöhn dich nicht daran!«, erwiderte sie – und keine andere Antwort hätte besser zu ihr gepasst. Das war ihre Art. Ruppig und spröde. Er mochte diese Frau. Ja, er mochte sie wirklich.

Seine Zuneigung würde ihn jedoch nicht davon abhalten, endlich Klartext mit ihr zu reden. Er folgte ihr durch den spärlich beleuchteten Hausflur und die Treppe hoch in den dritten Stock. Ihre Wohnung war, wie nicht anders zu erwarten, klein und eng. Aber sie hatte einen herrlichen Ausblick über die Stadt und das Flussdelta. Einen wesentlich besseren, als sein Appartement ihn besaß, von wo aus man nur erahnen konnte, dass da in der Ferne irgendwo Wasser war. Beeindruckt trat er ans Fenster des winzigen Wohnzimmers und genoss die Aussicht.

»Ich kann uns Kaffee machen«, schlug Helena vor.

»Mir reicht ein Glas Wasser«, antwortete er, ohne den Blick von dem Panorama abzuwenden, das sich ihm bot. Die Ränder des Himmels färbten sich bereits in den Lachs- und Vanilletönen des frühen Abends, und er fühlte, wie eine gewisse Gelassenheit über ihn kam. Eine Gelassenheit, die ihm half, die alarmierende Tatsache zu überspielen, dass Helena offensichtlich keinen Drang verspürte, endlich zu erfahren, wohin Sara vier Stunden lang verschwunden war. Ihre Lethargie konnte nur eins bedeuten – und damit hatte er ernsthafte Schwierigkeiten.

»Du weißt, was mit Sara passiert ist, stimmt's? Du weißt, wer sie aus dem Kindergarten mitgenommen hat? Oder wo bleibt deine Empörung, deine Wut über diesen Angriff?«

»Wie kannst du …?«

»Ja, sie ist wieder da. Unversehrt. Und wahrscheinlich hat Sara morgen bereits vergessen, was vorgefallen war«, fiel er ihr ins Wort. »Aber trotzdem, das erklärt nicht deine Sorglosigkeit.«

»Sorglosigkeit?« Ihre Stimme wurde schrill. »Sorglosigkeit, ich fasse es nicht! Warum, glaubst du, habe ich sie meinen Eltern mitgegeben? Meinst du, das war leicht, wo ich Sara am liebsten nie wieder losgelassen hätte?«

Henrik drehte sich nach ihr um. Sie stand im Türrahmen. Reglos. Aber er spürte, wie sie innerlich bebte. Es war schwer zu glauben, dass in diesem Körper eine derartige Empfindsamkeit wohnte.

»Ich habe es verstanden. Sie hätten nicht überzeugender sein können«, presste sie hervor. »Es ist nicht an dir, über mich zu urteilen!«

»Ich urteile nicht, ich will es nur kapieren!«

Zorn verdrängte die Verletzlichkeit, die sie für ein paar Sekunden gezeigt hatte. Ihre Stimme fand wieder Kraft. »Es gibt nichts zu verstehen. Es gab konkrete Anweisungen, die ich nicht befolgt habe, und der neue Polizeichef scheint seine eigenen Methoden zu haben, darauf aufmerksam zu machen.«

*Neuer Polizeichef?* Verdammt, wie schäbig war dieser Machtapparat? »Geht es um den Mendes-Fall?«

Sie verschränkte die Arme vor der Brust, offenbar nicht gewillt, darauf zu antworten. Doch dann wurde ihr wohl klar, dass Henrik genau aus diesem Grund in ihrem Wohnzimmer stand: weil sie ihn zu diesem Gespräch eingeladen hatte. Ungeduldig stieß sie die Luft aus. »Er hält uns an der kurzen Leine. Da gibt es ein paar Dinge, von denen wir nichts zu wissen brauchen. Mehr kann ich dir dazu nicht sagen.«

»Dieser korrupte Mistkerl«, fluchte Henrik. Also lag er richtig. Mendes war der Schlüssel. Was nutzte es, auf Helena wütend zu sein? Ihr Vorgesetzter hatte sie in der Hand, was er in aller Eindringlichkeit demonstriert hatte. Sie war ein Opfer, genau wie ihre Tochter.

Ihr Telefon meldete sich. Sie drehte sich weg und nahm den Anruf entgegen. Ihre Haltung und der Tonfall sagten ihm, dass es ihre Eltern waren. Vermutlich waren sie ohne Zwischenfall in Cascais angekommen. Diese Nachricht entspannte auch ihn. Es knackte in seinem Nacken, als er die Finger streckte, ohne sich bis zu dieser Sekunde bewusst gewesen zu sein, die Hände überhaupt zu Fäusten geballt zu haben. Er ging wieder ans Fenster. Goldenes Licht lag nun über der Stadt. Wie konnte etwas so Wunderschönes gleichzeitig solchen Abschaum beherbergen?

Der Gedanke hielt ihn völlig gefangen, sodass er leicht zusammenzuckte, als er plötzlich bemerkte, dass sie von hinten an ihn herangetreten war. Ihre Nähe verursachte ein Kribbeln entlang seiner Wirbelsäule. In der Absicht, sich zu entschuldigen, wandte er sich ihr zu. Bevor er etwas sagen konnte, legte sie ihm den Zeigefinger auf die Lippen. Da war er wieder, dieser melancholische, tiefgründige Blick aus diesen dunklen Augen. Mit einem Mal gab es keine Fragen mehr in seinem Kopf. Er küsste ihren weichen Mund, und die Berührung löste die erwartete Reaktion aus. Es handelte sich lediglich um einen chemischen Prozess, doch die hormonelle Eruption überrollte seine Seele. Draußen zogen die warmen Farben des nahenden Abends über den Himmel hinweg und bemalten die Dächer der Stadt.

Eine Ewigkeit standen sie so, ineinander verschlungen. Dann, gerade als Henrik dabei war, Helena den Träger ihres BHs über die Schulter zu streifen, klingelte sein Handy. Er versuchte, es zu ignorieren, aber es gelang ihm nicht, den penetranten Ton auszublenden. Ebenso erging es Helena.

»Nun geh schon ran!«, verlangte sie mit heiserer Stimme, und er resignierte.

Auf dem Display leuchtete Albrechts Nummer. »Papa, verdammt!«

»Senhor Falkner, o mein Gott, es tut mir so leid!«, schluchzte Dona Celeste in sein Ohr.

# 18

Während Helena den Wagen halsbrecherisch durch die Gassen lenkte, rief er Filipa an. Es dauerte unendlich lang, bevor sie ans Telefon ging. Er merkte sofort, dass sie geschlafen hatte, aber darauf konnte er jetzt keine Rücksicht nehmen. Er dankte dem Herrn, dass sie keinen Dienst hatte.

»Hier ist Henrik, ich brauche deine Hilfe!«

»Wie schlimm ist es?«, fragte sie benommen, klang aber dabei ganz so, als hätte sie mit seinem Anruf gerechnet. Er hatte keine Zeit dazu, sich über ihre Reaktion zu wundern, genauso wenig hatte er eine Ahnung, wie es um seinen Vater wirklich stand. Senhora Coelho war zu aufgelöst gewesen, um ihm brauchbare Informationen in einer für ihn verständlichen Sprache zu liefern. Er wusste nur, dass sein Vater mit einem Messer angegriffen worden war und er dabei war, Blut zu verlieren. Dramatisch viel Blut, gemessen an Dona Celestes alarmierendem Anruf und der Hysterie, die in ihrer Stimme mitschwang. Bilder vom verblutenden Ruben Mendes flackerten unentwegt vor seinen Augen.

»Eine Stichwunde. Bitte! Wir holen dich ab, sind in fünf Minuten vor deinem Haus.«

»Ich … Warum fährst du nicht ins Krankenhaus? Ich kann meinem Kollegen Bescheid geben, der heute Nachtdienst hat.«

Er hatte geahnt, dass Filipa das vorschlagen würde. »Komm bitte runter!«, beharrte er. »Bei unserer Freundschaft!«

Freundschaft. War das wirklich sein schlagendstes Argument? Er wartete nicht auf ihre Bestätigung, sondern trennte die Verbindung. Er musste einfach davon ausgehen, dass die Ärztin aus dem Hospital São José ihn nicht im Stich lassen würde. Sie war selbstlos, wenn es darum ging, Menschen zu helfen. So zumindest hatte er sie kennengelernt.

»Wer ist sie?«, wollte Helena wissen, nachdem sie ihren Peugeot mit quietschenden Reifen um eine scharfe Hausecke gezwungen hatte. Die alte Rostlaube ächzte bedenklich in jeder Kurve. Zahlreiche Bodenwellen und Schlaglöcher sorgten für ein ungesundes Knacken und Knirschen in den Stoßdämpfern. Hoffentlich machte die Karre nicht gerade jetzt schlapp.

»Sie hat mich damals nach der Sache auf dem Dach von São Vicente sehr unbürokratisch medizinisch versorgt.«

»Kannst du ihr vertrauen?«

»Nächste links!«, wies er sie an und wischte ihre Frage damit beiseite. Ja, er konnte Filipa vertrauen. Mehr, als er Helena wissen lassen wollte. Allein dass er wusste, wohin er sie zu dirigieren hatte, würde ihr wohl ausreichend Anlass zum Grübeln geben.

Dr. Filipa Mola stand tatsächlich vor dem sechsstöckigen Appartementgebäude, in dem sie wohnte. Ihre roten Locken hatte sie zu einem Pferdeschwanz gebunden. Im Licht der Straßenlaterne sah sie blass und abgespannt aus. Chronisch überarbeitet. Trotz der Angst um seinen Vater fühlte er sich sofort schlecht, weil er sie aus dem Bett geholt hatte. Er wusste, wie wenig Erholung ihr der aufreibende Job in der Notfallambulanz gönnte. Bei den paar Gelegenheiten, da sie sich begegnet waren, hatte sie stets übermüdet gewirkt, und nun machte er auch noch ihren freien Abend zunichte. Aber was sollte er tun? Es ging um seinen Vater.

»Das ist sie«, sagte er, und Helena hielt mitten auf der Straße, weil es weit und breit keine Parklücke gab. Noch bevor

Henrik aus dem Wagen springen konnte, wurde hinter ihnen schon gehupt.

Filipa kam auf ihn zu. Sie wirkte teilnahmslos wie immer, als hätte sie es schon lang aufgegeben, sich über die Welt aufzuregen, in der sie lebte.

»Danke!«, rief er ihr entgegen, eilte um das Auto herum und öffnete ihr die hintere Tür. Sie sagte nichts, drückte ihm nur ihren Arztkoffer in die Hand. Der Fahrer, der durch sie zum Warten gezwungen wurde, hupte erneut. Bevor Filipa einstieg, zeigte sie ihm den Mittelfinger.

Henrik rutschte neben sie auf die Rückbank, schlug die Tür zu, und Helena gab Gas.

Nachdem er in knappen Worten das an Filipa weitergab, was ihm Dona Celeste berichtet hatte, entstand im Auto ein Vakuum der Beklemmung. Als könnte der Motor ins Stottern geraten, wenn jemand sich zu irgendeiner Äußerung hinreißen ließ. Dem nachlassenden Abendverkehr war es zu verdanken, dass er diese angespannte Situation nur acht Minuten ertragen musste, bis sie in der Rua do Alamada ankamen. Die Kommissarin parkte direkt vor dem Schaufenster.

Auf dem Weg ins Haus und die Treppe hoch fühlte er sich genötigt, Filipa erneut seine Dankbarkeit über ihre spontane Hilfe auszusprechen, während er Helenas bohrenden Blick in seinem Nacken spürte. Dann endlich waren sie oben, und er vergaß sämtliche Bedenken darüber, die beiden Frauen auf diese Weise zusammengeführt zu haben. Stattdessen drängte sich ihm die Frage auf, wie es der Senhora gelungen war, den verletzen Albrecht hinauf in den ersten Stock zu bringen. Die Antwort erwartete ihn vor seiner Wohnungstür in Gestalt von Pacos WG-Genossen Hugo und Luis. Beide schauten betroffen drein; der Malier wippte nervös auf seinen Fußsohlen, während der Marokkaner Hugo mit den Händen auf seine Oberschenkel trommelte und den Rhythmus auch nicht unterbrach, als Henrik samt Gefolge an ihnen vorbeistürmte. Aus der Etage über ihnen hörte Henrik das unterdrückte Gemurmel der Inder, die sich ebenfalls im Treppenhaus herumdrückten. Wie die Orgelpfeifen aufgereiht, blickten die Bhikkhu-Kinder durch die Sprossen des Treppengeländers auf ihn hinab. Fehlte nur noch Renato, und die Mieterversammlung wäre perfekt.

Paco trat im Flur verlegen von einem Bein aufs andere. Über die Dielen verlief eine Spur dunkler Tropfen.

»Warum habt ihr ihn nicht ins Krankenhaus gebracht?«, fauchte Henrik ihn an und drängte sich vorbei. Helena und Filipa folgten ihm ins Wohnzimmer. Albrecht lag mit geschlossenen Augen auf dem Sofa. Der Schweiß auf seiner hohen Stirn glänzte im Licht der Stehlampe, die jemand an die Sitzgarnitur gerückt hatte. Dona Celeste saß neben ihm und presste ein Handtuch in Höhe der Leber gegen seine Seite. Albrechts Hemd war aufgeknöpft. Seine nackte Brust hob und senkte sich rasch.

Die Senhora sah ihnen entgegen, bleich, aber gefasst, vielleicht so, dachte er, wie es eine Lazarettschwester hinter der Front getan hätte. Er kniete sich neben das Sofa. »Papa!«, rief er.

Etwas verzögert reagierte Albrecht und wandte sich ihm zu. Sein Blick war glasig, aber er lächelte über den Schmerz hinweg. »Henrik! Hast du uns einen Tisch reserviert?«

Bevor er etwas erwidern konnte, tauchte Filipa neben ihm auf, legte ihre Hand auf das blutige Stück Stoff und schob Dona Celeste zur Seite.

»Liegt das bei euch in der Familie?«

Er wusste, worauf sie anspielte. Vor einem Vierteljahr hatte sie, ohne Fragen zu stellen oder die Polizei zu rufen, seine Wunden versorgt. Die ihm jetzt rückblickend weit weniger schlimm vorkamen als die Verletzung, die Albrecht davongetragen hatte. *Hoffentlich hat die Klinge keine Organe erwischt!* Beinahe hätte er gefragt, ob sie ihn retten konnte.

Doch nun schob sie auch Henrik weg, hob das Handtuch und studierte die Wunde. Sie sagte etwas zu der Senhora, und diese eilte, Kreuzzeichen schlagend, aus dem Wohnzimmer. Filipa öffnete ihren Arztkoffer und kramte darin herum. Dann schielte sie über den Rand des Koffers hinweg.

»Du musst hier nicht rumstehen.«

»Ich ... kann ich irgendwas tun?«

»Du hilfst mir, indem du mich in Ruhe meinen Job machen lässt.«

»Filipa, ich weiß, ich hätte mich melden sollen ...«, stammelte er.

Sie hob die Brauen. »Du bist mir zu nichts verpflichtet, nur weil wir miteinander geschlafen haben.«

Er wollte etwas erwidern, doch da bemerkte er, dass sie an ihm vorbeisah. Er folgte ihrem Blick. Helena stand in der Tür. Sie hatte genug gehört, nahm er an. Er wollte hinterher, doch da kam Dona Celeste mit einem Stapel frischer Handtücher zurück. Sie legte sie auf das Tischchen neben dem Sofa, stellte sich dann mit in die Hüfte gestemmten Fäusten hinter die Ärztin und redete auf sie ein.

Filipa hatte derweil Einweghandschuhe übergestreift und machte jetzt eine barsche Bewegung, die unverzüglich für Ruhe sorgte.

»Alle raus jetzt!«, fauchte sie. Offensichtlich verlangte es ihr nicht nach einer Assistenz.

Sie versammelten sich nebenan in der Küche. Dona Celeste sank schwer atmend auf einen der Stühle, legte das Gesicht in ihre Hände und begann etwas zu murmeln, was nur ein Gebet sein konnte. Paco stellte sich hinter seine Mutter und streichelte ihr ungeachtet der auftoupierten Frisur über den Kopf. Helena lehnte sich gegen den Kühlschrank. Auch Hugo und Luis schlurften herein.

»Was ist eigentlich genau passiert?«, wollte Henrik wissen.

Paco zuckte mit seinen spitzen Schultern. »Wir waren gerade am Aufbruch zu einem Gig, als Mama völlig aufgelöst die Straße runtergerannt kam.« Er blickte mitfühlend auf sie hinab. »Sie war nicht in der Lage, eine Erklärung abzugeben, also sind wir ihr einfach hinterher, hoch ins Bairro. Wir mussten ihr nicht weit folgen, da entdeckten wir ihn schon. Es sah schlimm aus, mit dem ganzen Blut. Aber er war ansprechbar, hat uns sogar sein Handy gegeben und darum gebeten, dich anzurufen. Gemeinsam haben wir ihn dann in deine Wohnung gebracht.«

»Wieso nicht ins Krankenhaus?«, fragte Henrik erneut und musterte die Musiker nacheinander.

»Die Polizei wäre gekommen, sie hätten Fragen gestellt«, antwortete Hugo knapp.

»Ja, das hätten sie, verdammt! Aber das ist wohl kein Argument!«

»Wir waren in Hektik«, ergänzte Luis. »Die Wohnung war das Erste, was uns einfiel.«

Henrik stöhnte und wandte sich in seiner Verzweiflung an Pacos Mutter. »Senhora Dona Celeste, bitte, was ist vorgefallen?«

»Wäre ich nur in Portimão geblieben«, lamentierte sie in ihre Hände hinein.

»Du kannst doch nichts dafür, Mama!«, sagte Paco und fing wieder an, ihr übers Haar zu streicheln.

»Wer hat ihn angegriffen?«, setzte Henrik nach. Die Situation zerrte an seinen Nerven. Während seiner Zeit als Ermittler war er bekannt dafür gewesen, effektive Verhöre führen zu können. Doch wehe, die eigene Familie war betroffen, dann vergaß er alles, was sie ihm auf der Polizeischule beigebracht hatten. Damals bei Nina war es genauso gewesen.

Dona Celeste hob den Kopf und sah ihn an. »Es war ein Überfall«, sagte sie mit belegter Stimme. »Dieser gemeine Verbrecher wollte meine Handtasche. Ihr Vater hat sich schützend vor mich gestellt. In Portimão wäre so was niemals passiert. Das ist die Großstadt, die macht alle verrückt.«

»Können Sie den Mann beschreiben?«

Mit dem Zeigefinger wischte sie sich die Unterlider trocken und zog dabei schwarze Schlieren über ihre hohen Wangenknochen. »Es ging so schnell, und es war dunkel.«

Die übliche Floskel. Die Handtasche war noch da. Er hatte sie zusammen mit ein paar Einkaufstüten im Flur stehen sehen. Sein Vater hatte den Dieb also erfolgreich abgewehrt, aber war dieser Einsatz es wert, dafür ein Messer in den Leib zu bekommen? Henrik fiel es schwer, die Sache als banalen Straßenraub abzutun.

»Dabei haben wir ihm noch einen neuen Anzug gekauft« jammerte sie, als ginge es mit Albrecht demnächst zu Ende.

»Haben Sie irgendeine Erinnerung? Irgendein Detail?«

»Lass sie doch erst mal zur Ruhe kommen!«, verlangte Paco. »Womöglich fällt ihr dann wieder ein, wie der Scheißkerl ausgesehen hat.«

Wie der Scheißkerl ausgesehen hatte ... Er dachte an den Söldner, doch der wäre natürlich subtiler vorgegangen. Andererseits wäre ein Stich, den dieser Mann ausgeführt hätte, mit Gewissheit tödlich gewesen. So tödlich wie bei Ruben Mendes.

Verdammt, er musste einen kühlen Kopf bewahren. Vielleicht musste ja auch er erst zur Ruhe kommen. Er merkte, dass Helena ihn musterte.

»Gut!«, sagte er unzufrieden. »Ich danke euch für die Hilfe, aber jetzt geht bitte!«

Auf diese Aufforderung schien das Jazz-Trio nur gewartet zu haben. Paco half seiner Mutter auf die Beine. Dona Celeste war die Einzige, die seinen Blick vorwurfsvoll erwiderte.

Dann waren nur noch er und Helena in der Küche. Er schaffte es nicht, ihr in die Augen zu sehen.

»Ich sollte auch gehen«, sagte sie.

»Bitte bleib!«

»Ich bin dir keine Hilfe, nicht wie Filipa«, erwiderte sie.

»Du hilfst mir auf andere Art.« Er fühlte sich plötzlich schwach und setzte sich an den Küchentisch.

»In der Dienststelle könnte ich mehr ausrichten. Zumindest in Erfahrung bringen, ob was über den Vorfall im Bairro gemeldet wurde.«

Er nickte, wollte aber eigentlich nicht, dass sie ihn alleine ließ. Und als ob sie seine Gedanken gelesen hätte, verharrte sie beim Kühlschrank, wo sie schon die ganze Zeit wie festgewurzelt stand. Wartete sie auf eine Erklärung? Dass er mit Filipa im Bett gelandet war, war irgendwie einfach passiert und außerdem Wochen her. Während einer Zeit, in der das pure Chaos herrschte und sich ihm für wenige Stunden die Möglichkeit der Zerstreuung bot. Zerstreuung, die ihm auch jetzt gelegen gekommen wäre, wenn auch nicht auf diese Weise. Noch ehe er zu irgendwelchen Erklärungen ansetzen konnte, trat Filipa aus dem Wohnzimmer. Henrik sprang auf.

»Wie geht es ihm?«

Filipa blies sich eine Haarsträhne aus der mit Sommersprossen übersäten Stirn, streifte die blutverschmierten Einweghandschuhe ab und warf sie ins Spülbecken. »Sieben Stiche, wobei die Verletzung nicht tief war. Der Angreifer hatte nicht richtig getroffen oder einfach nur zaghaft zugestochen, weshalb es mehr eine Schnitt- als eine Stichwunde ist. Ich hab ihm was gegen die Schmerzen gegeben. Er wird morgen wieder auf den Beinen sein«, berichtete sie sachlich. »Du kannst zu ihm. Sag, wenn du Hilfe brauchst, um ihn in sein Bett zu schaffen.« Damit drehte sie den Wasserhahn auf, um sich die Hände zu waschen.

Auf dem Weg ins Wohnzimmer durchzuckte ihn für eine Sekunde der Gedanke, dass er die beiden Frauen, die bislang kein Wort miteinander gewechselt hatten, in der Küche nun sich selbst überließ. Doch der Anblick seines Vaters verjagte alle Gedanken daran aus seinem Kopf. Albrecht lag auf dem Biedermeiersofa, das eigentlich viel zu unbequem war, um es sich darauf gemütlich zu machen. Er sah bereits besser aus, weniger bleich als noch vor einer halben Stunde. Trotzdem war der Studienrat a. D. Henrik noch nie so fragil und hilfsbedürftig erschienen. Albrecht bemerkte ihn und lächelte.

Henrik verwarf das Vorhaben, seinen Vater nach der Person zu fragen, die ihn angegriffen hatte. Die anderen hatten recht, das konnte bis morgen warten. Er setzte sich zu Albrecht auf die Sofakante. Aus einem Reflex heraus griff er nach der Hand seines Vaters. Kaum wurde ihm diese Geste bewusst, war sie ihm peinlich. Er hatte nur sehr wenige Erinnerungen an vertraulichen Körperkontakt mit seinem Vater. Umarmungen waren eine Rarität gewesen, selbst als er noch klein war. Die Hand sofort wieder loszulassen erschien ihm aber ebenso unangebracht.

»Das hat mir irgendwie den Abend verdorben«, witzelte sein Vater.

»Also, wenn das dein einziges Problem ist, dann bringe ich dich jetzt ins Bett.«

»Ist Dona Celeste schon weg?«

Henrik nickte. Albrecht verzog enttäuscht das Gesicht.

»Na komm, so brauchst du wenigstens nicht länger den Tapferen zu spielen«, versuchte er ihn aufzumuntern. »Außerdem bin ich sicher, sie wird morgen früh nach dir sehen. Immerhin bist du ihr Held.«

Albrecht kam erstaunlich leicht auf die Beine. Das Schmerzmittel tat bereits seine Wirkung. Henrik musste ihn kaum stützen. Sie machten einen Umweg übers Bad. Wieder entstand ein peinlicher Moment. Henrik war froh, dass sein Vater ihn rausschickte und erst wieder zu sich rief, nachdem er gespült hatte. Erst beim Hinlegen stöhnte sein Vater auf. Henrik half ihm aus der Hose und deckte ihn zu.

»Brauchst du noch was?«

Albrecht winkte ab. »Danke!«, antwortete er knapp.

»Soll ich Mama anrufen?«

»Bloß nicht! Ist doch völlig unnötig, sie aufzuregen.«

Henrik nickte. Was bis jetzt noch nicht passiert war, würde dann auf jeden Fall eintreten. Sie würde herkommen.

*Mama in Lissabon!*

Der Gedanke half nicht gerade, seine Stimmung zu heben. »Gute Nacht!«, sagte Henrik. »Ruf, wenn irgendwas ist.« Dann zog er die Tür hinter sich zu. Seine Hand zitterte.

Er ging zurück in die Küche.

»Wo ist Filipa?«

»Gegangen«, erklärte Helena, die nun am Fenster stand und in die Nacht hinausblickte, so wie er es vor einer Stunde noch in ihrer Wohnung getan hatte. Zu einem Zeitpunkt, an dem es sich kurz so angefühlt hatte, als würde alles gut werden. Als sie sich umwandte, wusste er, dass dieser Moment vorbei war. Schlimmer noch: dass dieser Moment womöglich nie wiederkommen würde. Sofort fühlte er sich noch elender.

Weil er es einfach nicht wahrhaben wollte, ging er zu ihr und nahm sie in den Arm. Sie wehrte sich nicht, aber er spürte, wie sie sich versteifte. Für drei Sekunden atmete er ihren Duft ein, dann ließ er sie los.

Sie sagte nichts, als sie ging. Er hörte die Tür ins Schloss fallen und ihre Schritte im Treppenhaus. Und dann nur noch die Musik, die aus dem Esquina zu ihm heraufschallte.

# 19

Das Telefon schnarrte. Zweimal kurz. Eine SMS. Das Geräusch reichte aus, um ihn aus dem Schlaf zu holen. Ein Schlaf, der ihn spät ereilt hatte, weshalb er sich hundemüde fühlte, jetzt, da er so abrupt vorbei war. Für drei Sekunden betrachtete er die leere Bettseite. Kurz war da das Gefühl, dass sie neben ihm lag. Fragmente von Wunsch und Fantasie, die noch aus seinem Traum stammen mussten. Da war keine Nina, die ihre Konturen im Kissen hinterlassen hatte. Die Sehnsucht war ein Lötkolben, der Löcher in die Seele brannte. Eben kam ein neues hinzu. Ein weiteres Loch, aus dem die Hoffnung tropfte. Es abzudichten kostete immense Willenskraft.

Sein nächster Gedanke galt Albrecht, womit die Substanz des Traums, ohnehin nur noch eine poröse Erinnerung, endgültig zu Staub zerfiel.

*Papa? Geht es ihm gut?*

Er entsann sich des Schnarchens aus dem Nebenzimmer, das mit ein Grund gewesen war, warum er nicht hatte einschlafen können. Wer über Stunden hinweg einen Wald umsägte, um den konnte es nicht allzu schlecht bestellt sein. Das Messer hatte nicht zwischen den Rippen gesteckt, nur die Epidermis und ein wenig Fettschicht durchtrennt. Gut, dass an dieser Stelle ausreichend vorhanden war. Wahrscheinlich würde Albrecht schon bald mit der Narbe angeben. Soweit er sich erinnerte, war Albrecht ein leidenschaftlicher Saunagänger. Nun hatte er was zu erzählen, wenn er zurück in Deutschland war.

*Was wird Mama dazu sagen?*

Henrik wurde es heiß unter der Zudecke. Ein Vorgeschmack der Hölle, die ihn erwartete, wenn sie erfuhr, dass er nicht ordentlich auf seinen Vater aufgepasst hatte. Er war nach wie vor nicht überzeugt, ob sie überhaupt wusste, dass ihr Gatte in Lissabon weilte. Verdammt, er *musste* sie anrufen.

Er horchte in die Stille hinein. Nebenan war es nun ruhig. Weder Stöhnen noch Schnarchen, und auch kein Ächzen des Bettes, wenn Albrecht sich herumwälzte. Sofort war die Sorge zurück. Da meldete sich das Handy erneut, und diesmal wies das penetrante Fiepen auf einen Anruf hin. Er kam schnell dahinter, dass das Telefon noch in seiner Hose steckte, die über dem Stuhl neben dem Schrank hing. Zu weit, um vom Bett aus danach zu greifen.

Der Anrufer war unnachgiebig. Wehmütig betrachtete er noch einmal das leere Kissen, dann wälzte er sich von der Matratze und fummelte das Handy aus der Hose.

»Sag bloß, ich hab dich geweckt?«

»Nein, nein!«, log er, während sein Kreislauf damit kämpfte, genug sauerstoffreiches Blut ins Gehirn zu befördern.

»Lob mich, ich werde noch zur Frühaufsteherin«, säuselte Adriana ins Telefon. Die Ränder seines Sichtfelds waren immer noch unscharf. Kurz überlegte er, sich zu setzen, damit sein Kopf wieder klar wurde, doch nicht einmal das schaffte er. Adriana! Sie besaß wirklich ein Talent dafür, die unpassendsten Momente zu wählen, um sich bei ihm zu melden. *Oder um mir auf den Zahn zu fühlen?*

»Warum rufst du an?«, fragte er, ohne dass es ihm gelang, sein Misstrauen ganz zu verbergen.

»Wir wollten ein Treffen vereinbaren«, erinnerte sie ihn.

Er klammerte sich an die Stuhllehne, als ob ihm das dabei helfen könnte, die auf ihn einprasselnden Informationen zu verarbeiten. Erst jetzt bemerkte er den Kopfschmerz, der in seiner rechten Schläfe pochte.

»Es ist gerade ziemlich viel los. Mein …« Irgendwie widerstrebte es ihm, ihr zu erzählen, dass er seinen Vater zu Besuch hatte. »Also, wie gesagt, ich bin sehr beschäftigt.«

»Komm schon, dein Antiquariat wird dich ja wohl nicht davon abhalten, mit mir zu Abend zu essen?«

Dagegen gab es kein Argument, und das wusste Adriana genau. Es hätte Balsam für sein Ego sein sollen, dass die attraktive Steuerberaterin sich unbedingt mit ihm verabreden wollte. Aber der Wunsch nach seiner Gesellschaft überkam sie leider immer nur, wenn er gerade in Schwierigkeiten steckte. Was sollte er davon halten?

»Kann ich mich später noch mal melden? Ich muss heute dringend ein paar Dinge klären«, versuchte er Zeit zu schinden. Er war durchaus daran interessiert zu erfahren, warum sie neuerdings wieder an seinem Leben teilhaben wollte. An Zufälle glaubte er einfach nicht.

»Lass mich nicht zu lange warten, Henrik!«

»Die Männer stehen Schlange bei dir, ich weiß«, erwiderte er und tapste ans Fenster, um nach dem Wetter zu schauen. Der Himmel war von Wolken durchzogen. Es sah windig aus. Windig und kalt. Womöglich waren die warmen Tage nun doch vorbei. »Ich verspreche dir, bis heute Nachmittag Bescheid zu …«

Er war wieder da. Wie vor ein paar Tagen. Diesmal stand er an der Treppe, die hoch zur Rua Marechal Saldanha führte. Den aschblonden Bob mit Haarspray in Form betoniert, sodass selbst die steifen Böen nichts durcheinanderbringen konnten. Wegen des Windes hatte er heute auf die Zeitung verzichtet und eine Jacke übergestreift. Aber es war eindeutig der junge Bursche, der ihn bis auf den Prazeres-Friedhof verfolgt hatte. Was zur Hölle …?

»Henrik, bist du noch da?«

»Ich melde mich!«, sagte er schnell, warf das Handy aufs Bett und schnappte sich die Jeans. Eines der Hosenbeine war auf links gedreht, und es dauerte endlos, bis er sie angezogen und zugeknöpft hatte. Schnell schlüpfte er in das knittrige T-Shirt, das ebenfalls über dem Stuhl hing, und war schon im Flur, als ihm einfiel, dass er noch hatte nach Albrecht sehen wollen. Hin und her gerissen streifte er die im Gang stehenden Sneaker über seine nackten Füße. Aus dem Pochen in seinem Kopf war ein Hämmern geworden. Seinem Vater ging es sicher den Umständen entsprechend gut, sonst hätte er ja wohl auf sich aufmerksam gemacht. Außerdem, das hier würde nur ein paar Minuten in Anspruch nehmen. Henrik griff sich den Schlüssel, stürmte aus der Wohnung und die Treppe hinunter.

Vor der Haustür hielt er inne. Sobald er ins Freie trat, hatte der Mann ihn im Visier. Er musste also schnell sein. Aber das war der andere auch, wie er vom Friedhof her wusste. Sollte er über den Keller nach draußen und sich von hinten anschleichen? Nein, es war zu riskant, noch mehr Zeit zu vertrödeln. Besser das Überraschungsmoment nutzen! Das Stechen in der Schläfe strahlte nun bis hinter den Augapfel. So leise es ging, entriegelte er die Schlösser, atmete noch einmal tief ein und riss die Eingangstür auf.

Keine zehn Meter trennten sie. Deutlich weniger Vorsprung für den Dürren als zuletzt auf dem Friedhof.

Der Blonde bemerkte Henrik sofort. Er wirbelte herum und hastete die Steinstufen hinauf.

Henrik fluchte in sich hinein. Er hatte so sehr gehofft, dass ihm die Rennerei erspart blieb. Doch der Ärger setzte zusätzliche Kräfte frei, und er hetzte hinterher. Die Treppe nahm er mit drei langen Schritten. Der Kerl war nach links abgebogen und rannte Richtung Miradorou de Santa Catarina. Dort hatte er vorgestern Vormittag noch mit seinem Vater gefrühstückt. Irrsinnig, wenn er bedachte, dass das erst zwei Tage her war und was zwischenzeitlich alles vorgefallen war. Erst Sara. Dann Albrecht. Wer auch immer dahintersteckte, sie verstanden es, ihn in Atem zu halten. Gerade jetzt keuchte er schon wieder, und mit jedem Laufschritt durchzuckte ein Blitz seinen Schädel.

In der Gasse, die Richtung Wasser führte, kam reichlich Gegenwind auf, der es noch anstrengender machte. Die langen Beine des Mannes und dessen windschlüpfrige Statur halfen ihm, den Vorsprung zu vergrößern. Henrik musste etwas einfallen, wollte er ihn nicht noch einmal entwischen lassen. Die Aussichtsplattform war verwaist. Es mochte am trüben Wetter liegen oder einfach an der frühen Tageszeit. Keine Leute – das bedeutete allerdings auch, dass der Dürre ungehindert weiterrennen konnte und dabei noch mehr Abstand zu Henrik gewann. Außerdem kannte er sich offenbar bestens aus, er wusste, dass die Treppen auf die untere Aussichtsebene gingen, die das Café beherbergte und eine Sackgasse war. Stattdessen folgte er weiter der Straße, die sich in einer engen Schleife den Berg hinabwand.

Henrik blieb keine Wahl, als es ihm gleichzutun. Abwärts war sein Gewicht der Beschleunigung förderlich, und er holte tatsächlich etwas auf. Hoffnung keimte auf, dicht gefolgt von Ehrgeiz. Sofern der Unbekannte weiter Richtung Hafen stürmte, konnte er ihn tatsächlich kriegen!

Das Hämmern seiner Schritte auf dem Asphalt und das Rauschen des Bluts in seinen Ohren vermischten sich mit einem Brummen. Ehe er die Ursache dieses Geräuschs richtig realisieren konnte, schoss ein Kastenwagen aus einer Seitenstraße und hielt mitten auf Henriks Weg. Er schaffte es nicht mehr abzubremsen und prallte mit Wucht gegen die Seitenfront. Sein Schädel schlug eine Delle ins Blech, bevor er zurückprallte wie ein Squashball.

Schwärze erfüllte ihn, dann schlug er hart mit dem Rücken auf die Straße auf. Er schrammte sich die Ellbogen blutig. Lichtpunkte tanzten vor seinen Augen. Seine Lunge fing an zu brennen, und sofort packte ihn das panische Gefühl, nicht mehr atmen zu können.

Der heftige Schlag gegen die Bordwand nötigte den Fahrer des Lieferwagens offenbar zum Aussteigen. Verschwommen nahm Henrik wahr, wie der Mann um die Kabine herumstapfte, jedoch ohne die zu erwartenden unverständlichen Kommentare oder gar Flüche. Stattdessen trat er auf Henrik zu, der sich wie ein zappelnder Käfer nach Luft ringend auf dem Boden wälzte, und betrachtete ihn wie ein Wild, das er versehentlich überfahren hatte, als müsste er abwägen, ob er es einfach liegen lassen oder einpacken sollte, um daheim ein Ragout daraus zu machen. Zwar trübten Tränen Henriks Sicht, doch es kam ihm so vor, als grinste der Mann. Schließlich machte er einen weiteren Schritt auf Henkrik zu, packte ihn bei den Händen und riss ihn mit erstaunlicher Kraft auf die Beine. Durch den Ruck löste sich die Blockade in seinem Brustkorb. Gierig saugte er Sauerstoff in seine Lunge. Im nächsten Moment überfiel ihn der Schmerz, der für einige Sekunden überall zu sein schien, bevor er zwischen den Schulterblättern zu einem Glutstock zusammenschrumpfte.

»Você está bem?«, fragte der Mann und klang dabei seltsam amüsiert. Er hatte etwas Schizoides in seinem Blick. Aber vielleicht gaukelte Henriks Benommenheit ihm das auch nur vor. Er winkte ab, weil ihm nach wie vor die Luft zum Sprechen fehlte. Stattdessen stemmte er sich auf die Oberschenkel und verharrte in dieser gekrümmten Haltung, bis der Schmerz endlich erträglicher wurde.

Alles um ihn her wirkte merkwürdig fern und irreal. Auch der Fahrer, der sich in aller Ruhe zu seinem Gefährt umdrehte und sich die Delle in der Seitenwand besah. Jetzt wischte er einmal kurz darüber, als wäre er mit magnetischen Händen ausgestattet, die in der Lage waren, das Blech wieder zu glätten. Dann wandte er sich erneut Henrik zu und grinste. Für ein paar Sekunden verharrte er mit dieser Miene, dann sagte er »Adeus!«, kletterte hinters Lenkrad und fuhr abwärts Richtung Fluss davon.

Erst da bemerkte Henrik, dass auch auf dem Beifahrersitz jemand saß. Doch die Spiegelung in der Seitenscheibe verhinderte, dass er mehr als nur einen vagen Umriss erkannte.

Henrik spuckte einen Klumpen Blut aus und richtete sich langsam auf. Ihm war schlecht. In seinem Schädel wummerte es. Das Echo des Aufpralls schien sich nach wie vor in seinen Gehirnwindungen zu brechen. Doch ihm fehlte die Zeit zu warten, bis der Schwindel abebbte. Jetzt, da er wieder freie Sicht in die Straße hatte, in die der Dürre geflüchtet war, stand praktisch fest, dass dieser Kerl ihm vermutlich erneut entwischt war. Eigentlich sinnlos, noch weiterzumachen. Es gab so viele Abzweigungen, so viele Möglichkeiten, sich zu verbergen. Er wusste nicht einmal den Grund, warum er diesem Mann weiter hinterherlaufen sollte.

Trotzdem tat er es. Vielleicht, weil es in seinem momentanen Zustand einfacher war, bergab zu gehen, statt den Anstieg hinauf zum Antiquariat auf sich zu nehmen. Ein Anstieg, der in seiner jetzigen Verfassung dem Gipfelsturm des Mount Everest gleichgekommen wäre. Ihm fehlte schlichtweg der Sauerstoff. Und irgendwie auch die Orientierung.

*Bitte keine Gehirnerschütterung ...*

Jetzt, da er nicht mehr rannte, begann er zu frösteln. Er trug nur ein T-Shirt, und der Wind, der durch die Gassen pfiff, war schneidend kalt.

Die Schwerkraft zog ihn weiter, bis er die Talsohle erreichte. Fabrik- und Lagergebäude lösten hier die Wohnhäuser ab. Zwischen Bergsporn und Tejo-Ufer erwarteten ihn Straßenzüge mit leer stehenden Werkshallen, die dem Verfall überlassen worden waren. Die portugiesische Wirtschaft lag nach wie vor am Boden – genauso angeschlagen wie er. Sein Kopf schmerzte nun wieder stärker als der Rücken. Blut aus den aufgeschürften Ellbogen war die Unterarme hinabgelaufen und im steifen Wind schnell festgetrocknet. An der nächsten Kreuzung drehte er sich einmal um die eigene Achse. Weiter westlich ragten Kräne auf. Dort wurde gebaut. Man zog neue Bürokomplexe hoch. Wahrscheinlich standen auch die Gebäude, zwischen die er hier geraten war, schon im Visier von Investoren und kurz vor dem Abriss. In dieser Ecke arbeitete niemand mehr. Tore und Türen waren verrammelt oder mit schweren Vorhängeschlössern und Ketten versperrt. Es stank nach Unrat und Fäulnis. Vor ihm wurde die Straße von Containern verengt, die randvoll mit Bauschutt und anderem undefinierbarem Abfall waren. Im Schatten zwischen den heruntergekommenen Hallen war es noch kälter. Falls die Sonne es heute überhaupt durch die Wolken schaffte, würde sie erst später am Tag die Schatten aus der trostlosen Gasse scheuchen. Lag es nur an der Temperatur, dass ihn eine Gänsehaut nach der anderen überlief? Was hatte ihn überhaupt hierhergelockt?

Er beschloss, an den Containern vorbei vor bis zur Hauptstraße zu gehen, um einen Überblick zu gewinnen, wo genau er sich befand. Vermutlich würde er in der Nähe des Bahnhofs Cais do Sodré herauskommen. Von dort konnte er eine Station mit der Metro fahren und dann die Rolltreppe benutzen, um so den Anstieg zu umgehen.

Kurz bevor er die Container erreichte, passierte er eine Werkstatttür, die eine Handbreit offen stand. Es sah aus, als hätte jemand das Schloss aufgebrochen. Schwarz klaffte der schmale Spalt. Er blieb stehen und lauschte. Der Baulärm ringsum übertönte alles, doch auch wenn es nichts zu hören gab, zog ihn diese Tür in ihren Bann. Sie war ... eine Einladung. Intuition, Bauchgefühl, Polizisteninstinkt. Nüchtern betrachtet alles Unsinn. Warum sollte der Mann, den er vor einer Viertelstunde verfolgt hatte, ausgerechnet diese Gasse genommen und sich dann absurderweise hier Zutritt verschafft haben?

Er spähte an dem Gebäude hoch. Was an Fenstern übrig war, hatte man mit schwarzer Plastikfolie abgeklebt oder mit Brettern vernagelt. Im Innern herrschte Dunkelkammeratmosphäre. Henrik trat näher an die Tür. Glas knirschte unter seinen Sohlen. Der Gestank, der ihm aus dem Inneren der Halle entgegenströmte, war bestialisch. Vielleicht eine tote Katze oder ein anderes Tier? Nun, so wie das stank, konnten es auch mehrere sein. Das Handy, das er als Taschenlampe hätte benutzen können, lag blöderweise auf seinem Bett.

*Mach dich vom Acker!*

Im nächsten Moment explodierte direkt neben ihm eine Wolke aus grauem Betonstaub. Er schrak zusammen, duckte sich weg, konnte dem Staub jedoch nicht entkommen, der ihn einhüllte und in seinen Atemwegen kratzte. Es dauerte ein paar Sekunden, bis er verstand, dass etwas vom Dach der Werkshalle in den nächsten Container gefallen war. Henrik machte hustend ein paar Schritte rückwärts und wedelte wild mit den Armen, um wieder klare Sicht zu bekommen. Erneut sah er hoch zur Dachkante, doch da war nichts außer dem bleiernen Himmel.

Das, was in den Container gestürzt war, machte plötzlich ein Geräusch, irgendetwas zwischen Zischen und Schmatzen, und wieder stockte ihm der Atem. Zögernd trat er zu der überdimensionalen Blechwanne.

Ein Bein!

Es ragte zwischen schimmligen Brettern, porösen Backsteinen und zerfledderten Zementsäcken empor. Er schluckte trocken, nahm eine der stockfleckigen Latten und schob das, was den Rest des Körpers verschluckt hatte, so gut es ging beiseite.

Da lag er, versunken in Unrat und Bauschutt.

Henrik vergaß die Kälte, die ihm noch Minuten zuvor in die Knochen gekrochen war. Er wusste, dass er von dem Mann, der ihn die letzten Tage immer wieder beobachtet hatte, keine Antworten mehr erhalten würde.

# 20

Er konnte kaum älter als zwanzig gewesen sein und hatte feine Züge gehabt. Sie waren noch vorhanden, auch wenn die Fratze des Todes sein Gesicht nun entstellte. Scharfkantige Stahlstreben, Teile von Fensterrahmen und rostiges Baustahlgewebe hatten vor allem den Brustbereich des Mannes an mehreren Stellen perforiert. Das gurgelnde Zischen hatte von der durch diese Wundlöcher austretenden Luft hergerührt, die noch in den Lungenflügeln enthalten gewesen war. Er sah sich um. Noch war er alleine in der Gasse. Niemand schien etwas von dem Unfall bemerkt zu haben.

*Unfall?*

Nein, niemand kippte einfach so vom Dach.

Er musste davon ausgehen, dass der Täter noch dort oben war. Wieder starrte er in die Dunkelheit der heruntergekommenen Halle. Ohne Lichtquelle dort reinzugehen, wäre Wahnsinn. Für eine Sekunde dachte er an das Nachtsichtgerät, das er dem Eindringling vor ein paar Tagen vom Kopf gerissen hatte. Der Feind war vielleicht auch heute besser ausgerüstet. Dort drinnen hatte er keine Chance. Besser, er tat das Naheliegende. Soweit es ihm der Müll erlaubte, kroch er in den Container und suchte nach dem Puls des Mannes, auch wenn sein Verstand dieses Unterfangen für sinnlos hielt. Trotz der massiven Wunden trat wenig Blut aus, und das bekräftigte seinen Verdacht: Der Mann war schon tot gewesen, als man ihn vom Dach geworfen hatte. Die Verfärbungen am Hals konnten darauf hinweisen, dass er erwürgt worden war.

Mit der ernüchternden Einsicht, nichts mehr für den Mann tun zu können, durchsuchte er eilig sämtliche Taschen, ohne auf eine Geldbörse oder ein Handy zu stoßen. Sein Mörder hatte ihm alles abgenommen, was zu einer schnellen Identifikation beitragen konnte.

Er war bereits auf dem Rückzug – vorsichtig und doch so rasch, wie es der messerscharfe Schrott gestattete –, als er etwas durch den Hosenstoff in der Gesäßtasche des Opfers ertastete. Es kostete ihn Mühe und Schweiß, das Stück Papier zwischen seine Finger zu bekommen, ohne sich selbst blutige Schnitte zu holen. Um nicht zu riskieren, seinen Fund beim Verlassen des Containers zu verlieren, nahm er ihn zwischen die Zähne, bis er wieder fest mit beiden Beinen auf der Straße stand. Darüber nachzudenken, wie viel verfängliches DNA-Material er mit diesem Einsatz auf der Leiche und um sie herum hinterlassen hatte, verbot er sich. Er hatte weitaus dringlichere Sorgen. Beispielsweise sollte er besser verschwinden, bevor der Killer auftauchte. Es konnten auch mehrere sein, dann hatte er erst recht schlechte Karten. Ohne einen Blick auf seine Beute zu werfen, lief er los.

Erst nachdem er in eine Straße eingebogen war, in der er wieder auf Menschen traf, verlangsamte er sein Tempo und verfiel schließlich in ein Schlendern. Endlich nahm er auch das Stück Papier aus dem Mund. Sein Speichel hatte die Visitenkarte mit der edlen Druckprägung wellig werden lassen, aber das Wichtigste war noch lesbar. Ein Name, eine Nummer. Es war vor allem der Name, der ihm trotz des schockierenden Vorfalls, dessen Zeuge er eben geworden war, einen Hauch Zuversicht schenkte.

# 21

Wie alte Freunde hockten sie in seiner Küche und plauderten. Ein Anblick, der ihn befremdete und gleichzeitig ärgerlich machte. Auf dem Tisch standen Dinge, die in seinem Kühlschrank nicht zu finden waren. Konfitüre, Honig, Azeitão-Käse, chouriço de fígado, Schinken, Olivenöl, eine Flasche Vinho Verde.

Sie unterbrachen ihre Unterhaltung, als er hereinkam, und starrten ihn verwundert an.

»Wie siehst du denn aus? Wo warst du überhaupt?«, fragte Albrecht.

Er war durchgefroren und zitterte immer noch. Staub und Dreck klebten an seiner Jeans und dem T-Shirt. Ein paar der Flecken konnten auch Blut sein. Sein eigenes und das von dem Jungen im Container. Als er sich seines Aufzugs bewusst geworden war, hatte er schon in der Metro gestanden. Inmitten der unzähligen Leute war es zu spät, um etwas daran zu ändern. Jetzt verspürte er erst recht kein Bedürfnis, sich und sein Äußeres zu erklären.

»Solltest du nicht im Bett liegen?«, fragte Henrik säuerlich.

»Er ist alt genug, um das selber beurteilen zu können«, belehrte ihn Renato, der einen seiner schwarzen Rollkragenpullover trug, wie um überdeutlich zu demonstrieren, dass er der Künstlerszene angehörte. Albrecht, der sich nur einen Morgenmantel über den Pyjama geworfen hatte, nickte zustimmend. Ostentativ griff er nach dem Glas vor sich, prostete seinem Sohn zu und trank einen Schluck.

»Du trinkst Wein?«, fragte Henrik ungläubig. »Wir haben gerade mal zehn Uhr!«

»Ich kann die Schmerztabletten, die mir deine hübsche Ärztin dagelassen hat, ja schlecht trocken runterwürgen«, erklärte sein Vater, dann runzelte er die Brauen. »Und jetzt geh dich waschen! Dona Celeste wird jeden Moment mit frischen Brötchen vom Bäcker kommen. Dann können wir alle schön zusammen frühstücken.«

Renato grinste.

Albrecht nippte erneut am Wein. Er führte sich auf wie ein Teenager, der das erste Mal allein von zu Hause weg war. Ein paar tadelnde Worte zu der kritischen Kombination von Alkohol und Tabletten lagen Henrik bereits auf der Zunge. Aber verdammt, dieser Mann war tatsächlich alt genug, um sich der pharmakologischen Risiken bewusst zu sein, denen er sich da aussetzte.

Plötzlich war ihm alles zu viel. Und sich erneut aufzuregen, würde nur wieder die Kopfschmerzen verstärken. Also folgte Henrik der Anweisung seines Vaters und verzog sich ohne jeden Kommentar ins Badezimmer.

Eine Weile hockte er dort auf dem Badewannenrand. Hörte irgendwann, wie der Schlüssel ins Schloss gestochert wurde, und gleich darauf die Absätze von Dona Celeste im Flur. Wie selbstverständlich gingen sie bei ihm ein und aus, seit Albrecht hier wohnte. Dabei war er es doch, der sich gewünscht hatte, endlich dazuzugehören.

*Drum so hat in der Gemeinde*
*Jedermann ihn gern zum Freunde.*

Kopfschüttelnd raffte er sich auf, streifte die dreckigen Klamotten ab und warf sie in den Wäschekorb. Er duschte heiß und fühlte, wie das Leben allmählich in ihn zurückkroch.

Während er unter dem wohltuenden Wasserstrahl stand, dachte er über die Toten nach. Über Ruben Mendes. Über den Unbekannten im Container. Einerseits würde er kaum umhinkommen, Helena wegen des neuen Opfers anzurufen. Andererseits wollte er sie nicht noch mehr in Schwierigkeiten bringen. Das mit Sara war schlimm genug gewesen.

Nachdem er sich trocken gerubbelt hatte, zog er die Visitenkarte aus der Hosentasche und ging damit ins Schlafzimmer. Sein Handy fand er da, wo er es nach dem Telefonat mit Adriana hatte liegen lassen. Es waren keine weiteren Anrufe drauf. Offenbar hatte die Steuerberaterin aufgegeben, nachdem er sie so unverhohlen weggedrückt hatte. Auch jetzt konnte er sich nicht mit Adrianas Befinden auseinandersetzen. Bevor er wählte, stellte er die Rufnummernunterdrückung ein. Es dauerte, bis eine Verbindung zustande kam. Mehrmaliges Knacken deutete darauf hin, dass sein Anruf umgeleitet wurde.

»Estou!« Die Stimme klang genervt. Oder aufgebracht. Ganz so, als wüsste sie, wer anrief. Gleichzeitig klang sie angenehm. Sonor und bestimmt.

»Warum musste Ruben Mendes sterben?«, fragte er.

Für Sekunden lauschte er nur ihrem Versuch, ihre Atmung wieder unter Kontrolle zu bekommen. »Woher haben Sie diese Nummer?«, wollte sie schließlich wissen. Verunsicherung schabte über ihre Stimmbänder. »Was ist mit Cristiano?«

»Wir müssen uns treffen!«, verlangte er.

»Geben Sie mir Cristiano!«, beharrte sie auf eine Art, die deutlich machte, dass nur Cristiano das Recht hatte, diese Nummer anzurufen.

»Er ist tot.«

Diesmal schnappte sie scharf nach Luft. Überlegte. Wägte ihre Optionen ab. Doch genau wie ihm blieben auch ihr keine mehr. Als sie das schließlich einsah, erhielt er klare Anweisungen.

Aus der Küche schallte Gelächter. Sein Vater schien die sieben Stiche an seiner linken Flanke bereits vergessen zu haben, ebenso wie die Klinge, die diesen Schnitt hinterlassen hatte. Wenn man ihn so hörte, ging es ihm offenbar prächtig. Wieso auch nicht? Er hatte in Lissabon schnell Freunde gefunden.

*Bin ich neidisch?*

Henrik runzelte die Stirn. Neidisch darauf, dass er nicht so unbedarft mit den Leuten umgehen konnte, die er hier kennengelernt hatte? Dass er sich nicht dieser Ausgelassenheit hingeben konnte? Wäre Albrecht nicht aufgetaucht, würde er selbst jetzt vermutlich ähnlich euphorisch in Helenas Küche sitzen.

Oder war das nur ein Wunschgedanke? Diese Suche nach Nähe und das aufflammende Verlangen waren doch lediglich eine Art ... verzweifelte Ausflucht gewesen. Der fragwürdige Versuch, den kurz davor entstandenen Schrecken zu verdrängen. Er musste sich nichts vormachen. Eigentlich konnte er froh sein, dass die Sache mit seinem Vater ihn daran gehindert hatte, ihr näherzukommen. Mit Helena zu schlafen, hätte alles noch viel schwieriger gemacht, ihre spezielle Verbindung vermutlich sogar zerstört. Diese Überlegung, so schmerzlich sie auch war, versöhnte ihn ein wenig.

Trotzdem verspürte er keinen Drang, sich mit den Senioren in seiner Küche auseinanderzusetzen. Nicht nach allem, was vorhin passiert war. Man findet keine Leiche in einem

Container und geht dann einfach zur Tagesordnung über. Zumal er nicht ausschließen durfte, dass auch der Angriff auf seinen Vater ein Glied dieser Ereigniskette war. Sicher, so wie Filipa die Wunde beschrieben hatte, war es vielleicht doch nur die kopflose Reaktion eines überforderten Straßenräubers gewesen. Der Angreifer hatte vielleicht, noch während er zustach, Skrupel bekommen, das Messer mit aller Kraft in den Unterleib seines Vaters zu rammen. Die Art der Verletzung passte einfach nicht zu den Leuten, gegen die er – mehr oder weniger unfreiwillig – in den Kampf zog. Vor allem nicht zu seinem speziellen Freund, dem bärtigen Söldner, der immer sehr gründlich gewesen war.

Er musste endlich mehr darüber erfahren, was gestern Abend im Bairro Alto vorgefallen war. Bis zu seiner Verabredung blieb ihm noch etwas Zeit. Mit gemischten Gefühlen begab er sich daher doch in die Küche. Dona Celeste hatte reichlich aufgefahren. Es gab sogar Kaffee. Sie begrüßte ihn überschwänglich und nötigte ihn, Platz zu nehmen. Er verspürte keinen Hunger, doch er machte gute Miene und aß ein wenig von dem, was ihm die Alten vorsetzten.

*Das musst du noch probieren! Und das unbedingt! Komm schon, Henrik!*

»Kannst du mir schildern, wie es zu diesem Überfall kam?«, fragte er seinen Vater schließlich beiläufig und nutzte damit eine Atempause von Pacos Mutter, die seit Minuten begeistert von der Schönheit der Algarve und dem unbeschwerten Leben dort erzählte. Die drei starrten ihn strafend an. Wie konnte er sich an diesem wunderschönen Morgen anmaßen, diese Unsäglichkeit anzusprechen, wo man doch gerade dabei war, diese Sache zu vergessen?

»Es ist wirklich wichtig, bitte!«

»Es war ein Überfall. Nichts weiter. Dazu mein unbedachter Reflex, mich dem Halunken in den Weg zu stellen, um Dona Celeste zu schützen. Es ging alles viel zu schnell. Der Schurke ist getürmt, nachdem ihm bewusst geworden war, dass er mich verletzt hatte. Vergiss die Geschichte, Henrik, ich mach das auch. Dieser Zwischenfall soll meinen Aufenthalt hier nicht weiter trüben.«

»Ja, lass ihn in Ruhe!«, mahnte Renato.

Henrik blitzte ihn an. Gerade er, der es besser wissen sollte, fiel ihm in den Rücken.

»Es ist mein Ernst, Henrik!«, bekräftigte Albrecht. »Du bist kein Polizist mehr, also Schluss mit dem Verhör!«

Sein Vater stand definitiv noch unter Schock. Und offenbar verarbeitete er diesen Zustand, indem er verdrängte, was ihm vor wenigen Stunden widerfahren war. Eine andere Erklärung für das sture Verhalten seines Vaters konnte er nicht finden. Dummerweise bestärkten ihn seine neuen Bekanntschaften auch noch in dieser Haltung.

Nun gut, so kam er also nicht an Albrecht heran. Er musste sich gedulden, bis er ihn alleine erwischte. Auch wenn Geduld im Moment kaum möglich war. »Ich mache mir einfach Sorgen!«, sagte er.

»Du kannst ganz beruhigt sein, wir kümmern uns um ihn«, verkündete Renato.

»Eben. Das ist doch herrlich, solche Menschen um sich zu haben. Und heute Abend holen wir das Essen nach, zu dem wir gestern nicht gekommen sind«, ergänzte Albrecht. »Senhor Fernandes hat uns sogar schon einen Tisch besorgt im …«

»Boteco da Fá«, half Renato aus und grinste.

»Sogar mit Fado«, fuhr sein Vater fort. »Ist das nicht großartig?«

»Wer singt? Doch nicht etwa Leónia Porto?«, fragte Henrik sarkastisch.

Renato nickte, und sein Lächeln verbreiterte sich.

»Fado Tradicional mit Leónia Porto«, stöhnte Henrik. »Na, dann herzlichen Glückwunsch!«

# 22

Er war pünktlich bei der vereinbarten Haltestelle am Praça Luís de Camões und stieg in den Bus der Linie 202, der vom Cais Sodré bis weit in den Norden der Stadt ins Bairro Padre Cruz fuhr. Jetzt um die Mittagszeit hockten nur ein paar Rentner im Bus und eine Mutter mit zwei Kleinkindern, die ihren Unmut über die ruckelnde Fahrt lauthals kundtaten. Mal das Mädchen, das nicht älter als zwei war und bei der Frau auf dem Schoß saß; mal der Junge, der noch im Kinderwagen lag und fortwährend geschaukelt wurde, was ihn eher zu erzürnen statt zu besänftigen schien.

Henrik setzte sich auf die letzte Bank. Der Bus zuckelte über die Rua da Misericórdia. Er sah aus dem Fenster und erinnerte sich an die Aussage des skandinavischen Barkeepers im Hotel Miraparque. Ruben Mendes hatte sie am Zugang zur Metrostation getroffen. Waren Busse und Bahnen ihre bevorzugte Art der Fortbewegung? Eine Überlegung, die nicht zu dem Bild passte, das er sich von der Frau machte. Aber was hatte er überhaupt für eine Vorstellung von ihr? Jetzt ärgerte er sich, dass er nicht noch einen Abstecher in eines der zahlreichen Internetcafés gemacht hatte, bevor er sich nach seinem nervenaufreibenden Ausflug runter zum Hafen wieder zurück in die Wohnung geschleppt hatte. Jetzt, da er ihren vollständigen Namen kannte, wäre es ein Leichtes gewesen, sie zu googeln.

Selbst wenn sie nicht verabredet gewesen wären, hätte er sie erkannt, wie sie da am Praça Principe Real nach dem Bus Ausschau hielt. Aus der Traube von Leuten, die dort auf ihre

Linien warteten, stach sie heraus, auch wenn sie darum bemüht war, unauffällig zu wirken. Augenblicklich fragte er sich, was diese Frau an dem unscheinbaren Ruben Mendes gefunden hatte.

Sie war nicht sonderlich groß, höchstens eins fünfundsechzig, schätzte er. Dennoch legte sich mit ihrem Einsteigen plötzlich eine knisternde Atmosphäre über den heruntergekommenen Linienbus. Nicht, dass sie affektiert gekleidet gewesen wäre. Der schlichte, hellgraue Mantel war eng um ihren schlanken Körper gebunden. Darunter trug sie eine weiße Hose und – wie sollte es anders sein – elegante Riemchensandalen mit hohen Absätzen. Ihr blondes Haar war hochgesteckt und ließ ihren Hals unendlich lang erscheinen. Das ovale Gesicht wirkte in seiner Symmetrie fast zu perfekt. An diesem Eindruck änderte auch die Sonnenbrille nichts, die bei diesem Wetter unnötig war und daher nur einem Zweck dienen konnte. Einem Zweck, den sie vollkommen verfehlte: Nichts konnte die Schönheit dieser Frau verbergen. Selbst ihre verbitterte Miene änderte daran nicht das Geringste.

Auch er brauchte nicht auf sich aufmerksam zu machen. Sie entdeckte ihn sofort, und ihre Haltung wurde noch angespannter. Wäre sie eine Katze gewesen, hätte sie fauchend einen Buckel gemacht. Er hatte ihr keine Wahl gelassen, und das missfiel ihr natürlich. So wie er sie nach ihrem kurzen Telefonat einschätzte, gehörte sie zu der Sorte Frauen, die es nicht gewohnt waren, keine Wahl zu haben.

Die Hände fest um den Tragegurt ihrer Handtasche geklammert, ging sie im Bus nach hinten. Für eine Sekunde brachte ein Schlenker, den der Busfahrer vollführte, um der Kollision mit einem aus einer Parklücke ausscherenden Auto zu entgehen, sie aus dem Tritt. Doch sie fand schnell ihr

Gleichgewicht wieder und zu ihrem souveränen Gang zurück. Sie setzte sich zu ihm auf die Bank, ließ jedoch die zwei Sitzplätze zwischen ihnen frei. Von außen musste es wirken, als bestünde keinerlei Beziehung zwischen den beiden Fahrgästen, die da im Heck des Busses saßen. Erst recht, da sie es vermieden, sich anzusehen. Ohne es abgesprochen zu haben, blieben sie ihrem jeweiligen Fenster zugewandt. Das Dieselaggregat unter ihnen dröhnte und zwang Henrik dazu, lauter zu sprechen. »Danke, dass Sie gekommen sind. Mein Name ist Henrik Falkner.«

»Cristiano, was ist mit ihm passiert?«, wollte Maxima Cabral wissen. Schon am Telefon hatte ihn ihre tiefe, eindringliche Stimme beeindruckt. Jetzt war der Effekt noch stärker, weil man so ein Organ bei ihrem Äußeren nicht erwartete.

»Warum hat er mich beschattet?«

»Ich wollte wissen, welche Rolle Sie spielen. Er sollte prüfen, ob wir Ihnen trauen können.«

»Warum ist er dann vor mir weggerannt?«

»Cristiano war einer meiner Mitarbeiter. Ich hatte ihn angewiesen, sich lediglich ein Bild zu machen, ohne Kontakt zu Ihnen aufzunehmen.«

»Ihr Mitarbeiter, aha! Nun, er hat Ihrer Anweisung strikt Folge geleistet und dafür sein Leben gelassen.«

Er sah sie nur im Profil, doch dem Ärger über ihn war Betroffenheit gewichen. »Was ist passiert?«, fragte sie erneut.

»Was das Ausspähen anging, da hat er sich nicht besonders klug angestellt.«

»Ich meinte ...«, begann sie.

»Man hat ihn von einem Dach geworfen.«

Jetzt sah sie ihn doch an, und selbst die Sonnenbrille konnte ihr Entsetzen nicht verbergen. »Er war Volontär, kam direkt von der Uni, hatte sein Leben noch vor sich!« Was auch immer sie im Sinn gehabt hatte, als sie diesen Cristiano auf ihn ansetzte, jetzt musste ihr endgültig klar geworden sein, dass sie die Kontrolle verloren hatte. Ein Moment, den Henrik nicht ungenutzt lassen konnte.

»Er war nicht der Erste. Was war das zwischen Ihnen und Ruben Mendes?«

»Ruben. Das ist …«

»Dieselbe Geschichte«, unterbrach er sie. »Lügen Sie mich nicht an. Wo ist der Zusammenhang? Wissen Sie, ich suche genau wie Sie eine Erklärung. Auch dafür, wie ich in diese Verstrickung fragwürdiger Umstände passe. Letztlich haben wir beide dasselbe Interesse. Ruben und Cristiano sind nicht einfach nur so zu Tode gekommen.«

Die Frau mit den Kindern drehte sich nach ihm um. Obwohl die Kleinen fortwährend quengelten und der Motor des Vehikels nicht besonders leise arbeitete, waren seine scharfen Worte durch den halben Bus bis zu ihr gedrungen. Instinktiv rutschte er einen Sitz näher an Maxima Cabral heran.

»Wissen Sie, was ich mache?«

Es war die Art, wie sie fragte. Offenbar war sie bislang davon ausgegangen, dass er die Antwort wusste. Die Worte des Kellners aus dem Miraparque kamen ihm wieder in den Sinn. *Sie ist trotz allem keine Unbekannte, das sollten Sie doch wissen.* Wer war diese Frau, verdammt noch mal? Outete er sich hier gerade als kompletter Idiot? Noch bevor der Ärger über seine schlechte Vorbereitung richtig aufflammen konnte, ereilte ihn die Einsicht. Selbstverständlich kannte er diese Frau: aus dem Fernsehen. Aus dem portugiesischen Fernsehen wohlgemerkt, weshalb sie nur eine rudimentäre Erinnerung war. Martin hatte ihm kein TV-Gerät hinterlassen; es musste also irgendwann, irgendwo in einem Café oder einer Kneipe gewesen sein, in der ein Fernseher über der Bar lief. Er entsann sich irgendeiner Talkshow, moderiert von Maxima Cabral.

*Sie ist trotz allem keine Unbekannte, das sollten Sie doch wissen.*

Das Gesicht dieser Frau war Millionen Fernsehzuschauern ein Begriff. Nun leuchtete ihm auch ein, warum sie so darauf bedacht war, inkognito zu bleiben. Es war ein antrainiertes Verhalten, sich möglichst unsichtbar durch die Stadt zu bewegen. Als wollte sie seiner Überlegung widersprechen, schob sie die Sonnenbrille ins Haar. O Gott, sie war wirklich schön, aber es waren eindeutig ihre bernsteinfarbenen Augen, aus denen echte Magie leuchtete. Womit hatte der unscheinbare Ruben Mendes diese Frau für sich begeistern können?

»Ich bin Journalistin und moderiere das Polit- und Gesellschaftsmagazin *a verdade* auf TVI«, klärte sie ihn auf.

»Es tut mir leid, ich kenne Ihre Sendung nicht«, gestand Henrik, während es in seinem Hirn zu rattern begann. Es waren wohl weniger die männlichen Vorzüge von Mendes gewesen, die ihn für Maxima Cabral interessant gemacht hatten. »Was hätte Mendes Ihnen denn Wertvolles zu erzählen gehabt, um damit in Ihrer Sendung aufzutreten?«

Die Durchsage im Bus kündigte die Haltestelle am Bahnhof Campolide an.

»Ich bin Ruben in der Firma meines Mannes begegnet. Ein zufälliges Zusammentreffen vor etwa einem Dreivierteljahr. Ich weiß heute nicht mehr, was ich dort wollte. Vielleicht waren Daniel und ich zum Lunch verabredet, keine Ahnung. Während ich in der Lobby wartete, muss Ruben mich erkannt haben, jedenfalls bat er mich um ein Autogramm …«

Der Linienbus hielt. Leute stiegen aus und ein. Plötzlich und ohne Vorwarnung erhob sich Maxima Cabral und drängte an ihm und den Fahrgästen vorbei. Er war so perplex, dass er kurz zögerte, dann stand er ebenfalls auf. Ausgebremst von den Zusteigenden, sah er, wie sie aus dem Bus sprang. »Com licença!«, stieß er hervor und kämpfte sich bis zur Tür vor.

»Faz favor!«, riefen ihm die Leute in sarkastischem Ton zu, und eine Frau zischte ihm ein »Turista merda!« hinterher.

Die Pneumatik zischte bereits, die Gummilippen der Tür schnappten nach ihm, doch er entkam ihnen gerade so eben. Verwirrt sah er sich um. Das Wetter hatte sich gebessert. Der kräftige Wind riss erste Lücken in die Wolkendecke. Und da stand sie, etwas abseits, beschienen von einem Sonnenstrahl, der wie selbstverständlich genau auf sie fiel. Hinter ihrer Sonnenbrille versteckt, beobachtete sie, wie der Bus anfuhr. Nein, sie musterte einen der Männer, die vorhin eingestiegen waren. Der Mann sah nun seinerseits vom Fenster aus auf sie herab. Henrik ging zu ihr, sagte aber nichts. Sie war definitiv verunsichert. Mehr noch: Sie hatte Angst.

Er selbst fröstelte. Die Sonne schaffte es zwar vereinzelt durch die Wolken, aber es war nicht wärmer geworden. Er stellte den Kragen seines Jacketts auf. »Was jetzt?«

Maxima Cabral drehte sich weg und tauchte in die Menschenmenge ein, die aus dem Bahnhofsgebäude zu den Bushaltestellen strömte. Sie ging jedoch nicht in den Bahnhof, sondern weiter die Straße entlang, und blickte dabei noch ein-, zweimal dem Bus hinterher, als wollte sie sich versichern, dass er nicht noch einmal hielt. Erst als er um die nächste Ecke gebogen war, sprach sie weiter, allerdings ohne auf den Vorfall von eben einzugehen. »Meiner Meinung nach war Ruben zu diesem Zeitpunkt nicht bewusst, dass ich mit seinem Auftraggeber Daniel Marujo verheiratet bin. Seltsam eigentlich, wir haben nie darüber gesprochen, auch später nicht«, fügte sie nachdenklich an.

»Später, als Sie ein Verhältnis mit ihm hatten. Wusste Ihr Mann eigentlich davon?«, fragte er ungeduldig dazwischen – und ärgerte sich im nächsten Moment darüber, sie damit aus ihrem Erzählfluss gerissen zu haben. Die Sonnenbrille wanderte in die Handtasche. Ihre Augen funkelten, und diesmal hatte es nichts mit Magie zu tun.

»Was da in den darauffolgenden Wochen passiert ist, steht in keinem Zusammenhang mit dem Schicksal von Ruben oder mit meiner Ehe«, fauchte sie.

»Ihr Mann wird deswegen gesucht«, versuchte er sich zu verteidigen.

Sie fasste sich an den Kopf, als würde ihr dieser Umstand Schmerzen verursachen. »Auch wenn sein Verhalten den Verdacht erhärtet hat, bin ich nach wie vor davon überzeugt, dass Daniel nichts von Ruben und mir weiß. Sein Verschwinden hat einen anderen Grund. Irgendetwas mit der Firma, das er mir vorenthalten hat.«

»Woher diese Gewissheit?«

»Es passt einfach nicht zu ihm, so den Kopf zu verlieren. Außerdem würde er niemals einen Menschen töten. Dieser Vorwurf ist kompletter Unsinn. So gut kenne ich ihn, das können Sie mir glauben!«

Wohl nicht gut genug. Oder sie wusste, wohin er sich abgesetzt hatte, und spielte ihm und der Polizei die Ahnungslose vor. Egal was sie über ihren Mann sagte, Henrik fand sein Verhalten sehr wohl kopflos, auch wenn er nach wie vor kein Anhänger dieser Mord-aus-Eifersucht-Theorie war. Mittlerweile war er sogar überzeugt, dass auch Helena nicht wirklich dahinterstand. Sie wurde lediglich von höherer Stelle dazu genötigt, dieser Spur zu folgen. Schließlich war das der einfachste Weg. Vertretbar vor dem Staatsanwalt. Eine Verzweiflungstat mit eindeutigem Tatverdächtigen, keine weiteren Fragen mehr.

Inzwischen waren sie ein Stück gegangen. Es war nicht zu übersehen, dass sie ihre Umgebung aufmerksam beobachtete. Henrik war noch nie in dieser Ecke der Stadt gewesen. Jenseits der Nordumfahrung lag eines der modernen Wohnviertel. Kleine Einfamilienhäuser mit Gärtchen, die alle gleich aussahen. Nichts Besonderes, und doch nur für Besserverdiener erschwinglich. Rechts von ihnen erstreckten sich Bürogebäude und Hochhäuser und dazwischen ein Park, der nur aus kargen Rasenflächen und sandigen Wegen bestand.

»Es tut mir leid, ich hätte Sie nicht unterbrechen dürfen«, entschuldigte er sich. »Ruben Mendes hatte Sie um ein Autogramm gebeten.« Hoffentlich machte sie jetzt nicht dicht. Hätten sie in einem Café in der Innenstadt gesessen, wäre sie wohl einfach aufgestanden und hätte die Unterhaltung beendet. Doch jetzt waren sie zwei Gestrandete, die entlang einer viel befahrenen Straße durch einen tristen Stadtteil irrten, um ihren Verfolgern zu entwischen. Oder den Dämonen, die sie vor sich hertrieben. Er konnte nur hoffen, dass nicht innerhalb der nächsten Sekunden zufällig ein Taxi vorbeifuhr, das sie anhalten konnte.

Maxima Cabral musterte ihn und erkannte offensichtlich, dass es ihm wirklich leidtat. Oder sie stimmte ihm zu: Zwei Tote waren genug. Zwei Tote, die ihr keine Wahl ließen, als sich weiter mit ihm auseinanderzusetzen.

»Ein Autogramm, ja«, sagte sie schließlich. »Seine zurückhaltende Art war mir sympathisch, also tat ich ihm den Gefallen. Wir wechselten ein paar Worte. Ich hielt ihn für einen Angestellten meines Mannes. Er klärte mich auf, dass er ein selbstständiger IT-Berater war, den Daniel engagiert hatte, um für ihn ein Softwareproblem zu lösen. Nichts, was mich interessierte, das erkannte Ruben sofort. Er fragte auch nicht nach, was mich in die Firma führte, machte keinerlei Anstalten, sich weiter aufzudrängen. Womit unsere Unterhaltung eigentlich beendet war. Er war schon auf den Weg zu den Fahrstühlen, da drehte er sich noch mal zu mir um. Seine Schüchternheit war etwas anderem gewichen. Diese abrupte Verwandlung hat mich für einen Moment wirklich irritiert – und auch fasziniert. Auf berufliche Art«, betonte sie. »An dieses Gefühl kann ich mich noch sehr genau erinnern. Ruben kam erneut auf mich zu, nahe genug, dass er flüstern konnte, und meinte, er bewundere meinen Mut, in meinen Sendungen immer wieder aufs Neue das Unrecht aufzudecken. Ein Mut, der ihm leider fehlte. Ich sah ihm sofort an, dass es da etwas in seinem Leben geben musste, was ihn quälte. Und ich sprach ihn direkt darauf an.«

»Was hat er Ihnen berichtet?« Henriks Anspannung stieg.

Sie waren lange Minuten durch ein Industrieareal gelaufen und hatten eben die sechsspurige Eixo Norte-Sul unterquert. Zu seiner Überraschung standen sie jetzt mit einem Mal vor dem Jardim Zoologico de Lisboa. Zwei weiße Türme mit Kuppeldächern flankierten den Eingang.

»Wollen wir in den Zoo?«, fragte er überrascht.

»So viel Romantik bei unserem ersten Date«, meinte sie zynisch. »Allerdings ist es gut, unter Leuten zu sein«, finden Sie nicht?«

Henrik überprüfte noch einmal die Umgebung, ohne dass ihm jemand verdächtig vorkam, dann ging er zur Kasse und übernahm den Eintritt. Sie reihten sich in die Schlange am Einlass ein, direkt hinter einer Schar laut durcheinanderplappernder Grundschüler, die auf diese überdrehte Art ihre Aufregung kompensierten. Maxima hakte sich bei ihm unter. Damit waren sie ein Paar, das diesen wettermäßig halb garen Tag dazu nutzte, dem Lissabonner Tiergarten einen Besuch abzustatten.

Gleich beim Eingang hatten sich im Innern des Zoos größere und kleinere Gruppen versammelt. Vorwiegend Kinder und Jugendliche, die von überforderten Erwachsenen Anweisungen bekamen, wo es hingehen sollte – größtenteils erfolglos. Die meisten Leute folgten einfach der Beschilderung zur Baía dos Golfinhos, der Delfin-Bucht, wo offenbar bald die nächste Vorführung begann. Dressierte Meeressäuger, die auf Geheiß Salti schlugen und durch Reifen sprangen. Ein fragliches Spektakel, dem Henrik nicht beiwohnen wollte. Also schwenkte er mit Maxima am Arm nach rechts und folgte dem Wegweiser zu den Krokodilen. Das passte auch thematisch besser. Auch auf Henrik und seine Begleitung lauerten unberechenbare Jäger, dicht unter der Oberfläche, bereit zuzuschlagen, sobald man unvorsichtig genug war, sich der Wahrheit zu nähern.

In dieser Ecke des Zoos waren weniger Besucher unterwegs, was ihnen eine gewisse Intimität bescherte. Prompt ließ Maxima seinen Arm wieder los. Schließlich setzen sie sich auf eine Bank vor dem Gehege mit den indischen Nashörnern, gleich neben dem Reptilienhaus. Gelegentlich war euphorisches Teenagerkreischen aus Richtung der Koalas zu vernehmen. Begeisterungsstürme für knuffige Beuteltiere, die den ganzen Tag reglos in ihren Bäumen hingen und Eukalyptusblätter fraßen.

»Warum haben Sie der Polizei nicht gesagt, dass Ihre Beziehung zu Ruben Mendes ... nun ja, eher beruflicher Natur war?«

Wieder dieses gequälte Lächeln. »Es war nicht als Affäre geplant, es hat sich ergeben. Gefühle lassen sich nicht steuern, sie kommen überraschend, und genauso schnell können sie auch wieder verschwinden. Was mein Verhältnis zu Ruben angeht, so hätte es gegenüber der Polizei wenig Sinn gemacht, es zu leugnen. Die Zeichen wiesen zu eindeutig in diese Richtung. Ich wusste ja nicht, was Ruben diesbezüglich alles hinterlassen hat. Ob nicht zum Beispiel der Inhalt seines Handys recht aufschlussreich unsere Korrespondenz dokumentierte. Ich konnte kaum davon ausgehen, dass er alles gelöscht hat, bevor er starb. Mit einer Lüge hätte ich mich für die Kommissare nur verdächtig gemacht.«

»Man hat kein Handy bei ihm gefunden«, rutschte es Henrik heraus.

Sie hielt inne und betrachtete ihn von der Seite. »Sie sind erstaunlich gut informiert über die polizeilichen Ermittlungen. Was ist eigentlich Ihre Rolle in dieser Geschichte?« Da war es wieder, das Misstrauen. Ihr Volontär schien keine brauchbare Stellungnahme über ihn abgeliefert zu haben, bevor es den jungen Mann erwischte.

»Die suche ich noch, darum wollte ich Sie ja treffen.«

Eine Weile musterte sie ihn kritisch. »Wer sagt mir, dass nicht *Sie* es waren, der Cristiano getötet hat?«

»Diese Frage stellen Sie sich reichlich spät!«

»Sie war von Beginn an in meinem Kopf, ich habe mich lediglich gefragt, ob ich sie aussprechen soll. Ich habe ein ganz gutes Gespür für Menschen und weiß außerdem, dass Sie es waren, der versucht hat, Ruben zu retten. Das spricht für Sie. Nur etwas sollten Sie wissen! Für mich ist diese leidige Geschichte nach unserem Gespräch hier beendet. Ich gehe kein weiteres Wagnis mehr ein. Das wäre Wahnsinn, zwei Leben sind genug.«

Henrik suchte ihren Blick. Das sollte die kämpferische Investigationsjournalistin sein? Gab sie sich wirklich damit zufrieden, den Liebhaber und den Mitarbeiter umsonst geopfert zu haben? Ihre Feigheit machte ihn wütend, aber er schwieg. Zuerst wollte er hören, was sie zu sagen hatte, und danach entscheiden, wie er damit umging. »Zurück zu Ruben Mendes! Er kannte Sie vom Fernsehen, und sicher fand er Sie attraktiv. Aber reicht das, um jemanden spontan in eine Sache einzuweihen, die das Risiko birgt, das Leben zu verlieren? Vielleicht hat er Sie früher schon in der Firma Ihres Mannes gesehen und Sie deshalb angesprochen?«

Sie zuckte mit den Schultern. »Ich glaube, hier hat der Zufall ihm in die Hände gespielt. Ruben erzählte mir später, ein befreundeter Pfarrer hätte ihm erklärt, dass es bei manchen Dingen nicht ausreicht, sich nur einer einzigen Person im absoluten Vertrauen zu öffnen – womit der Geistliche sicherlich von der Beichte sprach. Nein, in einigen Fällen sei es wichtig, das Unrecht, das einem widerfahren ist, in die Welt hinauszuschreien. Das klingt für mich so gar nicht wie der Rat eines gottesfürchtigen Pfaffen, aber das spielte letztlich keine Rolle. Ruben ging es nämlich nicht darum, die Wahrheit ans Licht zu bringen, Ruben ging es von Anfang an nur um Rache.«

# 23

Zum Abend hin wurde das Wetter immer besser. Jetzt um diese Uhrzeit fiel das Licht herrlich weich und malvenfarben in die Gasse. Sie saßen vorm Haus. Zwei alte Männer, welche die laue Abendluft genossen. Die Szene passte ins Stadtbild, auch wenn die beiden nicht gerade die typischen Portugiesen verkörperten. Weder Albrecht in seinem Tweedjackett, noch Renato, der ein lilafarbenes Sakko trug.

»Boa tarde!«, grüßte Henrik. Missbilligend betrachtete er die Flasche Rotwein, die sie auf einem Hocker abgestellt hatten und in der sich nur noch der Bodensatz befand. Ihre Sitzgelegenheiten dienten sonst im Antiquariat als Ablage für Bücher. Antike Stühle, die man keiner allzu großen Last mehr aussetzen sollte.

»Catia war da und hat sie uns überlassen«, erklärte Renato, der Henriks Blick zu deuten wusste.

Trotz Urlaub war Catia bereits zum zweiten Mal im Laden gewesen, ausgerechnet immer dann, wenn er nicht anwesend war. Als wollte sie ihm aus dem Weg gehen.

»Wo warst du den ganzen Tag?«, fragte Albrecht, nicht ganz ohne Vorwurf.

»Du meinst, ich habe meine Aufsichtspflicht verletzt?« Henrik zeigte auf Renato. »Hat er nicht groß getönt, er würde sich um dich kümmern? Dir war doch nicht etwa langweilig ohne mich?« Er verkniff es sich, nach Dona Celeste zu fragen.

»Nein, mir war keineswegs langweilig. Ich finde es nur nicht sehr geschäftstüchtig, das Antiquariat den ganzen Tag zugesperrt zu lassen. Wäre deine reizende Angestellte nicht zufällig vorbeigekommen, du hättest heute nicht ein Buch verkauft.«

Noch eine Dame, die sein Vater *reizend* fand. War Dona Celeste womöglich eifersüchtig und der Seniorenrunde daher ferngeblieben? Auch diese Spitze schluckte er hinunter.

»Du darfst uns loben«, begann Renato. »Wir haben den Laden ganz prima geschmissen!«

»Was heißt das, ihr habt den Laden geschmissen?«, fragte er ungläubig.

»É que! Hast du nicht gesagt, ich soll ein Auge darauf haben? Und Senhor Albrecht macht sich wunderbar als Verkäufer, die Kundschaft war sehr angetan!«

»Wir hatten also Kundschaft«, knurrte Henrik zynisch.

»Ein Herr in unserem Alter, stimmt's? Sag es ihm, Albrecht! Der hat nach einem Buch gefragt, das du ihm eigentlich besorgen wolltest.«

»Ich konnte ihn aber für ein anderes Werk begeistern«, ergänzte sein Vater und rieb sich dabei die Hände, als hätte er mit dieser einen Transaktion ein Vermögen eingenommen.

Den Alten hatte er völlig vergessen. Ihm fiel ein, dass er die Notiz mit dem Titel des Buches nicht mehr hatte herumliegen sehen. *O fim do mundo*. Er musste Catia danach fragen. Vielleicht hatte sie den Zettel entdeckt und sich bereits danach umgehört? Während ihres Urlaubs? Irgendetwas an der Geschichte weckte sein Misstrauen. Es rumorte unüberhörbar in seinem Inneren. Vor allem nach dem, was er nachmittags auf der Bank vor dem Nashorngehege von Maxima Cabral erfahren hatte. Dinge, die nicht so leicht zu verdauen waren. Dinge, über die er ausführlich und intensiv nachdenken musste.

»Vergiss nicht das Abendessen im …«, erinnerte ihn Albrecht. Etwas, das er tatsächlich lieber vergessen hätte.

»… Boteco da Fá«, mischte Renato sich ein.

»Genau. Halb zehn, richtig?«

»So ist es«, bestätigte Renato.

»Ob ich mich daran gewöhnen kann, immer so spät zu Abend zu essen?«

»Daran *gewöhnen*? Hab ich was verpasst?«

Sein Vater sah ihn verständnislos an. Henrik missfiel die Vorstellung, dass sein Vater sich lang genug in Lissabon aufhalten könnte, um seine Gewohnheiten zu ändern.

»Wo ist eigentlich die Senhora?«, wollte er wissen, um diese obskure Idee nicht zu vertiefen.

»Macht sich hübsch, nehme ich an. Du weißt doch hoffentlich noch, dass Frauen dafür etwas mehr Zeit brauchen.«

*So lange ist das noch nicht her …* Nein, er würde diesbezüglich keine Diskussion führen. Er hatte ganz andere Dinge im Kopf und wahrlich schwerwiegendere Probleme. Albrecht mochte zum Spaß an der Freude in Lissabon sein. Auf ihn traf das bedauerlicherweise nicht zu. Und genau genommen war sein Vater auch schon in die jüngste Krise involviert, fiel ihm ein. »Was macht die Verletzung?«

»Ach, schon vergessen«, erklärte Albrecht. »Diese Tabletten von der Rothaarigen sind sehr wirkungsvoll.

Vermutlich war es eher der Wein oder vielmehr die Kombination aus beidem.

»Warum frägst du diese hübsche Ärztin nicht, ob sie uns begleitet?«

Es gab kein Entrinnen, das war ihm klar. Er saß in der Küche und fand im Moment keine bessere Option, als sich ebenfalls ein Glas Wein einzuschenken, um sich auf den bevorstehenden Abend einzustimmen. Oder um ihn zumindest erträglich zu machen. Sein Vater belegte das Badezimmer und trällerte irgendetwas vor sich hin. Vor einer Viertelstunde hatte er Albrechts Wunde versorgt. Die Naht war leicht entzündet, aber das sei normal, versicherte ihm Filipa, die er daraufhin besorgt angerufen hatte. Sie versprach, morgen vorbeizukommen und danach zu sehen. Das Telefonat wäre der passende Zeitpunkt gewesen, um die Einladung zum Abendessen auszurichten. Doch er hatte geschwiegen und Albrecht danach erzählt, dass Filipa Dienst hatte. Weshalb er sich nun Vorwürfe machte. Nicht, weil er seinen Vater belogen hatte, sondern wegen der Ärztin. Wenigstens ein Abendessen hätte sie dafür verdient gehabt, dass sie seinen alten Herrn wieder zusammengeflickt hatte.

Doch er wollte einfach keinen unnötigen Wirbel. Keine Fragen, die sich nicht beantworten ließen. Es wäre ihm ein Gräuel, sich erklären zu müssen. Weniger vor Albrecht, der vermutlich aus Pietät nicht weiter nachbohren würde. Aber Dona Celeste würde bestimmt wissen wollen, in welchem Verhältnis er zu Filipa stand – und wer weiß, was noch alles.

Außerdem hätte er lieber Helena mitgenommen. Doch die Vorstellung, mit ihr am selben Tisch zu sitzen wie sein Vater und dessen neue Flamme, war völlig abstrus. Er behielt den Gedanken für eine Weile in seinem Kopf, so wie man Wein für mehrere Sekunden auf der Zunge behielt, um die volle Intensität des Bouquets auszukosten.

*Helena!*

Warum eigentlich nicht, dachte er, nach einem weiteren Schluck Rotwein. Immerhin könnte er sich so nach dem Essen zusammen mit ihr abseilen, um davon zu berichten, was er heute Nachmittag von Maxima Cabral erfahren hatte. Allerdings, was sollte das bringen? Helena würde davon nichts hören wollen. Dass er trotz der Sache mit Sara weiter herumschnüffelte, würde sie nur wütend machen. Und dann war ja da noch das verfängliche Gespräch mit Filipa, das sie mitbekommen hatte. Vermutlich war sie jetzt schon ziemlich wütend auf ihn.

Er schenkte sich nach und trank das Glas halb leer. Oder war sie überhaupt nicht so nachtragend, wie er sich das vorstellte? Schließlich war sie doch gar nicht der Typ dafür. Außerdem, warum sollte ausgerechnet er immer zurückstecken? Hatte er nicht auch ein wenig Freude verdient? Das Lokal war nicht weit von der Straße entfernt, in der sie wohnte. Er war sicher, sie kannte es. Trotzig tippte er eine SMS, in der er ihr mitteilte, dass sie ab halb zehn Uhr im Boteco da Fá waren und sie sich herzlich eingeladen fühlen durfte. Er sandte die Nachricht ab, bevor er es sich anders überlegen konnte. Zu spät für jegliche Bedenken, auch Albrecht gegenüber, sollte sie unerwarteterweise doch auftauchen. Sein Vater würde genug damit zu tun haben, den Auftritt seines neuen Busenfreundes Renato zu verdauen. Die Überraschung des Abends, so betrachtet, auf die er sich, um ehrlich zu sein, diebisch freute. Auf den Moment, wenn Leónia Porto den Fado sang und er seinem Vater in dessen Begeisterung hinein zuflüstern würde, wer da auf der Bühne unter der schwarzen Perücke in dem hochgeschlossenen Abendkleid steckte. Ja, das konnte amüsant werden. Dass der Mann, mit dem Albrecht vorhin noch so vertraut zusammengesessen war, seine Narben unter dick aufgetragenem Make-up versteckte und seine Augen mit falschen Wimpern schmückte.

Henrik goss sich den Rest aus der Flasche ein, hielt jedoch inne, als das Glas seine Lippen berührte. Was tat er da eigentlich? Er schaffte es nicht, Helena wegen des toten Cristiano im Container anzurufen. Stattdessen schickte er ihr eine Nachricht, in der er sie zum Abendessen einlud. War er jetzt komplett durchgeknallt?

Das Unwetter, das sich in den letzten Tagen über ihm zusammengebraut hatte, nahm ihn wohl mehr mit, als er sich eingestehen wollte. Egal, ob es sich dabei um den Besuch seines Vaters handelte, den Messerangriff, den sein alter Herr besser wegsteckte als er selbst, oder um Ruben Mendes, dessen Geschichte er nun kannte und die ihn nicht wenig aufwühlte. Er stellte das Weinglas unberührt zurück auf den Tisch und kehrte zu seinem Gespräch mit Maxima Cabral zurück. Er dachte daran, wie die Journalistin im Zoo neben ihm auf der Bank gesessen hatte, den Blick in die Ferne gerichtet, vielleicht dorthin, wo für gewöhnlich die Fernsehkamera stand, über die sie zu ihren Zuschauern sprach. Auch wenn die Art, wie sie ihre Geschichte zusammenfasste und vortrug, diesmal nicht für ein Fernsehpublikum bestimmt war.

»Rubens Mutter ... Er sagte mir, sie hieße Maria, aber ich bin nicht sicher, ob er diesen Namen nur einfach mir gegenüber benutzte, damit ich nicht eigene Ermittlungen anstellte. Was das betraf, war Ruben sehr vorsichtig, regelrecht paranoid ... was ihm ja trotz allem nichts genutzt hat«, sinnierte sie und merkte nach zwei tiefen Atemzügen, dass sie bereits zu Beginn den Faden verloren hatte. Sie räusperte sich, bevor sie fortfuhr. »Maria war im Widerstand. Sie wurde 1973 verhaftet, ein Jahr, bevor die Revolution den ganzen Wahnsinn beendete. Leider zu spät für die damalige Medizinstudentin. Obwohl sie dafür gekämpft hatte, war es ihr wie so vielen ihrer Mitstreiter nicht vergönnt gewesen, den Duft der Freiheit noch zu genießen. Während ihrer Haft kam Ruben zur Welt, und sie starb bei der Geburt. Man kann, nein, man *sollte* sich fragen: warum? Oder vielmehr, ob sie unter anderen Voraussetzungen überlebt hätte – wovon ich überzeugt bin. Vermutlich war kein Arzt, nicht einmal eine Hebamme anwesend. Es gibt dazu keinerlei Aufzeichnungen, wie das damals praktiziert wurde, wenn man in die Fänge des Regimes geraten war.«

»Was ist mit seinem Vater?«, fragte Henrik bedrückt.

»Rubens Vater, ja!« Maxima lächelte verbittert. »Eine junge Frau, die sich gegen die Ungerechtigkeit einer Diktatur auflehnte, dafür verhaftet wird, in Gefangenschaft niederkommt und dabei stirbt. Wenn Sie glauben, es geht nicht mehr tragischer, dann irren Sie sich, Senhor Falkner. Rubens Vater ist der Mann, der seine Mutter über Monate verhört hatte und dabei wohl auch seinen Schwanz nicht in der Hose lassen konnte.«

Ja, er wusste, dass sich jede Grausamkeit noch steigern ließ. »Wissen Sie, wer …?«

»Ich kenne keine Namen. Die Bekanntgabe der Identitäten wollte sich Ruben bis zuletzt aufheben. Ich weiß nur so viel: Rubens Erzeuger war ein junger, ehrgeiziger und in allen Belangen regimetreuer Offizier, dem beste Aufstiegschancen in Aussicht standen.«

Henrik schüttelte fassungslos den Kopf. Das Vorgehen von Mendes war dem von Martin nicht unähnlich. Wie zur Bestätigung sagte Maxima Cabral: »Ruben hat über lange Jahre aufwendige Recherchen betrieben und alles dafür getan, dem Mann näher zu kommen, der sein Leben verschuldet hat. Ja, so pflegte er sich auszudrücken. *Ich bin nicht dankbar dafür, dass ich existiere. Ich war nicht gewollt, ich wurde ins Leben gezwungen.* Darum setzte er auch alles daran, den

Mann zu bestrafen, der seine Mutter vergewaltigt und dann bei seiner Geburt hatte sterben lassen. Dabei war seine Rache nicht impulsiv. Im Gegenteil, er ging dabei äußerst besonnen vor, darauf bedacht, keine Fehler zu machen. Hass wird intensiver, je mehr Zeit man sich mit der Rache lässt. Und dazu brauchte er letztlich mich. Ruben hatte versprochen, mir alles zu überlassen, was er zusammengetragen hatte. Eine lückenlose Dokumentation des Grauens, die den Schuldigen unumstößlich benannte. Den Schuldigen und alle, die ihn protegierten. Er war nahe dran. Wie er kurz vor seinem Tod beteuerte, fehlte ihm nur eine Sache, über die er sich noch Gewissheit verschaffen wollte. Ein einziges Fragment, um denjenigen unwiderlegbar an den Pranger stellen zu können, der von Beginn seiner Existenz an sein Schicksal bestimmt hatte. Irgendetwas, das er noch ausgraben wollte, wie er mir sagte. Etwas, was die Wahrheit unumstößlich untermauerte.«

Henrik dachte an das Buch, das er Ruben verkauft hatte. Waren darin etwa stichhaltig die Verbrechen belegt, die Rubens Erzeuger unter dem Deckmantel des Regimes begangen hatte? Und handelte es sich dabei um ein Dossier? Oder um versteckte Botschaften, die womöglich sogar Martin angefertigt hatte? Egal, was dieses Buch enthielt, der Inhalt war die beste Erklärung, warum es nun verschwunden war und warum Mendes hatte sterben müssen, sobald es in seinen Besitz gelangte. Aber eins nach dem anderen. Er wollte die ganze Geschichte kennen, bevor er weitere Schlüsse zog. »Was ist mit dem Kind passiert, direkt nach der Geburt?«

Maxima Cabral strich mit dem Zeigefinger unter ihrem Lid entlang, doch da war keine Träne, die es wegzuwischen galt. »Ich kann da nur spekulieren, aber es ist anzunehmen, dass Maria ihrem Peiniger glaubhaft machen konnte, dass nur er als Vater infrage kam. Anders kann ich mir nicht erklären, warum sich dieser Offizier des Kindes annahm.«

»Meinen Sie, es war da mehr zwischen …?«

»Ein verwegener Gedanke. Ruben wurde stets ungehalten, wenn ich laut in diese Richtung dachte. Er sah in seiner Mutter eine Heilige. Aber wenn man die Hintergründe kennt, wenn man weiß, wie sehr die autoritäre Führung während der Estado Novo darauf bedacht war, das Volk kleinzuhalten – auch oder vor allem auf intellektueller Ebene –, fällt es mir schwer, Maria in die unterdrückte Gesellschaft einzuordnen. Falls es Maria zu dieser Zeit wirklich erlaubt war, Medizin zu studieren, zählte sie zu den Privilegierten. Sie sehen, es gibt Wiedersprüche in dieser Geschichte, gegenüber denen Ruben jedoch taub war.«

»Aber waren es nicht gerade die Linksintellektuellen, deren Auflehnung den Umbruch auslösten?«, gab Henrik zu bedenken.

»Da gebe ich Ihnen recht. Ich will Rubens Geschichte ja gar nicht unbedingt anzweifeln. Vermutlich war es auch kein Einzelfall, dass eine junge Frau im Laufe ihrer Inhaftierung eine Art Beziehung zu demjenigen aufbaute, der sie gefangen hielt.«

»Stockholm-Syndrom?«, warf Henrik ein.

»Ja, warum nicht? Aber wie erwähnt, Ruben war dahingehend emotional zu sehr belastet, er wollte davon nichts hören. Dennoch würde es das Verhalten des Mannes erklären. Erklären, warum er dafür sorgte, dass sein Sohn bei einer regimekonformen Pflegefamilie untergebracht wurde. Und dass der Offizier das Kind im Auge behielt. Ruben konnte sich schwach an gelegentliche Treffen mit einem Mann in

Uniform erinnern, zu dem seine Pflegeeltern ihn brachten. Es fanden Ausflüge ans Meer statt, Eisdielenbesuche. Einmal hatte ihm dieser Uniformierte sogar einen echten Lederfußball geschenkt.«

»Moment!«, unterbrach er sie. »Die Diktatur war doch zu diesem Zeitpunkt bereits Geschichte.«

»Sie sind doch nicht so naiv zu glauben, dass die alten Seilschaften danach nicht weiterexistierten, oder? Unser Offizier war trotz seiner Vergangenheit in die Behördenstruktur der jungen Demokratie integriert worden und nach Rubens Schilderungen dabei stetig nach oben geklettert. Später stellte er zwar seine Besuche ein, sorgte aber dafür, dass sein Sohn ein elitäres Internat besuchen konnte. Dabei schaffte er es, seinen Namen überall rauszuhalten, was beweist, dass er über großen Einfluss verfügte.

Ruben wäre womöglich nie in die Verlegenheit gekommen nachzuforschen, woher er eigentlich stammte. Zwar wurde er schon relativ früh von seinen Zieheltern darüber aufgeklärt, dass er ein Pflegekind war, aber das änderte nichts für ihn. Es ging ihm keineswegs schlecht, er bekam, was er brauchte.

Das Schicksal wollte jedoch, dass er sich während seiner Zeit im Internat mit einem gewissen Nathan anfreundete. Ein Junge, der einen ähnlichen Hintergrund hatte wie Ruben. Nathans Eltern waren ebenfalls in den Folterkellern der PIDE, der Polícia Internacional e de Defesa do Estado, zu Tode gekommen, und auch er war daraufhin zu einer Familie gegeben worden, die ihn im Sinne des Estado Novo erziehen sollte. Doch Nathans Onkel hatte ihn ausfindig gemacht und ihm die Wahrheit erzählt. Nur durfte Nathan sie nicht ausplaudern, um den Bruder seiner Mutter nicht zu verraten, der gleichfalls im Widerstand war.

Nathan und Ruben wären sich sehr ähnlich gewesen, das hat Ruben immer wieder betont. Weshalb er, angestachelt durch Nathans Schicksal, in den nächsten Ferien anfing zu hinterfragen, woher er wirklich stammte. Die Diktatur war vorbei, und offenbar empfand seine Pflegemutter nicht mehr zwingend das Bedürfnis, ihm zu verschweigen, was sie wusste. Viel war es nicht, aber es war immerhin ein Anfang. Ein Anfang, der einen Stein ins Rollen brachte.

Nach dem Sturz der Diktatur richtete die neue Regierung eine Behörde ein, die Einsicht in die wenigen verbliebenen Akten gewährte, die der Estado Novo übrig gelassen hatte. In jener Phase des Umbruchs begrüßte die Staatsführung zumindest nach außen hin jegliche Form der Vergangenheitsbewältigung, und Ruben gab vor, für ein Schulprojekt im Archiv zu recherchieren. Ich gehe davon aus, dass er nicht wirklich Akten über seine leibliche Mutter und deren Verbleib in die Finger bekam. Aber es gab zahllose Leidenswege, die ähnlich verliefen. Den Rest konnte er sich zusammenreimen.

Später bot sich für Ruben die Möglichkeit eines Informatikstudiums, und auch dafür kam irgendwo das Geld her. Dass es nicht von seinen Pflegeeltern stammte, war kein Geheimnis mehr. Nur noch, wer diejenige Person war, die ihn finanzierte. Seine Pflegeeltern blieben dabei, keinen Namen zu kennen, und er glaubte ihnen. Es waren einfache Leute, die man instrumentalisiert hatte. Ihm war klar, er musste andere Wege finden, um an die Wahrheit zu gelangen. Trotz seiner jungen Jahre schaffte er es, erstaunlich geduldig zu bleiben. Er beschloss, dass der Mann, der ihm einst den Lederfußball geschenkt hatte, auch weiterhin sein Gewissen beruhigen sollte, indem er für Rubens Ausbildung zahlte. Für Ruben eine kleine, aber wirkungsvolle Entschädigung dafür, was diese Person seiner Mutter angetan hatte. Er arbeitete inzwischen an seiner Rache und ließ sie auf kleiner Flamme köcheln.

Nach seinem Studienabschluss tauchte er unter. Er ging für ein paar Jahre nach Brasilien und kehrte als Ruben Mendes zurück. Seinen bisherigen Namen hatte er abgelegt und damit auch die Existenz, die er bis vor der Zeit in Brasilien gelebt hatte.«

»Ruben Mendes war also gar nicht Ruben Mendes?«

»Ich weiß nicht, wie er vorher hieß. Aber der neue Name, der Deckmantel dieser Identität, erlaubte ihm, noch intensiver in seiner Vergangenheit zu recherchieren. Und vergessen Sie nicht, er war nun ein Computerspezialist. Er verfügte über das Know-how, in elektronische Systeme einzudringen, um seine Wissenslücken zu füllen. Selbst wenn es in der Epoche der Diktatur noch keinerlei digitale Erfassung und Aufzeichnung gab, so hat man das doch später nachgeholt. So machte Ruben schließlich seinen leiblichen Vater ausfindig und dazu eine Unmenge an weiteren schrecklichen Verbrechen, die auf das Konto dieses Mannes gehen. Zu Zeiten Salazars – aber genauso in der Folge. Kurz, in all den Jahren, da er für die Regierung gearbeitet hat.«

»Der Mann lebt also noch.«

»Ja. Und wie wir beide nun wissen, ist ihm nicht verborgen geblieben, dass jemand seine Vergangenheit durchforstet. Sonst wäre Ruben nicht gestorben.«

# 24

Plötzlich wurde ihm bewusst, wie unnatürlich still es in der Wohnung war. Wenn Kinder keinen Mucks mehr von sich gaben, stellten sie in der Regel etwas an, war es nicht so? Womöglich traf diese Weisheit auch auf Herren im gehobenen Alter zu.

Er fand Albrecht im Wohnzimmer, vor dem Regal mit den Büchern und der Whiskysammlung. So betrachtet, nicht der schlechteste Teil von Henriks Erbe. Sein Vater beschäftigte sich allerdings nicht mit den Malzdestillaten, sondern blätterte in der antiquarischen Ausgabe von Max und Moritz.

»Martin hat Geschmack, ich habe mich gefreut, ein Exemplar dieses Werks hier vorzufinden«, sagte Henrik.

Sein Vater schüttelte den Kopf. Eine Geste, die er offenbar nicht ablehnend meinte, berücksichtigte man seinen leicht verträumten Gesichtsausdruck. »Früher konntest du jeden Streich auswendig.«

Henrik war überrascht, dass Albrecht sich ausgerechnet daran erinnerte. Die Leute erzählten immer, Lehrer hätten viel Freizeit. Als Kind hatte er diese Sprüche nie nachempfinden können. Der Oberstudienrat Albrecht Falkner hatte nie Zeit für seinen Sohn, weshalb es ihn jetzt umso mehr verwunderte, dass er sich an sein Lieblingskinderbuch erinnerte.

»*Max und Moritz, diese beiden,/Mochten ihn darum nicht leiden;/Denn wer böse Streiche macht,/Gibt nicht auf den Lehrer acht.* Das hast du mir häufig zitiert, um mich zu ärgern.«

Seltsam, dass er das vergessen hatte, und noch viel seltsamer, dass Albrecht es noch wusste. Der Moment berührte ihn, weil er das Verhältnis zu seinem Vater in ein unerwartetes Licht rückte. Er wusste nicht, was er darauf entgegnen sollte. Der Wein hatte ihn offenbar sentimental gemacht. Dann schellte die Türglocke, und er atmete auf, dankbar für die Unterbrechung.

»Wird es gehen, übernimmst du dich auch nicht?«, fragte er besorgt. »Sollten wir nicht doch besser vorher noch mal Filipa anrufen?«

»Na komm, als ob so ein Kratzer mich in die Knie zwingen könnte. Und jetzt mach die Tür auf!«

Dona Celeste stand im Treppenhaus. Sie hatte sich schick gemacht.

»Formidabel!«, hörte er Albrecht sagen, und dann schob er ihn auch schon beiseite und drängte sich aus der Tür. Er deutete bei der Senhora einen Handkuss an, hob ihre Finger dann in einer grazilen Bewegung in die Höhe und ließ sie sich einmal um ihre Achse drehen. Henrik stöhnte innerlich. Die Gefühle, die ihn eben noch irritiert hatten, waren vergessen.

»Ich habe ein Taxi bestellt«, verkündete sie. »Dem Anlass entsprechend, sollten wir nicht mit der Straßenbahn fahren.«

Albrecht zwinkerte ihm zu, und er quälte sich ein Lächeln ab.

Die Boteco da Fà lag versteckt in der Rua do Vigário im Alfama-Viertel. Das Haus war hübsch gekachelt, die Glastür wirkte zu modern im Vergleich zum Rest des Gebäudes. Eine schlichte Schiefertafel links vom Eingang kündigte für heute einen Auftritt von Leónia Porto an. Das Fado-Lokal war klein, sieben Tische auf engstem Raum. An der Wand links war ein wenig Platz für die Künstler frei gehalten. Sie war behangen mit Collagen aus Fotografien und Schallplattenhüllen, dazwischen prangte eine schwarze, mit Stickereien versehene Stola, das klassische Accessoire für die Fado-Interpretin, umrahmt von einer Gitarre und einer Mandoline. Wie es aussah, hatte Renato sein Engagement in jüngster Zeit nicht sonderlich verbessern können. Vielleicht benötigte er aber auch keine große Bühne, sondern suchte lieber die Nähe zum Publikum. Henrik hatte ihn noch nie darauf angesprochen. Er hielt es für ein Wagnis, mit Renato über Kunst im Allgemeinen zu sprechen, erst recht, was das sensible Künstlerherz an sich betraf.

Dennoch gefiel ihm das Lokal auf Anhieb, auch wenn die Umstände den Abend nicht einfach machen würden. Ein roter Vorhang trennte die Theke und den Zugang zur Küche vom Gastraum ab. Ihr Tisch war direkt davor in der rechten Ecke. Sie waren die ersten Gäste, aber es konnte kein Zweifel daran bestehen, dass das Restaurant heute noch voll werden würde.

Auf Wunsch von Albrecht übernahm Dona Celeste die Bestellung. Sie diskutierte ausgiebig mit dem Kellner. Offenbar gab sie dem sichtlich genervten Mann noch ein paar Tipps für den Küchenchef mit. So oder so ähnlich deutete Henrik die Unterhaltung. Es würden Massen von Bacalhau serviert werden, in allen erdenklichen Zubereitungsformen, wovon es angeblich 365 gab. Eine für jeden Tag des Jahres. Die Portugiesen liebten ihren *fiel amigo*, den treuen Freund, der nicht salzig genug sein konnte. Aber zuerst kam der Wein, der ebensolche Liebe erfuhr. Vinho Verde. Henrik leerte das erste Glas, noch bevor die Turteltäubchen anstoßen konnten.

»Wann fängt das Unterhaltungsprogramm an?«, fragte Albrecht mit Blick in die Ecke, in der die instrumentelle Begleitung schon wartete. »Renato hat diese Leónia Porto sehr gelobt. Ich bin wirklich gespannt.«

»Darfst du auch sein«, warf Henrik ein.

Die Senhora lächelte amüsiert.

»Hoffentlich lassen sie uns nicht zu lange warten.«

»Ja, mir knurrt auch schon der Magen«, sagte Henrik und trank noch mehr von dem Wein. Etwas fahrlässig vielleicht, aber er konnte nicht anders.

Langsam füllte sich das Lokal. Selbst unter der Woche hatten es die Portugiesen nicht eilig mit ihrem Abendessen. Schnell waren sie von einem hohen Lautstärkepegel umgeben. Stimmengewirr, Gelächter, Gläserklirren. Möglich, dass Albrecht sich die ganze Sache romantischer vorgestellt hatte, statt so mittendrin zu sein. Allerdings wäre Henrik dann auch komplett fehl am Platz gewesen.

Zusammen mit dem Servieren der Vorspeise – Dona Celeste hatte sich für Pataniscas de Bacalhau, frittierte Stockfischstückchen, entschieden – betrat der Gitarrist die Bühne und begann sein Instrument zu stimmen. Albrecht wirkte etwas enttäuscht, dass es sich dabei nicht um Renato handelte. Um darüber hinwegzukommen, probierte er reichlich von den knusprigen Fischplätzchen.

»Der kommt schon noch, keine Angst«, beruhigte ihn Henrik und konnte nicht anders, als zu grinsen, auch wenn ihm nicht wirklich danach war. Er aß mit wenig Appetit, während sein Vater und die Senhora die Pataniscas bis auf den letzten Krümel verputzten und sich dann an den zweiten Gang machten. Gegrillte Sardinhas und Garnelenküchlein.

Inzwischen brachte der Musiker mit seinen ersten Akkorden die Gäste in eine dem Fado angemessene, melancholische Stimmung. Die Unterhaltungen wurden gedämpft, es wurde weniger laut gelacht. Henrik orderte die zweite Flasche Wein.

Als Hauptgericht servierte der Kellner Caldeirada, einen Eintopf aus Fisch und Gemüse, wie es sich gehörte im Kupfertopf. Die Senhora übernahm es, den Männern großzügige Portionen auf die Teller zu schöpfen. Der Sud war würzig. Henrik ließ sich dazu hinreißen, ein wenig von der Einlage zu essen. Nicht weil er noch Hunger hatte. Aber er spürte den Wein, der die Gehirnwindungen bereits mit Watte auskleidete, und wollte vermeiden, Dinge zu sagen, die ihm später leidtaten. Er hätte wohl auch keine Chance gehabt, sich gegen einen Nachschlag zu wehren, da Dona Celeste schon die Kelle in der Hand hielt, doch dann drehte jemand das Licht schummrig. Das unabweisbare Zeichen dafür, dass der Auftritt der Fado-Sängerin bevorstand. Nach einer kurzen Einführungsmelodie trat sie hinter dem Vorhang hervor. Elegant, grazil und unter Applaus.

Jetzt, wo er Leónia Porto erneut vor sich sah, war wieder nachvollziehbar, wie er beim ersten Mal darauf hereinfallen konnte. Die Inszenierung war perfekt, das musste er Renato lassen. Vor allem, als er zu singen begann. Der alte Griesgram konnte sonst so mürrisch sein, wie er wollte, aber wenn er den Fado zum Besten gab, musste man sich vor ihm verneigen. Nach nur wenigen Tönen hatte er das Publikum in seinem Bann.

Henrik betrachtete seinen Vater. Er war unverkennbar hingerissen. Und ebenso ahnungslos, wer dort neben dem Gitarristen in das hochgeschlossene Abendkleid gehüllt stand, das über den falschen Brüsten spannte. Albrecht durchschaute nicht, dass er mit der Person, die dort von unerfüllter Liebe und Traurigkeit sang, vor wenigen Stunden noch Wein in Henriks Küche getrunken hatte.

Während Dona Celeste und Albrecht den hingebungsvollen Balladen lauschten, fühlte sich Henrik plötzlich genötigt, seinen Blick durchs Lokal schweifen zu lassen. Beharrlich und ungeachtet seines Alkoholkonsums rührte etwas an sein Unterbewusstsein. Dann entdeckte er sie. Helena schob gerade einen der Kellner zur Seite und tänzelte dann durch die eng stehenden Tischreihen in seine Richtung. Auch wenn sie reichlich spät dran war, konnte er kaum fassen, dass sie seiner Einladung gefolgt war. Die Freude darüber entzündete eine Gasflamme unter seinem Herzen. Doch die erlosch, als er im gedämpften Licht des Restaurants ihren Gesichtsausdruck zu sehen bekam.

Er legte die Serviette auf den Tisch und erhob sich steif. »Helena?«

»Oh, du hast ja doch jemanden eingeladen«, freute sich Albrecht, dem Helenas Ankunft nicht entgangen war. Im selben Moment brach Jubel aus, weil Renato sein Lied beendet hatte. Die Situation kam Henrik seltsam unwirklich vor. Um ihn herum klatschten die Leute begeistert.

»Willst du uns die reizende Dame nicht vorstellen?«, hörte er seinen Vater sagen, während der Applaus langsam verebbte. »Moment, wir kennen uns doch? Sie waren gestern Abend in Henriks Wohnung.« Nun stand auch Albrecht auf. »Ich war unpässlich, weshalb wir nicht die Gelegenheit hatten, uns vorzustellen«, erklärte er und streckte ihr die Hand hin. »Ich bin Albrecht Falkner, sehr erfreut!«

»Papa, bitte!«, fuhr er ihn an.

»É que, die reizende Inspetora«, hörte er Dona Celeste in seinem Rücken rufen.

Helena blieb von alldem unberührt. Ihr Blick war hart. »Wer ist der Tote unten am Hafen?«, fragte sie, und obwohl sie leise sprach, durchdrangen ihre Worte den Lärm ringsum. Er versuchte nicht einmal, den Überraschten zu geben.

»Können wir das wann anders klären?«

»Ich fass es nicht! Wieso hast du mich nicht umgehend informiert? Als ich vorhin einen ersten Untersuchungsbericht auf den Rechner bekommen habe, unter anderem einen Abgleich der Fingerabdrücke, die an der Leiche sichergestellt werden konnten und die mit deinen identisch sind ...« Sie schnappte nach Luft. Noch immer standen sie inmitten dieses Lokals, und die ersten Leute beschwerten sich, weil sie ihnen die Sicht auf die Fado-Sängerin nahmen, die ihr nächstes Lied anstimmte.

Woher hatte sie seine Abdrücke eigentlich? Als man ihn vor drei Monaten kurz in Arrest nahm, hatte man auf eine erkennungsdienstliche Behandlung verzichtet. Aber es gab natürlich immer Möglichkeiten – was zeigte, dass neben den offiziellen Sicherheitskräften noch so etwas wie eine Schattenbehörde bestand. Eine Abteilung, die unterhalb der Legalität agierte und bei der man sich fragen musste, für wen sie tatsächlich arbeitete.

»Was glaubst du, wie lange ich das geheim halten kann? Spätestens morgen früh, wenn Lui seinen PC hochfährt, ist er ebenfalls informiert.«

»Wollen Sie sich nicht setzen?«, fragte Albrecht, dem wohl klar war, dass irgendwas im Busch war, der dies aber auf seine Art zu überspielen suchte. »Es ist noch was von dem köstlichen Eintopf übrig.«

»Setz dich, Papa!«, fauchte Henrik ihn an und schaffte es endlich, sich aus seiner Starre zu lösen. Er drückte gegen Helenas Arm, wollte sie und sich so schnell wie möglich hier raushaben.

»Aber ... wo wollt ihr den hin?«, rief ihm sein Vater hinterher, doch in diesem Augenblick schmetterte Leónia Porto einen kräftigen Refrain über die Köpfe ihrer Zuhörer hinweg, im dem sein klagender Vorwurf unterging.

Dann waren sie vor der Tür. Ein kalter Wind wehte durch die Gasse.

»Ich müsste dich jetzt verhaften«, verkündete Helena.

»Aber du bist nicht dienstlich hier«, stellte er fest und wünschte sich, er hätte seine Jacke nicht über der Stuhllehne hängen lassen.

»Wer ist der Mann?«

Während er in ihren dunklen Augen nach Verständnis suchte, versuchte er abzuwägen, wie viel er ihr sagen konnte. Offenbarte er ihr, dass dieser Cristiano ein Mitarbeiter aus Maxima Cabrals Redaktionsteam war, gestand er damit ein, dass er, anders als von Helena verlangt, nicht die Füße stillgehalten hatte. Sie würde sofort mutmaßen, dass er die Moderatorin getroffen hatte, was letztlich bedeutete, dass er trotz ihrer Bitte sie und Sara weiterhin in Gefahr brachte.

»Ich habe ihn so gefunden, ich weiß nicht, wer das ist oder warum man ihn in diesen Container geworfen hat.«

»Container? Wieso Container? Wir haben den Mann vor vier Stunden aus dem Tejo gefischt. Die Zeit, die er im Fluss getrieben ist, hat nicht ausgereicht, um deinen Daumenabdruck auf der Gürtelschnalle des Toten fortzuspülen. Sieht so aus, als hättest du einiges zu erklären!«

Henrik schluckte trocken. Sie hatten hinter ihm aufgeräumt und waren doch nicht gründlich genug gewesen. Er hatte keine Ahnung, ob er den Gürtel je berührt hatte, als er den Mann durchsucht hatte. So ein Abdruck ließ sich auch absichtlich platzieren.

Helenas Handy riss ihn aus seinen Gedanken. Widerwillig zog sie es aus der Tasche. »Scheiße, das ist Lui!« Sie schenkte ihm ein kurzes Aufflackern von Bedauern, bevor sie das Gespräch entgegennahm. Für Sekunden hörte sie nur zu. Dann ein knappes: »Sim, venho.«

Wieder sah sie ihn an, und er versuchte zu verstehen, was ihr Blick bedeutete. Letztlich blieb ihr wohl keine Wahl, als ihn abzuführen. Doch statt ein Paar Handschellen zu zücken, erklärte sie: »Wir haben den Ehemann verhaftet.«

# 25

Lass dir was einfallen!

Das waren die Worte, mit denen sie ihn vor der Boteco da Fá hatte stehen lassen. Noch jetzt hallte dieser Satz in seinen Ohren nach. Es war nur eine Frage der Zeit, bis sie anrückten, um ihn zu verhaften. Wie sollte er das seinem Vater erklären?

Er konnte sich nicht erinnern, wie er den Rest des gestrigen Abends hinter sich gebracht hatte. Nur so viel war davon haften geblieben: Leónia Porto war nach ihrem Auftritt an den Tisch gekommen und hatte mit Albrecht zu flirten begonnen. Blind vor Verzückung hatte sein Vater auch da noch nicht erkannt, wer diese Person wirklich war. Nicht einmal, dass Dona Celeste sich köstlich über die Annäherungsversuche der vermeintlichen Konkurrenz amüsierte, hatte ihn stutzig gemacht. Aus der Nähe betrachtet, konnte das dick aufgetragene Make-up die Narben nicht zur Gänze verbergen, doch auch hier schien Albrecht keine Verbindung zu knüpfen. Er kaufte sogar eine CD, bekam sie signiert und hielt sie immer noch in den Händen, als er brav und ohne Anhang im Gästezimmer verschwand.

Für Henrik war an Schlaf nicht zu denken gewesen, weshalb er schon in aller Frühe im Antiquarat saß. Dabei fühlte er sich, als hockte er in einem Verlies und wartete auf den Scharfrichter. Doch immerhin ließ sich hier, zwischen all dem Staub und der Unordnung, besser nachdenken.

Jemand setzte also alles daran zu verhindern, dass Maxima Cabral mit einem Beitrag auf Sendung ging, in dem Gräueltaten aus der Zeit der Diktatur aufgedeckt wurden. Keine

Frage, die Militärjunta unter António de Oliveira Salazar war gegen ihre Widersacher mit aller Härte und Grausamkeit vorgegangen. Doch diese Berichte über Einzelschicksale mussten für den Großteil der Portugiesen doch Schnee von gestern sein. Demnach musste der Fokus von Rubens Recherchematerial vielmehr darauf beruhen, Personen in Verruf zu bringen, die auch heute noch gesellschaftliche, wirtschaftliche und politische Machtpositionen innehatten. Eine andere Erklärung ergab keinen Sinn. Mendes hatte Staub aufgewirbelt, und gewisse Leute waren deshalb nervös geworden. Eigentlich wie immer, dachte er sarkastisch. Wer die richtigen Verbindungen hatte, konnte alles bewerkstelligen, unter anderem auch Leute verschwinden lassen, die damit drohten, das Maul aufzumachen.

Letztlich landete er nur wieder bei der Frage, was Mendes ins Antiquariat geführt hatte und woher er überhaupt wusste, dass dort ein belastendes Dokument zu finden war, mit dem er seine Anklageschrift komplettieren konnte.

Er kam nicht weiter, doch einfach hierbleiben konnte er auch nicht. Sobald Helena und Lui das Verhör von Maximas Gatten beendet hatten, würden sie sich um ihn kümmern. Helena mit Widerwillen, wie er hoffte, Lui hingegen wahrscheinlich mit Vergnügen. Zwar hielt er die Uhrzeit noch nicht für angemessen, aber er wollte nicht länger warten. Er wählte Catias Nummer. Sie klang ausgeschlafen.

»Ist was passiert?«, fragte sie statt einer Begrüßung.

Ihre Reaktion machte ihn hellhörig, und er folgte seiner Intuition. »Hast du erwartet, es liefe alles so gemächlich weiter?«

»Ich … Verdammt, Henrik, die haben doch nicht etwa das ganze Antiquariat verwüstet?«

*Die!*

Die Namenlosen. Sie suchten etwas.

*Selbstverständlich!*

Wie hatte er nur so begriffsstutzig sein können? Der Typ mit der Nachtsichtbrille. Warum hatten sie ihm diesen Kerl unmittelbar nach Mendes' Tod ins Antiquariat geschickt? Er schlug sich mit der Faust gegen die Stirn. Natürlich. Ruben hatte bei ihm ein Buch gekauft und ihn damit unbeabsichtigt auf eine falsche Fährte gelockt. Dabei war der Buchkauf nur ein Vorwand gewesen!

»Wo ist es?«, wollte er wissen und klang dabei frostig. Er hatte endgültig die Schnauze voll von den Sperenzchen. Catia zögerte, doch sein vorwurfsvolles Schweigen drängte sie zu einem Geständnis.

»Nachdem ich den Zettel gefunden habe, deine Notiz, die du hast liegen lassen ...«

»Die über dieses Buch von diesem Grão?«

»Ja, Ricardo Grão! Schon da hätte ich es ahnen müssen. Dass dies alles kein Zufall sein konnte. Er war da, verstehst du, Henrik? Er war leibhaftig im Antiquariat!«

»*Wer*?« Genau genommen verstand er aktuell nur Bahnhof. Sie hörte sich an, als hätte sie den Teufel höchstpersönlich getroffen. »Wer war wann im Antiquariat?«, mahnte er sie.

»Gestern, als du leichtfertigerweise deinem Vater das Geschäft überlassen hast und ich zufällig vorbeigekommen bin.«

»Meinem Vater? Moment, ich habe Renato gebeten ...«

»Der wiederum deinen Vater verpflichtet hat, weil er selbst noch was erledigen wollte.«

Niemals hätte er von Albrecht verlangt, das Antiquariat während seiner Abwesenheit zu öffnen. Selbst Renato sollte nur ... Henrik konnte sich vage erinnern. Die beiden hatten in ihrer Weinseligkeit etwas in der Richtung verlauten lassen, und er hatte nur halbherzig hingehört und es nicht sonderlich ernst genommen. *Wir haben den Laden ganz prima geschmissen!*

»Aber das tut jetzt auch nichts zur Sache«, redete Catia weiter. »Ich kam gestern bloß zufällig vorbei. Sie waren ins Gespräch vertieft.«

»Wer?«

»Dein Vater und *er*, hör mir doch zu! Er ist alt geworden, aber ich habe ihn wiedererkannt. Genau wie Renato es getan hätte, wenn er da gewesen wäre. Todos os santos, ich hätte wissen müssen, dass er kommen würde, früher oder später. Ich sah ihn mit deinem Vater reden und wäre am liebsten davongelaufen. Doch er hat mich nicht bemerkt, überhaupt nicht auf mich reagiert. Mit gesenktem Kopf bin ich an ihm vorbei ins Büro und hab dort gewartet, bis er weg war. Gleichzeitig wusste ich, dass ich das Richtige getan habe. Ich musste es an mich nehmen, Henrik, das verstehst du doch?«

Noch nie hatte er seine Mitarbeiterin so aufgeregt erlebt. »Catia, verdammt! *Wer* hat sich mit meinem Vater unterhalten?«, fauchte er ins Telefon.

»Nelson Pereira! Er war im Antiquariat.«

# 26

Pereira. Er hatte den Namen schon einmal gehört, aber im Moment kam er nicht dahinter, in welchem Zusammenhang. Und Catia war nicht bereit, ihm am Telefon noch mehr anzuvertrauen. Ihre Paranoia, die nie wirklich zur Gänze verschwunden war, hatte neue Triebe bekommen, die sich dornenbewehrt um ihre Seele rankten. Sie hatte ihm zugesagt, so schnell wie möglich zu kommen. Er wusste immer noch nicht recht, wie er das einordnen sollte, was Catia ihm am Telefon erzählt hatte. Glücklicherweise hatte er sie überreden können, das Buch mitzubringen. Auch wenn sie sich zuerst gesträubt hatte. Das Buch war entscheidend. Oder vielmehr *irgendetwas* in dem Buch. Wie auch immer, offenbar klebte Blut daran. Sie musste es erst holen, hatte Catia verkündet, und das würde dauern – so als hätte sie es in einem Schweizer Bankschließfach deponiert.

Gerade machte sich jemand an der Eingangstüre zu schaffen. War seine Zeit in Freiheit jetzt abgelaufen? Leise schlich er ins Treppenhaus und lugte um die Ecke. Er war erleichtert. Es war nur Albrecht, der sich mit dem Schlüssel abmühte.

»Die klemmt manchmal.«

Sein Vater drehte sich nach ihm um. Wie aus dem Ei gepellt stand er da, in seinem neuen Anzug, den Dona Celeste für ihn ausgesucht hatte. Lindgrün, dazu eine lachsfarbene Krawatte. Farben, die er noch nie an seinem Vater gesehen hatte, die ihm aber tatsächlich schmeichelten. Ihn jünger wirken ließen.

»Es überrascht mich, dich heute schon so aktiv zu erleben.« Er strich sich übers frisch rasierte Kinn und musterte Henrik stirnrunzelnd. »Es ist doch alles in Ordnung … mit dir und deiner Polizistin?«

»Mach dir keine Gedanken!«, sagte Henrik und wandte den Blick ab.

»Ich hol uns was zum Frühstück, einverstanden?«

Henrik nickte. Er musste sich unbedingt überlegen, was er mit seinem Vater machte, sobald *seine Polizistin* ihn holen kam. Er konnte ihn ja schlecht Senhora Coelho überlassen, auch wenn mittlerweile der Eindruck vorherrschte, dass das Albrecht ganz gelegen käme. Und was war mit seiner Mutter? Er hätte sie anrufen sollen, selbst wenn er einen starken Widerwillen verspürte. Verdammt, er brauchte in so vielem Klarheit. Mit der Schulter drückte er gegen die Tür, während er den Schlüssel drehte. Dann entließ er Albrecht hinaus in die frische Morgenluft. Der schmale Spalt Himmel über der Rua do Almada war von trübem Blau. Er widerstand dem Drang zur Flucht und verzog sich ins Antiquariat, um zu warten. Auf Albrecht und das frische Weißbrot, auf Helena und Lui, auf Catia und das Buch. Hoffentlich kam sie als Erste und ihm blieb noch Zeit, einen Blick in dieses obskure Werk zu werfen. Vielleicht würde er dann beginnen zu verstehen, warum zwei Männer hatten sterben müssen.

Das Schrillen seines Handys ließ ihn zusammenfahren. Es war Helena.

»Wo bist du?«

»Auf der Flucht.«

»Hör auf! In deiner Situation kannst du es dir echt nicht leisten, blöde Witze zu reißen!«

»Bin ich schon zur Fahndung ausgeschrieben?«, fragte er und versuchte ernsthaft zu klingen.

»Noch nicht. Jemand hält den Deckel auf dem Untersuchungsbericht. Zumindest auf dem Teil, der gestern noch in der Datenbank abzurufen war.«

»Willst du mir sagen, dass mein Fingerabdruck verschwunden ist?«

»Ja. Es besteht keine Verbindung mehr von der Leiche zu dir. Was wird da gespielt, Henrik?«

Pereira hat also seinen weiterhin bestehenden Einfluss bei der Divisão de Investigação Criminal geltend gemacht und Henriks Namen aus den Akten verschwinden lassen, damit er unbehelligt seinem Auftrag nachgehen konnte. Dieser verfluchte Mistkerl.

»Kennt ihr mittlerweile die Identität des Mannes?«, spielte er den Unwissenden und hasste sich für seine Scheinheiligkeit ihr gegenüber. Es wäre seine Pflicht gewesen, ihr anzuvertrauen, wer der Tote war, den sie aus dem Tejo gefischt hatten, und natürlich auch, wer ihn auf dem Gewissen hatte. Und das nicht nur, um damit seine Unschuld zu untermauern. Doch andererseits würde dieses Wissen sie nur wieder unnötig in Gefahr bringen.

»Ich habe versprochen, dich und deine Familie da rauszuhalten. Also frag mich nicht danach. Tu, was sie von dir verlangen, und bleib weiter ahnungslos. Das ist womöglich wichtiger als jemals zuvor.«

»Ich kann nicht einfach nur stillsitzen.«

»Nicht mehr lang, Helena, es ist bald vorbei.«

»Henrik, du machst mir Angst!«

»Ich melde mich, versprochen!«, sagte er und trennte die Verbindung.

Albrecht kehrte zurück, kurz bevor die Sorge Henrik hinaus auf die Straße getrieben hätte, weil es doch bis zur nächsten Bäckerei unmöglich so lange dauern konnte. Selbst wenn man dort eine Weile in der Schlange wartete, weil die Transaktionen über den Tresen hinweg erfahrungsgemäß in gemächlichem Tempo vor sich gingen, vor allem deshalb, weil mit der Ware auch Informationen über den Ladentisch wanderten. Klatsch und Tratsch aus dem Viertel gab es gratis dazu, und den nahm man nur zu gerne mit.

»Wo bleibst du so lange?«, fragte Henrik eine Spur zu harsch.

»Was bist du denn schon wieder so aufgebracht? Ich soll dir Grüße ausrichten.«

»Von wem?«

»Na, von diesem netten Herrn von gestern. Er hat sich nach dem Buch erkundigt, das du für ihn besorgen wolltest, und für später seinen Besuch angekündigt.«

»O fim do mundo«, murmelte Henrik, während sich sein Magen zusammenschnürte. »Wo hast du ihn getroffen?«

»Oben an der Hauptstraße, Rua … irgendwas.«

»In welche Richtung ist er gegangen?«

Sein Vater sah ihn verwirrt an und deutete dann nach Osten.

»Besser du frühstückst mit der Senhora«, schlug er vor und riss die Haustür auf. »Halte dich vom Antiquariat fern, nachher kommt Catia und kümmert sich darum!«

»Aber …«

Henrik rannte bereits die Straße hoch. Wieder ohne Jacke, aber dafür war jetzt keine Zeit. Wenn er den Alten noch erwischte, konnte der ihm ein paar Antworten liefern. Mittlerweile ging es schließlich auch um Henriks Kopf, darum, zu beweisen, dass er niemanden getötet hatte.

Auf der Rua do Loreto staute sich der Verkehr stadteinwärts. Auch waren schon einige Leute auf den Straßen. Nicht hektisch natürlich, wie er es von Deutschland her kannte. Die Portugiesen gingen ihren morgendlichen Weg zur Arbeit gelassen an. Wer sich in diesem Rhythmus mitbewegte, fiel nicht weiter auf. Von daher waren seine Aussichten gering, den Mann noch aufzuspüren. Vor allem, da er nicht wusste, wie viel Vorsprung Pereira hatte. Andererseits ... Noch waren die Gehsteige überschaubar, viele der Läden noch geschlossen. Henrik konzentrierte sich. War da nicht ein leises Ticken, kaum wahrnehmbar unter all den betriebsamen Geräuschen des frühen Tages? Es konnte Einbildung sein. Oder Glück.

Er bog in die Rua do Norte ab, die hinein ins Bairro Alto führte.

Im Kneipen- und Vergnügungsviertel erwachte das Leben spät, daher wurde es schnell still um ihn – so still, wie es eben in dieser Stadt werden konnte. Lissabon atmete rau. Es war das An- und Abschwellen eines permanenten Rauschens, als befände man sich in einem Blutkreislauf. Im Moment entfernte er sich vom Wummern des Herzens, weshalb der Pulsschlag leiser wurde und anderen Geräuschen den Vortritt ließ. Ja, da war tatsächlich dieses unverkennbare, helle Klacken einer metallenen Spitze auf Kopfsteinpflaster.

Freilich musste das überhaupt nichts bedeuten. Gewiss lebten zahllose alte Männer in Lissabon, die, auf einen Gehstock gestützt, ihre täglichen Wege beschritten. Nur gab es Zufälle, die man ignorieren konnte, und jene, auf die man sensibel reagieren sollte. War man lang genug im Polizeidienst gewesen, bekam man ein Gespür dafür. Dieses rhythmische Klickklack war mehr als Zufall. Es war ein Lockruf. Der Alte *wollte*, dass Henrik ihm folgte.

Wer sich im Bairro Alto auskannte, wusste, welche Gassen befahrbar waren und welche die zahlreichen Kneipen und Restaurants für ihre Außenbewirtung – genehmigt oder auch nicht genehmigt – in Anspruch nahmen. So früh am Tag war es einfacher, ein Fahrzeug durch die engen Straßenschluchten zu manövrieren. Abends und nachts, wenn zu den Tischen, Stühlen, fahrbaren Theken und Glasvitrinen noch die Massen an Leuten kamen, die auf der Suche nach Nahrung, Alkohol und Unterhaltung durch die verwinkelten Gassen schlenderten, gab es kein Durchkommen. Jetzt waren die Kopfsteinpflaster noch feucht, genau wie die Luft, die durch die Häuserschluchten wehte.

Der Lieferwagen parkte mit geöffneter Hecktür an der T-Kreuzung zur Travessa da Queimada. Zuerst war er nicht sicher, dann entdeckte er die zwei Männer. Einen davon hatte er schon einmal gesehen. Und mit ihm erkannte Henrik auch den Kastenwagen wieder. Nicht nur wegen der Delle, die sein Schädel in er Seitenwand hinterlassen hatte und die auf die Entfernung nur zu erahnen war. Ohne den Nebel im Hirn, den der Zusammenprall zur Folge gehabt hatte, identifizierte er den Wagen sofort als Renault Trafic. Diesmal hatten sie das Nummernschild abgeklebt.

*Was zur Hölle …!*

Auf das eigenwillige Verhalten des Fahrers hatte sein sechster Sinn bereits gestern reagiert. Nur war er zu diesem Zeitpunkt nicht ausreichend empfänglich gewesen. Und später hatten die darauffolgenden Ereignisse seinen Verstand dermaßen beansprucht, dass die Begegnung zwischenzeitlich in Vergessenheit geraten war.

Der zweite Mann war von ähnlich kräftiger Statur, und gemeinsam widmeten sie sich der Aufgabe, für die man sie an diesem Donnerstagmorgen engagiert hatte. Es war wie ein Theaterstück, das sie dort, ein Stück die Straße hoch, eigens für Henrik aufführten. Eine perfekt aufeinander abgestimmte Inszenierung, ähnlich der hinterhältigen Entführung von Sara. Nur diesmal weniger subtil, dafür mit offensichtlicher Gewalt, die die Ernsthaftigkeit ihrer Absichten untermauerte. Diese Männer in ihren schmutzgrauen Overalls wussten, dass er seinen Platz als Zuschauer eingenommen hatte, auch wenn sie ihn keines Blickes würdigten, während sie Catia mit äußerster Brutalität in den Lieferwagen verfrachteten.

# 27

Wieder rannte er los, nur flankierte diesmal kein Publikum das Geschehen. Keine verwunderten Blicke trafen ihn. Es gab keine Zeugen. Die Männer waren schnell und effektiv. Sie fuhren los, als ihm gerade noch fünf Meter bis zur Einmündung fehlten. Als er endlich um die Ecke sprintete, wurde die Ahnung zur bitteren Wahrheit. Der Renault hatte freie Fahrt. Kein Stau, keine rote Ampel auf den nächsten zweihundert Metern. Dazu genug Möglichkeiten, um abzubiegen. Zu Fuß hatte er keine Chance. Selbst wenn er sie einholte – was konnte er ausrichten, außer verzweifelt gegen die Seitenwand zu dreschen oder an den verriegelten Türgriffen zu rütteln? Das alles schoss ihm durch den Kopf, während er unverdrossen weiterstürmte.

Gegen das plötzlich einsetzende Seitenstechen konnte er noch die Zähne zusammenbeißen. Doch sein Körper kündigte bereits an, dass ihm sehr bald die Puste ausgehen und die Oberschenkelmuskulatur schlappmachen würde. Er brauchte dringend einen Plan. Oder ein Taxi.

Jetzt überholte ihn auf der sonst wenig befahrenen Straße ein schwarzer Audi A8 und hielt ein Stück voraus an der Gehsteigkante. Seine Schritte waren mittlerweile so schwer, das Brennen der Lunge so heftig, dass er keine Energie darauf verschwendete, dem Verhalten des Wagenlenkers irgendeine Bedeutung beizumessen. Das änderte sich abrupt, als die hintere Tür aufschwang und ihm den Weg versperrte.

Henrik bremste ab.

*Was geschieht hier?*

Er taumelte. Irgendwie gelang es ihm diesmal, nicht mit dem Wagen zu kollidieren. Keuchend und mit vorsichtigen Schritten näherte er sich dem Auto, bis er sehen konnte, wer im Fond saß.

»Suchen Sie eine Mitfahrgelegenheit?«, fragte Nelson Pereira

# 28

Der Alte hatte seinen Gehstock zwischen den Knien und ließ den Silberknauf kreiseln.

Henrik blickte über die Türe hinweg dem Lieferwagen nach, der eben links abbog. »Wo bringen die sie hin?«, zischte er.

Pereira tätschelte den freien Platz neben sich. Sie hatten ihn bis an den Rand der Fallgrube gelockt und verlangten nun, dass er freiwillig hineinsprang. Die weichen Ledersitze waren Blendwerk. Darunter lauerten angespitzte Bambuspfähle, die ihn durchbohren würden, ähnlich dem Baustahlgewebe, das den bemitleidenswerten Cristiano aufgespießt hatte.

Doch schon allein wegen Catia blieb ihm keine Wahl, der Einladung zu folgen, die genauso trügerisch war wie das väterliche Lächeln des Alten. Ein Lächeln, dem die kalten Augen widerstanden. Eisblau und ohne eine Regung starrten sie ihn an. Erst vor Kurzem hatte er in das gleiche Blau geblickt, und diese Erkenntnis machte es noch schwieriger, wieder zu Atem zu kommen. Darüber hinaus wusste er mit einem Mal wieder, wo ihm der Name Nelson Pereira schon begegnet war.

Wie betäubt ließ sich Henrik auf den Sitz fallen.

Auf ein Nicken des Alten hin fuhr der Chauffeur los. Die Beschleunigung des PS-starken Zwölfzylinders presste ihn noch tiefer in den Sitz. Kaum war die Tür zugeschlagen, hatte sie sich mit den anderen verriegelt. Schweiß brannte ihm in den Augen. Das war nicht der Plan, auf den er gehofft hatte.

Wenn sie Catia hatten, hatten sie auch das Buch, für das bereits zwei Menschen gestorben waren. Und mit ihm selbst in ihrem Gewahrsam hatten sie nun den Einzigen, der die Zusammenhänge verstand. So betrachtet konnten sie weder Catia noch ihn am Leben lassen.

Der Audi schluckte jede Bodenwelle anstandslos und war bestens isoliert. Henrik kam sich vor wie in einem schalldichten Verhörraum. Sehr wahrscheinlich war die Karre gepanzert. Hier kam man nicht so ohne Weiteres raus. Vom Chauffeur sah er nur den Stiernacken und die breiten Schultern. Der Mann hielt seinen Blick stur auf die Straße gerichtet und agierte stoisch wie ein Roboter. Henrik musste mit dem wenigen auskommen, das ihm geblieben war. Ein löchriges Wissen und die Risikobereitschaft, damit widersinnig hoch zu pokern.

»Warum interessiert sich der ehemalige Chef der Lissabonner Kriminalpolizei für den Programmierer Ruben Mendes?«

Keine Spur von Anerkennung aus den Augen von Major Pereira dafür, dass er wusste, bei wem er im Auto saß. Er war wirklich außer Form. Seine Frage war zu lasch formuliert. Darüber ärgerte er sich fast mehr als über das gleichgültige Gehabe des Alten, der weiterhin seinen schwarz lackierten Gehstock zwischen den feingliedrigen Fingern drehte. Finger, die in ferner Vergangenheit abscheuliche Grausamkeiten an einer jungen Frau verübt hatten. Und wahrscheinlich nicht nur an einer, korrigierte er sich.

Die Narbe, die vom Mundwinkel übers Kinn bis runter zum Hals verlief, war nun deutlicher auszumachen als vor ein paar Tagen im schlechten Licht des Antiquariats. Vor allem weil Pereira heute auf einen Seidenschal verzichtete.

Was Henrik ursprünglich für ein Muttermal gehalten hatte, war eine bläuliche, sternförmige Verfärbung unter der faltigen Haut, für die er keine Erklärung fand. Seine Vermutung, dass die Narbe der Grund für das grotesk falsche Grinsen war, schien sich immerhin zu bewahrheiten.

»Muss ich Ihnen diese Frage wirklich beantworten? Sie waren doch ebenfalls Polizist. Mit einem scharfen Verstand, wie ich gehört habe. Daher gehe ich davon aus, dass Sie mittlerweile wissen, wie eng Rubens und mein Schicksal miteinander verwoben sind, Senhor Falkner!«

Das tat er. Er hatte sich nur zu lange selbst im Weg gestanden. Letztlich war es nicht schwer gewesen, die Puzzleteile zusammenzufügen. Nur, was nutzte ihm dieses Wissen in seiner jetzigen Situation?

Die Limousine folgte dem Kastenwagen nach Nordwesten. Eine vergleichbare Route war er gestern mit Maxima Cabral gefahren, die eine wesentlich angenehmere Begleitung gewesen war. Auch bei ihr hatte er Karten ausgespielt, die er eigentlich nicht auf der Hand hatte. Ihm blieb keine Wahl, als erneut zu zocken. »Sie können Ihren Leuten den Befehl erteilen, meine Angestellte wieder laufen zu lassen. Sie hat nichts mit dieser Sache zu tun. Was Sie wollen, ist in meinem Besitz, ich bin derjenige, der Sie interessiert.«

Pereira wandte sich ihm zu. Die eiskalten Augen einmal ausgenommen, besaß er die Eigenheit, in jeder Stimmungslage freundlich zu wirken, was ihn für sein Gegenüber einigermaßen unberechenbar machte. »Ich hatte gehofft, diese Sache ließe sich ohne großes Aufsehen regeln«, erklärte er mit geheucheltem Bedauern. »Einfacher für Sie und für mich.«

»Noch ist nichts passiert, wir können das also nach Ihren Bedingungen regeln, sobald Sie Catia gehen lassen.«

Sein nachsichtiges Lächeln hätte von einem Priester stammen können, der einem Kind vor der Erstkommunion die Beichte abnahm. »Einmischung ist eine lästige Tugend dieser Zeit, Senhor Falkner. Egal, was vorfällt, es finden sich immer Leute, die meinen, sich um Dinge kümmern zu müssen, die sie absolut nichts angehen. Das Tragische daran ist, dass an der eigentlichen Angelegenheit gar kein Interesse besteht. Es geht diesen Leuten nur darum, sich hervorzutun, um ihrem nichtigen Dasein einen Sinn zu geben. Aufmerksamkeit zu heischen, die man ihrem Leben niemals schenken würde, wenn sie es ihrer Bestimmung entsprechend fristen würden.«

»Und wer entscheidet darüber, wie die Leute zu leben haben? Sie etwa?«

»Glauben Sie mir, nur wenige schaffen das eigenständig. Nur ein kleiner Teil unserer Mitmenschen ist heute noch fähig, sich mit dem zufriedenzugeben, was ihnen zusteht. Früher winselte keiner um Beachtung, die Leute wussten einfach, dass sie der Welt scheißegal waren.«

»Wünschen Sie etwa die Diktatur zurück?«, fragte Henrik aufgebracht.

»Sie wären erstaunt zu erfahren, wie viele unter uns mit diesem Gedanken liebäugeln. Der Großteil der Bevölkerung braucht deutliche Anweisungen und klare Strukturen, ohne die sie nicht in der Lage sind zu existieren. Sehen Sie sich unser Land doch an! Marode, perspektivlos, abhängig von diesen Kretins in Brüssel ... und natürlich von euch Deutschen«, fügte er abfällig hinzu. »Demokratie ist ein Irrweg und führt ohne die nötige Kontrolle zwangsläufig in die Anarchie. Unbewusst ist den Leuten das klar, und sie haben Angst davor, weshalb sich der Großteil dankbar dem System unterwirft, das ihm Besserung verspricht. Es sind immer nur ein paar Uneinsichtige, die aufbegehren und den einzig gangbaren Weg hinterfragen.«

Diesmal war es Henrik, der lachte. Er verspürte keinerlei Drang, mit dem alten Fundamentalisten über Politik zu diskutieren, weshalb er aufs Thema zurücklenkte. »Ruben hat aus Ihrer Sicht also zu viele Fragen gestellt?«

»Ruben, Ruben!«, fauchte Peireira plötzlich. »Sie wissen nichts über Ruben. Er wurde irregeleitet, hat auf falsche Propheten gehört.« Die Fingerknöchel des Mannes traten weiß hervor, so fest umklammerte er seinen Gehstock. Diesen Mann weiter zu provozieren, war wahrscheinlich das Dümmste, was er tun konnte.

»Und in Ihrem Verhalten Ruben gegenüber sehen Sie überhaupt keine Schuld?«

Der Fahrer trat aufs Gas und schloss endgültig zu dem Lieferwagen auf. Viel zu schnell hatten sie für Henriks Empfinden die Innenstadt hinter sich gelassen. In der Ferne konnte er schon das Estádio da Luz erkennen, in dem der portugiesische Erstligist Benfica Lissabon seine Heimspiele bestritt. Nicht weit entfernt lag der Flughafen. Für einen Moment saß er dem Gedanken auf, dass sie ihn, den lästigen *alemão,* einfach in den nächstbesten Flieger zurück nach Deutschland verfrachten würden, um ihn loszuwerden. Eine unsinnige Überlegung, die das anschließende Fahrmanöver der kleinen Kolonne sofort revidierte: Es ging weiter nach Norden, unter der Autobahn hindurch in die Peripherie der Stadt, die dort nahtlos in die Vororte überging.

Nelson Pereira war nach Henriks Anschuldigung in Schweigen verfallen, als wollte er keine weitere Energie mehr an einen wie ihn verschwenden: unbelehrbar und dumm, seiner Ansichten nicht würdig. Der kurze, emotionale Ausbruch war vorüber, Pereira hatte schnell zu seiner unheimlichen Beherrschtheit zurückgefunden. Doch der temperamentvolle Ausrutscher des ehemaligen Lissabonner Polizeichefs verschaffte Henrik die Erkenntnis, dass dieser Mann einen wunden Punkt zu haben schien. Es war nur eine schwache Hoffnung; eine echte Chance, heil aus dieser Situation zu entkommen, sah er nach wie vor nicht. Ihm fiel jemand ein, der es auch nicht geschafft hatte. »Warum musste der Journalist sterben?«

Pereira strich sich über den Oberlippenbart. »Ein *unbedeutender* Journalist«, korrigierte ihn der Major. »Der junge Mann hat es vorgezogen, meine Fragen nicht zu beantworten. Und derjenige, der ihn für mich verhören sollte, war leider zu ungestüm. Heutzutage gute Leute zu finden, die sich stets im Griff haben, ist nicht einfach. Ich sage damit, dass der Tod dieses Reporters nicht nötig gewesen wäre, ich ihn aber auch nicht bedauere.«

»Ich nehme an, Sie vermissen auch die Pressezensur?« Henriks beißender Tonfall konnte seine Fassungslosigkeit über so viel Gefühlskälte kaum verbergen.

»Bevor er seine Aufmerksamkeit Ihnen gewidmet hat, war er sehr an Ruben interessiert. Es war leichtsinnig von ihm zu glauben, er müsste dieses Verhalten nicht erklären. Schreiben wir es seiner Jugend zu. Nun haben wir beide die Gelegenheit verpasst, mit ihm zu reden. C'est la vie!«

Henrik rang weiter um Fassung. So langsam bekam er ein sehr deutliches Bild davon, wie die Jahrzehnte der Diktatur sich für das unterdrückte Volk angefühlt haben mussten.

Mittlerweile durchquerten sie ein Industriegebiet nahe der Autobahn. Matt glänzende Flachdachhallen ohne Fenster reihten sich aneinander, bei denen nicht zu bestimmen war, was darin produziert oder gelagert wurde. Unverhofft bog der Renault vor ihnen ab. Henrik war entsetzt, dass der Audi ihm nicht folgte.

»Was? Wo bringen Sie sie hin?« Er war nicht davon ausgegangen, dass man sie trennen würde. Diese neue Situation war wie ein Leberhaken von der Seite, den er nicht hatte kommen sehen.

»Beruhigen Sie sich, Senhor Falkner! Ich wollte Ihnen nur einen Eindruck verschaffen. Ein wenig die Motivation fördern. Wir werden uns gut um Ihre Angestellte kümmern. Sehen Sie es als Betreuungsprogramm, während Sie Ihren Teil der Abmachung erledigen.«

»Welche Abmachung? Bislang wurde keine getroffen!«, stellte Henrik fest und bemühte sich, seiner Stimme Festigkeit zu verleihen. Catia war ein Druckmittel, damit sie von ihm bekamen – was er gar nicht hatte. Sein tollkühner Plan war soeben nach hinten losgegangen.

»Ich hätte mich auch für Ihren Vater entscheiden können«, fuhr Pereira fort.

Es lag nicht an der Klimaanlage, dass sich ihm die Nackenhaare aufstellten. »Dieser Angriff auf meinen Vater, die Messerattacke, das …«

»Der Versuch eines Ablenkungsmanövers. Ich hatte gehofft, damit Zeit zu gewinnen. Solange Sie am Krankenbett gesessen hätten, hätten wir ungestört im Antiquariat stöbern können. Hat leider nicht geklappt, weil Ihre Bekannten so verwegen waren, den liebenswürdigen Herrn nicht ins Hospital, sondern zu Ihnen in die Wohnung zu bringen. Augenscheinlich war die Verletzung nicht dramatisch genug. Wie bereits erwähnt, es mangelt erheblich an fähigen Leuten. Wenn man nicht alles selber macht …«

»Was sind Sie nur für ein abscheuliches Schwein!«

Pereira Lächeln war voller Unschuld, was Henrik noch mehr in Rage versetzte. Erst Sara, dann Albrecht, jetzt Catia. Er war voller Zorn, und das war schlecht für seine Konzentration. *Reiß dich zusammen!* Am Sonnenstand erkannte er, dass sie wieder stadteinwärts unterwegs waren. Was für eine kranke Inszenierung! Und was für eine Zwickmühle, in der er da steckte. Wenn er darauf bestand, vorher mit Catia sprechen zu müssen, würde Pereira schnell realisieren, dass sie doch mehr wusste, als Henrik ihm weisgemacht hatte. Verdammt, er brauchte mehr Informationen, um überhaupt irgendeine Chance zu haben, Catia und sich noch zu retten. Nüchtern betrachtet, erschien der Aufwand, der hier betrieben wurde, überhaupt nicht gerechtfertigt. Es konnte doch nicht allein darum gehen, Verbrechen an der Menschlichkeit zu verschleiern, die vor über vierzig Jahren begangen worden waren. Menschenrechtsverletzungen, die in irgendeiner Form längst bekannt waren und die man mit internationalen Resolutionen geahndet hatte.

»Geht es hierbei eigentlich nur um Ihre persönlichen Belange? Oder wen reißen Sie mit sich in den Abgrund, wenn das, was Ruben zusammengetragen hat, an die Öffentlichkeit gelangt?«

»Sind Sie tatsächlich so naiv zu glauben, Sie erhalten darauf eine Antwort?«, fragte Pereira abfällig zurück.

»Ich versuche nur zu verstehen, warum Sie Ruben haben töten lassen.«

Erstmals wirkte der Alte überrascht. Seine Finger umkrampften den Knauf des Gehstocks. »Sie wissen weniger, als ich erwartet hatte, Senhor Falkner. Ich bekomme gerade echte Zweifel, ob Sie der Aufgabe wirklich gewachsen sind, die ich Ihnen hier anvertraue.«

Der Wagen bremste scharf. In der letzten Minute hatte Henrik nicht mehr darauf geachtet, wohin sie fuhren. Aufgeschreckt blickte er aus dem Fenster und versuchte sich zu orientieren. Sie standen in einer schmalen Gasse, die von baufälligen Wohnhäusern gesäumt war. Nur Stützstreben hielten die porösen Gemäuer davon ab, gegeneinander und in sich zusammenzufallen. Hier lebte niemand mehr, demensprechend verwaist war das Kopfsteinpflaster. Vermutlich waren sie bereits wieder auf Höhe des Bairro Alto oder in der Wohngegend jenseits der Avenida da Liberdade. Auch hier gab es verwinkelte Ecken.

»Sie haben vierundzwanzig Stunden ab jetzt. Beweisen Sie mir Ihre Fähigkeiten als Ermittler! Sie brauchen nicht zu fragen, was mit Ihrer Angestellten nach Ablauf der Frist passiert. Machen Sie sich lieber darüber Gedanken, wer mir noch als Pfand dienen könnte. Das motiviert Sie vermutlich zusätzlich.«

Pereira sprach natürlich von Albrecht. Henrik zog am Türgriff, die Tür war nach wie vor verriegelt.

Der Alte wandte sich ab, er war alles losgeworden, was er ihm zu sagen hatte. Dafür regte sich der Fahrer. Die Aufforderung blieb Henrik verborgen, doch der Stiernacken stieg aus und kam um den Wagen herum. Der Mann trug einen schwarzen Anzug. Das Jackett spannte über seinen breiten Schultern, als er ihm öffnete. Ehe Henrik sich versah, packte er ihn am Kragen, zerrte ihn aus dem Fond und drückte ihn unsanft mit der Brust voran gegen den Wagen. Der Chauffeur war einen halben Kopf größer als er, und seine Pranke lag wie eine Schraubzwinge um Henriks Nacken. Routiniert tastete der Mann ihn ab und fand sein Handy in der hinteren Gesäßtasche. Er warf es zu Boden. Ein schneller Tritt mit dem Absatz seines Lederschuhs, und das Display splitterte. Verärgert stemmte sich Henrik gegen den Widerstand, der ihn gegen das Auto presste, und versuchte, dem eisernen Griff zu entkommen. Der Schlag in die Nieren kam unvermittelt und besaß die Wucht einer Abrissbirne. Henriks Knie gaben nach, und er landete neben dem Hinterrad im Rinnstein. Sein schmerzverzerrtes Gesicht spiegelte sich in der blank polierten Felge. Er rang nach Luft. Würgte. Magensäure drängte nach oben. Hätte er gefrühstückt, wäre er jetzt alles wieder losgeworden. So spuckte er nur bitteren Schleim auf das Kopfsteinpflaster.

Er schaffte es, sich ein wenig aufzurichten und in den Wagen zu spähen, dessen hintere Tür nach wie vor offen stand. Pereira saß ungerührt auf der Rückbank.

»Wo finde ich Sie?«, presste Henrik hervor.

»Strengen Sie sich an!«, empfahl ihm der Alte und tippte gegen die Uhr an seinem Handgelenk. »Die Zeit läuft!«

# 29

Von Pereiras Wagen war nur noch das Trommeln der Reifen auf dem unebenen Fahrbahnbelag zu hören, das zwischen den maroden Gebäuden verhallte.

*Ich muss Papa in Sicherheit bringen.*

Dieser Gedanke half ihm auf die Beine. Putz zerbröckelte zwischen seinen Fingern, als er sich an einer Hauswand aufrichtete.

*Ich muss Papa in Sicherheit bringen.*

Ja, das war vorrangig, bevor er irgendetwas anderes unternahm. Zum Beispiel ein Buch zu finden versuchte, das Catia versteckt hatte. An einem sicheren Ort, von wo sie es erst holen musste. Was konnte sie damit bloß gemeint haben? Es war davon auszugehen, dass sie es noch nicht dabeihatte, als man sie in den Lieferwagen zwang. Wohin also war sie unterwegs, als Pereiras Männer sie erwischten? Oder war das nur eine Finte gewesen? War sie vielleicht so vermessen und hatte das Buch im Antiquariat gelassen? Ein Buch unter Tausenden. Gab es einen sichereren Ort?

Das war auch Pereiras Gedanke gewesen. Darum hatte sein Vater den kalten Stahl eines Messers zu spüren bekommen. Wieder ärgerte er sich über seine eigene Begriffsstutzigkeit. Gequält bückte er sich nach den Überresten seines Mobiltelefons. Zwischen seinen Fingern zerfiel es in seine Einzelteile. Damit konnte er niemanden mehr warnen. Er musste sich beeilen. Der Schmerz in seinem Rücken strahlte in alle Körperregionen aus. Nach drei, vier Schritten ging es allmählich besser, und er stolperte vorwärts, dem Licht und dem Lärm am Ende der Gasse entgegen. An der nächsten Kreuzung angekommen, wusste er, wo er war. Nordöstlich vom Martim Moniz, unterhalb des vom Fluss abgewandten Teils des Schlossbergs. Er nannte es das Chinesenviertel, auch wenn das nicht die offizielle Bezeichnung war. Ein Großteil der Läden hier war in asiatischer Hand. Unter dem ovalen Platz, den er von hier aus sehen konnte, lag die nächste Metro-Station. Henrik rannte über die Straße auf die Treppe zu, die in den Untergrund führte. Mit zusammengebissenen Zähnen nahm er drei Stufen auf einmal. An jedem der vier Ticketautomaten war jemand zugange. Doch ohne Fahrschein kam er nicht durch die Schranke. Und jetzt wegen Schwarzfahrens aufgehalten zu werden, wäre das Dümmste, was passieren konnte. Daher stellte er sich brav hinten an.

Das Lösen der Fahrkarte beanspruchte die paar Sekunden, die ihm eine Etage tiefer fehlten, um den Zug noch zu erwischen, der ihm nun vor der Nase wegfuhr. Durch das Warten auf die nächste Bahn verlor er weitere wertvolle Minuten, die seine Nerven strapazierten. Danach klemmte er zwei Stationen in einem übervollen Abteil fest. Noch nie war ihm die Fahrt so entsetzlich lang vorgekommen. Zu guter Letzt glitten die Türen der Metro auseinander, und er zwängte sich hinaus auf den Bahnsteig. Ohne einmal zu verschnaufen, hetzte er die unendliche Rolltreppe hinauf. Die Leute, die ihn keuchend heraufhasten hörten, wandten erst bestürzt ihre Köpfe und wichen dann verwundert zur Seite.

Oben erwartete ihn gleißendes Licht. Die Sonne stand bereits hoch am tiefblauen Himmel.

Hatte dieser Himmel ein Einsehen? Würde er schnell genug sein?

Er fühlte sich bereits völlig erschöpft, rannte aber trotzdem weiter, während sein Sichtfeld enger wurde und schwarze Ränder bekam. Mit brennender Lunge bog er in die Rua do Almada ein. Die Straße lag vor ihm wie immer. Diesmal hatte er sich gewünscht, Albrecht und Renato vor dem Laden hocken und Wein trinken zu sehen. Doch der Gehsteig war leer, die Tür zum Antiquariat geschlossen. Das Gefälle ließ ihn torkeln. Seine Hand zitterte, und er brauchte mehrere Anläufe, bis der Schlüssel ins Schloss glitt. Natürlich klemmte es. Von irgendwo nahm er die Energie, um dagegenzutreten. Der Schlüssel ließ sich drehen, die Haustür schwang auf.

»Papa!«

Sein Schrei hallte durchs Treppenhaus. Auf allen vieren kam er in der ersten Etage an, zog sich am Geländer hoch und wankte zu seiner Wohnungstür. Sie war nur angelehnt.

*Zu spät!*

Er stürmte in den Flur. Albrechts Tweedjacke hing an der Garderobe. »Papa!«, stieß er nach Luft ringend hervor. Über das Pochen seines Herzens hinweg war nicht der geringste Laut zu vernehmen.

Er überprüfte alle Räume. Zurück im Flur, fiel er gegen die Wand und sackte zu Boden. Die Schwärze, die in seinem Hinterkopf gelauert hatte, überkam ihn nun mit Macht. Jetzt rächte sich seine Nachlässigkeit in Sachen Fitness. Er fühlte sich schlechter als nach den Vierhundertmeterläufen, die er in seiner Jungend absolviert hatte und nach denen er sich jedes Mal hatte übergeben müssen.

Er begriff, dass er vermutlich kurz vor einem Kreislaufzusammenbruch stand. Stand? Er saß nicht einmal mehr, stellte er fest. Er lag. Mit dem Gesicht auf den Holzdielen, ohne dass er bemerkt hatte, wie er umgekippt war. Die Dielen knarrten. Das klägliche Stöhnen der stumpfen Bretter drängte überlaut in seinen Gehörgang. So schmerzhaft laut, dass sich der schwarze Nebel lichtete, der sein Gehirn eingehüllt hatte. Er öffnete die Augen und erkannte, nachdem sich seine Sicht einigermaßen geklärt hatte, ein paar elegante Herrenlackschuhe aus schwarzem und weißem Leder.

»Renato?«, murmelte er.

Der Alte beugte sich zu ihm hinunter. Er spürte eine Hand auf seiner Schulter.

»Henrik! Você se sente bem?«

Was für eine dämliche Frage. Er lag am Boden, Sabber lief ihm aus dem Mundwinkel, sein Kreislauf kollabierte gerade, und Renato wollte wissen, ob es ihm gut ging.

»Muito mal!«, zischte er. »Wo ist mein Vater?«

»Wir sind oben, Dona Celeste hat Kuchen gebacken.«

Renato half ihm hoch und geleitete ihn ins Bad. Er stellte ihm sogar die Dusche an.

»Danke, den Rest schaffe ich allein.«

»Bist du sicher?«

»Ich bin sicher, dass du mir nicht beim Ausziehen zu helfen brauchst«, erwiderte Henrik. »In zehn Minuten bin ich wieder frisch. Wenn du was tun willst, dann hol Albrecht! Er soll nur das Nötigste einpacken, er muss schleunigst hier weg.«

»Dein Vater? Aber warum?«

»Gerade du solltest doch wissen, dass sie auf niemanden Rücksicht nehmen. Der Angriff mit dem Messer war kein simpler Überfall. Und jetzt beeil dich, *bitte*!«

Renato wurde bleich, was seine Narben noch deutlicher hervortreten ließ. Er biss sich auf die Unterlippe und starrte Henrik für ein paar Sekunden eindringlich an. Schließlich senkte er den Blick und nickte. »Ich kann ihn verstecken.«

Jetzt war es Henrik, der dem Alten die Hand auf die Schulter legte. »Danke, aber ein einfaches Versteck reicht diesmal nicht. Mir fällt auf die Schnelle nur ein Ort ein, von dem ich glaube, dass er einigermaßen sicher ist.«

Der alte Mann schüttelte ungläubig den Kopf.

»Renato, sie haben bereits Catia in ihren Fängen! Ich muss meinen Vater in Sicherheit wissen, bevor ich mich daranmache, sie zu befreien.«

»Catia!« Das brachte den Griesgram ins Wanken. »Meu deus! Wo bist du da wieder reingeraten?«

Darauf würde er nun ganz gewiss nicht antworten. »Kannst du uns ein Auto besorgen?«, fragte er stattdessen. »Ich will nicht auf ein Taxi vertrauen.«

Er duschte kalt. Danach ließ das Gefühl der Bodenlosigkeit etwas nach. Dennoch wäre er am liebsten ins Bett gefallen. Während er sich hastig anzog, hörte er Stimmen aus der Küche. Er streifte das nasse Haar hinter die Ohren und ging hinüber. Renato stand am Fenster. Dona Celeste und Albrecht saßen am Tisch. Er drückte ihre Hand oder sie die seine. Mit der anderen knetete sie ein besticktes Taschentuch. Beide waren fein herausgeputzt. Sie trug ein Kostüm. Apricot und Umbra. Er seinen neuen Anzug – das farbenfrohe Symbol seiner neuen Freiheit. Offenbar hatten sie einen Ausflug geplant. Irgendetwas Kulturelles. Ein Museum, das Hieronymitenkloster, mit einem anschließenden Abstecher in die weltberühmte Konditorei Pastéis de Belém.

Sie bemerkten Henrik, und sein Vater erhob sich. »Was soll dieser Zirkus? Renato sagt, ich muss dringend verschwinden? Ich verlange eine Erklärung!«

Für Erklärungen fehlten Henrik definitiv die Nerven. »Es ist zu deiner eigenen Sicherheit.«

»Ich bewege mich hier nicht weg, wenn ich keinen plausiblen Grund dafür erfahre«, beharrte Albrecht stur und setzte sich demonstrativ wieder hin.

»Verdammt, dafür ist jetzt keine Zeit, ich erklär dir alles, wenn die Sache ausgestanden ist. Bis dahin bitte ich dich, mir zu vertrauen!«

»Euer Taxi ist da!«, verkündete Renato.

Albrecht funkelte böse in seine Richtung. »Fällst du mir etwa in den Rücken?«

Der Sänger wirkte betroffen und strich sich mit den Fingern unbewusst über den vernarbten Nasenrücken. »Genau wie ich will auch dein Sohn nur das Beste für dich.«

Albrecht schlug mit der flachen Hand auf den Tisch. »Ich hasse diese Geheimniskrämerei. Das alles hat doch mit dem Antiquariat zu tun! Was betreibt ihr dort unten? Geldwäsche? Henrik! Auf was hast du dich da bloß eingelassen?«

»Auf die Wahrheit«, zischte er, »und jetzt lass uns keine Zeit verlieren!«

Mit gerunzelter Stirn sah Albrecht in die Runde.

Dona Celeste nickte ihm aufmunternd zu. Dann tupfte sie sich mit dem Taschentuch eine Träne aus dem Augenwinkel. »Gehen Sie jetzt, Senhor Albrecht! Ich will Sie gesund wiederhaben!«

Zu seinem Erstaunen kannte er den Seat Ibiza, der vor der Tür parkte. *Filipa*? Woher zur Hölle hatte Renato die Telefonnummer der Ärztin? Er war mit dem Alten vorausgeeilt, um nicht der Abschiedsszene zwischen seinem Vater und der Senhora beiwohnen zu müssen. Nun warf er Renato einen fragenden Blick zu.

»Sie war hier, während du dich rumgetrieben hast. Hat nach Albrechts Wunde geschaut und ihm ihre Nummer dagelassen«, erklärte dieser. »Für den Notfall. Und der ist meines Erachtens eingetreten.«

Filipa kurbelte das Fenster runter. »In einer Stunde beginnt meine Schicht!«

Henrik beugte sich zu ihr hinab und suchte ihre grünen Augen. »Ich kann dir nicht genug danken!« Für zwei Herzschläge herrschte bedrückende Stille.

»Steig ein, bevor ich's mir anders überlege!«, sagte die Ärztin schließlich.

Hinter sich hörte Henrik Albrecht aus dem Haus kommen. Er folgte seinem Blick hoch zum Fenster im ersten Stock. Dort stand Dona Celeste und winkte, ihr Taschentuch zu einem Knäuel zerknittert. *Ich bring ihn dir wieder*, hätte er am liebsten hinaufgerufen. Stattdessen öffnete er seinem alten Herrn die Beifahrertür. Der drückte ihm seinen Koffer in den Arm und stieg widerwillig ein.

»Lasst euch nicht blicken, egal, was passiert!«, sagte er zu Renato und rutschte samt dem Gepäckstück auf die Rückbank.

»Wo soll's hingehen?«, fragte Filipa und blies sich eine widerspenstige Haarsträhne aus der Stirn.

»São Vicente!«

Er ließ sie ein paar Umwege machen, die sie murrend hinnahm. Die meiste Zeit über beobachtete er den Verkehr hinter ihnen. Obwohl ihm niemand Verdächtiges auffiel, war er kaum beruhigt, als er schließlich darum bat, dass sie in einer Querstraße nahe ihrem Ziel parkte. Er konnte kein Risiko eingehen, wollte erst nach dem Rechten sehen.

»Maximal fünf Minuten, dann muss ich los«, rief Filipa ihm hinterher.

Diesmal mied er die Anlaufstelle für Touristen. Ebenso verbot er sich, nach oben zu sehen, hoch zur Dachkante des Seitenflügels, an der er um sein Leben gekämpft hatte. Er umrundete den Komplex, um nach einem alternativen Zugang zu suchen. Dabei stieß er auf ein Gittertor, das in den hinteren Klosterhof führte. Es war nur angelehnt. Egal, ob aus Unachtsamkeit oder weil es generell nie verschlossen war, dieser Umstand kam ihm gelegen. Niemand behelligte ihn, während er an dem sakralen Gemäuer entlanghastete. Tatsächlich fand er einen unscheinbaren Nebeneingang und betrat über einen Anbau die Igreja de São Vicente de Fora durch das Seitenschiff. Perfekt! Er blieb hinter der Säulenreihe und damit unbemerkt von den Kirchenbesuchern, die sich im Mittelschiff vor Hauptaltar und den Seitenaltären aufhielten, um ihre Fotos zu machen. Leise begab er sich zu den Beichtstühlen. Es blieb ihm erspart, sich zu irgendwelchen reumütigen Büßern zu gesellen, denn momentan wartete niemand auf den im Halbdunkel aufgereihten Bänken, um von seinen Sünden losgesprochen zu werden. Also schlüpfte er in die aus dunklem Edelholz gefertigte Zelle, in der er schon einmal Schutz gesucht hatte. Wenn alles so klappte wie erhofft, würde ein kleines Lämpchen im Büro des Priesters aufleuchten und ihm signalisieren, dass jemand den Beichtstuhl aufgesucht hatte. Und wenn es optimal lief, dann wäre es Pater Bruno, der sich zu ihm setzte.

Der Klerus benötigte vier Minuten, dann hörte Henrik die Tür, die für den Geistlichen bestimmt war. Jemand ließ sich auf der anderen Seite der Holzvertäfelung nieder. Die Abdeckung vor dem Gitter wurde geöffnet, und es fiel ein wenig Licht auf seine Seite des Beichtstuhls. In die Stille hinein wartete der Priester, dass er das intimste aller Sakramente eröffnete.

»Em nome do Pai e do Filho e do Espírito Santo. Amém.«

»Amém«, antwortete sein Gegenüber leicht verhalten, was ihm sagte, dass sein Gebet erhört worden war.

»Geht es Ihnen gut, Padre?«

»Henrik?«

Eine kurze Pause entstand, und er rekapitulierte noch einmal die passenden Worte für sein Anliegen, die er sich während der Wartezeit in der engen Dunkelheit zurechtgelegt hatte. Doch noch bevor er die erste Silbe aussprechen konnte, flüsterte Bruno von jenseits des filigranen Gitters: »Ich nehme an, Sie sind gekommen, um das Buch zu holen?«

# 30

Der Wagen war weg. Ungläubig rannte er die Straße hinauf. Seit Tagen war er nur noch am Herumhetzen, verfolgte Leute, suchte Kinder, musste mit ansehen, wie jemand vor seinen Augen entführt wurde. *Kümmern Sie sich erst um Ihren Vater, alles andere besprechen wir danach!*, hatte der Priester ihm aufgetragen. Und jetzt das! Ja, verdammt, es *hatte* länger als fünf Minuten gedauert. Er konnte nicht fassen, dass Filipa einfach gefahren war. Und Albrecht? Hatte sie ihn etwa mitgenommen? Oder war gar Schlimmeres passiert, während der kurzen Zeit, in der er mit Pater Bruno gesprochen hatte? War es ihnen nicht gelungen, Pereira zu entkommen? Hatte der Dreckskerl sich auch seinen Vater geholt? Dank Pereiras Chauffeur war sein Smartphone dahin, er hatte also nicht einmal die Möglichkeit, einen Anruf zu tätigen. Wie hatte das alles nur so dermaßen außer Kontrolle geraten können? Verzagt lief er zurück zu der Stelle, an der die Ärztin vorhin geparkt hatte. Zehn Schritte weiter zweigte die Calçada de São Vicente ab. Schräg gegenüber, an der Ecke, die er gerade noch einsehen konnte, lag eine Pastelaria. Sein Herz schlug heftig gegen die Brust, während er darauf zuging. Er trat unter die Markise und blinzelte in den Verkaufsraum. Links hinter dem Tresen sortierte ein junge Frau Gebäck in die Auslage. Sie sah kurz auf, als er eintrat, und nuschelte ihm ein *Bom dia!* entgegen. Ihr schwarzes Haar war an den Seiten hochrasiert, dafür fiel ihr Pony weit in die Stirn. Er schüttelte den Kopf, um zu signalisieren, dass er nichts kaufen wollte, was sie gleichmütig hinnahm.

Albrecht saß an dem einzigen Tisch, den man rechts an die Wand gequetscht hatte, vor sich ein Glas Vinho Verde.

»Deine Freundin musste los, und hier drin zu warten, erschien mir sicherer«, erklärte er. Dagegen konnte Henrik nichts sagen. Missbilligend betrachtete er den Wein.

»Wer weiß, ob die drüben im Kloster so was ausschenken«, meinte Albrecht trocken lächelnd.

Das brachte Henrik auf. »Du nimmst diese Sache nicht ernst, das ist es, was mich bedenklich stimmt.«

Albrecht hob in einer Unschuldsgeste die Hände. »Solange ich nicht weiß, wovor wir wegrennen, benehme ich mich, wie ich will.«

»Ich schütze dein Leben!«, zischte er und wusste, dass es falsch war, seinen Zorn über die Vorfälle der letzten Tage an seinem Vater auszulassen. Die Sucherei hatte ihn zusätzlich aufgehalten. Dabei brannte er darauf, endlich zu erfahren, wie Pater Bruno in den Besitz dieses verfluchten Buchs gelangt war, für das bereits Menschen hatten sterben müssen.

Albrecht trank seinen Wein in einem Zug aus, packte seinen Koffer und erhob sich. »Adeus!«, rief er der Frau hinter der Theke zu und drängte dann an Henrik vorbei nach draußen.

Bruno wartete am Lieferanteneingang. Seine besorgt Miene löste sich, als er sie kommen sah. Wortlos folgten sie ihm in die Abtei. Erst als die schwere Holztür ins Schloss gefallen war, begrüßte er Albrecht überschwänglich.

»Ich habe einem meiner Brüder aufgetragen, ein Zimmer für Sie herzurichten.«

Vielleicht lag es am Wein, aber Henriks Vater wirkte geradezu amüsiert darüber, dass sein Sohn ihn in eine Klosterzelle verfrachten wollte.

»Nur für eine Nacht«, wiederholte Henrik beruhigend, wenn auch wenig überzeugend. Kurz musste er an einen Mörder denken, der sich zwanzig Jahre in einem Kloster versteckt hatte, bis Henrik ihn schließlich aufspürte.

Ein Mönch nahm seinen Vater mit, und er selbst folgte Bruno in dessen Büro. Der Raum war genauso dunkel und verstaubt, wie er ihn in Erinnerung hatte. Die Bücherregale an der Rückwand und links vom Schreibtisch waren hoffnungslos überfüllt. Nachgedunkelte Heiligenbilder und vom Alter rissige Ölgemälde mit Bibelszenen zierten die Wände. Henrik setzte sich widerwillig auf den ihm angebotenen Sessel in der Ecke hinter der Tür. Ihm war nicht danach, es sich gemütlich zu machen. Sein Puls raste. Seine Nerven waren zum Zerreißen gespannt. Aber er fügte sich. Der Geistliche ließ es sich nicht nehmen, über die antiquierte Gegensprechanlage auf seinem Schreibtisch Tee zu bestellen. Dabei musste der Priester doch ahnen, wie wichtig es für ihn war, endlich das Buch in die Finger zu bekommen, für das jemand bereit war zu töten. Und doch kam er mit leeren Händen herüber und ließ sich in den zweiten Sessel sinken, von dem eine Staubwolke aufwirbelte.

»Das Buch, Padre!«, mahnte Henrik ungeduldig.

»Ach ja!«, stieß Bruno aus. »Catia wollte es abholen, doch sie kam nicht.«

»Kein Wunder. Pereira hat sie«, knurrte er, und wäre der Tee schon serviert gewesen, hätte der Priester seine Tasse wohl fallen gelassen. Schlagartig wurde er kalkweiß und hockte da, als wäre ihm ein Blitz in den Nacken gefahren. Mit geweiteten Augen bekreuzigte er sich.

»O açougueiro de Cardoso«, flüsterte der Pater.

»Der was?«

»Der Schlächter von Cardoso«, übersetzte Bruno. »Die Polizei für Staatsschutz hatte ihr Hauptquartier damals in der Rua António Maria Cardoso, und nur sehr wenige, die zu jener Zeit in die Keller dieses Gebäudes verschleppt wurden, kehrten je wieder«, murmelte er heiser. »Catias Eltern waren im Widerstand. Ihre Verhaftung erfolgte kurz vor Ausbruch der Revolution. Die Aufseher und Folterknechte in den Gefängnissen der PIDE waren die Ersten, die zurückgepfiffen wurden, als das Ende der Diktatur abzusehen war. Die Führungsspitze im Regime wollte denen, die zwangsläufig folgen würden, so wenig Anlass wie möglich geben, sie hinsichtlich der Verletzung von Menschenrechten zu verklagen. In den letzten Tagen des Totalitarismus war man also nur noch damit beschäftigt, die Spuren der Schreckensherrschaft zu beseitigen. Das rettete Catias Eltern das Leben. Sie wurden freigelassen, ohne physische Narben davonzutragen. Wie es um ihre Seele bestimmt war, stand auf einem anderen Blatt. Bald nach ihrer Entlassung nahm sich die Mutter das Leben, was ihr Mann nicht verkraftete. Obwohl seine Tochter ihn gebraucht hätte, folgte er lieber seiner Frau in den Tod. Catia kam in die Obhut ihrer Tante. Ein Schicksal unter Tausenden während der Estado Novo, was die Tragik natürlich nicht schmälerte. Catia kennt die Geschichte über die feuchten Verliese in der Rua António Maria Cardoso – und die des Schlächters von Cardoso, der kein anderer war als Nelson Pereira. Und nun das? Dass sie selbst in die Hände dieses Mannes geraten ist, dürfte das Verheerendste sein, was ihr passieren konnte. Was kann ich tun, um ihr zu helfen?«

»Im Tausch gegen Catia will Pereira dieses Buch. Ich muss endlich wissen, was es damit auf sich hat!«

Es klopfte, und beide zuckten zusammen, als stünde der Schlächter von Cardoso höchstpersönlich vor der Tür.

Bruno fasste sich als Erster. »Das wird der Tee sein«, stellte er fest. Schwerfällig stemmte er sich aus dem Sessel, ging zur Tür und nahm das Tablett entgegen. Bemüht darum, nichts von dem heißen Getränk zu verschütten, setzte er die Gedecke behutsam auf den kleinen runden Art-déco-Beistelltisch zwischen ihnen.

»Bruno! Das Buch!«, mahnte Henrik, weil der Priester erneut Platz nehmen wollte.

»Sim, claro sim!« Mit einem Kopfschütteln und stärker humpelnd als gewöhnlich trat er hinter seinen Schreibtisch.

Henrik fiel es schwer, sitzen zu bleiben. Er rührte in seinem Tee, um seine Hände zu beschäftigen, während er seine Augen nicht von Pater Bruno ließ.

Der zog einen Schlüsselbund aus seiner Soutane, beugte sich hinab, nestelte damit an einer Schublade herum und öffnete sie schließlich. Dann bückte er sich noch tiefer, und sein halber Arm verschwand in der Lade. Selbst im schummrigen Licht des Büros konnte Henrik den Schweiß auf der hohen Stirn des Priesters glänzen sehen. Fast feierlich förderte er nach Sekunden des blinden Herumtastens einen Gegenstand zutage und kam damit zu Henrik.

Es war ganz unscheinbar. Ein dünnes Büchlein in einem braunen, verblichenen Leineneinband. Henrik nahm es an sich und strich mit dem Daumen über die geprägten Buchstaben, von denen ein Großteil der einst hellgrauen Farbe abgeblättert war.

*Ricardo Grão*

*O fim do mundo*

Was war das Geheimnis dieses Werks?

Er schlug die Umschlagklappe auf. Die Jahrzehnte hatten die Seiten gelblich braun verfärbt. Eine Verfärbung des Papiers, die am Rand stärker und zum Bund hin heller wurde. Auf Seite drei wiederholte sich der Titel. Es handelte sich um eine Erstausgabe, die im März 1972 im Arcádia Verlag erschienen war. Doch das war es nicht, was Henrik ins Auge sprang. Das Werk war unterhalb der Titels signiert worden. Die blaue Tinte, die man dafür benutzt hatte, war besonders in den Schwüngen bereits stark verblasst. Es gelang ihm trotzdem zu entziffern, was Ricardo Grão dort über seiner Signatur hinterlassen hatte.

*Para Major Nelson Pereira, 23. Julho 1973*

Damit nicht genug, waren da noch die Flecken, die nicht nur das Deckblatt verunstalteten, sondern tief hinein in die nachfolgenden Seiten gesickert waren.

»Ist das Blut?«, fragte Henrik mit trockenem Hals, und der Padre nickte.

# 31

»Nachdem António de Oliveira Salazar 1968 wegen seiner Erkrankung von Marcelo Caetano abgelöst wurde, war in der geschundenen Bevölkerung ein Aufatmen zu vernehmen. Doch sehr bald kam die Ernüchterung, denn am Charakter der Diktatur änderte sich wenig. Trotzdem schöpften die Linken neuen Mut. Nicht mehr jeder, der sich kritisch äußerte, wurde sofort inhaftiert. Der Literaturstudent Ricardo Grão ging das Wagnis ein und erschuf in seinem Buch *O fim do mundo* die Vision einer neuen Zukunft. Es erschien 1972, die Auflage war überschaubar. Dass überhaupt ein Verlag das Risiko einer Veröffentlichung einging, grenzte schon an ein Wunder. Seitens des Verlegers war eine strikte Bedingung diktiert worden. Man verpflichtete Grão dazu, stets zu widersprechen, wenn jemand das Werk als Kritik am Regime interpretierte. Vernunftbegabte Leser durchschauten selbstverständlich trotzdem, dass mit dem Ende, von dem Grão in seinem Buch erzählte, das Ende der Estado Novo gemeint war.

Fortan stand Grão unter Beobachtung. Doch er war jung, trug revolutionäres Gedankengut mit sich herum und wetterte gegen die Geisteshaltung der Quinta, die sich gegen alles Moderne richtete, gegen Bildung und Fortschritt. Vier Jahre Grundschule, mehr gestand die Regierung dem gemeinen Volk nicht zu. Wir wurden systematisch dumm gehalten. Wer nach Wissen strebte, galt schon als gefährlich – aber da erzähle ich Ihnen nichts, was Sie nicht schon wissen. Ich will Ihnen auch nur verdeutlichen, welcher Zorn sich in den Köpfen und Herzen der Intellektuellen zu jener Zeit aufstaute. Vor allem bei denen, die in der Lage waren, über die Grenzen Portugals hinauszublicken.

Ricardo Grão war nicht der Einzige, der einen Tanz auf der Rasierklinge vollzog, und wie viele andere aus der mittlerweile im Geheimen agierenden Studenten- und Künstlerszene ahnte er den Umsturz voraus. Das Ende der Welt, in die er hineingeboren worden war. Leider war es ihm nicht vergönnt, dieses Ende noch mitzuerleben«, seufzte Bruno und nippte an seinem Tee.

Henrik strich über die braunen Flecken in Grãos Werk. »Das hier ist also sein Blut?«

Der Priester stellte die Tasse ab und musterte ihn aus seinen dunklen Augen. »Nicht nur, glaubt man der Legende«, murmelte er nachdenklich. »Auf diesen Seiten hat sich das Blut des Opfers mit dem seines Mörders gemischt. Sie als ehemaliger Polizist werden mir zustimmen, wenn ich behaupte, dass die heutige Wissenschaft in der Lage wäre, die Sache aufzuklären. Den forensischen Beweis zu erbringen, wer seinen Lebenssaft dort hinterlassen hat.«

Henrik nickte. Das war möglich und kein Einzelfall. Zahlreiche Verbrechen aus der Vergangenheit wurden heutzutage durch DNA-Analysen und andere Untersuchungsmethoden gelöst. Menschen, die vor Jahrzehnten gemordet hatten und bislang davongekommen waren, weil die Indizien damals nicht hinreichend ausgewertet werden konnten, mussten nun fürchten, doch noch überführt zu werden. Mord verjährte nicht, auch nicht in Portugal. Wen hatte im Fall von Ricardo Grão die Angst vor einer Verurteilung nach über vier Jahrzehnten ereilt?

»Wie endete die Geschichte?«, fragte Henrik. Sich vielleicht endlich der Ursache zu nähern, die jüngst zwei Männer das Leben gekostet hat, wühlte ihn auf. Catias Entführung nicht zu vergessen, genauso wenig wie das Messer zwischen den Rippen seines Vaters.

»Es gab diesen Buchhändler, sein Geschäft war hier ganz in der Nähe, unterhalb vom Castelo. Das Gebäude verfügte über einen Gewölbekeller, in dem häufig Lesungen abgehalten wurden. Illegale Veranstaltungen, wenn Sie so wollen, denn die Werke, aus denen gelesen wurde, waren alles andere als regimekonform. An jenem 23. Juli 1973 war der Autor Ricardo Grão zu Gast. Man erzählte sich im Nachhinein, dass der Keller selten so voll mit Menschen gewesen war. Viele von ihnen wurden an diesem Abend zum letzten Mal gesehen. Die PIDE hatte schon eine Weile ein Auge auf diese Treffen, und nachdem jemand ausgeplaudert hatte, dass ausgerechnet aus *O fim do mundo* gelesen wurde ... nun ja, das war ein gefundenes Fressen für die Staatssicherheit.

Der Keller besaß nur einen Ausgang, wider alle Vorsicht, die man sonst in diesen Kreisen walten ließ, und dieser Umstand erwies sich als fatal. Es gab Tote, die Miliz schoss ohne Vorwarnung. Sie zerrten alle hinaus, bis auf Grão, der noch immer vorne an seinem Pult saß, ohnmächtig angesichts dessen, was sich vor seinen Augen abspielte. Dann folgte der Auftritt des Kommandanten. Über die Zerschlagung dieser Veranstaltung gibt es keinen offiziellen Bericht. Den gab es in den seltensten Fällen, wie Sie sich denken können. Also blieb es bei Gerüchten darüber, wer den Einsatz geleitet hatte.«

Henrik hob das Buch hoch, in dem der Hinweis auf den Anführer schriftlich vermerkt war. Bruno nickte.

»Nelson Pereira ließ es sich nicht nehmen, das brutale Vorgehen seiner Truppen noch mit der Demütigung des Schriftstellers abzurunden. Mit vorgehaltener Pistole verlangte er von Grão, ihm das Buch zu signieren, aus dem er Minuten zuvor noch gelesen hatte. Eine Widmung an den Schlächter, mit Datum, um den Tag unvergesslich zu machen.

Es ist völlig unklar, ob es tatsächlich Augenzeugen dafür gab, was da in diesem Gewölbe zwischen Pereira und Grão geschah. Aber wir sehen hier die Widmung und die Unterschrift. Und das Blut – woraus sich folgern lässt, dass die Geschichten, die sich um diesen Vorfall ranken, zum großen Teil der Wahrheit entsprechen. Kaum hatte der Schriftsteller die Feder übers Papier geführt, riss er sie empor, um sie Pereira in den Hals zu rammen. Doch dessen Reflexe waren geschult; zumindest war der Schlächter schnell genug, um zu verhindern, dass die Stahlspitze zu tief eindrang, um ihn tödlich zu verletzen. Sein Kopf ruckte in den Nacken, und der Füllfederhalter schrammte an seinem Kiefer entlang und übers Kinn hinweg. Ich habe Nelson Pereira nie leibhaftig zu Gesicht bekommen, aber ich kenne Leute, die bestätigen, dass man die so verursachte Wunde immer noch sehen kann.«

Dem konnte Henrik zustimmen, behielt dies aber für sich. Er wollte Bruno nicht unterbrechen, auch wenn bereits zu ahnen war, welches Ende dieser dramatische Abend vor über vierzig Jahren gefunden hatte.

»Pereira schoss noch im selben Moment und traf den Autor ebenfalls in den Hals – das besagt zumindest die Überlieferung. Das meiste Blut stammte von Grão, heißt es, aber auch das des Comandante tropfte auf das Buch. Er muss also noch in der Lage gewesen sein, es an sich zu nehmen, bevor seine Männer ihn wegbrachten. Ich wusste nicht, welchen Weg es danach genommen hat, bis Catia es mir vorgestern vorbeibrachte, und nun halten *Sie* das Zeugnis dieser verhängnisvollen Nacht in Händen, Henrik.« Er nickte knapp. »Ich weiß, dass es damit beim Richtigen gelandet ist.«

Das Buch schien plötzlich schwerer zu wiegen, jetzt, da er die Geschichte kannte. Er legte es zu den Teetassen auf den Tisch, als wäre es ansteckend.

Wie war Mendes an dieses Buch geraten, das doch seit jener Nacht im Besitz von Pereira gewesen sein musste? Oder etwa doch nicht ... Fest stand ja nur, dass Ruben Mendes dieses Buch bei ihm im Antiquariat versteckt hatte, kurz bevor er ermordet wurde. Er wusste, dass man ihn deswegen jagte, und wollte es loswerden. Nur für diesen einen Abend oder so lange, bis sich eine Gelegenheit bot, es Maxima Cabral auszuhändigen. Als den letzten und ultimativen Beweis dafür, was sein leiblicher Vater einst verbrochen hatte. Aber es war Mendes nicht vergönnt gewesen, es sich wieder zurückzuholen. Er starb, und das Buch verblieb im Antiquariat, wo Catia es schließlich entdeckte. In den letzten Tagen war sie mindestens zweimal im Laden gewesen, immer wenn Henrik nicht da war. Zufall? Zumindest hatte er deshalb nicht mitbekommen, wie sie das Buch an sich nahm, bevor dies jemand anders tun konnte. Catia schmuggelte es aus dem Antiquariat und brachte es dem Padre. Ausgerechnet Bruno? War das eine Fügung, als ahnte sie, wohin Henrik sich wenden würde? Oder gab es da noch eine andere Verbindung?

Der Gedanke kam aus heiterem Himmel. Noch so eine rätselhafte Verbindung, für die sich plötzlich die Lösung ergab. Er erinnerte sich plötzlich, dass Maxima Cabral einen befreundeten Pfarrer erwähnt hatte, der Ruben nahegelegt hatte, mit seinem Schicksal an die Öffentlichkeit zu gehen. Und das vermutlich nicht nur um des eigenen Seelenfriedens wegen. Henrik begriff blitzartig, dass besagter Geistliche gerade Tee mit ihm trank. Aber das war noch nicht alles. Ruben hatte den Menschen aus seiner Vergangenheit andere Namen gegeben, Pseudonyme, um voreilige Schlüsse zu unterbinden. Henrik, der gerade nach seiner Tasse hatte greifen wollen, hielt in der Bewegung inne und suchte im dämmrigen Büro des Priesters dessen melancholischen Blick.

»Sie haben Ruben Mendes gekannt. Ich habe Ihre Reaktion bemerkt, als ich Ihnen vor ein paar Tagen im Klosterhof von seinem Tod erzählte. Und Sie kannten ihn nicht erst seit Kurzem, nicht wahr?« Er entsann sich Rubens Bericht über seine Zeit im Internat. Über die Freundschaft zu einem Jungen, dessen Eltern in den Kerkern der PIDE ebenfalls ihr Leben verloren hatten. Ein ähnliches Schicksal, so hatte Maxima Cabral es formuliert.

»Sie sind Nathan!«, flüsterte Henrik, und Bruno senkte den Kopf.

# 32

Pereira hatte in Notwehr gehandelt. Er war von Grão mit einem Füllfederhalter angegriffen worden und hatte sich verteidigt. So zumindest hatte Bruno den Ablauf dieses verhängnisvollen Ereignisses geschildert. Einen Ablauf, der mündlich überliefert, durch unzählige Kehlen gewandert und dabei unter Umständen etliche Male umgedichtet worden war. Wie substanziell konnte diese Schilderung überhaupt noch sein?

Und trotzdem sorgten die Ereignisse des 23. Juli 1973 für Unruhe. In erster Linie bei Pereira, seit ihm das Buch abhandengekommen war. Aber nicht nur bei ihm. Die Nervosität war auch bei anderen zu spüren. Oder warum sonst dieser Aktionismus der letzten Tage? Die Gewalt, der unbändige Wille, Leute zum Schweigen zu bringen …

Moment. Was, wenn es genau andersherum war? Hatte Pereira zuerst geschossen, und war der Angriff mit der Feder auf ihn nur ein kläglicher Versuch des Schriftstellers gewesen, sich seinerseits zur Wehr zu setzen? Dann konnte man Pereira eines kaltblütigen Mordes bezichtigen! Und denjenigen, die später über dieses Vergehen hinweggesehen und diesen skrupellosen Mörder auf den Posten des Leiters der Kriminalpolizei gehoben hatten, Verblendung vorwerfen. Oder Schlimmeres.

Aber reichten die Beweise dafür aus?

Konnte ein gewiefter Forensiker aus den Blutspuren den exakten Tathergang lesen? Je länger Henrik darüber nachdachte, desto mehr schwand seine Zuversicht, Nelson Pereira jemals zur Verantwortung ziehen zu können. Was der Antwort auf die Frage, warum Pereira ein dermaßen hohes Risiko auf sich nahm, um dieses Buch wieder in seinen Besitz zu bekommen, einen noch höheren Stellenwert verlieh.

Henrik blieb noch etwas Zeit, weshalb er dem Padre nicht nur Albrecht anvertraute, sondern auch das Buch wieder aushändigte. Er würde es später holen. Zuerst brauchte er bessere Karten, um in die nächste Runde einzusteigen. Er musste mehr über Pereira herausfinden, doch er scheute sich noch immer, Helena damit zu belästigen. Jetzt, da er wusste, wie gefährlich nahe sie der Quelle des Übels war, diesem von Korruption durchwucherten Polizeiapparat, konnte er erst recht nachvollziehen, dass sie allen damit verbundenen Gefahren und Schwierigkeiten aus dem Weg gehen wollte.

Allerdings blieb noch jemand anders, der womöglich mehr über Pereira wusste. Mehr, als sie bislang hatte zugeben wollen.

Nachdem er sich kurz nach Albrechts Wohlergehen erkundigt und dieser ihm zugesichert hatte, das Kloster nicht zu verlassen, ehe er Entwarnung bekam, ließ er einen sichtlich mitgenommenen Pater Bruno zurück. Diesmal riskierte er die Fahrt mit der Straßenbahn, die um diese Uhrzeit voll mit Touristen war. Das garantierte Anonymität. Er hätte bis zum Largo Chiado durchfahren können, stieg jedoch zweimal um und am Praça da Figueira aus, wo er sich unter die Leute mischte. Im Schatten der Reiterstatue von König Johann I. hielt er eine Weile inne und beobachtete die Umgebung. Erst als er sich sicher fühlte, suchte er einen Münzfernsprecher. Er kramte sein letztes Kleingeld aus der Tasche – und die Karte von Maxima Cabral. Zu seinem Erstaunen hatte er sie augenblicklich am Telefon.

»Was wollen Sie noch? Ich habe Ihnen gesagt, ich bin raus!«

Ja, das hatte sie. Mit aller Vehemenz. Was für ihn jedoch nicht zwingend bedeutete, diesen Beschluss zu akzeptieren.

»Sie hängen mit drin, ob Sie wollen oder nicht.«

»Ich habe Ihnen bei unserem letzten Treffen gesagt, was ich weiß. Ich habe keine Ahnung, wie ich Ihnen noch mehr helfen könnte.«

Wind kam auf, der schwungvoll durch die breiten Einkaufsstraßen des Baixa-Viertels fegte und zwischen den Schluchten der fünfstöckigen Gebäude zu kräftigen Böen kanalisiert wurde. Im Sommer hatte er solche Brisen herbeigesehnt, weil sie die Hitze linderten. Das, was ihm jetzt entgegenwehte, war jedoch eisig und schneidend.

»Ich kenne den Namen.«

»Von Rubens Vater?«, hakte sie nach, und das Erstaunen in ihrer Stimme war selbst im Pfeifen des Windes nicht zu überhören.

»Ja!«, bestätigte er knapp. Vielleicht lockte sie ja das aus der Reserve.

»Dann wissen Sie bereits mehr als ich.«

»Ich wäre dazu bereit, dieses Wissen mit Ihnen zu teilen. Aber mir bleibt nicht viel Zeit. Können wir uns gleich treffen?«

»Unmöglich! Ich bin im Studio, draußen in Valejas, um die Sendung für heute Abend vorzubereiten. Ich kann hier nicht weg.«

»Wollen Sie nicht erfahren, wer Ihren Freund auf dem Gewissen hat?«

Eine Pause entstand. Sie dachte nach, was er als gutes Zeichen betrachtete.

»Natürlich!«, entgegnete sie schließlich frostig.

»Gut, dann fahre ich zu Ihnen raus. Wie ist die Adresse?«

Wieder überlegte sie. Henrik versuchte nachzuvollziehen, was in ihr vorging. Sie war eine öffentliche Person, moderierte eine Fernsehsendung. Noch hatten die Medien nicht hinausposaunt, dass ihr Mann wegen der Ermordung ihres Liebhabers in Untersuchungshaft saß. Wahrscheinlich war sie verzweifelt darauf bedacht, keinen weiteren Staub aufzuwirbeln, um still und heimlich und vor allem ungeschoren aus dieser Sache rauszukommen. Sie hatte viel zu verlieren – und sie hatte Henrik im Nacken. Er war für sie ein Risikofaktor. Sollte ihr Volontär Cristiano ihn deshalb auskundschaften?

»Ich bin vorsichtig«, versprach er und ließ ihr damit erneut keine Wahl.

»Ich tue das, damit diese schreckliche Geschichte ein Ende hat. Aber wir treffen uns nicht im Sender!«, verlangte sie. »Hier in der Nähe ist ein Friedhof, Cemitério de Queluz. Ich warte dort auf Sie, in einer Stunde!«

Ein Friedhof.

Ihm blieb nichts übrig, als ein Taxi zu nehmen, um pünktlich zu sein. Der Fahrer hatte keine Ahnung, wohin er wollte, oder stellte sich dumm, um hinterher den überteuerten Fahrpreis rechtfertigen zu können. Sie fuhren auf der A37 nach Westen. Henrik bemühte sich, darauf zu achten, dass der Mann die Ausfahrt nicht verpasste. Kein leichtes Unterfangen, denn sein Kopf war überfüllt mit den Ereignissen der letzten Tage.

Valejas entpuppte sich als unscheinbarer Vorort, der im Norden und Westen von zwei sich kreuzenden Autobahnen umgeben war. Billig und schnell hochgezogene Wohnblöcke flogen vorbei. Das südöstliche Viertel war ein Industriegebiet, das an einen kleinen Eukalyptuswald grenzte. Das war der Hinweis. Von der Autobahn runter, über den Fluss, dann eine Steinmauer entlang, hinter der ein Wald aufragte. Rechts davon Obstplantagen. So die vage Beschreibung, die Maxima Cabral ihm hinterlassen hatte.

In viel Grün eingebettet, lag der Friedhof in einer Senke und schien so etwas wie die gemeinsame Ruhestätte für Verstorbene der umliegenden Ortschaften zu sein. Zwei Minuten über der vereinbarten Zeit hielt das Taxi vor dem geschmiedeten Lanzentor. Der Fahrer fragte bereits zum fünften Mal, ob er sicher hier aussteigen wollte. Die Verwunderung war verständlich, denn es gab hier nichts weiter als den Totenacker. Der nächstgelegene größere Gebäudekomplex nach zweihundert Metern freiem Feld war ein Krankenhaus, ohne dass ein Weg von hier nach dort führte. In der anderen Richtung war nur ein Schrottplatz zu erahnen. Ob Mensch oder Automobil, was nicht mehr zu reparieren war, landete hier offenbar in derselben Straße.

Er bezahlte und stieg aus. Im Hinterland war der Himmel grau. Über die bewaldeten Hügel im Norden trieben Regenwolken heran. Er sah dem Taxi hinterher. Vor dem Eingang des Friedhofs parkten zwei klapprige Kleinwagen. Keiner davon passte zu Maxima Cabral. Unmittelbar rechts vom Haupttor war eine Bushaltestelle. Vielleicht kam die Journalistin auch diesmal mit den Öffentlichen? Er studierte den Fahrplan und kam zu dem Schluss, dass es besser für ihn gewesen wäre, den Taxifahrer warten zu lassen. Der nächste Bus würde erst in gut drei Stunden hier vorfahren.

Durch den offenen Nebeneingang betrat er den Friedhof. Innerhalb der Mauer war nicht einmal mehr die Autobahn zu hören. Aber auch keine Vögel und Zikaden. Ein Ort der Stille, nur dass die Stille hier unheimlich wirkte. Den Prazeres-Friedhof hatte er bislang nur bei sonnigem Wetter besucht. Vielleicht kam ihm dieser Ort im Vergleich deshalb so trostlos vor.

Er hatte sich erst ein paar Schritte auf die Grabkapelle zubewegt, die im Zentrum der Anlage zu stehen schien, als er das Motorengeräusch vernahm. Irgendein Gefährt mit vielen Pferdestärken und einem Sportauspuff. Definitiv etwas Schnittiges, in dem Senhora Cabral gut aussah, obwohl sie das wahrscheinlich in jeder Lebenslage tat.

Er ging zurück und erwartete sie bei dem Häuschen, wo die Termine für die nächsten Beisetzungen angeschlagen waren. Sie hatte sich für eine weiße Lederjacke entschieden. Dazu eine dunkle Caprihose und High Heels, ebenfalls in Weiß. Das Haar verbarg sie unter einem Seidenschal mit Leopardenmuster. Die Chanel-Sonnenbrille erlaubte es auch diesmal nicht, ihr in die Augen zu sehen, trotzdem war ihre Müdigkeit zu erkennen. Über der Schulter hatte sie eine Handtasche, in der man einen Basketball hätte unterbringen können.

Er wollte ihr die Hand reichen, doch sie drückte sich an ihn und küsste ihn auf die Wangen. Ihr blumiges Parfüm stieg ihm in die Nase. »Ist Ihnen jemand gefolgt?«, fragte sie.

»Und Ihnen?«

Sie lächelte. Es musste schwer sein, ihr bei laufender Kamera gegenüberzusitzen und nicht ständig auf diese Lippen zu starren. Oder ein Stück tiefer.

»Seit Rubens Tod habe ich häufiger das Gefühl, verfolgt zu werden. Daher bitte ich um Entschuldigung, dass ich Sie hier herausbeordert habe. Aber jetzt, da wir schon mal hier sind, gehen wir doch ein paar Schritte!«, schlug sie vor und hakte sich, wie schon bei ihrer Visite im Zoo, bei ihm ein. »Die Leute in Ihrem Viertel haben Cristiano erzählt, Sie wären Polizist gewesen, bevor Sie nach Lissabon kamen.«

Er blieb stehen, wandte sich ihr zu. Cristiano war das erste Stichwort. »Die Polizei hat ihn gefunden. Seine Mörder haben ihn in den Fluss geworfen. Noch wissen die Ermittler nicht, wer der Tote ist, aber Sie gehen besser davon aus, dass die Kripo früher oder später bei Ihnen im Sender aufschlagen wird«.

Maxima Cabral wirkte wenig beunruhigt. »Sie sind ja gut informiert.«

»Ich habe meine Kontakte«, erklärte er trocken. »Ich weiß unter anderem auch, dass Ihr Cristiano nicht nur hinter mir her war. Offenbar war er auch sehr daran interessiert, was Ruben so getrieben hat. Hatten Sie das ebenfalls veranlasst?«

Sie schüttelte den Kopf. »Aber nein! Warum auch? Ich kannte Rubens Pläne.« Die kleine Unsicherheit in ihrer Stimme entging ihm nicht.

»Nicht alle, wie Sie selbst zugegeben haben! Sie haben doch beteuert, nicht zu wissen, was er noch beschaffen wollte, bevor er Ihnen seine Recherchen überließ.«

»Ruben hat sich nur deshalb so bedeckt gehalten, um mich nicht unnötig in Gefahr zu bringen. Und wenn ich höre, was mit Cristiano passiert ist, muss ich ihm dankbar dafür sein.«

»Aber Sie haben keine Idee, warum Ihr Volontär hinter Ruben herspionierte?«

Wieder Kopfschütteln. »Cristiano war ein kluger Kopf. Er dachte vermutlich, dass ich an einem brisanten Thema dran bin. Vielleicht wollte er daraus für sich selbst Kapital schlagen? Verdammt, ich hätte vorsichtiger sein müssen! Ich habe Cristiano da mit hineingezogen. Genau wie Daniel.«

Daniel! Siedend heiß fiel ihm ein, warum Maxima Cabral heute so übernächtigt wirkte. »Ihr Mann, ist er noch in Gewahrsam?«

»Sie haben ihn heute Morgen gehen lassen. Er hat Hausarrest, aber sein Anwalt ist zuversichtlich, dass der bald aufgehoben wird.«

Er hätte Helena darauf ansprechen sollen, um zumindest dieses Informationsdefizit auszugleichen. »Wo war er die letzten Tage?«

»Warum interessiert Sie das?«, fragte Maxima Cabral bissig und ging auf Abstand. Ihr Weg hatte sie um die Grabkapelle zum hinteren Teil des Friedhofs geführt. Ein Bereich, an dem sich einige verfallene Mausoleen und marode Grabhäuschen aneinanderreihten und den wohl auch die Gärtner aussparten. Unkraut wucherte kniehoch zwischen den Gräbern.

Ja, warum hatte er eben diese Fragen nach Daniel Marujo gestellt? Er wusste doch, wer Rubens Mörder war. Weshalb also diese plötzliche Unsicherheit? Doch offenbar hatte sich sein Polizistenverstand eingeschaltet; dann war es nicht verkehrt, auch darauf zu hören. »Wie Sie bereits sagten, ich war Polizist, und auch wenn Sie es anders sehen, besteht für mich nach wie vor eine Verbindung zu dem Mord an Ruben. Sie müssen doch zugeben, dass das Verhalten Ihres Mannes äußerst verdächtig wirkt. Und so wie Sie die Sachlage eben geschildert haben, ist Ihr Gatte auch seitens der Polizei noch nicht entlastet. Für mich heißt das, er hat kein stichhaltiges Alibi dafür vorgelegt, was er während er Tatzeit getan hat, und vermutlich auch keine nachvollziehbare Erklärung, wo er sich während der Tage danach aufgehalten hat.«

Zwischen ihren perfekt gezupften Augenbrauen entstand eine vertikale Falte. »Wie können Sie Daniel noch verdächtigen? Ausgerechnet Sie, wo Sie doch vorhin behauptet haben, den wahren Schuldigen ausfindig gemacht zu haben.«

»Ich sagte, dass ich Rubens Vater aufgestöbert habe«, korrigierte er sie.

»Aber waren wir uns nicht einig, dass eben diese Person ...«

»Ich habe kein Geständnis«, erklärte er und studierte ihre Reaktion. Das Benehmen von diesem Daniel Marujo war von vornherein seltsam gewesen. Überhaupt war an diesem Fall vieles seltsam – und das schloss die Journalistin nicht aus. Warum hatte sie diesen einsamen Ort gewählt? Er sah sich um. Keine Menschenseele weit und breit. Zumindest keine, die noch unter den Lebenden weilte.

Sie nahm die Sonnenbrille ab und steckte sie in die Handtasche. Zu den sinnlichen Lippen kamen jetzt auch noch ihre Augen. Ihre stärkste Waffe, um ihn zu bezirzen.

»Hören Sie einfach damit auf, meinen Mann zu verdächtigen!« Nun war sie es, die sich umsah. »Sie wollten, dass ich Ihnen helfe, aber es ist genau andersherum. Sie haben herausgefunden, wer dahintersteckt, und können es zu Ende bringen. Sie brauchen mich nicht mehr. Lassen Sie mich einfach in Frieden!«

Und das aus dem Mund einer investigativ tätigen Journalistin. Er runzelte die Stirn. »Wollen Sie einfach ignorieren, was vorgefallen ist?«, fragte er ungläubig.

Sie senkte den Blick. »Ich weiß, ich habe Ruben versprochen, seine Sache publik zu machen. Groß angekündigt, die Macht der Medien in meinem Rücken zu haben. Doch plötzlich läuft alles aus dem Ruder. So war das nicht geplant. Alles, was ich momentan will, ist, Daniel zu entlasten. Nur dafür bin ich noch bereit zu kämpfen. Was Rubens Geschichte angeht ... vielleicht habe ich mich da in etwas verrannt, und sie ist nicht für die Öffentlichkeit bestimmt.«

Ihre Hand steckte immer noch in der Umhängetasche. Was umklammerte sie dort drin? Nahm sie das Gespräch etwa auf? Für Sekunden war er irritiert und fragte sich, warum er eigentlich hier herausgefahren war.

»Was Sie aus dieser Story machen, ist mir reichlich egal. Für mich sind andere Dinge entscheidend. Vermutlich kann ich die Sache regeln und uns heil da rausbringen. Sie, Ihren Mann, mich und ...« Beinahe hätte er seinen Vater erwähnt. Und Catia. »Deshalb kann ich Sie aber auch nicht so einfach aus der Verantwortung entlassen. Ich bitte nicht darum, ich *verlange* Ihre Hilfe! Sie sind Journalistin, Sie verfügen über Möglichkeiten, an Informationen zu kommen. Und deshalb werden Sie etwas für mich recherchieren. Sie selbst! Denn auch ich will nicht, dass noch mehr Unschuldige ihr Leben lassen. Sie machen Ihren Job, ich mache meinen. Sind wir im Geschäft?«

# 33

Erkundigungen über ein ehemals hohes Tier bei der Polizei einzuholen, während gegen ihren Ehemann ermittelt wurde, zauberte nicht gerade ein Lächeln auf Maxima Cabrals makelloses Gesicht. Es lag Zurückhaltung in ihrer Stimme, als sie ihm versprach, bis zum Abend alles zusammenzutragen, was sie in dieser kurzen Zeit über Nelson Pereira ausgraben konnte. Nachdem er ihr den Namen genannt hatte, hatte sie zwar bestürzt, aber wenig überrascht gewirkt. Womöglich stand Pereira bereits auf ihrer Liste. Ruben hatte es zwar vermieden, ihr den Namen zu nennen, aber wie viele ehemalige Milizionäre und Regimetreue waren noch übrig, die auch in der neuen Regierung Machtpositionen bezogen hatten? Gemessen am fortgeschrittenen Alter der Kandidaten musste ihre Anzahl mittlerweile überschaubar sein. Er hoffte jetzt nur, die Journalistin hielt sich an ihre Abmachung und er bekam so schnell wie möglich brauchbares Material, das er gegen Pereira verwenden konnte. Jeder hatte Schwachstellen. Man musste sie nur finden.

Vorerst zeigte sich Maxima insofern gnädig, als sie ihn mitnahm und am Bahnhof Monte Abraão absetzte. Leider war schlechtes Wetter, sonst hätte sie auf der kurzen Strecke sicher das Dach ihres in klassischem British Racing Green lackierten Jaguar XK Cabriolets geöffnet. So genoss er einfach für wenige Minuten den bequemen Ledersitz, ehe er beim Aussteigen feststellte, dass er schwerer hochkam, als es für sein Alter angemessen war.

Die Linha de Sintra brauchte knapp eine halbe Stunde bis zum Bahnhof Rossio im Zentrum Lissabons. Eine halbe

Stunde, in der er sich Szenarien zurechtlegte, wie er Catia aus den Händen Pereiras befreien und diese schmutzige Angelegenheit zu Ende bringen konnte, ohne dass noch mehr Unheil geschah. Konnte Maxima Cabral ihm in drei, vier Stunden noch einen Joker zuspielen? Oder setzte er auf das falsche Blatt, wenn er auf ihre Unterstützung wartete? Plötzlich kam ihm sein Treffen mit der Journalistin wie Zeitverschwendung vor.

Letztlich hatte er ja, was Pereira verlangte. Allerdings blieb die große Unsicherheit, ob der Alte Catia tatsächlich gegen das Buch eintauschen würde. Sie war eine gefährliche Zeugin. Genau wie Henrik selbst. Sie wussten zu viel. Würde Pereira wirklich das Risiko eingehen und sie laufen lassen? Nein, darauf konnte er nicht hoffen. Eine plötzliche Verzweiflung überschwemmte ihn. Hatte er leichtfertig zu viel versprochen, als er behauptete, sie alle retten zu können?

Während er verdammt war, darauf zu warten, ob die Moderatorin sich überhaupt meldete, konnte er auch in der Rua do Almada nach dem Rechten sehen. Wenn Renato und die anderen klug waren, hatten sie sich verbarrikadiert. In Gedanken versunken, passierte er das Drehkreuz und eilte zu den Rolltreppen, die ihn hinunter zu den hufeisenförmigen Ausgängen brachte. Bei den Rolltreppen standen zwei Polizisten. Beide noch zu jung für eine tägliche Rasur. Uniformierte Milchgesichter, die mit Ernsthaftigkeit und Selbstvertrauen in Form von Maschinenpistolen ausgestattet waren. Eine fragwürdige Mischung, aber das übliche martialische Aufgebot, wenn es darum ging, an stark frequentierten öffentlichen Plätzen Präsenz zu zeigen. Extremismus und Terrorismus hatten Europa in den letzten Jahren dahingehend sensibilisiert. Weshalb Henrik davon nicht beunruhigt war.

Helena hatte schließlich Entwarnung gegeben. Er stand auf keiner Fahndungsliste, und die beiden da vorne waren nur Einsatzkräfte, die ihren Dienst taten und dabei für ein wenig Abschreckung sorgten. Obwohl der Kleinere der beiden sich plötzlich intensiv mit seinem Smartphone beschäftigte, während sein Kollege Henrik mit den Augen verfolgte. Wenn er so darüber nachdachte, zeigten sie bereits Interesse an ihm, seit er die Vorhalle betreten hatte.

Zehn Meter noch, dann wäre er auf dem Weg in den unteren Bahnhofsbereich, vorbei an der Starbucks-Filiale, hinaus auf die Straße und zurück in die Anonymität. Henrik dachte an Überwachungskameras in öffentlichen Gebäuden und auf Plätzen, an Gesichtserkennungssoftware und die rasend schnelle Verbreitung von Informationen mithilfe der digitalen Kommunikation. Der Kleine hielt dem anderen das Handy hin, wie um eine zweite Meinung einzuholen. Sie glichen etwas ab. Das Foto eines Verdächtigen mit der Wirklichkeit.

So wie sie ihn unter ihren Schirmmützen heraus musterten, wurde Henrik klar, dass er diese Wirklichkeit verkörperte. Und dass es zu spät war, um davonzurennen.

Die Läufe der Schnellfeuerwaffen zeigten nun deutlich in seine Richtung. Er wurde langsamer, ging aber weiter auf sie zu, weil dieses Verhalten am unauffälligsten war. Die Leute, die mit ihm den Zug verlassen hatten und mit denen er sich noch vor Sekunden im Pulk bewegt hatte, hatten andere Wege eingeschlagen oder waren vorausgeeilt, gleich nachdem er langsamer geworden war.

»Senhor Henrik Falkner«, stellte der eine Polizist nun fest. Der andere nahm das Telefon ans Ohr, ohne ihn aus den Augen zu lassen.

Henrik versteinerte.

»Parar!«, sagte der, dessen Gewehrlauf jetzt auf seine Gürtelschnalle wies.

»Venha!«, sagte der andere, der das Telefongespräch schnell beendet hatte.

*Sie kommen mit!*

»Darf ich fragen, warum?«

Statt einer Antwort schoben beide ihre Kinnladen nach vorn, als hätten sie sich abgesprochen.

Helena hatte sich geirrt.

Oder man hatte sie absichtlich in die Irre geführt, damit sie ihn falsch informierte und er weiter unbedarft durch die Stadt lief. Er begriff es einfach nicht, denn in Hinblick auf Pereiras Auftrag machte seine Verhaftung überhaupt keinen Sinn. Nun, vielleicht besaß der Alte längst nicht mehr die Macht, die Lissabonner Polizei nach seiner Pfeife tanzen zu lassen. Wenn das hier eine Festnahme war, war alles aus. Dann hatte Catia keine Chance mehr.

Die Polizisten geleiteten ihn dorthin zurück, wo er hergekommen war. Passierten mit ihm eine Schranke, die nur dem Personal Zutritt gewährte, und führten ihn die Gleise entlang. Ihnen war anzumerken, dass sie kein Aufsehen wollten, also gab er sich kooperativ. Sie bogen in einen schmalen Seitentrakt des klassizistischen Gebäudes ab, weg von den unzähligen Reisenden, die ihm einen gewissen Schutz geboten hatten. Hier waren Büros und Personalräume untergebracht. Eintrittsverbotsschilder an den Türen hielten Unbefugte fern. Sie öffneten eine dieser Türen und ließen ihm den Vortritt. Er schluckte trocken, als er mit dem Eintreten aus den Augen der etlichen Zeugen verschwand, die über die blanken Steinfließen der großen Halle Richtung Gleise oder zu den Ausgängen wuselten. Den Ausgang, den er nehmen musste, benutzte sonst niemand. Der Flur, in dem er sich mit seinen Bewachern wiederfand, war fensterlos und menschenleer. Die Neonröhre über der Stahltür am anderen Ende des tristen Gangs flackerte. War er erneut in eine Falle getappt? Blinzelte ihm dort der Tod entgegen?

Aber warum sollte ihn Pereira aus dem Weg räumen, solange er das Buch nicht bei ihm abgeliefert hatte? Während sie unter dem Echo ihrer Schritte den Gang entlangmarschierten, drängte sich ihm ein Schreckensszenario auf. Waren Pereiras Schergen ihm bis ins Kloster gefolgt? Hatten sie es gestürmt und Bruno dazu gezwungen, *O fim do mundo* auszuhändigen? Was war dann wohl mit dem Pfarrer geschehen? Und mit seinem Vater?

Noch ehe sie die verwitterte Tür erreichten, wurde sie aufgerissen. Tageslicht schwappte über den stumpfen PVC-Boden. Eine Silhouette füllte den Türrahmen, so groß, dass sich der Mann hätte bücken müssen, wollte er ihnen entgegenkommen. Was er nicht tat. Stattdessen gab der lange Kerl mit den zu kurzen Hosen den Ausgang frei.

Henrik stockte in seinem Schritt. Prompt bekam er einen Schubs. »Para a frente!«

Er hob die Hände zum Zeichen seiner Bereitschaft und trat hinaus in einen Hinterhof, der voll mit Mülltonnen stand. Ein paar Autos parkten kreuz und quer dazwischen, Servicefahrzeuge der Eisenbahn. Die schmale Zufahrt blockierte ein Lieferwagen, der rechts wie links nur einen Spalt von dreißig Zentimetern ließ, durch den man sich notfalls in die Freiheit zwängen konnte. Als hätte jemand den Mercedes Sprinter absichtlich dort platziert, um von allen Seiten ungestört zu sein.

Seine Eskorte blieb im Gang zurück. Lui wollte ihn offenbar unter vier Augen sprechen.

Der Leinenanzug, den er heute trug, war knittrig und das bunt gemusterte Hemd wie immer zu kurz, um es in die Hose zu stecken. Eine Zigarette hing in seinem Mundwinkel. Offenbar hatte er vor, sich einen Oberlippenbart wachsen zu lassen, denn er war schlechter rasiert als sonst. Die Sonnenbrille hatte er sich in sein pomadiges schwarzes Haar geschoben.

Henrik blickte hoch zum Himmel. Der rechteckige Ausschnitt zwischen den umstehenden Gebäuden war wolkenverhangen. Er ertappte sich bei dem Gedanken, dass er gerne noch einmal die Sonne auf seinem Gesicht gespürt hätte.

Lui hielt ihm ein zerknautschtes Päckchen Zigaretten hin, als wollte er dem Todgeweihten noch die letzte Ehre erweisen. Henrik schüttelte den Kopf und verkniff es sich, nach Helena zu fragen. Hätte sie von diesem Einsatz gewusst, hätte sie ihn sicher vorgewarnt. »Was wollen Sie?«

Der Kommissar zog ausgiebig an seinem Glimmstängel und schnippte die Kippe in die nächste Mülltonne. Mit einem süffisanten Grinsen im Gesicht holte er ein Foto aus der Innentasche seines unförmigen Jacketts und hielt es Henrik entgegen. Das Bild war in der Pathologie aufgenommen worden und zeigte Cristiano mit geschlossenen Augen. Seine Haut war bläulich und durchscheinend, der Mund obszön verzerrt. Es war die endgültige Mimik, die sein gewaltsamer Tod ihm verliehen hatte und mit der man ihn zu Grabe tragen würde.

Er musste sich anstrengen, den Unbedarften zu geben. »Wer soll das sein?«

Lui antwortete auf Portugiesisch und so undeutlich, dass Henrik nicht ein verständliches Wort aus dem Kauderwelsch isolieren konnte. Doch es war offensichtlich, dass der Inspetor irgendwie an den originalen Untersuchungsbericht gekommen war, bevor man dort den Hinweis auf Henriks Fingerabdruck getilgt hatte. Wollte Lui den ganzen Ruhm für die Festsetzung des Hauptverdächtigen selbst einheimsen? Oder wie war sein Alleingang zu verstehen?

Henrik spähte über seine Schulter. Die beiden Uniformierten bewachten weiterhin den Zugang zum Bahnhof, trafen aber sonst keinerlei Anstalten, ihn in Gewahrsam zu nehmen. An dieser Sache war entschieden etwas faul.

Der Kommissar tauschte das Foto gegen sein Handy und tätigte einen Anruf, ohne Henrik aus den Augen zu lassen. Mit den Beamten in seinem Rücken konnte er ohnehin nichts tun, außer abzuwarten, was als Nächstes passierte.

»Tenho a Alemão!«, verkündete Lui knapp.

*Er hat mich!* Zweifelsohne, er hatte ihn, aber wem machte er da gerade Meldung? Warum nahm er ihn nicht einfach mit aufs Revier?

Der Kommissar steckte das Telefon wieder weg und stopfte seine Hände in die Hosentaschen.

»Wir warten auf jemanden?«

Die Antwort, die er bekam, bestand aus einem überheblichen Grinsen. Musste er sich mit diesem Irren hier die Zeit um die Ohren schlagen? Fieberhaft grübelte er, was mit dieser Aktion bezweckt werden sollte und, vor allem, wer sie angeordnet hatte. Wenn er schon dazu verdammt war, in Luis Gesellschaft auf den großen Unbekannten zu warten, wollte er den Moment nicht ungenutzt lassen.

»Was hat eigentlich Daniel Marujo ausgesagt?«

Luis verlor sein Lächeln. Er starrte auf Henrik hinab und wiegte dabei leicht den Kopf hin und her. »Warum stellen Sie laufend diese Fragen?«

Sein lupenreines Englisch war fast eine Enttäuschung. Andererseits freute sich Henrik, dass er diesen eingebildeten Affen endlich dazu gebracht hatte, normal mit ihm zu reden.

»Sie kommen in diese Stadt, doch anstatt hier das Leben zu genießen, fangen Sie an, im Dreck zu wühlen. Mischen sich in Dinge ein, die Sie nichts angehen. Wollen alles wissen, hinterfragen jeden, der Ihnen über den Weg läuft, legen sich mit mächtigen Leuten an, graben Leichen aus. Ist das eine deutsche Marotte? Oder wo kommt das her? Würde ich ein Mietshaus in Lissabon erben, könnte mich die Welt am Arsch lecken. Sie sind ehrlich krank, Mann!«

Ja, vielleicht war er das tatsächlich. Vielleicht konnte er aber auch einfach nur nicht wegsehen, wenn anderen Unrecht widerfuhr. Er verspürte kein Bedürfnis, sich zu rechtfertigen. »Ich habe Sie nicht darum gebeten, mich zu analysieren, ich wollte lediglich wissen, wie der Ehemann von Maxima Carbal sein Verschwinden nach dem Tod von Ruben Mendes erklärt hat.«

»Sehen Sie, genau das meine ich!«, zischte Lui und schlenkerte dabei mit seinen überlangen Armen. Er sah aus wie ein Clown. Ein gefährlicher Clown.

Henrik hielt seinem Bick stand, bis der Kommissar sich schließlich widerwillig geschlagen gab.

»Marujo, hm, viele Widersprüche in seiner Aussage.«

»Geht es etwas konkreter? Ist er weiterhin als mutmaßlicher Mörder verdächtig? Wie ist Ihre Einschätzung, Inspetor?«

Offenbar fühlte sich Lui dadurch irgendwie herausgefordert. Er sah sich um und vergewisserte sich, dass es hier in diesem Hinterhof niemanden gab, der ihm einen Strick daraus drehen konnte, wenn er ein wenig aus dem Nähkästchen plauderte. »Meiner Einschätzung nach hat Senhor Marujo sich auf einen fadenscheinigen Deal eingelassen, der seine Firma in den Ruin treibt. Mit so dramatischen Auswirkungen, dass sehr wahrscheinlich selbst sein Schwarzgeld nicht ausreicht, um den Schaden abzuwenden. Fest steht, er hat Firmengelder entwendet, um seine Gläubiger ruhigzustellen. Damit ist er, ohne jemandem Bescheid zu geben, rüber nach Salamanca gefahren. Zumindest wissen wir, dass er sich dort drei Tage aufgehalten hat. Vermutlich hat sein Gläubiger ihn schmoren lassen, ihn vielleicht sogar eine Weile von der Welt abgeschottet und festgesetzt. Darüber, was genau in Spanien vorgefallen ist, hält er sich bedeckt, aber offenbar hat er nicht mitbekommen, was zwischenzeitlich in Lissabon passiert ist. Er wirkte jedenfalls sehr überrascht, als wir ihn wegen des Mordverdachts an Ruben verhaftet haben. Seine Ehefrau hatte ihn nicht vorgewarnt, weshalb wir auch davon ausgehen, dass sie ihn nicht erreichen konnte.«

»Wenn dem so war, kann er Ruben dann überhaupt getötet haben? Klammern wir das Eifersuchtsszenario mal aus, wo ist dann das Motiv?«

Lui grinste. »Dinheiro ou amor? Mendes hatte von Marujo den Auftrag, eine Buchhaltungssoftware zu schreiben, welche die Veruntreuung verschleiern sollte. Unser Opfer verlangte für diesen kriminellen Akt eine Sonderzahlung, weshalb es im Büro von Marujo zum Streit kam.«

»Die Auseinandersetzung, die ein Mitarbeiter bezeugen konnte«, folgerte Henrik und wusste in selben Moment, dass er etwas ausgeplaudert hatte, von dem er gar nichts wissen durfte.

»Inspetora Gomes hat Sie gut informiert, wie ich sehe«, kommentierte Lui amüsiert. Doch Henrik war in Gedanken schon weiter. Falls stimmte, was der Kerl da verzapfte, hatte Daniel Marujo plötzlich gleich zwei Motive. »Und Ihre Theorie?«, hakte er nach.

»Interessiert niemanden«, beschied ihm eine Stimme hinter ihm. Eine Stimme, deren sandiges Raspeln ihm einen Schauder über den Rücken laufen ließ. Auf ihn hatten sie also gewartet. Henrik hatte mit einigem gerechnet, aber nicht damit, dass Lui ausgerechnet mit diesem Mann unter einer Decke steckte.

Der Söldner trat aus dem Gang in den Innenhof und postierte sich in genau demselben Abstand zu Lui und ihm, sodass sie nun eine Art gleichschenkliges Dreieck bildeten. Auf die Art blieb jedem genug Raum, um reagieren zu können, falls einer der anderen irgendetwas vorhatte.

»Sind Sie wieder damit beauftragt, mich in Bewegung zu halten?«

»Der *alemão* der tausend Fragen«, lästerte Lui.«

Der Söldner wackelte mit dem Zeigefinger und deutete dem Kommissar damit an, den Mund zu halten. Damit war endgültig klar, wer hier das Sagen hatte.

»Ich verhandle nur mit Pereira«, stellte Henrik klar.

Der Glatzkopf nahm seine Sonnenbrille ab. Erstmals überhaupt konnte er diesem Mann richtig in die Augen sehen. Sie waren dunkel und stechend, voller Entschlossenheit. Unter der Lederjacke, die er trug, zeichnete sich eine Waffe ab. Dieser Hinterhof ohne Zeugen wurde für Henrik immer mehr zum Problem. Die zwei Polizisten im Hintergrund trugen dabei nicht merklich zu seiner Beruhigung bei.

»Das ist es ja, was uns Sorgen macht. Die Dinge geraten außer Kontrolle«, erklärte der Söldner.

»Man schickt Sie, um die Verhältnisse wieder geradezurücken«, folgerte Henrik.

»Ich hatte Sie gewarnt, weil ich wusste, dass Sie wieder Schwierigkeiten machen würden«, sagte der Söldner, und seine weiche Stimme schien das Bedauern darüber auszudrücken, dass Henrik nicht auf ihn gehört hatte.

»Ich kann ihn festnehmen lassen«, warf Lui ein.

»Im Knast nütze ich Ihnen nichts, das wissen Sie …« Henrik blieb der Rest des Satzes im Hals stecken, als der Söldner in seine Jacke griff und eine Pistole hervorholte. Henrik erkannte eine Glock 17, mattschwarz, neun Millimeter. Eine Waffe, die umgehend für Schweigen sorgte.

»Du, verschwinde und nimm deine Leute mit!«, reagierte der Glatzkopf auf den Vorschlag des Kommissars.

Henrik hätte es bis zu diesem Zeitpunkt nicht für möglich gehalten, dass er Luis Gesellschaft jemals einer anderen vorziehen könnte.

Der Inspetor mahlte mit seinem schlecht rasierten Unterkiefer und bedachte ihn mit einem undeutbaren Blick. Dann nickte er den beiden Uniformierten zu, die immer noch zurückgezogen im Gang warteten. Gemeinsam verschwanden sie in den Katakomben des Bahnhofsgebäudes. Die Stahltür, die von außen keine Klinke hatte, fiel hinter den Polizisten ins Schloss. Der Knall hallte zwischen den grauen Mauern wider und hinauf in den mit dunklen Regenwolken gescheckten Himmel Portugals.

Wieder einmal fand er sich Auge in Auge mit dem Söldner. Diesem rätselhaften Phantom, das dafür sorgte, dass jemand sehr Mächtiges – womöglich auch ein Konsortium einflussreicher Persönlichkeiten – in dieser Stadt unbehelligt blieb. Eine Schattenregierung, die das Geschehen in Lissabon aus dem Verborgenen lenkte und die diesen skrupellosen Handlanger dazu auserkoren hatte, die Drecksarbeit zu erledigen.

»Sie sind der kleinen Sara ein Eis schuldig geblieben.«

»Euch entgeht anscheinend nichts, was in Lissabons Straßen geschieht.«

»Oder auch nicht geschieht«, ergänzte der Söldner.

»Weshalb ich mich frage, warum ihr mich hierher zum Verhör bestellt, wo ihr doch ohnehin alles wisst.«

»Was will die Journalistin von Ihnen?«, fragte der Mann mit den kalten Augen. Seine Hände hielt er überkreuzt vor sich, die Glock wies lässig zu Boden.

»Ich bin fast enttäuscht, dass Sie darüber noch nicht informiert sind«, entgegnete Henrik so unbeeindruckt wie möglich.

»Sie haben recht; besser, ich frage sie selber.«

Henrik konzentrierte sich nur noch auf die Pistole. Er musste etwas tun, bevor es zu spät war. Bevor *alles* zu spät war. Diesmal war da kein Kind, auf das er Rücksicht nehmen musste. Knapp drei Meter, und nur eine Chance. Aus dem Stand sprintete er los.

Der Söldner, gerade noch so entspannt, reagierte innerhalb eines Wimpernschlags. Er trat gewandt zur Seite – eine Bewegung, die man einem Mann von so kompakter Statur nicht zugetraut hätte, sofern man ihn noch nie hatte agieren sehen. Doch Henrik hatte die Kampfkunst des Söldners bereits am eigenen Leib erfahren dürfen. Er war sich der hervorragenden Reflexe des Mannes bewusst und erriet auch die Richtung, in die sein Gegner auswich. Sein Augenmerk war ganz auf ein bestimmtes Ziel gerichtet, doch trotz aller Fokussierung erwischte er das Handgelenk des Glatzkopfs gerade nur so.

Henrik packte zu, so fest er konnte. An der Schusshand des Söldners hängend, wurde er herumgewirbelt. Jemand mit weniger Erfahrung hätte in dieser Situation womöglich den Abzug gedrückt, aber die Professionalität seines Gegners verhinderte dies. Kein Schuss, kein Geräusch, das Neugierige angelockt hätte, kein Querschläger, der durch den Innenhof pfiff. Nur ein gewaltiger Zug in seinen Armen, die Fliehkraft, die an ihm zerrte und seine Fingerknöchel zum Knacken brachte.

Dann gingen beide zu Boden. Henriks Gewicht war selbst für den durchtrainierten Kämpfer zu viel.

Der ölige Asphalt war hart, und der Aufprall schüttelte ihn durch. Bevor er wieder klar sah, kam der Tritt gegen seine Schulter, der seine Nerven betäubte. Seine Hände öffneten sich gegen seinen Willen.

Im nächsten Moment rollte der Söldner herum, riss die Waffe hoch und zielte auf seinen Kopf. Instinktiv rutschte Henrik auf dem Hosenboden von der Pistole weg. Er hatte kaum eine Sekunde Widerstand leisten können. Das war bitter.

Zorn blitzte in den Augen des Söldners auf. Und da war noch etwas, schräg hinter dem Mann, in dessen totem Winkel.

Lui hatte ihm einen unbeabsichtigten Gefallen erwiesen. Aus der Mülltonne, in die der Kommissar vor ein paar Minuten seine Kippe entsorgt hatte, stieg plötzlich Qualm auf. Sie war vollgestopft mit Plastikbehältern, von denen auch welche um den Müllcontainer herumstanden. Erst jetzt identifizierte Henrik das Symbol für leicht entzündliche Stoffe, mit dem sie gekennzeichnet waren. Henrik schob sich noch weiter rückwärts, während ihm tausend Gedanken durch den Kopf flackerten.

Der Söldner kam jetzt auf die Beine und bemerkte gleichzeitig, dass es nicht die Glock war, vor der Henrik zurückwich. Ohne die Zielrichtung der Waffe zu ändern, drehte er sich um. Im selben Moment schoss eine meterhohe Stichflamme aus dem Müllcontainer. Wie Lava wurde eine brodelnde Masse in die Luft geschleudert und besprenkelte die umstehenden Kanister, von denen nicht alle verschlossen waren, mit brennenden Fladen.

Henrik warf sich herum und krabbelte wie ein Wilder auf den Lieferwagen in der Einfahrt zu. Er hörte, wie sich in seinem Rücken auch der Söldner in Bewegung setzte, doch das war in dieser Sekunde Nebensache. Von Panik getrieben, tauchte er unter den Sprinter. Er kam bis zur Hinterachse, bevor der erste Behälter explodierte. Die Hitzewelle raste an ihm vorbei, dann folgte ein markerschütternder Knall.

Fensterscheiben gingen klirrend zu Bruch. Henrik spürte die Erschütterungen der nachfolgenden Detonationen, die den Lieferwagen über ihm erzittern ließen, robbte jedoch blindlings weiter. Mehrmals prallte er mit seinem Schädel gegen den Unterboden, angetrieben von den glutheißen Eruptionen.

Endlich stemmte er sich an der Heckstoßstange auf die Beine. Durch die zersplitterte Frontscheibe des Wagens konnte er sehen, dass der Hof, in dem er eben noch einen aussichtslosen Kampf gefochten hatte, lichterloh in Flammen stand. Aus dem Bahnhofsgebäude ertönte eine erste Sirene. Vor ihm auf der Straße hielten Autos an. Gegenüber auf der anderen Straßenseite reckten verstörte Menschen ihre Hälse. Einen Herzschlag lang dachte er an den Söldner, dann rannte er los. Auf die Treppen der Calçado de Duque zu, deren Absätze gesäumt waren von Restauranttischen, an denen die vereinzelten Gäste entsetzt aufgesprungen waren.

An diesen Leuten stürmte er vorbei, hinauf ins Bairro Alto. Die meisten starrten in Richtung des Lärms, und nur wenige sahen flüchtig dem verdreckten Mann nach, der die Stufen hochhetzte, als wäre der Teufel persönlich hinter ihm her.

# 34

Er stoppte seine kopflose Hatz, knapp bevor er den Scheitelpunkt des Bairro-Alto-Hügels erreichte. Es machte überhaupt keinen Sinn, in diese Richtung zu fliehen. Was wollte er hier? Nach Hause konnte er nicht, dort würden sie als Erstes nach ihm suchen. *Mir bleiben nicht mehr viele, die ich anrufen kann,* überlegte er, während er versuchte, wieder zu Atem zu kommen. Dann fiel ihm ein, dass er ohnehin nicht in der Lage war zu telefonieren. Sein Handy lag zertrümmert irgendwo in einem Rinnstein unterhalb des Schlossbergs. Selbst wenn er gewusst hätte, wo in der Gegend ein Münzfernsprecher installiert war, hätte ihm das nichts genützt. Er konnte sich nicht an die Nummer erinnern. Der Fluch der digitalen Speicherung. Man brauchte sein Hirn nicht mehr zu bemühen, solange einem die Technik zur Verfügung stand.

Jetzt, da sich sein Herz allmählich beruhigte, setzte auch das Denken wieder ein. Warum hatten sie ihn plötzlich ausschalten wollen? Das ergab doch keinen Sinn – nicht solange Pereira nicht hatte, was er wollte. Außer der Alte hatte sich nicht allein auf ihn verlassen und war auf anderem Weg an das Buch gelangt. Was bedeutete … Nein, besser, er steigerte sich da nicht noch einmal hinein. Die Worte des Padre drängten sich ihm auf.

*Er kommt regelmäßig zur Beichte.*

Wie hatte er nur so blind sein können! Der Söldner wusste natürlich, bei wem er Zuflucht suchen würde! Henrik redete sich ein, dass es noch nicht zu spät war, dass es galt, nicht noch mehr Zeit zu verlieren. Getrieben von einer Mischung aus Wut und Furcht, nahm er die Rua Garett, weil ihm das als der kürzeste Weg erschien. Auch wenn er sich lieber im Dunkeln verborgener Gässchen bewegt hätte. Prompt sorgte sein zerschundenes Äußeres für Aufmerksamkeit in der elitären Einkaufsstraße. Ebenso wie unten im Baixa-Viertel. Auch hier waren weithin die Sirenen zu hören. Von allen Seiten echoten sie durch die Straßen und lenkten so von ihm ab – jedenfalls hoffte er das. Die Leute wandten ihre Köpfe dorthin, woher der Lärm kam. Er musste nur im Schatten dieses Radaus bleiben.

Der Aufstieg den Schlossberg hinauf brachte ihn erneut an die Grenzen seiner Kondition. An Laufen war längst nicht mehr zu denken. Was er am Leib trug, war mit Schweiß getränkt, als er die flussseitige Bergflanke erreichte. Mit letzter Kraft wankte er um das Gebäude herum und nahm denselben Eingang wie heute Morgen. Drinnen behelligte ihn niemand. Endlich stand er vor der Tür, klopfte und trat, ohne auf Antwort zu warten, ein.

Bruno schaute verwundert auf, als Henrik völlig ausgepumpt in sein Büro gestolpert kam.

»War er hier, ist alles in Ordnung?«

»Wer?«, fragte Bruno, sprang auf und eilte ihm entgegen.

»Sie wissen, wen ich meine!«

»Nein, niemand war hier, Henrik. Beruhigen Sie sich! Ihrem Vater geht es gut.« Der Priester legte ihm die Hände auf die Schultern.

»Was ist mit dem Buch?«, krächzte er.

»Das Buch habe ich sicher verwahrt.«

Henrik schüttelte den Kopf, als könnte er sein Gehirn so wieder zum Denken bewegen, doch er fand nur Verwirrung vor. Außerdem war ihm schlecht. Bruno führte ihn zu dem vertrauten Sessel, und er ließ sich hineinfallen.

»Ich hole Ihnen Wasser.«

»Es ist an der Zeit, dass ich das Buch mitnehme«, verkündete Henrik heiser, doch Bruno war schon aus dem Büro.

Das Buch war noch hier. Genau wie Albrecht. Ihm blieb noch die ganze Nacht, um das Werk von Ricardo Grão gegen Catia zu tauschen und alle anderen Vorsätze in den Wind zu schießen. Ruben Mendes war tot, und nichts würde ihn mehr zurückbringen. Außerdem gab es keinerlei Garantie, dass diese verdammte Aktion, in die er sich hatte verwickeln lassen, dafür sorgen würde, Nelson Pereira auf die Anklagebank zu bringen. Und Maxima Cabral ... Sollte sie doch mit der Schuld leben, einen jungen Mann für ihre Zwecke geopfert zu haben. Ihr Ehemann konnte Henrik gleich zweimal egal sein. Marujo beschäftigte gewiss ausreichend Anwälte, die antreten würden, um ihn vor einer Anklage zu bewahren.

Bruno kehrte mit einer Karaffe Wasser zurück und schenkte ihm ein Glas voll. »Sind Sie verletzt?«

Er blickte an sich hinab und stellte leicht verwundert fest, dass er es nicht war. »Ist nur Dreck«, erklärte er, »und ein paar versengte Haare an den Wangen. Da erspare ich mir die nächsten Wochen schon das Epilieren.« Henrik nahm einen zu hastigen Schluck und begann zu husten.

Bruno klopfte ihm auf den Rücken. »Sie sollten in Ruhe verschnaufen.«

In Ruhe! Der Pfarrer hatte keine Ahnung. Er musste los, Catia wartete. Was für Höllenängste sie ausstand, mochte er sich gar nicht ausmalen.

»Keine Zeit«, keuchte er.

Bruno schüttelte den Kopf. »Ich kann Sie unmöglich so zurück auf die Straße schicken. Sie müssen erst mal eine Dusche nehmen!« Als Henrik protestieren wollte, hob er die

Hand. »Keine Widerrede! Und während Sie sich säubern, schaue ich die letzte Kleiderspende durch, ob ich was zum Wechseln für Sie finde.«

Der Blick des Priesters war so unbeugsam wie sein Glaube an Gott. Schließlich nickte Henrik.

Bruno führte ihn durch das Kloster in einen Waschraum, der der Gemeinschaftsdusche in der Sporthalle seines alten Gymnasiums nicht unähnlich war. Handtücher lagen bereit.

»Ziehen Sie sich aus, dann nehme ich die verdreckten Sachen gleich mit und bringe sie in die Wäscherei.«

Widerwillig schälte er sich aus seinen Kleidern, die intensiv nach Rauch stanken. Bruno wartete mit in die Hüften gestemmten Fäusten.

Die Dusche war eine Wohltat. Schnell fühlte er sich deutlich frischer, körperlich wie geistig. Das prasselnde Wasser spülte seinen unvernünftigen Zorn auf den Priester fort, der ihm nun schon zum zweiten Mal geholfen hatte. Auf ganz selbstverständliche Weise und ohne zu fragen, was vorgefallen war. Doch das Gefühl, nur ein Spielball zu sein, hatte ihn wütend gemacht. Wieder hatten ihn die dunklen Mächte dieser Stadt in den Mahlstrom des Wahnsinns gestoßen. Wieder standen ihm nur bescheidene Mittel zur Verfügung, um dagegen anzukämpfen.

Erst als er Bruno zurückkommen hörte, drehte er den Hahn zu. Der Padre hatte ihm Anziehsachen bereitgelegt. »Ich hoffe, die Sachen passen.«

»Gewiss, vielen Dank!«, erwiderte Henrik, ohne einen Blick darauf zu werfen.

»Ich warte dann draußen«, verkündete der Priester und ließ ihn allein.

Er beeilte sich. Die Unruhe war zurück. Der schreckliche Verdacht, nicht schnell genug zu sein. Bruno reichte ihm eine lederne Umhängetasche. »Das Buch«, sagte er. »Ich hoffe, Sie wissen, was Sie tun.«

Henrik nahm die Tasche und sparte sich eine Antwort.

»Wollen Sie noch Ihren Vater sehen?«

»Nicht jetzt. Und sagen Sie ihm bitte auch nicht, dass ich gerade hier war. Es ist noch nicht ausgestanden.«

*Und falls ich nicht wiederkomme ...* Er weigerte sich, diesen Gedanken zu Ende zu denken. Weigerte sich, irgendwelche Anweisungen zu hinterlassen, sofern sich Nelson Pereira nicht damit zufriedengab, Catia gegen das Buch einzutauschen.

»Herzlichen Dank für Ihre Hilfe!«

»Ich kann Sie auch begleiten.«

Henrik schüttelte den Kopf. »Auf keinen Fall. Ich habe Sie bereits einmal in Schwierigkeiten gebracht und tue es im Moment wahrscheinlich wieder, allein schon, weil ich Ihnen meinen Vater anvertraue.«

»Haben Sie denn einen Anhaltspunkt, wohin man Catia gebracht hat?«

»Sie halten sie irgendwo weit draußen im Nordwesten der Stadt fest. Ein Industrieareal. Ich erkenne den Ort, wenn ich ihn sehe. Es ist besser, Sie wissen nicht zu viel darüber.«

Erneut berührte ihn Bruno an der Schulter. »Gott segne Sie!«

Henrik legte seine Hand auf die des Priesters. »Danke, Padre!«

Er war schon an der Tür, da drehte er sich noch mal um. »Haben Sie was über die Explosion am Rossio gehört?«

Bruno musterte ihn eindringlich, versuchte einzuordnen, warum er sich danach erkundigte. »Ich habe vorhin nur kurz ein paar Sätze aufgeschnappt, als ich Ihnen das Wasser geholt habe. In der Küche lief ein Radio.«

Natürlich hatte der Geistliche den Rauch in seinen Kleidern gerochen und den Ruß bemerkt, den er abgewaschen hatte. Doch er fragte auch jetzt nicht nach.

»Und … was wurde berichtet?«, erkundigte sich Henrik.

»Nach ersten Meldungen gab es keine Verletzten. Niemand ist zu Schaden gekommen.«

War auch der Söldner dem Inferno entronnen, oder waren die Verantwortlichen geistesgegenwärtig genug, diesen einen bestimmten Toten zu verschweigen? Einen Mann, der ohnehin nur ein Phantom war und dessen Verlust nur sehr ausgewählte Leute betrauern würden. Und auch das nicht der Sympathie wegen, sondern weil man einen qualifizierten Profi verloren hatte, der in seinem speziellen Aufgabenbereich nur schwer zu ersetzen war. Egal – das alles waren Spekulationen, für die er jetzt keine Zeit hatte. Er nickte Pater Bruno zu und verließ das Kloster São Vicente de Fora. Mit Gottes Segen und einem über fünfzig Jahre alten Buch, das mit Blut getränkt war.

# 35

Das frisch renovierte fünfstöckige Haus lag auf halber Höhe des Schlossbergs am Largo São Cristóvão. Ein einziges Mal war er hier gewesen. Hatte sie nach Hause begleitet, wenn auch nur bis vor die Tür, wo er sich nun erneut einfand. Sie hier aufzusuchen, war seine letzte Möglichkeit, nachdem er es bei ihr im Büro vergebens probiert hatte. Das war der Fluch, wenn man von der digitalen Kommunikation abgeschnitten war. Man machte unnötige physische Umwege. Auf dem Weg herunter vom Kloster hatte er mit sich gehadert, ob er sie überhaupt um Hilfe bitten durfte. Ob er es sich herausnehmen konnte, noch eine weitere Person in diese elende Angelegenheit hineinzuziehen. Doch irgendwie war er zu dem Schluss gekommen, dass sie es ihm schuldig war. Er würde nichts Unmögliches verlangen und sie keinem Risiko aussetzen. Selbstredend hätte er auch ein Taxi nehmen können. Aber da er nicht exakt angeben konnte, wohin er genau wollte, hätte er vorab keinen Preis aushandeln können. Außerdem hatte er kaum noch Bargeld, und seine Kreditkarte lag zu Hause. Ein Taxi hätte einen schmerzlichen Einschnitt in das knappe Budget bedeutet, das ihm momentan zur Verfügung stand. Was womöglich nach dem Ende dieses Tages ohnehin keine Rolle mehr spielte. Vor allem brauchte er jetzt aber jemanden, der auf ihn wartete, während er tat, was man ihm zu tun aufzwang. Er benötigte ein Fluchtfahrzeug, wenn man so wollte, und am Steuer jemanden, auf den er sich verlassen konnte. Der sich Sorgen machte, wenn er nach Ablauf der vereinbarten Zeit nicht wieder auftauchte.

Das war definitiv kein Job für einen unmotivierten Taxifahrer. Dazu musste er befürchten, von einem gekauften Chauffeur verraten zu werden. An die Polizei, die vermutlich einen Fahndungsaufruf an alle Taxiunternehmen der Stadt rausgegeben hatte. Oder an diejenigen, die Taxifahrern eine hohe Kopfprämie zahlten. Vielleicht hätte er Pater Brunos Angebot annehmen sollen. Geistlicher Beistand im Kampf gegen das Böse. Er verdrängte die Idee. Er brauchte den Priester im Kloster, an der Seite von Albrecht. Seine Entscheidung war gefallen.

Über andere Optionen würde er erst dann nachdenken, wenn sie nicht zu Hause war. Seine Hand fühlte sich seltsam kraftlos an, als er den Klingelknopf drückte. Die Sekunden verstrichen. Verzagt klingelte er ein zweites Mal. Dann noch einmal, bereits mit der Resignation im Rücken. Es knackte in der Gegensprechanlage, als er sich schon von der in dunklem Blau lackierten Tür abgewandt hatte.

»Quem está lá?«

»Ich bin's!«

»Henrik?«

»Ja, mach bitte auf!«

»Warum kommst du nicht in einer Stunde in mein Büro?«

Eine Stunde! »Adriana, bitte! Ich würde nicht an deiner Tür Sturm klingeln, wenn es nicht wirklich dringend wäre.« Noch während er sprach, ging ihm ein Licht auf. »Du hast Besuch?« Von einem Mann. Auch wenn er das nicht laut aussprach, stach die Eifersucht dornig in eine besonders empfindliche Stelle unter dem Herzen. Darüber ärgerte er sich mehr als über den Umstand, dass er Adriana offenbar bei etwas sehr Intimem unterbrochen hatte. Er wollte doch gar nichts mehr von der Steuerberaterin. Hier hatte einfach nur kurz sein männliches Ego gesprochen, und im Moment hatte er wirklich wichtigere Probleme.

»Bekomme ich fünfzehn Minuten?«, fragte sie zurück.

»Nein, warte!«, rief er, bevor es noch peinlicher wurde. Es half nichts, dann musste er die Sache eben alleine durchziehen. »Kannst du mir für zwei, drei Stunden dein Auto leihen? Damit wäre mir schon geholfen.«

Die Gegensprechanlage antwortete mit einem Rauschen. Dafür ging Sekunden später hoch über seinem Kopf ein Fenster auf, und Adrianas Kopf erschien. Selbst gegen die Sonne konnte er sehen, wie zerzaust ihre Haare waren. Von fremden Männerhänden in einem Anflug von Leidenschaft zerwühlt.

»Er steht die Straße runter, auf dem Parkplatz vor der Parteizentrale der CDS«, erklärte sie unüberhörbar genervt und deutete ihm die Richtung an. »Stell ihn dort wieder ab, wenn was frei ist, und wirf mir den Schlüssel in den Briefkasten!« Dann erschien ihre Hand, und im nächsten Moment fiel der Autoschlüssel zu ihm herab. Er fing ihn auf, doch als er wieder hochsah, um sich zu bedanken, war das Fenster schon wieder geschlossen. Er zog eine Grimasse, dann machte er sich auf die Suche nach Adrianas silbergrauem SLK.

Das Wageninnere roch intensiv nach ihrem Parfüm. Es war, als säße sie neben ihm. Für einen Moment verstärkte das seine Sehnsucht, und er hätte nur zu gerne das Dach geöffnet, um einen anderen Geruch in die Nase zu bekommen. Doch er konnte nicht offen fahren, er durfte schließlich nicht erkannt werden. Aus diesem Grund setzte er sich auch ihre Sonnenbrille auf, obschon das Modell definitiv zu feminin für ihn war.

Der wie üblich dichte Verkehr in der Innenstadt beanspruchte seine Aufmerksamkeit und lenkte ihn von seinen Gedanken an Adriana ab. Je mehr er sich dem Praça Dom Pedro näherte, desto langsamer kam er voran. Wegen des Feuerwehreinsatzes am Rossio war die Fahrspur Richtung Süden gesperrt. Etliche Einsatzfahrzeuge blockierten den Abschnitt um den Bahnhof herum. Ein großes Aufgebot an Rettungskräften und Polizei schwirrte herum. Instinktiv rutschte er tiefer in den Sitz. Er hätte eine Ausweichroute wählen sollen, aber da er erstmals, seit er hier lebte, selbst mit dem Auto fuhr, orientierte er sich an den Straßen, die er kannte. Zwar war es dank dem Automatikgetriebe einfach, sich im zähen Fluss der Blechlawine zu bewegen, doch seine verzweifelte Ungeduld macht es dennoch fast unerträglich.

Unbehelligt erreichte er die Avenida da Liberdade und hatte damit wieder einigermaßen freie Fahrt. Nun war es auch leichter, den Weg zu finden. Was zur Folge hatte, dass sich nun wieder Helena in seine Gedanken drängte. Er hätte jetzt sehr gerne mit ihr gesprochen. Gerne ein paar Dinge zurechtgerückt. Beispielsweise was seine Empfindungen ihr gegenüber betraf.

Im beginnenden Feierabendverkehr benötigte er dreißig Minuten, bis er das Fußballstadion passierte. *Und wohin jetzt?* Er versuchte sich zu erinnern. Es war erst heute Morgen gewesen, lag aber eine gefühlte Ewigkeit zurück. Auf welcher Route hatte sich Pereira ab hier chauffieren lassen? Solange sie hinter dem Lieferwagen hergefahren waren, hatte er kaum auf die Umgebung geachtet.

Nelson Pereira hatte prophezeit, dass er ihn finden würde. Doch darauf wollte er nicht warten. Selbst in Aktion zu treten – das war einer der wenigen Vorteile, die ihm blieben.

Er entdeckte das Industrieareal mit den Flachdachhallen eher durch Zufall. Doch er war sich sofort sicher, dass er richtig war. Selbst die Halle, zu der sie mit Catia abgebogen waren, konnte er identifizieren. Hier hatte sein Polizistenverstand wieder funktioniert. Hatte erfasst, was relevant war, und es abgespeichert. Langsam rollte er an den Hallen vorbei, die von einem hohen Zaun umgeben waren. Jede Zufahrt war mit einem sehr massiv wirkenden Tor versehen. Videokameras überall. Dabei wirkte der gesamte Komplex verlassen. Keine Menschenseele trieb sich hier herum. Auch von dem Renault-Kastenwagen, in dem sie Catia hierher verfrachtet hatten, fehlte jede Spur.

Ein unbemerktes Eindringen hielt er nach seinen ersten Eindrücken für unmöglich. Leider war es nun auch zu spät, Erkundigungen über dieses Areal einzuholen. Wobei er ohnehin nicht glaubte, dass er etwas gefunden hätte. Es gab keinerlei Beschilderung an den Einfahrten, keine Hinweis- oder Firmentafeln an den Gebäuden. Entweder die Hallen warteten allesamt noch auf ihre Mieter, oder jemand verhinderte mit Absicht, dass man erfuhr, was darin vorging. Für Letzteres sprachen die gepflegten Außenbereiche und das Fehlen von Zu-Vermieten-Schildern und Makler-Telefonnummern. Die wenigen Rasenflächen waren erst kürzlich gemäht worden. Nirgendwo spross Unkraut aus den Ritzen zwischen Asphalt, Gehwegen und Umzäunung, wie man es sonst von brachliegenden Objekten dieser Art kannte.

Er parkte zwei Nebenstraßen weiter. Dort konnte er warten, bis es dunkel wurde. Der Abstand zwischen den Straßenlaternen war groß in diesem Industriegebiet. Sich im Schutz der Nacht anzuschleichen war durchaus eine Option. Oder?

Henrik dachte an Maxima Cabral. Seinen Joker, den er nun nicht mehr zum Einsatz bringen konnte. Selbst wenn sie noch etwas Brauchbares für ihn herausgefunden hatte – ihm fehlte die Möglichkeit, sie zu erreichen. Er war nicht sonderlich enttäuscht darüber. Also stieg er aus und schulterte die Umhängetasche, die ihm mit einem Mal ungewöhnlich schwer vorkam. Als hätte die dünne Kladde, die Bruno dort hineingepackt hatte, jenseits ihres physikalischen Gewichts noch eine ungeahnte psychische Schwere.

Die Sonne stand bereits tief. Sie wärmte seinen Rücken, während er an den hellgrau gestrichenen Hallen entlangging. Weder fuhren hier Autos, noch kamen ihm Leute entgegen. Es war ein trister Ort, an den es offenbar niemand hinzog. Vielleicht weil man unbewusst wahrnahm, dass hier üble Dinge geschahen.

Entlang der Krone des Zauns verliefen parallel zwei Strom führende Drähte. Henrik erreichte das Tor und studierte gerade mit zusammengekniffenen Augen die Kameraüberwachung, als wie aus dem Nichts der Hund erschien. Rotäugig starrte ihm der Rottweiler von der anderen Seite des Gitters entgegen. Speichel tropfte von seinen herabhängenden Lefzen auf den Teer. Das Fell glänzte in dunklem Braun, das Gliederband um seinen baumdicken Hals verschwand fast gänzlich in den Speckfalten. Sein Schädel war mächtig, und einer der Reißzähne des Unterkiefers war zu sehen. Aus seinem Inneren drang ein Grollen, wie von einem noch weit entfernten Güterzug, der sich langsam näherte und der irgendwann aus seinem tunnelgroßen Maul hervorschießen würde. Bewegungslos standen sie sich gegenüber, und Henrik war plötzlich dankbar für die stabile Umzäunung.

Dann zuckten die Ohren des Rottweilers. Der Hund reagierte auf etwas, das Henrik nicht hören konnte, drehte erst seinen Schädel, dann den Rest seines massigen Körpers und trottete davon. Im nächsten Moment klackte eine Entriegelung, und das Tor setzte sich in Bewegung. Nahezu lautlos rollte es zur Seite. Henrik legte seine feuchten Finger um den Tragegurt der Umhängetasche und folgte der Einladung.

Kaum dass er seine Füße auf das Werksgelände gesetzt hatte, änderte das Tor seine Richtung und schloss sich hinter ihm. Der Hund war verschwunden. Genau wie die Sonne, die noch vor einer Sekunde seinen Nacken gewärmt und seinen Schatten lang gemacht hatte. Henrik unterdrückte einen Schauder.

Eine in die Halle eingesetzte Doppeltür aus Stahl, dunkler gehalten als der Rest der Front, war offenbar die einzige Öffnung, durch die man ins Innere dieser Halle gelangte. Langsam ging er darauf zu. Er war bis auf wenige Schritte heran, bevor die Tür geöffnet wurde. Es war der Typ mit dem irren Blick, der ihn dort erwartete. Der Kastenwagenfahrer trug nach wie vor seinen Overall, als wäre das eine Art Uniform. In einer Schlaufe am Gürtel hing ein Schlagstock, sonst schien er unbewaffnet. Er ruckte kurz mit dem Kopf in Richtung der abgedunkelten Halle, machte dann Platz und ließ Henrik den Vortritt. Die Halle war gigantisch, größer, als von außen erwartet. Man hätte einen Airbus A380 darin unterbringen können. Oberlichter schufen eine diffuse Atmosphäre. Nur im hinteren Teil der Stahlträgerkonstruktion brannte eine Reihe von Neonröhren. In dieser Ecke hatte man bis fast unter die Decke Zwischenwände eingezogen. Eine stählerne Außentreppe verband die übereinandergestapelten Segmente. Rohre und Kabelstränge liefen darauf zu und verschwanden in breiten Schächten.

Genau dorthin deutete der Typ neben Henrik, und sie durchquerten zusammen die Halle. Das Echo ihrer Schritte auf dem nackten Betonboden begleitete sie. Von irgendwoher mischte sich ein leises Brummen ein. Irgendein Aggregat.

Der abgetrennte Bereich entsprach in der Länge einem Sattelschlepper und hatte die Höhe von drei übereinandergestapelten Hochseefrachtcontainern. Wenn sie Catia in diesem riesigen Hangar festhielten, konnte sie sich nur dort befinden. Vor dem Zugang zu dem separierten Areal stand ein Tisch mit drei Stühlen. Auf der abgewetzten Platte lag ein unterbrochenes Kartenspiel. Drei Stapel, aufgefächert, mit der Bildfläche nach unten, damit niemand in das jeweilige Blatt sehen konnte. Dazu ein randvoller Aschenbecher.

Drei Männer also, deren Spiel Henrik durch sein Auftauchen unterbrochen hatte. Wo steckten die anderen?

Bei dem Tisch angekommen, blieben sie stehen. Henriks Hals war rau. Es roch antiseptisch, und irgendwie hatte er einen seltsamen Geschmack auf der Zunge. Er drehte sich zu seinem Begleiter um. »Wo ist Pereira?«, fragte er.

Der Mann bedeutete ihm, sich zu setzen.

»Ich will Catia sehen!«

Der Typ blinzelte. Verstand dieser Kerl überhaupt, was er wollte?

»Ihr seid immer so ungeduldig, ihr Deutschen.«

Henrik fuhr herum. Die Tür in der eingezogenen Wand war geräuschlos zur Seite geglitten, und Nelson Pereira war darin aufgetaucht, flankiert von zwei seiner Handlanger. Sie traten aus einer Art Schleuse. Der Raum hinter dem gläsernen Durchlass schimmerte in grünlichem Licht. Henrik erhaschte einen Blick auf mit grauem Stoff verhängte Gegenstände und Gerätschaften. Eigenwillige Gebilde, dessen Formen er nicht zuordnen konnte. Von der Decke baumelten Schläuche und Stromleitungen, die unter die Stoffhüllen liefen, als müsste das, was sich darunter verbarg, versorgt werden, damit es am Leben blieb. Die Wände waren gefliest, wie in einem Labor. Dazu der Geruch ...

»Was ist das hier?«

»Haben Sie bereits vergessen, was ich Ihnen über das Stellen von Fragen gesagt habe?«

»Wie könnte ich!«, erwiderte Henrik sarkastisch.

Pereira lächelte dünn. »Zeigen Sie mir das Buch!«, verlangte er dann und deutete mit der Spitze seines Gehstocks auf die Umhängetasche.

»Erst will ich Catia sehen!«

Etwas traf ihn mit Wucht in die Kniekehlen, und er ging zu Boden. Der Kerl mit dem irren Blick stand über ihm, in der einen Hand den Schlagstock. Die andere streckte er ihm auffordernd entgegen.

Der Schmerz ebbte nur langsam ab, mit einem Kribbeln kehrte das Gefühl in seine Beine zurück. Irgendwie schaffte er es, eine trotzige Miene aufzusetzen. Der Overallmann reagierte darauf, indem er den Schlagstock hob.

Henrik zuckte zurück. Er half Catia nicht, wenn er sich hier verprügeln ließ. Ihm blieb vorerst nichts übrig, als sich zu fügen. Er schob die Hand in die Tasche. Fand das Buch, das Pereira wollte. Doch da war noch etwas anderes, das Pater Bruno ihm eingepackt hatte. Seine Finger legten sich um den kühlen Schaft. Und dann zog er mit einem Ruck die Pistole aus der Tasche und richtete sie auf Nelson Pereira.

# 36

»Du hast ihn nicht durchsucht, *idiota*!«, zischte der ehemalige Polizeichef.

Henrik war mindestens genauso perplex wie die Umstehenden. Die Pistole war eine uralte Luger, ein Modell, das noch aus Kriegsjahren stammen musste. Eine Wehrmachtspistole. Ihn überkam der Gedanke, dass er nicht wusste, ob die Deutschen unter Hitler auch in Portugal gewesen waren. Während des Zweiten Weltkriegs war das Land irgendwie neutral geblieben, so viel war ihm bekannt, aber letztlich hatte er keine Ahnung. Weder was die Historie anging, noch ob die Luger funktionierte oder überhaupt geladen war. Er visierte Pereira an, während er sich auf die Beine mühte. Der Mann mit dem irren Blick war vor ihm zurückgewichen und umklammerte einsatzbereit seinen Schlagstock. Es war einer dieser Hartgummiknüppel, wie man sie bei der Polizei benutzte. Vielleicht waren sie das auch, diese Männer. Polizisten, die sich im Dienste ihres ehemaligen Vorgesetzten etwas dazuverdienten. Alle drei waren sie nicht mehr die Jüngsten; Henrik schätzte sie um die fünfzig, womöglich sogar älter. Erfahrene Leute. Gefährlich für ihn, weil sie in ihrem Berufsleben gelernt hatten, mit solchen Situationen umzugehen. Das zeigte ihr Verhalten nur zu deutlich. Sie brachten Abstand zwischen sich, formten einen Halbkreis, den sie immer weiter auseinanderzogen. Wenn der Winkel noch stumpfer wurde, konnte er sie nicht mehr alle im Blick behalten. Er fragte sich, wer von den dreien Cristiano getötet und vom Dach geworfen hatte.

»Stehen bleiben, verdammt!«

»Sonst erschießen Sie mich?«, fragte Pereira. Er hatte sein Lächeln längst wiedergefunden. »Sie haben noch nie auf jemanden geschossen, Senhor Falkner, und ich werde sicher nicht der Erste sein.«

»Bringen Sie mir Catia, dann bekommen Sie Ihr Buch. Damit ist die Sache erledigt. Jeder hat, was er will, und wir gehen auseinander …«

»Wie vernünftige Leute«, vollendete Pereira den Satz. Henrik überkam das Bedürfnis, ihm ins Bein zu schießen. Aber er wusste, dass dieser Mistkerl recht hatte. Er würde nicht einfach so drauflosballern. Er konnte nicht einmal mehr Pereiras eisigen Blick erwidern, weil er sonst dessen Männer aus den Augen hätte lassen müssen. Die Sekunden dehnten sich zu einer Ewigkeit. Schweiß brannte ihm in den Wunden, die er bislang in diesem Krieg davongetragen hatte.

»Ich will es sehen!« Pereiras Forderung klang beinahe kindlich.

Henrik ließ drei Sekunden verstreichen, ehe er nickte. Acht Augenpaare verfolgten gebannt seinen erneuten Griff in die Tasche. Der angespannten Haltung von Pereiras Häschern konnte man ablesen, dass sie womöglich mit noch mehr Artillerie rechneten. Doch es war das Werk von Ricardo Grão, das er mit der Linken ans Licht brachte.

Nelson Pereiras Lächeln unter dem Oberlippenbart wurde eine Spur breiter.

Henrik drehte das Bändchen hin und her, ein verlockender Happen vor der Nase des Raubtiers. »Wie kam Ruben überhaupt an das Buch? Es war doch in Ihrem Besitz, habe ich gehört.«

Im diesigen Licht der Lagerhalle bekam der Alte einen verklärten Blick. Er setzte seinen Gehstock ab, den er zuletzt in Abwehr mit beiden Händen vor sich gehalten hatte, und stützte sich auf, als drückte unverhofft eine tonnenschwere Last auf seine Schultern. »Ja, es war in meinem Besitz. Aber Ruben hat sich Zugang zu meinem Haus verschafft.«

Dieses Vorgehen passte nicht zu dem Menschen, den Maxima Cabral beschrieben hatte. Mendes war vielleicht so kühn, über das digitale Netzwerk bei jemandem wie Pereira einzudringen, aber er hätte nie riskiert, dies auch physisch zu tun. »Sie haben ihn eingeladen«, folgerte Henrik.

»Meine Ehefrau hat mir nur Töchter geboren. Die Aussicht auf einen Sohn hat mich nachlässig werden lassen«, gestand der Alte, ohne die Augen von dem Buch zu wenden.

Henrik verkniff sich eine Bemerkung darüber, ob der IT-Fachmann sich jemals dazu herabgelassen hätte, den Schlächter von Cardoso als Vater zu bezeichnen.

»Ich hatte ihn tatsächlich aus den Augen verloren«, fuhr Pereira fort. »Damals, als er nach Brasilien ging. Vor allem, weil er es geschafft hat, dort seine Identität zu wechseln. Auch wenn er seinen Vornamen behielt, war er damit unsichtbar geworden, selbst für mich. Mir wurde erst klar, dass er zurück in Portugal war, als man mich darüber informierte, dass jemand in meiner Vergangenheit herumstöberte. Und zwar nicht etwa in den verstaubten Aktenschränken der Staatsbehörde für Aufklärung und Vergangenheitsbewältigung, sondern in den unter Verschluss stehenden digitalisierten Archiven, für die es keinen öffentlichen Zugang gibt. Ich habe immer vor einer derartigen Dokumentation unserer ruhmreichen Vergangenheit während der Estado Novo gewarnt. Doch *sie* wollten davon nicht hören, wollten ihr Vermächtnis gesichert wissen, damit künftige Generationen Einblick in die einzig wahre Ideologie nehmen konnten, um sie wieder erblühen zu lassen, wenn die Zeit einmal kommt. Grundsätzlich ein begrüßenswerter Ansatz, allerdings das falsche Vorgehen. Wir machen uns zu angreifbar, das habe ich immer wieder gesagt … und nun sehen Sie ja, wozu diese Ignoranz geführt hat.«

»Sollen Sie mir jetzt etwa leidtun, weil Sie dadurch gezwungen waren, Ihren Sohn zu töten?«, zischte Henrik.

Der Blick, mit dem Pereira ihn bedachte, hätte ohne Weiteres Erfrierungen verursachen können. »Sie sind immer noch nicht schlauer geworden, Senhor Falkner. Einzig die Tatsache, dass Sie mein Buch wiedergefunden haben, bewahrt Sie davor, dass ich Sie für einen kompletten Versager halte.«

»Das Buch, das Ihnen Ruben trotz Ihrer Unfehlbarkeit stehlen konnte«, konterte Henrik gehässig. »Weil Sie den Feind in Ihr Haus gelassen haben, ohne zu erkennen, dass es der Wolf im Schafspelz war.«

Der wunde Punkt war wieder erreicht. Die Stelle, die Pereiras gefrorene Seele zum Brodeln brachte. »Sie wissen nichts!«, antwortete er mit erhobener Stimme. »Ich habe ihn doch vor die Wahl gestellt! Ihm deutlich gemacht, dass er aufgeflogen, dass unseren Spezialisten seine Schnüffelei nicht entgangen war. Statt ihn sofort die Konsequenzen für diesen Verrat spüren zu lassen, suchte ich den Dialog. Ich lud ihn ein, bot ihm eine Annäherung an. Sogar eine Versöhnung, wenn Sie so wollen. Er sollte die Wahrheit erfahren, und zwar aus meinem Mund. Jahrzehntelang hatten sie ihn mit Mutmaßungen und Lügen abgespeist. Er hatte verdient zu erfahren, was sich damals zwischen seiner Mutter und mir wirklich zugetragen hat.«

»Nur wollte er es nicht hören, nehme ich an.«

Henrik war nicht entgangen, dass Pereiras Schergen wieder damit begonnen haben, sich für einen Angriff in Formation zu bringen, weshalb auch er ein paar Schritte nach hinten machte. Die Luger wurde immer schwerer in seiner Hand. Für eine Sekunde fragte er sich, wer hier wen hinhielt. Und wieso. Er konnte kaum mit Hilfe rechnen, niemand wusste, wo er war. Und Pereira – was hatte ihn eigentlich so in Plauderlaune versetzt?

»Er kam zu früh«, fuhr der Alte fort, und das Bedauern in seiner Stimme wirkte echt. »Meine Haushälterin ließ ihn ein, weil er sich als der vorstellte, der er war … mein Sohn.« Wieder diese Melancholie. Saudade, wie der Portugiese es nannte. Eine Emotion, die so gar nicht zu Pereira passte.

»Sie führte ihn in die Bibliothek und bat ihn dort zu warten, bis ich von meinem Termin zurück wäre. Zehn, fünfzehn Minuten, in denen er unbeaufsichtigt war. Es kann nur Zufall gewesen sein, dass er in der Zeit unter den zahlreichen Werken genau dieses Buch in die Finger bekam. Ruben muss die Legende gekannt haben, die sich darum rankte, also nahm er es an sich und ging wieder.«

»Legende?« Henrik schnaubte. »Für eine Legende würden Sie wohl kaum diesen Aufwand betreiben.«

Die Betroffenheit verschwand, und er hatte wieder den herzlosen Dreckskerl vor sich, den man ohne Skrupel mit einer Waffe bedrohen konnte.

»Wie auch immer, jetzt ist es wieder da, also geben Sie endlich her!«

Henrik wich noch einen Schritt zurück. »Warum haben Sie das Buch nicht gleich nach dem Vorfall im Keller der Buchhandlung entsorgt?«

Unbewusst fuhr sich der Alte mit dem Daumen über die Narbe an seinem Hals, die bis hinab zu dem bläulich schimmernden Punkt reichte, wo die Spitze des Füllfederhalters einen Rest von Tinte unter die Haut des Comandante tätowiert hatte. Die Stelle, die Henrik anfangs für ein Muttermal gehalten hatte. »Nennen Sie es Sentimentalität. Es war das einzige Mal, dass ich bei einem Einsatz Blut lassen musste. Und dann ausgerechnet durch die Hand eines schwindsüchtigen Schriftstellers.«

»Zu schade, dass Grão nicht besser getroffen hat«, knurrte Henrik. Dann erst bemerkte er die Bewegung in seinem Augenwinkel. Während er herumwirbelte, wurde ihm bewusst, dass er seine Umgebung vernachlässigt hatte. Der Schuss, den er abfeuerte, pfiff einen Wimpernschlag später als unberechenbarer Querschläger durch die Halle. Zum Ducken blieb keine Zeit, denn der Mann links von ihm schlang ihm die muskelbepackten Arme um den Oberkörper. Er verlor das Gleichgewicht – und das Buch. Zusammen mit dem anderen Mann ging er zu Boden. Der Aufprall schlug ihm die Pistole aus der Hand, und das Gewicht seines Angreifers quetschte ihm den Brustkorb. Auch die anderen beiden waren nun heran. Seine Arme waren unter ihm eingeklemmt, und so hatte er nichts, womit er den markerschütternden Tritt gegen seinen Schädel abwehren konnte.

Er fiel in einen Schacht. Schwarze Wände, die mit der Geschwindigkeit eines Intercitys an ihm vorbeirauschten. Nein. Er selbst war der Zug und raste durch einen Tunnel. Das Licht am Ende der Röhre hatte die Größe eines Stecknadelkopfes. Aber es wuchs, dehnte sich aus, gewann an Schärfe und Helligkeit, bis es ihn blendete. Schützend hob er die Hände vor die

Augen. Seine Finger waren mit etwas Klebrigem überzogen. Er hatte es doch abgewaschen, das Blut von Ruben Mendes. Oder war es das von Ricardo Grão? Oder von Catia?

Sein Verstand katapultierte ihn zurück ins Licht, er riss die Augen auf. Der blitzartige Übergang von der Dunkelheit in die gleißende Realität verursachte ihm Übelkeit. Sein Kopf dröhnte schmerzhaft, ein Feuer brannte auf seiner Stirn, und glühende Lava bahnte sich ihren Weg an den Augen vorbei seine Wange hinunter. Es war sein eigenes Blut, was er da ölig zwischen seinen Fingern verrieb.

Henrik lag immer noch dort, wo sie ihn niedergetreten hatten. Die Ohnmacht konnte nur kurz gewährt haben, doch sie hatte ausgereicht. Seine Waffe war weg. Und das Buch. *O fim do mundo* war zu seinem Besitzer zurückgekehrt. Pereira blätterte darin. Gedankenversunken. In der Erinnerung an den 23. Juli 1973 gefangen.

»Jetzt haben Sie, was Sie wollten«, krächzte Henrik.

Der Alte sah über das Buch hinweg auf ihn herab. Seine Narbe zwang ihn zum Lächeln. »Nein.«

»Nein?«

»Nein!«

»Was ... verdammt?«

Die Männer, die ihn überwältigt hatten, waren verschwunden. Offenbar war Pereira der Meinung, jetzt alleine mit ihm fertigzuwerden. Er klappte das Buch zu und faltete seine Hände darum, als wollte er das eingetrocknete Blut darin herauspressen. Dann legte er es auf den Tisch, wo das Kartenspiel darauf wartete, zu Ende gespielt zu werden. Und wo nun auch die Luger lag, die der Priester Henrik anvertraut hatte. Ein Hirte des Herrn, der Waffen an seine Schäfchen verteilte. Waffen statt Hostien.

Pereira kam auf ihn zu und vertrieb damit seine wirren Gedanken. Das Ticken des Gehstocks hallte durch das hohe, leere Gebäude. Henrik konnte sich gerade noch das Blut aus dem linken Auge wischen, als Pereira auch schon den Stock schwang und ihm den Silberknauf auf die Hand drosch.

Sein Schmerzensschrei schallte durch die Halle.

»Ich vermisse die Zeit, in der diejenigen, die den Gehorsam verweigerten, mit einem Genickschuss niedergestreckt wurden«, fauchte der ehemalige Polizeichef.

»Sie haben doch, was Sie verlangten«, keuchte Henrik. Sein Handrücken pochte und schwoll bereits an. Die Fingerkuppen brannten wie elektrisiert. »Was wollen Sie denn noch?«

Wieder legte sich etwas Sentimentales über Pereiras Gesicht. »Ich kann mir bis heute nicht erklären, warum ich das Bedürfnis verspürt habe, Ruben zu unterstützen. Ich habe viel für ihn getan, nach dem Tod seiner Mutter hätte er sonst nicht überlebt. Doch diesem kleinen Scheißer fällt nichts Besseres ein, als gegen mich zu intervenieren. Mir blieb gar keine Wahl, als die Sache schleunigst unter Kontrolle zu bekommen. Doch bevor ich überhaupt eingreifen kann, wird Ruben ermordet! Ich will, verdammt noch mal, wissen, wer meinen Sohn getötet hat. Das ist alles, was jetzt noch zählt.«

Fassungslos starrte Henrik ihn an. »Ich ... Verstehe ich Sie richtig, Sie erwarten, dass *ich* Ihnen helfe, den Mord an Ruben Mendes aufzuklären?«

»Ich hatte mit dem Gedanken gespielt. Aber diese Chance haben Sie soeben vertan. Sie haben eine Waffe auf mich gerichtet. Unmöglich, Ihnen jetzt noch zu vertrauen.«

»Vertrauen«, wiederholte Henrik verächtlich.

Laute Schritte in seinem Rücken unterbrachen seinen Versuch, sich zu rechtfertigen. Zwei der Schläger kamen durch die Halle gelaufen.

»Alarme falso!«, erklärte einer der beiden.

*Falscher Alarm?*

Dem Rest der Unterhaltung konnte er nur ein paar Wortfetzen entnehmen. Irgendetwas hatte einen Alarm ausgelöst, vielleicht hat auch der Hund angeschlagen, woraufhin die drei Männer das Gelände abgesucht hatten. Sein Freund mit dem irren Blick war wohl noch dabei, die Überprüfung abzuschließen. Vielleicht beruhigte er auch nur den Rottweiler.

Pereira hielt sich nicht weiter mit seinen Leuten auf. Der Alte widmete sich lieber wieder Henrik, bevor er sich aufraffen konnte. Mit einer schnellen Bewegung drückte ihm Pereira den Silberknauf gegen die Gurgel. Henrik packte den Stock, doch die unverletzte Hand konnte den Druck kaum mindern. Zu seinem Leidwesen verfügte der Major trotz seiner weit über siebzig Jahre noch über eine erstaunliche Konstitution.

»Ja, wehren Sie sich nur, dann wird es interessanter.« Der Alte legte mehr Gewicht auf den Stock, und seine eisblauen Augen weiteten sich vor Erregung. »Niemand wird kommen, um Sie zu retten.«

*Er genießt es*, dachte Henrik. *Er hätte Ricardo Grão so und so getötet, auch ohne die Schreibfeder, die ihm der Schriftsteller in den Hals rammte. Er wird auch Catia nicht verschonen.*

Schon spürte er die Auswirkungen des Sauerstoffmangels. Sein Körper bemühte sich, das Hirn am Laufen zu halten, und holte sich die Energie dazu aus seinen Oberarmmuskeln. Ein Teufelskreis.

*So darf es nicht enden.*

In diesem Moment fiel ein Schuss.

Pereira zuckte zurück.

Für ein paar Sekunden bekam Henrik wieder Luft.

»Alarme falso!«, zischte der Alte. »Geht nachsehen, zur Hölle noch mal, ihr verfluchten Stümper!«

Henrik hörte, wie sich die Schergen schnellen Schritts entfernten. Und zählte im Geiste bis drei.

Dann trat er dem Alten gegen die Kniescheibe.

Pereira knickte sofort ein. Da er seinen Stock immer noch verkehrt herum gegen Henriks Hals presste, konnte er ihn nicht verwenden, um sich abzustützen. Er kippte keuchend zu Boden und verlor dabei erstmals diese Aura von Arroganz und Unbesiegbarkeit. Erstmals war er nichts weiter als ein alter Mann, dem nicht mehr allzu viele Jahre blieben.

Henrik wälzte sich auf den Bauch und stemmte sich auf die Beine. Sein Ziel war der Tisch. Seine Bewegungen waren ungelenk, denn die Muskeln reagierten nur langsam auf die Befehle, die aus seinem umnebelten Gehirn kamen. Zudem überfiel ihn ein heftiger Schwindel, und so dauerte es die Sekunde zu lange, bevor er den nächsten Schritt wagen konnte.

Der Alte war trotz allem zäh. Er donnerte ihm seinen Gehstock gegen den Knöchel, und Henriks Gelenk schien sich augenblicklich mit Glassplittern zu füllen. Henrik stürzte wieder hin, ehe er sich überhaupt zu voller Höhe hatte aufrichten können.

Erneut schnellte der Gehstock auf ihn nieder und traf ihn am Oberarm. Diesmal war zu wenig Kraft dahinter, doch es reichte, um ihn vom Tisch fernzuhalten. Statt seiner krabbelte jetzt Pereira darauf zu. Eine würdelose Art für den einstigen Milizionär, aber letztlich zählte das Ergebnis. Und wenn Henrik erst tot war, gab es keinen mehr, der darüber berichten konnte, dass Nelson Pereira am Boden gelegen hatte.

Wieder raffte Henrik sich auf, doch als er den Fuß mit dem angeschlagenen Knöchel belastete, flammte ein gleißender Schmerz sein Bein empor. Henrik musste einen Schrei unterdrücken, denn es tat verflucht weh, dennoch half der Schmerz auch etwas die Benommenheit zu vertreiben, die ihn bislang gehemmt hatte. Der Honig, durch den er sich bewegt hatte, wurde flüssiger. Er warf sich nach vorne und erwischte den Alten am Bein, bevor dieser seine Hand auf die Tischkante legen konnte.

Nur am Rande nahm er jetzt weitere Schüsse wahr. Wer kämpfte dort draußen auf seiner Seite? Oder hatte es gar nichts mit ihm zu tun? Vielleicht war ja da noch jemand anders, der Pereira aus dem Weg haben wollte. Was hatte der Alte vorhin gesagt? *Ich will wissen, wer meinen Sohn getötet hat!* Aber egal, welches Gefecht vor der Halle ausgetragen wurde, ihm blieb keine Zeit darauf zu warten, wie es ausging.

Pereira trat nach ihm und erwischte ihn an seiner Kopfwunde. Der alte Mistkerl hatte nie verlernt, wie man Leuten effektiv Schmerzen zufügte. Henrik biss die Zähne zusammen. Er durfte jetzt nicht loslassen! Blut trübte seinen Blick. Viel zu spät bemerkte er den Stock, der wieder auf ihn niedersauste. Wieder auf die kaputte Hand. Die straff gespannte Haut über dem Handrücken platzte auf, und die Finger öffneten sich gegen seinen Willen.

Jetzt hatte Pereira wieder beide Beine frei, und er rammte ihm die Absätze seiner eleganten Budapester entgegen. Henrik wich reflexartig zurück, und der Alte nutzte die Gelegenheit, schleuderte seinen Stock von sich und raffte sich auf.

Zeitgleich kamen sie wieder auf die Beine. Pereira, der sich mit einer Hand auf den Tisch stützte, hielt in der anderen die Luger, den Lauf auf Henrik gerichtet. Obschon er hektisch atmete und die Pistole leicht schwankte, wäre es auf die Entfernung Wahnsinn gewesen, diesen Mann anzugreifen, der sein Leben lang immer wieder Menschen getötet hatte.

Blut tropfte von Henriks Hand auf den Betonboden. Auch er hätte sich gerne irgendwo festgehalten. Von draußen war nichts mehr zu hören. Er riskierte einen kurzen Blick zu der weit entfernten Tür.

»Sie haben meinen Anzug ruiniert«, keuchte Pereira.

»Und dafür erschießen Sie mich jetzt«, presste er hervor, ohne seine Verachtung zu verbergen.

»Ich habe Ihnen ein Angebot gemacht; Sie waren es, der es ausgeschlagen hat.«

»Warum wollten Sie mich?«

Der Alte schnappte immer noch nach Luft. »Sie waren nicht nur dabei, als Ruben gestorben ist, Sie haben sich auch in den letzten Tagen intensiv damit auseinandergesetzt und möglicherweise andere Ansätze gefunden, die mir bislang entgangen sind.«

*Ich war ein Getriebener, was blieb mir anderes übrig?* Henrik wischte sich mit dem heilen Handrücken über die Stirn, bevor noch mehr Blut in sein linkes Auge laufen konnte. Auch wenn der Schwindel allmählich nachließ, war es anstrengend, sich auf den Beinen zu halten. Da kam ihm ein Gedanke. Nicht nur er wurde getrieben. »Der verdreckte Anzug dürfte wohl bald Ihre geringste Sorge sein. Die Leute, für die Sie arbeiten, wollen sichergehen, dass bestimmte Dinge schnellstmöglich geregelt werden. Ich vermute, in Ihrer großspurigen Art haben Sie versprochen, sich darum zu kümmern.«

Henrik dachte an den Söldner. Nun ergab so einiges Sinn. Auch die Andeutung des Glatzkopfs darüber, dass die Dinge außer Kontrolle gerieten. »Hat es zu lange gedauert? Vertraut man ihrem Wort nicht mehr uneingeschränkt? Oder sind diese Leute womöglich zu der Einsicht gelangt, dass Sie schlichtweg zu alt sind? Für Sie ist die Luft dünn geworden, Major Pereira.«

Der Alte fand sein diabolisches Grinsen wieder und damit seine Arroganz. Natürlich hätte er niemals zugegeben, dass Henrik seine Situation durchschaut hatte. »Ich habe Sie nicht als meinen Feind betrachtet, Senhor Falkner, nicht bevor Sie auf mich geschossen haben.« Damit hob er die Luger noch ein Stück an. Der Lauf der Pistole hörte auf zu zittern. Am anderen Ende der Halle wurde die Tür aufgestoßen und schlug heftig gegen die Metallwand. Doch weder Pereira noch er selbst wandten sich demjenigen zu, der dort aus der Dunkelheit kam. Es war zu spät. Der Weg war zu weit, um Henrik noch zu retten.

Nelson Pereira verengte seine Augen zu Schlitzen und betätigte den Abzug.

# 37

Einem Reflex folgend, warf er sich nach hinten.

Der Knall war ohrenbetäubend.

Ein Lichtblitz blendete ihn, selbst durch seine zusammengepressten Lider hindurch, und die Kugel prallte hart gegen seine Brust.

Mit ihr schlugen zwei Gedanken ein. Zwei Gedanken, die ihn bei seinem Sturz begleiteten. Der eine war offensichtlich. *So ist es also, wenn man erschossen wird. Kein Schmerz, nur ein Impuls, der auf das Endgültige verweist. Auf die unausweichliche Erkenntnis, dass es vorbei ist.*

Der andere hatte im Hintergrund gelauert, drängte aber mit einem Mal vehement in sein Bewusstsein. *Das war zu laut für einen gewöhnlichen Schuss, selbst in einem geschlossenen Raum.*

Aus weiter Ferne rief jemand seinen Namen. Doch er war zu sehr damit beschäftigt, sich in Erinnerung zu rufen, was er auf der Polizeischule über Ballistik gelernt hatte. Über Mündungsfeuer. Darüber, was passierte, wenn die Kugel den Lauf verließ. Über den Knall, und wie der Schall sich ausbreitete. Statt sein zu kurzes Leben Revue passieren zu lassen, dachte er an die alte Luger, die ganz anders reagiert hatte, als selbst er sie vor wenigen Minuten abgefeuert hatte.

*Ist es das, worüber man nachdenkt, wenn man abtritt?*

»Henrik!«

Er glaubte nicht, dass es der Tod war, der da so aufgebracht seinen Namen schrie. Der Tod hatte bestimmt einen ganz leisen Schritt, er stürmte nicht heran wie …

»Helena?«

Noch immer zuckten grelle Blitze vor seinen Augen. Er konnte sie nicht sehen, aber er wusste, dass sie da war, noch bevor er sie spürte. Ihre Hände um sein Gesicht. Ihren Atem auf seiner Haut. Er hätte gerne etwas gesagt, sich bedankt, dass sie bei ihm war, in seinen letzten Momenten, nur fand er keine Kraft dazu.

Sie tastete ihn ab, suchte offenbar nach der tödlichen Wunde, die in seinem Brustkorb klaffen musste.

»Hörst du mich, kannst du aufstehen?«, fragte sie hektisch.

*Sie will es nicht wahrhaben. Ihre Gefühle für mich ...*

»Verdammt, Henrik, stell dich nicht so an, es sind nur ein paar Kratzer!«, zischte sie. »Wir müssen weg hier, bevor seine Leute sich wieder berappeln.«

Der Druck auf seinem Brustkorb machte es ihm schwer zu atmen, so schwer. Er dachte an den rosafarbenen Schaum des Blut-Sauerstoffgemischs, das aus der Wunde quoll.

»Du stehst ... unter Schock, Helena«, stammelte er.

»Wenn, dann wohl du!«, fauchte sie. »Und jetzt beweg endlich deinen Arsch!«

Das rüttelte ihn endgültig wach und brachte mit einem Schlag sein Sehvermögen zurück. Er starrte auf die Stahlträger der Dachkonstruktion fünfzehn Meter über ihm. Sie zerrte an seinem Arm und brachte ihn in eine sitzende Position. Irritiert über ihr grobes Vorgehen, blickte er an sich hinab. Da war kein fleischiges Loch, nur ein versengter Fleck auf seinem Hemd.

»Womit auch immer er auf dich geschossen hat, es ist ihm um die Ohren geflogen«, kommentierte Helena seinen verständnislosen Blick.

Sie half ihm auf die Beine. Der lädierte Knöchel meldete sich, aber die tausend Fragen in seinem Kopf hemmten selbst diesen Schmerz. An ihrer Miene erkannte er allerdings, dass für Antworten keine Zeit war. Nervös spähte sie immer wieder quer durch die Halle zum Eingang. Er streifte ihre stützende Hand ab und wankte auf den Tisch zu, der umgekippt war. Das Buch lag unter einem der Stühle. Die Explosion der Luger hatte die Spielkarten in einem Umkreis von zehn Metern verstreut. Nelson Pereira lag seltsam verrenkt inmitten des Chaos. Die Hand, in der er die Waffe gehalten hatte, war nur noch ein blutiger Stumpf. Offenbar hatte sich die Patrone verklemmt, war beim Zünden in der Kammer detoniert und hatte damit auch die restliche Munition explodieren lassen. Ein Teil der Waffe war dabei gegen Henrik geschleudert worden, und er hatte dieses Geschoss für eine Kugel gehalten. Schnell verdrängte er alle Gefühle und ließ den Polizisten in sich übernehmen.

Pereiras schmaler Brustkorb unter der zerfetzten Anzugjacke hob und senkte sich. Auch das Gesicht des Alten war schwarz, Schnauzbart und Haare versengt. Henrik beugte sich über ihn und tastete nach der Halsschlagader.

»Ruf einen Krankenwagen!«

»Du weißt, wer das ist?«

»Sicher, wir hatten ausgiebig Zeit, uns bekannt zu machen. Also ruf jetzt die Rettung, mein Handy ist hinüber!«

»Ich kann nicht! Wenn er überlebt, stirbt meine Tochter.«

Henrik wandte sich um und starrte sie an. Sie trug Schwarz. Softshell-Jacke, Cargohose, Kampfstiefel: Kleidung, in der sie für gewöhnlich nicht herumlief, die er aber schon einmal an ihr gesehen hatte. Ihr Outfit für illegale Einsätze. Diese Rettungsaktion war nicht spontan erfolgt, sie hatte sich dafür extra umgezogen. Woher hatte sie gewusst, wo sie nach ihm suchen musste?

»Es wird Fragen geben, die zwangsläufig zu mir führen, unmöglich, dass ich da meinen Namen raushalten kann. Die halbe Polizei ist auf seiner Seite. Und die wird bald hier sein, davon kannst du ausgehen. Bis dahin werden sich seine Leute schon um ihn kümmern. Wir müssen hier weg!«

»Da waren Schüsse zu hören. Vorhin.«

»Ich musste mir den Hund vom Leib halten.«

Nur den Hund? Er war sich nicht sicher.

»Was ist mit den Männern?« Er blickte zum Eingang, der sich als schwarzes Rechteck vom Rest der dunkelgrauen Wand abhob. Draußen musste es mittlerweile stockdunkel sein, zumindest drang kein Licht mehr durch die Fenster im Dach. Helena klopfte auf etwas, das an ihrem Gürtel hing. Er erkannte einen Elektroschocker.

»Damit hast du die drei Typen ausgeschaltet?« Vermutlich drei Polizisten, doch das behielt er für sich. Ebenso wie den Umstand, dass er mehr als nur einen Schuss gehört hatte. Er wusste, dass eine Pistole in der aufgenähten Tasche ihrer Hose steckte. Eine Pistole, die nicht ihrer registrierten Dienstwaffe bei der PJ entsprach.

»Das Glück war auf meiner Seite«, antwortete sie.

*Genau wie bei mir.*

Henrik widmete sich wieder dem Alten. Selbst wenn er es schaffte, ihn wieder wachzukriegen, würde Pereira ihm kaum verraten, wo er Catia gefangen hielt. Helena hatte vermutlich recht, obwohl der Gedanke, Catia im Stich zu lassen, quälend an seiner Seele nagte. Er ließ von Pereira ab, der unverändert mit geschlossenen Augen vor sich hin röchelte.

Mit dem Fuß schob er den Stuhl beiseite und bückte sich nach dem Buch.

»Pereira wird damit nicht durchkommen, wir haben das hier.«

Helena betrachtete stirnrunzelnd das Buch.

»Das ist der Beweis, dass er jemanden ermordet hat.« Er schlug die Kladde auf und zeigte auf die blassbraunen Flecken. »Sein Blut, vermischt mit dem des Schriftstellers.«

»Ricardo Grão«, murmelte Helena und musterte ihn. Verbitterung lag in ihrem Blick. »Ich kenne die Legende.«

Henrik wedelte erneut mit dem Buch. »Das hier macht die Legende zur Wahrheit.«

»Er wird auf Notwehr plädieren, das weißt du! Und jetzt lass uns endlich abhauen.« Sie drehte sich um, doch er erwischte sie am Arm und hielt sie zurück.

»Ich muss Catia suchen. Pereira hat sie entführt.«

Er sah ihr an, dass sie wütend wurde. Nicht allein wegen Pereira. Vor allem auf ihn, weil er sie nicht informiert hatte. Für Sekunden war nur das leise Surren zu vernehmen, das ihm bereits beim Betreten der Halle aufgefallen war. Doch dann waren Sirenen zu hören, schnell anschwellendes Heulen, das durch die Stahlwände drang. Würde das Anrücken der Ordnungshüter ausreichen, um Pereiras Männer zu vertreiben? Oder betrachteten sie die Einsatzkräfte lediglich als Verstärkung?

»Die Polizei wird alles auf den Kopf stellen, und wenn Catia hier irgendwo steckt, wird man sie finden.« Diesmal packte sie ihn am Arm. »Nicht alle stehen auf der falschen Seite, vertrau mir.«

Henrik machte sich los. Er steckte das Buch zurück in die Umhängetasche und humpelte zu der Tür in der hochgezogenen Wand. Der Sensor, der darüber angebracht war, blinkte zwar rot auf, löste aber keine Reaktion aus. Die Automatiktür blieb geschlossen. Außen war nichts angebracht, womit er sich hätte Zugang verschaffen können. Keine Tastatur, kein Touchpad. Selbst der Spalt zur Wand maß kaum einen Millimeter. Unmöglich, dort die Finger oder irgendetwas anderes hineinzuzwängen. Was auch immer dahinter in dem ominösen, gekachelten Raum lagerte, er würde es nicht erfahren. Und Catia? Hielt Pereira sie darin eingesperrt? Ohne dass er einen Grund dafür hätte nennen können, glaubte er nicht mehr daran. War sie jemals hier gewesen?

Das Geheul der Sirenen wurde zunehmend lauter. Wütend schlug er gegen das Metall, doch alles, was er erntete, war ein dumpfes Echo.

# 38

Das Neonlicht am anderen Ende der Halle reichte nicht bis zum Ausgang. In der Ferne tanzten bereits Blaulichter und erleuchteten ihnen flackernd die letzten Meter nach draußen. Schulter an Schulter spähten sie vorsichtig hinaus in den Vorhof.

Kalte Luft schlug Henrik entgegen. Das kreiselnde Blau auf den Dächern der Einsatzfahrzeuge erschuf eine gespenstische Atmosphäre. Nur das geschlossene Tor an der Zufahrt hielt die Streifenwagen davon ab, bis vor die Halle zu fahren. Jenseits des Zauns herrschte bereits reges Treiben. Eine Flucht war nur hintenherum möglich.

Genau diese Richtung schlug Helena ein. Ungeachtet seines geschwollenen Knöchels rannte er geduckt hinter ihr her am Gebäude entlang. Zierbüsche entlang der Fassade boten ihnen einen gewissen Schutz. Keine Scheinwerfer flammten auf, keine Lichtkegel, die ihnen folgten. Kamen sie tatsächlich noch einmal davon?

Je weiter sie sich von der Straße wegbewegten, desto dunkler wurde es. Er dachte an den Rottweiler.

*Ich musste mir den Hund vom Leib halten.*

Hatte sie ihn wirklich erschossen ... oder nur vertrieben?

So zielstrebig, wie sie vor ihm in die Nacht hineinmarschierte, erschien ihm Ersteres naheliegender.

Und Pereiras Männer? Waren sie – sofern sie sich nach dem Angriff mit dem Elektroschocker wieder bewegen konnten – wirklich getürmt, als die Polizei anrückte?

Er hatte weder die Zeit noch das Bedürfnis, sich hier umzusehen. Es war in jedem Fall besser, erst den Rückzug anzutreten, auch wenn das die Sorge und sein schlechtes Gewissen wegen Catia verstärkte. Schon hatten sie die rückwärtige Umzäunung erreicht. Ein paar Meter voraus lag unter einem der Zaunpfosten ein schwarzes Bündel. Für eine Sekunde dachte er an den Hund. Doch als Helena danach griff, erkannte er einen Rucksack. Ihr Marschgepäck. Eilig kramte sie ein Paar Handschuhe hervor, streifte sie über und drückte gegen den Maschendraht, der an dieser Stelle sofort nachgab. Eine Ecke klappte nach außen. So war sie also auf das Gelände gekommen. Mit einem Seitenschneider und Gummihandschuhen gegen den Strom, unter dem der Zaun stand.

Er folgte ihr durch das Loch, darauf bedacht, kein Metall zu berühren. Gleich dahinter war ein Abhang, der von dornigen Büschen bewachsen war, unter denen es nach vermodernden Pflanzen, Urin und Hundescheiße stank. Die Hälfte der abschüssigen Böschung bewältigte er auf dem Hosenboden. Nach zehn, fünfzehn Metern Spießrutenlauf durch das Dornengewächs landeten sie auf einer Straße, wo eine lange Reihe Lastwagen und Aufleger abgestellt waren. Er humpelte ihr hinterher bis zu ihrem Peugeot, den sie fünfzig Meter weiter zwischen zwei Dreißigtonner gequetscht hatte, abgeschirmt vom Licht der Straßenlaternen. Sie warf den Rucksack in den Kofferraum, dann stiegen sie eilig ein. Der Anlasser orgelte, und sie hieb mit der Faust auf das Lenkrad, bevor sie den Zündschlüssel erneut drehte – ohne dass der Motor ihr den Gefallen tat anzuspringen.

Der Rückspiegel reflektierte blaues Flackern. Henrik wandte sich danach um. Er beobachtete, wie ein Streifenwagen in ihre Straße einbog. Demnach begannen sie damit, den Radius des Einsatzes zu erweitern und die Umgebung zu sichern.

Helena unterbrach ihre Bemühungen, den Wagen anzulassen, und folgte seinem Blick. »É merda!«, stieß sie hervor, dann beugte sie sich über den Schalthebel zu ihm herüber und drückte ihm die Lippen auf den Mund.

Das Polizeiauto passierte sie im Schritttempo, während sie sich umarmt hielten. So intensiv ihre Lippen zu spüren, die Wärme ihres Körpers, das Pochen ihres Herzens, das alles machte es schwer, die Sinne beisammenzuhalten. Sich darauf zu konzentrieren, was außerhalb des Wagens passierte. Was würden sie tun, wenn die Beamten anhielten? Wenn sie die Täuschung erkannten?

Die Täuschung? Für ihn fühlte es sich nicht nach einer Täuschung an. Vor allem nachdem sich ihre Lippen öffneten und ihre Zungen sich fanden. Plötzlich wurde daraus mehr. Vielleicht transportierte genau dieses *mehr* die entscheidenden Signale und machte den Polizisten deutlich, dass sie hier zwei Liebende observierten, die so voneinander gefangen waren, dass sie nicht einmal merkten, was um sie herum geschah. Was für ein Bild auch immer sie nach außen hin abgaben, es war überzeugend, denn die Streife fuhr ohne anzuhalten weiter.

Als sie sich von ihm löste, waren nicht einmal mehr die Rücklichter des Einsatzfahrzeugs zu sehen. Die Scheiben hatten sich beschlagen, und Helena kurbelte das Fenster herunter. Eine ganze Zeit saßen sie schweigend da, bis Helena schließlich mit heiserer Stimme vorschlug, endlich zu verschwinden.

Er nickte zustimmend, und plötzlich hatte auch der Peugeot ein Einsehen. Der Motor sprang unverzüglich an.

Sie fuhr stadtauswärts, um mögliche Kontrollen zu umgehen. Erst nach zwei, drei Kilometern fand auch Henrik die Sprache wieder. Die Euphorie, welche die unerwartete Intimität mit sich gebracht hatte, verebbte allmählich, und im gleichen Maße nahmen die Schmerzen zu. Sein geschundener Körper schrie an allen erdenklichen Stellen.

»Von wem wusstest du, wo du mich findest?«, presste er hervor.

»Nachdem du nicht zu erreichen warst, habe ich ein bisschen rumtelefoniert. Deine Ärztin hat mir schließlich verraten, dass du dich von ihr zusammen mit deinem Vater ins Kloster hast chauffieren lassen.

*Sie ist nicht meine Ärztin,* dachte er, kam aber nicht zum Widersprechen, weil Helena fortfuhr. »Dort habe ich mich einfach nach zwei Deutschen erkundigt und bin schließlich an Pater Bruno verwiesen worden. Der Padre gab mir eine vage Beschreibung. Alles andere war Polizeiarbeit. Pereira hat Anteile an der Baufirma, die dieses Areal errichtet hat.«

»Aber woher wusstest du, dass es um Pereira ging?«

»Von dem Priester. Er wirkte sehr besorgt um dich.«

»Das ist er immer«, murmelte Henrik, dann kehrte wieder Stille ein. Helena blickte stur hinaus auf die Straße. Mittlerweile näherte sie sich wieder der Innenstadt, und der Verkehr beanspruchte ihre Aufmerksamkeit. Gerade fuhren sie über den Martim Moniz. Rechts über ihnen auf dem Hügel lag das Hospital São José.

»Du hast eine Platzwunde, ich kann dich zu deiner Freundin bringen.«

»Sie ist nicht meine …« Vielleicht war es besser, von diesem Thema wegzukommen. »Er war es nicht, er hat Mendes nicht töten lassen«, erklärte er daher.

»Aber du warst dir so sicher.«

»Jetzt nicht mehr. Mendes war sein Sohn.«

»Der Sohn von Nelson Pereira?«, wiederholte sie und konnte nun nicht mehr anders, als ihn anzusehen. Zu lange. Für einen Moment war sie abgelenkt und achtete nicht auf den Verkehr. Dann leuchtete das rote Licht einer Ampel ins Wageninnere und zwang sie zur Vollbremsung. Der Wagen, der schon weit in die Kreuzung ragte, wippte geräuschvoll nach. Jemand hupte, ansonsten herrschte für ein paar Sekunden gespannte Stille.

»Um was ging es dann in dieser Halle? Warum hält Pereira deine Angestellte fest?«

Henrik entschied, dass es an der Zeit war, ein paar Erkenntnisse zu teilen. »Pereira war nicht nur hinter dem Buch her. Er hat seine Leute auch darauf angesetzt herauszufinden, wer Mendes auf dem Gewissen hat. Doch die Sache lief aus dem Ruder. Jemand aus seinen Reihen hat diesen jungen Mann getötet, den ihr aus dem Tejo gefischt habt. Sein Name ist Cristiano, er war Journalist und hat in dieser Angelegenheit recherchiert.«

»Welcher Angelegenheit?«

»Diese Vater-Sohn-Beziehung«, sagte Henrik, was nicht ganz der Wahrheit entsprach, aber er wollte nicht zu sehr ins Detail gehen, was seine Vereinbarung mit Maxima Cabral anging. Noch nicht.

»Von wem hast du das?«

»Es ist besser, du kennst nicht alle Fakten.«

»Hör bloß auf, ich stecke bereits bis zur Halskrause mit drin!«, zischte sie wütend. Endlich schaltete die Ampel auf Grün und Helena fuhr mit durchdrehenden Rädern an, noch aggressiver als zuvor.

»Mendes hat gegen Pereira interveniert. Er wollte ihn für Dinge bestraft wissen, die der Alte während der Diktatur verbrochen hat.«

»Und dieser tote Journalist, der war auch daran beteiligt?«

»Gewissermaßen.«

»Hör auf, in Rätseln zu sprechen, Henrik! Wenn stimmt, was du behauptest, dann hat Pereira doch ein gutes Motiv, um auch Ruben Mendes zu eliminieren.«

»Ja, das hat man von Pereira erwartet. Er sollte diese Sache, die für jemand anderen vermutlich ebenfalls unschön werden könnte, aus der Welt schaffen. Aber als es gegen seinen Sohn ging, da konnte er nicht.«

»Wer war es dann, verdammt?«, fauchte Helena. »Daniel Marujo? Sein Alibi ist zumindest immer noch nicht bestätigt.«

Henrik schüttelte den Kopf. »Sehr wahrscheinlich auch nicht Marujo.«

Wieder trafen sich ihre Blicke.

»Du weißt es«, stellte Helena fest.

Er war sich nicht zu hundert Prozent sicher, deswegen schüttelte er den Kopf. Doch das fühlte sich an wie eine Lüge.

# 39

Regen hatte eingesetzt. Sie fand eine Parklücke ganz in der Nähe des Antiquariats. Er fragte sich, ob er sich in seine Wohnung wagen konnte. Dummerweise brauchte er ein paar Pflaster und Bandagen. Und Aspirin. Jede Menge davon. Außerdem – wer war überhaupt noch übrig? Wer konnte ihm jetzt im Moment noch gefährlich werden? Außer den Männern im Schatten natürlich. Doch vermutlich war für heute Nacht das Risiko gering.

Helena war sauer auf ihn, das spürte er. Trotzdem stieg sie mit aus. Er sah sie über das Autodach hinweg an.

»Ich kann auch Erste Hilfe«, knurrte sie.

Er musste grinsen, doch selbst das tat weh, jetzt, da kein Adrenalin mehr die Schmerzen unterdrückte. Auch sie schmunzelte über ihre Anspielung. Der Moment war kurz, aber versöhnlich.

Unauffällig bewegten sie sich an der Häuserzeile entlang, und Henrik spähte um die Ecke. Vor dem Esquina drängten sich die Leute unter den Sonnenschirmen, die jetzt den Regen abhielten. Das Wetter war ähnlich schlecht gewesen, als Mendes erstochen wurde, fiel ihm ein. Victor räumte gerade einen der Tische ab und sah just in dem Moment zu ihnen hinunter, als Helena und er sich in den Hauseingang quetschten. Während Henrik hastig die Tür aufschloss – Renato oder wer auch immer hatte seinen Rat befolgt und sämtliche Riegel und Schlösser sorgsam zum Einsatz gebracht –, glaubte er Victors Blick im Nacken zu spüren. Bevor er hinter Helena ins Trockene schlüpfte, schaute er nochmals hinauf zur

Bar. Der Barmann war unter seinen Gästen nicht mehr auszumachen.

Drinnen verzichtete er darauf, Licht zu machen, und quälte sich im Dunkeln die Treppe hinauf.

»Soll ich schieben?«, fragte Helena hinter ihm. Er hatte gar nicht bemerkt, dass er auf den Stufen stehen geblieben war. Ein Stöhnen unterdrückend, schleppte er sich weiter, darauf bedacht, keinen zu erbärmlichen Eindruck zu hinterlassen.

Während er im Bad versuchte, sich möglichst vorsichtig aus seinen Klamotten zu schälen, konnte er hören, wie sie sich in der Küche ein Glas Wasser holte. Danach stand er lange unter der Brause und schaute zu, wie das kräftige Rot, das in den Ablauf wirbelte, allmählich zu zartem Rosa wurde. Das Wasser kühlte immer mehr ab, doch erst als er überall mit Gänsehaut überzogen war, stieg er aus der Dusche und begann sich abzutrocknen. Als es klopfte, schlang er sich das Badetuch um die Hüften. Helena kam mit dem Verbandskasten herein, legte ihn im Waschbecken ab und deutete auf den Badewannenrand. Er verkniff sich den Vorschlag, ins Wohnzimmer zu gehen, und setzte sich gehorsam auf die kalte Emailkante. Sie nahm seinen Kopf in beide Hände, drehte ihn ins Licht und schob sein Haar nach hinten.

»Das muss genäht werden«, diagnostizierte sie, während sie an der Haut rings um die Wunde herumdrückte. Er kniff die Augen zusammen und bereute, dass er sich nicht zu Filipa hatte bringen lassen.

»Es muss auch so gehen«, antwortete er. »Nimm einfach das größte Pflaster, das du findest!«

Auch wenn sie nicht zimperlich war, genoss er ihre Berührung. Sehnte sich nach weiteren Küssen und wusste gleichzeitig, dass er das nicht zulassen konnte.

Nachdem die Kopfwunde versorgt, die Hand bandagiert war und ein Eisbeutel den Knöchel kühlte, bot sie ihm an, ihm ins Schlafzimmer zu helfen. Er protestierte. Die Situation erinnerte zu sehr an die Szene vor drei Tagen, als er den verletzten Albrecht zu Bett gebracht hatte.

»Den Rest schaffe ich alleine!«

»Ich weiß, was du vorhast, wenn ich jetzt verschwinde«, erklärte sie. »Du wirst den nächsten Alleingang abziehen. Das kannst du vergessen!«

Plötzlich musste er wieder an Victor denken, der sie vorhin beobachtet hatte. Warum fiel er ihm gerade jetzt ein? Was wollte seine Intuition ihm mitteilen? Er schüttelte den Kopf. »Du musst dich darum kümmern, dass deine Kollegen nach Catia suchen! Sie suchen und finden! Das ist vorerst alles, was zählt, und das kannst du schlecht von hier aus koordinieren.«

Sie blickte ihn missmutig an.

»Bitte! Du bist die Einzige, der ich in dieser Sache vertraue.« In ihren dunklen Augen hielt er nach Verständnis Ausschau, doch sie blieben hart.

»Okay. Aber du wirst dich in der Zwischenzeit ausruhen und die Füße stillhalten! Versprich mir das! Ich hab keine Lust, dich noch mal aus so einer prekären Lage zu befreien.«

»Ich werde ganz brav sein«, erwiderte er mit reumütiger Miene, auch wenn er nicht im Traum daran dachte. Sich auszuruhen hätte bedeutet, Catia länger als irgend nötig in den Händen ihrer Entführer zu lassen. Und das kam für ihn nicht infrage. *Wenn es eine Verbindung gibt, werde ich sie finden*, dachte er, während er darum bemüht war, Helenas Blick standzuhalten.

# 40

Natürlich glaubte sie ihm nicht. Eindringlich redete Helena noch zehn Minuten auf ihn ein, ehe sie sich widerwillig auf den Weg ins Revier machte. Er wiederum nahm ihr das Versprechen ab, sich umgehend zu melden, sobald sie etwas von Catia hörte.

Henrik stand am Fenster und sah ihr nach, wie sie in die Gasse abbog, wo ihr Auto parkte. Hoffentlich postierte sie sich nicht einfach vor dem Haus; das war das Letzte, das er jetzt gebrauchen konnte. Erst als sie um die Ecke verschwunden war, blickte er für ein paar Sekunden hinüber zur Bar. Das schlechte Wetter hatte die Leute von der Terrasse vertrieben.

Er schluckte zwei Aspirin und stieg hinunter ins Antiquariat. Dort schob er das Buch von Ricardo Grão in eines der Regale im hinteren Ladenbereich. Tausende Bücher drumherum ließen es augenblicklich unsichtbar werden. Erstmals fragte er sich, ob Mendes diesen Ort ganz bewusst als Versteck ausgewählt hatte. Das setzte nämlich voraus, dass er vorher schon einmal hier gewesen war. Vielleicht noch zu Martins Zeiten? Leider war es zu spät, um ihn danach zu fragen.

Henrik ging ins Büro. Es war kurz vor Mitternacht, trotzdem rief er den Padre an. Dieser hob sofort ab, offenbar hatte er noch nicht geschlafen.

»Alles in Ordnung?«

»Sim, tudo bem!«, antwortete Bruno.

»Danke für die Überraschung.«

»Em nome do Santo António, ich habe deswegen arge Reue verspürt. Hat es wenigstens geholfen, ist Catia in Sicherheit?«

Es tat ihm weh, das verneinen zu müssen. »Aber wir werden sie finden, es sucht jemand nach ihr, auf den ich mich verlassen kann.«

Bruno schien seine Worte drei Atemzüge lang abzuwägen, bevor er sagte: »Vertrauen wir auf den Herrn!«

Henrik räusperte sich. »Haben Sie eigentlich Internet im Kloster?«

Wieder ein Zögern. »Ähm, ja, gewiss, aber es wäre sehr unüblich, um diese Zeit noch ...«

»Machen Sie eine Ausnahme für mich, Padre, Ihr Herrgott wird kein Problem damit haben.«

»Nun ja ...«

Rasch und bevor der Priester wieder ins Wanken geriet, erklärte Henrik, was er wollte. Es dauerte zwanzig unendliche Minuten, bis der Rückruf kam. Er hörte sich an, was der Padre auf die Schnelle hatte herausfinden können.

»Ich danke Ihnen von Herzen, Bruno!«, sagte er schließlich und blickte hinunter auf die hingekritzelte Adresse, die ihm der Geistliche diktiert hatte.

Er erwischte den letzten Zug raus nach Olivais und stieg am Bahnhof Oriente aus. Noch auf dem Weg zur Metro war ihm siedend heiß eingefallen, dass er Adriana den Wagen nicht mehr zurückgebracht hatte. Schlimmer noch. Der SLK stand nach wie vor in dem Industriegebiet, wo gerade die Polizei ermittelte. Keine gute Idee, sich in den nächsten Stunden dort hinzuwagen. Hoffentlich ordneten die Ermittler keine Halterabfrage an. Adriana würde ihm schon jetzt den Kopf abreißen.

Die Metall- und Glaskonstruktion des Bahnhofs war architektonisch ein Blickfang, vor allem nachts, wenn die Säulen von unten her in warmes Licht getaucht wurden. Trotzdem mochte Henrik das Areal nicht besonders, das 1998 eigens für die Weltausstellung in dem alten Hafengelände Doca dos Olivais angelegt worden war. Der Parque das Nações, wie die Gegend heute hieß, stand seitdem für das moderne Lissabon. Zu modern für seinen Geschmack. Abgesehen vielleicht vom Aquarium, in dem es ihm vor allem der gigantische Mondfisch angetan hat. Er sah hoch in den Nachthimmel, wo der Mond durch die sich auflösende Wolkendecke schimmerte. Besser, er konzentrierte sich auf sein Vorhaben!

Noch immer konnte er nicht schmerzfrei auftreten. Doch es war nicht weit, die Straße nicht schwer zu finden. Die achtstöckige Appartementanlage lag ganz in der Nähe des überdimensionierten Vasco-da-Gama-Shoppingcenters. Ein frei stehendes Haus hätte es einfacher gemacht. Ging er nach dem Klingelschild, hatte er unter dieser Hausnummer die Auswahl zwischen zwanzig Wohneinheiten. Er tippte auf das Dachgeschoss, das großzügiger aufgeteilt war, und betätigte die erste der oberen Klingeltasten. Es war verdammt spät, selbst für portugiesische Verhältnisse, um bei fremden Menschen zu läuten. Aber ihm fehlte die Zeit, um Rücksicht zu nehmen. Catia wurde von einem unberechenbaren Mann gefangen gehalten. Und für diesen Mann musste er die Information beschaffen, die er verlangte. Nur so hatte sie noch eine Chance.

Die Stimme, die sich meldete, klang keineswegs verschlafen. Auch die kurze Reaktionszeit deutete darauf hin, dass er die Person nicht aus dem Bett geholt hatte. Insofern war ihm doppeltes Glück beschieden. Er hatte auf Anhieb die richtige

Klingel erwischt – und sie schlief anscheinend immer noch schlecht.

»Henrik Falkner«, sagte er in die Gegensprechanlage. »Wir müssen uns unterhalten!«

Vielleicht war sie einfach zu perplex, um darüber nachzudenken, ob sie ihn einlassen sollte. Jedenfalls öffnete sich die Eingangstür.

»Ganz nach oben!«, hörte er noch, während er das Foyer betrat. Kühler Stein dominierte, und es roch nach einem beißenden Reiniger.

Sie wartete an der Tür zu ihrer Penthousewohnung. Nichts verwies darauf, dass sie schlafen gehen wollte. Sie war weder abgeschminkt, noch steckte sie schon im Pyjama. Während er auf sie zutrat, konnte er sehen, wie ihr Blick zwischen dem Pflaster in seinem Haaransatz und der bandagierten Hand hin und her sprang.

»Sind Sie allein?«

»Warum? Wollen Sie mich überfallen?«

»Wo ist Ihr Mann?«

»Vermutlich noch in der Firma. Oder auf dem Heimweg.«

»Dann lassen Sie uns die Zeit nutzen und die Wahrheit herausfinden!«

Maxima Cabral lächelte, ohne dass ihre Augen davon betroffen waren. Sie machte Platz und ließ ihn vorbei. In ihrem Flur roch es nach Räucherstäbchen. Sphärische Klänge schwebten durch die Wohnung. »Habe ich beim Meditieren gestört?«

Sie erwiderte nichts, ging stumm voraus. Der Flur wirkte nüchtern. Weiß gekalkte Wände, keine Bilder. Die minimalistische Möblierung zog sich durch bis hin zum weitläufigen Wohnzimmer mit Panoramablick auf den Tejo. Den man jetzt im Dunkeln nur anhand der Lichter der Vasco-da-Gama-Brücke erahnen konnte. Die komplette Seite hin zum Fluss war verglast. Ein weißes Ledersofa thronte vor einem Perser mit hohem Flor, der jeden Schritt verschluckte. Er wollte sich eigentlich nicht setzen, aber er musste einfach seinen Knöchel entlasten.

Maxima Cabral blieb stehen, gleich links vom Kamin, in dem ein Feuer brannte. Trotzdem war es kalt in der Wohnung. Vielleicht hatte bis vor Kurzem die große Schiebetüre offen gestanden, die hinaus auf einen Balkon führte, und der empfindlich kalte Wind vom Wasser her hatte für diese frostige Temperatur gesorgt. Hatte auch die Journalistin ihre Nerven zu betäuben versucht?

Sie griff nach einer Fernbedienung auf dem Kaminsims und machte die Musik aus, ohne ihn aus den Augen zu lassen. »Sie sehen mitgenommen aus!«

Das war eine Untertreibung, aber er hatte nicht vor, mit ihr über seinen körperlichen Zustand zu sprechen. »Sie haben sich nicht mehr gemeldet«, begann er. »Wollten Sie mir nicht Informationen über Nelson Pereira besorgen?«

»Ist das der Grund, warum Sie mitten in der Nacht bei mir auftauchen?«

Er schüttelte den Kopf. Längst hatte er für seinen Besuch einen anderen Anlass. Hätte ihn Pereira nicht so in Atem gehalten, hätte er die Sache vielleicht schon früher durchschaut. »Neulich, auf dem Friedhof, was hatten Sie da in Ihrer Tasche?«

Sie wirkte kampfbereit, wusste aber für den Moment nicht, wohin mit den Händen. Vermutlich klammerte sie sich sonst immer an ihre Moderationskarten. Nun ballte sie die Finger stattdessen zu Fäusten. »Was vermuten Sie denn?«

»Da Sie nicht ahnen konnten, wie unser Gespräch verlaufen würde, nehme ich an, Sie hatten für alle Eventualitäten vorgesorgt. Ich tippe auf ein Messer. Diese Methode hat sich ja auch bei Ruben schon bewährt.«

# 41

Weder wirkte sie überrascht noch bestürzt. Sie trug einfach weiterhin ihr Kameralächeln zur Schau. Die geübte Moderatorin gewährte ihrem Gegenüber Sprechzeit. Er nahm es als Aufforderung fortzufahren. »Nachdem ich um ein weiteres Treffen gebeten hatte, mussten Sie befürchten, ich wäre Ihnen auf die Schliche gekommen. Nun, so schlau war ich zu dem Zeitpunkt leider noch nicht. Doch das konnten Sie ja nicht wissen, also haben Sie sich gewappnet und einen Ort gewählt, an dem kaum mit Zeugen zu rechnen war. Hätten Sie mich nach der Vollstreckung in eines der verlassenen Grabhäuschen geschleift? Auf Ihren High Heels und hinter Ihrer Sonnenbrille versteckt?«

Sie rührte nicht einen Muskel. Genauso wenig, wie sie ihm widersprach.

»Ich will nur verstehen, warum«, erklärte er. »Ich bin nicht hier, um Sie anzuklagen.« Darum würde sich früher oder später die Staatsanwaltschaft kümmern, denn, davon war er überzeugt, sie würde damit nicht davonkommen. Schon gar nicht, wenn er sie an Pereira auslieferte. Er brauchte nicht einmal ein Geständnis. Alles, was ihn noch interessierte, um seine persönliche Neugier zu stillen, war der Grund, der Mendes das Leben gekostet hatte. Ein wenig Genugtuung für alles, was er selbst hatte ertragen müssen. Mendes' Ermordung hatte eine Lawine ausgelöst, von der Henrik mitgerissen wurde. Der Angriff auf seinen Vater, noch ein Toter, die Entführungen, der Kampf mit Pereira ... Nichts davon war wieder rückgängig zu machen. Die Toten blieben tot. Aber ihm blieb immerhin die Chance, ein weiteres Menschenleben zu retten. Alles andere war ihm egal. Vor allem diejenigen, die ihn da mit hineingezogen hatten. Sollten sie doch in der Hölle schmoren, allen voran Maxima Cabral. Ruben Mendes war nicht wegen eines Buchs gestorben oder weil er in der schmutzigen Vergangenheit seines leiblichen Vaters gewühlt hatte. »Ich will nur verstehen, warum«, wiederholte er.

»Sie glauben doch sonst alles zu wissen, dann können Sie sich doch sicher auch diese Frage beantworten!«

Einen Teil konnte er sich natürlich zusammenreimen. Pater Brunos Informationen, die der Priester auf die Schnelle und gegen die Klosterordnung zu später Stunde aus dem Internet gezogen hatte, waren zwar lückenhaft, aber durchaus brauchbar.

»Man will Sie absetzen. Die Quoten für Ihre Sendung sind im Keller. Sie brauchten etwas, das Sie wieder ins Rampenlicht rückt. Ruben Mendes und das, was er zu wissen glaubte, bot Ihnen offenbar die Möglichkeit dazu.«

Endlich zeigte sie eine Reaktion: Wut. »Davon haben Sie eine Ahnung, meinen Sie? Wie dieses Drecksgeschäft läuft? Sie wissen nichts! Die Fernsehproduktion in Portugal liegt am Boden, und zwar nicht nur die der staatlichen Sender. Keiner hat mehr Geld. Auch die Privaten nicht. Zu wenig Wirtschaftskraft, zu wenig Konsum, zu wenig Kohle fürs Marketing. Die Werbeeinnahmen sind überall drastisch geschrumpft. Die Firmen und Hersteller wollen ihre Spots nur noch in Sendungen platzieren, die hohe Zuschauerzahlen erreichen. Meine Reportagen konnten da nicht mehr mithalten. Ich brauchte einen Paukenschlag, um mich zu retten. Und nicht nur mich, verflucht! Daniel hat ebenfalls Schwierigkeiten mit der Firma. Wir steuern beide auf ein finanzielles Dilemma zu. Ich *musste* handeln.«

»So gesehen war Mendes Ihrer beider Retter. Hatte er nicht auch für Ihren Mann eine Softwarelösung parat, die sein Unternehmen aus dem Schlamassel holen sollte? Für mich ziemlich unverständlich, warum Sie Ihr goldenes Kalb geschlachtet haben.«

»Ich habe die Kontrolle verloren«, gestand sie und blickte zu Boden.

»Bevor wir zu Ihrem Kontrollverlust kommen, würde mich noch interessieren, ob Rubens Story wirklich diese Brisanz besaß. Hätten Sie damit tatsächlich die Aufmerksamkeit zurückerlangt, die Sie so dringend benötigten?«

Sie sackte in sich zusammen, als prasselte gerade alles Unrecht, das sie begangen hatte, mit Macht auf sie hernieder. Sie hatte versucht, es von sich zu schleudern, und nun kehrte es zurück wie ein Bumerang.

»Er war tief eingedrungen in ihre Datennetzwerke, hatte Dinge zutage gefördert, die seit vierzig Jahren unter Verschluss waren.«

»Ich dachte, Sie kennen die Inhalte seiner Aufdeckungskampagne noch nicht?«

»Er hat Andeutungen gemacht. Aber vor allem hat er mir ein paar Namen genannt, die bislang nie mit der Estado Novo in Verbindung gebracht wurden. Namen von Leuten, die zum Teil auch heute noch in höchsten politischen Positionen sitzen. Glauben Sie mir, wir hätten damit für ordentlich Wirbel gesorgt, und ich bin sicher, es hätte gereicht, um mich in eine wesentlich bessere Verhandlungsposition gegenüber meinem Sender zu bringen. Oder auch gegenüber der Konkurrenz.«

»Sie haben Ruben einzig und allein für Ihre Zwecke benutzt, und zwar von Beginn an. Da verstehe ich nicht, wie Sie es zulassen konnten, dass Gefühle ins Spiel kamen?«

Maxima Cabral verdrehte die Augen, doch Henrik fand, er hatte noch nicht genug in dieser Wunde gebohrt.

»Vielleicht gingen diese Gefühle ja nur einseitig von Ruben aus, und er war zu geblendet, um zu erkennen, dass Sie sich gar nicht so sehr für ihn, sondern bloß für sein Wissen über Pereira und dessen Hintermänner interessieren. Dass der einzige Grund dafür, ihm schöne Augen zu machen, alleinig der Rettung Ihrer Sendung diente. Als er die Situation dann endlich durchschaute, stellte er vermutlich Forderungen. Hat er vielleicht von Ihnen verlangt, sich von Daniel zu trennen?«

Die Wärme des Kaminfeuers hatte sich mittlerweile im Raum ausgebreitet. Trotzdem schlang die Journalistin die Arme um den Oberkörper und rückte näher an den Kamin heran. Hatten seine Anschuldigungen sie dermaßen erschüttert? Oder hatte sie etwa vor ...

Tatsächlich griff sie nach dem geschmiedeten Schürhaken, der an einem Ständer neben der gemauerten Kamineinfassung hing, und Henrik kam mit zusammengebissenen Zähnen auf die Beine.

Zu spät.

Auch wenn er das im ersten Moment nicht realisierte, war es nicht die Fernsehmoderatorin, die ihn attackierte. Es war ein Schatten in seinem Rücken.

Etwas zersplitterte über ihm, und er sackte zurück auf die Couch. Das war zwar besser, als den harten Marmorboden zu küssen, dennoch kam die Dunkelheit schnell. Als wäre eine Glühbirne durchgebrannt. Er konnte nicht abschätzen, wie lange es dauerte, bis er den hellen Fleck ausmachte. Tanzend und flackernd. Er meinte ein Feuer zu erkennen, ohne zu verstehen, was dort brannte. Angestrengt versuchte er, zurück an die Oberfläche seines Bewusstseins zu gelangen, doch der Nebel wurde wieder dichter, als liefe er in die falsche Richtung. Dann waren da plötzlich Bewegungen. Zwei Schatten, die er nicht zuordnen konnte, Leute vielleicht. Nein, ganz sicher sogar. Und von ihnen ging deutlich eine Gefahr aus, weshalb er sich mit aller Kraft der nahenden Ohnmacht widersetzen musste. Diesen Gespenstern durfte er sich keinesfalls ausliefern!

»Ist er tot?«, hörte er die Stimme einer Frau. Mit wem sprach sie? Und *von* wem? Noch während er darüber nachdachte, beschloss etwas in ihm, dass es besser war, sie in dem Glauben zu lassen. Wenn er tot war, ließen sie ihn womöglich einfach liegen, wo er war.

Bloß wo *war* er?

»Er atmet«, ertönte eine Männerstimme, die er noch nie gehört hatte.

»Musstest du ausgerechnet die Vase nehmen?« Wieder die Frau, diesmal etwas nörgelig. Ihm fiel einfach nicht ein, woher er ihre Stimme kannte. »Er versaut mir das Sofa«, stellte sie fest.

Die nächste Welle von Schwärze rollte über ihn hinweg, und er verlor erneut jede Orientierung. Taubheit erfasste alle Glieder. Im Hintergrund wurden die Stimmen lauter und wieder leiser. Seltsamerweise verstand er, was sie redeten, auch wenn er selbst ihre Sprache nicht sprach.

»Das ist alles deine Schuld«, sagte der Mann.

Die Frau schnaubte. »Was machen wir jetzt mit ihm?«

»Ihn loswerden, was sonst!«

»Sollte er dazu nicht erst tot sein?«

»Dann mach, du hast darin ja Übung.«

»Ich habe es für uns getan. Er hätte uns beide in den Abgrund gerissen«, zischte die Frau.

»Wärst du nicht Händchen haltend mit ihm auf diesen Abgrund zugelaufen, wäre es niemals dazu gekommen.«

»Wir sind pleite, mit oder ohne ihn, du hast die Firma ruiniert.«

»Ja, und besser so, jetzt ist nichts mehr da, was du bei der Scheidung einklagen kannst.« Der Mann klang jetzt eindeutig wütend.

»*Du* warst es doch, der mir mit Scheidung gedroht hat.« Die Frau auch.

*Maxima!*

Warum dieser Name? Er kam nicht dahinter, wusste aber gleichzeitig, dass dieser Name wichtig war.

*Maxima ...*

»Na, hör mal, du hast diesen Mendes gevögelt. Du konntest doch nicht erwarten, dass ich mir das weiter ansehen werde.«

*Mendes!*

Noch ein Name, der eine Bedeutung hatte.

»Und dann musstest du ihn auch noch umbringen. Oder ist das auch meine Schuld?«

»Das war eine Kurzschlussreaktion.«

»Kurzschlussreaktion!« Der Mann lachte höhnisch. »Klar, deshalb hattest du ja auch ein Messer einstecken.«

»Ich fühlte mich verfolgt, das weißt du doch.«

»Andere stecken sich irgendein Abwehrgas in die Handtasche.«

»Was wirfst du mir eigentlich vor?«

»Du hast geplant, ihn zu beseitigen, nachdem du erkannt hast, dass es ihm nicht reicht, nur ab und an mit dir ins Bett zu hüpfen.«

»Er hat von mir verlangt, dich zu verlassen.«

»Ach ja, und sonst *was*? Was hätte dieser Wicht sonst getan? Er hatte nichts gegen mich in der Hand, was die Firma anging. Nichts, womit er sich nicht auch selber in die Bredouille geritten hätte.«

»Du weißt genau, dass es nicht um deine Scheißfirma ging.«

»O ja, die ominöse Verschwörungssache! Das ist doch grotesk.«

»Das hätte uns gerettet!«

»Uns! Lachhaft. Du hattest nur Angst, dass ich die Scheidung einreiche. Dass du deinen Wohlstand, den Luxus hier aufgeben musst. Wenn es ums Geld geht, bist du eiskalt. Eiskalt und bereit zu töten. Ich hätte besser dir die Vase über den Schädel gezogen.«

Pause. Schritte.

»Was machst du da?«

Henrik spürte eine Berührung.

»Suchst du etwa seinen Puls?«, fragte die Frau aufgebracht.

»Ich rufe jetzt einen Arzt«, erklärte der Mann.

»Einen Arzt, verdammt, Daniel! Was soll das?«

*Daniel.*

»Lieber eine Anklage wegen Körperverletzung als eine wegen Mordes. Die darfst du dir selber abholen.«

»Willst du damit sagen ...«

»Ich gehe zur Polizei und rette meinen Hals, das will ich damit sagen.«

Er spürte einen Luftzug, aber nichts ging auf ihn nieder. Stattdessen schrie der Mann, und sein auswattiertes Gehirn projizierte das Bild eines Schürhakens vor sein inneres Auge. Es folgte ein zweiter, dumpfer Schlag, der den Mann zum Schweigen brachte. In der Stille wuchs seine Angst, die Angst, mit dieser Frau nun ganz allein zu sein.

# 42

Piepen.

Ein schrilles Piepen. Irgendwo ... *innen.*

Er schreckte hoch. Etwas hatte ihn aus der Finsternis gerissen. Verdammt, letztlich hatte er doch das Bewusstsein verloren. Das machte ihm Angst, doch er kam nicht dahinter, vor was er sich fürchten sollte. Oder vor wem.

*Was ist das für ein Pfeifen?*

Es tat in den Ohren weh und verstärkte das schmerzhafte Brummen unter der Schädeldecke. Sehr wahrscheinlich hatte ihn dieses nervenzerreißende Geräusch geweckt.

Oder die Hitze.

Denn es war heiß. Und wie. Die Luft war so höllisch heiß, dass sie in seiner Lunge brannte.

*Ein Rauchmelder!*

Henrik schlug die Augen auf. Nadeln stachen ihm in die Augen, ein Eispickel saß in seinem Nacken. *Feuer!*, meldete sich sein Überlebenstrieb. *Schon wieder.*

Trotz der Tränen klärte sich sein Blick ein wenig. Dunkler Rauch rollte über ihm die Zimmerdecke entlang und zog hinaus durch die offene Balkontüre. Das heimelige Kaminfeuer hatte irgendwie einen Weg aus der Ummauerung gefunden, war zu einem gierigen Raubtier geworden und verschlang gerade den Perserteppich. Die hungrigen Flammen tanzten bereits um das andere Ende des Sofas herum, auf dem er immer noch hing wie eine Stoffpuppe. Er musste hier raus!

Sein Körper reagierte nur träge. Der verzweifelte Versuch, sich zu erheben, endete damit, dass er von der Sitzfläche rutschte und zu Boden fiel. Der heiße Rauch biss unbarmherzig in seine Augäpfel. Der wenige Sauerstoff, den das Feuer noch übrig gelassen hatte, fühlte sich an, als wäre er mit Chilischoten versetzt.

Henrik robbte von dem Teppich herunter, auf dem sich der Brand ausbreitete wie in einer trockenen Grassteppe. Wo zum Teufel war der Ausgang aus dieser Hölle?

Der Marmorboden war glatt, und er bewegte sich unkoordiniert wie ein Kleinkind. Aber das war egal, solange er mehr Distanz zwischen sich und den Brandherd brachte.

Was ragte da eigentlich aus den Kamin? Er musste blinzeln. Tränen und die rauchgeschwängerte Luft erschwerten die Sicht. Aber es gab keinen Zweifel. Die Brücke, die den Flammen zur Flucht verhalf, war ein Mensch, der mit seinem Oberkörper in den Kamin gefallen war.

Daniel Marujo brannte lichterloh.

# 43

Der Steinboden rettete ihm das Leben. Und der Umstand, dass er nicht in der Lage war, auf die Beine zu kommen. Er robbte und rutschte über den blanken Marmor und bewegte sich somit in einer Raumhöhe, in der noch atembare Luft vorhanden war.

Aber das wurde ihm erst so richtig bewusst, als er es durch den Flur bis zur Wohnungstür geschafft hatte. Die Hitze verfolgte ihn, doch für die Flammen gab es in dem puristisch eingerichteten Gang nicht viel Nahrung.

Maxima Cabral hatte nicht hinter sich abgeschlossen, nachdem sie aus der Wohnung gerannt war.

Ja, vermutlich war sie gerannt. Nachdem sie ihren Ehemann erschlagen hatte. Der dabei … unglücklich ins Kaminfeuer fiel? Verflucht, war er überhaupt schon tot gewesen, als er zu brennen begann?

Zu viele, zu schreckliche Fragen. Er hatte keine Zeit, um über die Antworten nachzudenken. Nicht jetzt. Er musste husten. Heftig husten. Der Kraftakt seiner Lunge raubte ihm die letzte Energie. Benommen schlüpfte er auf allen vieren durch den Türspalt hinaus ins Treppenhaus. Er schlug die Tür hinter sich zu und ließ das tobende Inferno in der noblen Penthousewohnung zurück.

Gierig atmete er frische Luft. Verdrängte damit die Dunkelheit, die erneut ihre schwarzen Finger nach ihm ausstreckte.

Noch schien niemand den Brand bemerkt zu haben. Trotz des penetranten Pfeifens, das auch hier draußen zu hören war. Womöglich waren nicht alle der kostspieligen Wohneinheiten verkauft.

Ging der Alarm auch bei der Feuerwehr ein? Denkbar bei diesen Luxusappartements. Er musste hier weg, bevor die Rettungskräfte eintrafen. Denen nicht in die Arme zu laufen, war sicher ratsam. Innerhalb weniger Tage das Ableben eines weiteren Menschen während seiner Anwesenheit erklären zu müssen, das wollte er keinesfalls. Ja, er sollte schleunigst den Abgang machen. Wofür er endlich auf die Beine kommen musste.

Der Aufzug war verlockend in seinem Zustand. Fraglich nur, ob der bei einem Feueralarm überhaupt noch fuhr. Und wenn ja, wie lange noch? Er musste die Treppe nehmen. Fortwährend hustend und halb blind, hangelte er sich am Geländer entlang bis zum Ende des Absatzes. Er betete darum, dass endlich wieder Kraft in seine Beine kam, schob die Füße über die Kante und setzte die Sohlen auf der dritten Stufe von oben ab. Dann stemmte er sich mithilfe des Handlaufs hoch. Schwindel erfasste ihn. Er hielt sich eisern fest, bis die Schwärze vor seinen Augen sich auflöste. Einen vorsichtigen Schritt nach dem anderen, startete er seine Flucht.

In diesem Moment setzte der Tumult im Treppenhaus ein.

# 44

»Das Feuer hat alle Spuren beseitigt.«

»Und Marujo?«

»Hatte Aschepartikel in der Lunge, er war demnach noch am Leben, als er ins Feuer stürzte«, sagte Helena, die bei ihm auf der Bettkante saß. Es war eine Freude, sie hier zu haben, auch wenn sie fortwährend über die furchtbaren Dinge sprach, die ihn letztlich ans Bett fesselten. Er wusste nicht mehr, wie er aus dem Haus gekommen war, geschweige denn, wie er es bis ins Antiquariat geschafft hatte. Renato hatte ihn dort am nächsten Morgen gefunden und unverzüglich Filipa angerufen. Die Ärztin hätte ihn am liebsten postwendend ins Krankenhaus verfrachten lassen, aber Renato konnte ihr das ausreden. Der gute Renato, er wusste, worauf es ankam. Henrik hatte von alldem nichts mitbekommen, es erst später aus der Schilderung des Alten erfahren.

Filipa hatte klein beigegeben und ihn an Ort und Stelle verarztet, so gut sie eben konnte. Sie bestand aber nach wie vor auf einer MRT. Der Schlag, den ihm Daniel Marujo mit einer massiven Bodenvase verpasst hatte, brachte äußerst unangenehme Auswirkungen mit sich. Es war zu Einblutungen im Halswirbel- und Nackenbereich gekommen, und die daraus resultierenden Blutergüsse drückten entlang der Wirbelsäule auf die Nerven. Das war nicht nur sehr schmerzhaft, sondern hatte auch noch immer zur Folge, dass er sich nur sehr eingeschränkt bewegen konnte. Er verstand Filipa. Sie hätte die Verletzung gerne genau untersucht. Aber er wollte, wenn irgendwie möglich, einen Aufenthalt im Hospital vermeiden.

Weshalb er seit drei Tagen sein Bett in der Rua do Almada hütete.

Nun war Helena bei ihm. Sie hielt sogar seine Hand. Weiches Licht fiel ins Zimmer. Sie sah so schön aus. Nein, sie *war* schön. Er genoss ihre Nähe, auch wenn der Anlass nicht allein ein Krankenbesuch war.

Sie schaute bereits zum zweiten Mal bei ihm vorbei, wie sie ihm zu Beginn mitgeteilt hatte. Bei ihrer ersten Visite hatte er offenbar nur Unsinn verzapft. Er selbst konnte sich weder an ihre Anwesenheit erinnern noch an das, was er erzählt hatte. Mit dem Bericht, den er ihr heute ablieferte, wirkte sie zufrieden. Auch wenn sie deutlich machte, dass sie nicht wusste, wie sie seine Aussage in ihr Protokoll mit einbinden und gleichzeitig seinen Namen heraushalten sollte.

Er war tatsächlich ungesehen davongekommen. Laut den Aussagen von Anwohnern und Zeugen gab es keine ominöse dritte Person, die aus dem brennenden Appartement geflohen war.

Obwohl er zum Zeitpunkt des Mordes in einer dünnen Schicht zwischen Wachsein und Ohnmacht dahintrieb, konnten seine Beobachtungen die Faktensammlung, die Ermittler und Spurensicherung zusammengetragen hatten, vervollständigen. Bei einem Streit hatte Maxima Cabral auf ihren Gatten Daniel Marujo mit einem scharfkantigen Gegenstand eingeschlagen und traf dabei die linke Schläfe. Ob Absicht oder Affekt, würde das Gericht entscheiden. Fest stand, Marujo verlor daraufhin das Bewusstsein und fiel ins Kaminfeuer. Statt ihn da wieder herauszuziehen, flüchtete die Frau aus der gemeinsamen Wohnung und überließ damit nicht nur ihren Ehemann seinem Schicksal, sondern auch Henrik.

Die Moderatorin war seither verschwunden und zur Fahndung ausgeschrieben.

»Maxima Cabral hat also nicht nur ihren Liebhaber, sondern auch ihren Ehemann getötet«, fasste die Kommissarin zusammen, und er nickte.

»Du warst von Beginn an auf der richtigen Spur. Eine Beziehungstat. Ich hätte dir da nicht dreinreden dürfen.«

Helena lächelte schmal und sah auf die Uhr. »Ich muss ins Büro, bevor man auch mich vermisst.« Sie ließ seine Hand los und erhob sich. Sofort kam es ihm vor, als nähme der Schmerz in seinem Rücken zu. Er versuchte ihren Blick zu deuten. War da mehr als nur Bedauern über seinen lädierten Zustand?

Traurigkeit überkam ihn. Nicht nur, weil er sich ihrer Gefühle nicht sicher war oder weil sie gehen musste. Da war noch etwas. »Irgendwas Neues von Catia?«

Ihr Blick wanderte zum offenen Fenster. Der Wind bauschte den Vorhang.

»Noch keine Spur. Die Verhöre der Männer, die auf dem Werksgelände aufgegriffen wurden, blieben ergebnislos. Sie streiten natürlich alles ab. Wir haben keine Handhabe, keine Beweise, nichts. Du bist der Einzige, der diese Entführung beobachtet hat. Es stünde Aussage gegen Aussage, solltest du dich zu einer Anzeige entschließen. Außerdem würde man viele Fragen stellen. Du erinnerst dich, offiziell waren wir nie in dieser Halle.«

Verdammt, das wusste er sehr wohl, und er hasste das Gefühl von Machtlosigkeit, dem er damit ausgesetzt war. »Und Pereira?«, fragte er verbittert.

»Liegt noch auf der Intensivstation und ist angeblich nicht vernehmungsfähig«, teilte sie ihm mit. »Ich habe darauf keinen Einfluss, der Fall wird von einer anderen Abteilung bearbeitet. Jede Einmischung meinerseits … na ja, du weißt, was das für Folgen haben kann.«

Lauter miese Aussichten, die nicht zur Verbesserung seines Gesundheitszustands beitrugen. Was zum Teufel hatten diese Dreckskerle mit Catia gemacht? Renato und auch Bruno hatten sich auf sein Geheiß nach ihr umgehört, aber niemand hatte sie gesehen, seit man sie vor vier Tagen in einen Lieferwagen gezerrt hatte. Er versuchte sich zu beruhigen. Helena tat, was ihr möglich war. Sie riskierte ohnehin mehr, als gut für sie war. Auch wenn es schwerfiel, mehr konnte er nicht von ihr verlangen.

»Erwartest du Schwierigkeiten?«, fragte er vorsichtig.

Sie schüttelte den Kopf, was ihn nicht überzeugen konnte. Ihr Kampf würde weitergehen, und es blieb ein Hochseilakt.

Helena beugte sich zu ihm herab und küsste ihn auf die Stirn. »Erhol dich erst mal!«, sagte sie. Keine Vorwürfe, weil er sich ihrer Anweisung widersetzt und erneut in Gefahr gebracht hatte – und sie dazu. Sie verließ sein Schlafzimmer, und alles, was zurückblieb, war seine Unfähigkeit und eine tiefe Sehnsucht. Er hörte, wie sie ein paar Worte mit Albrecht wechselte, ohne dass er verstand, worüber sie sprachen. Als sein Vater gehört hatte, was passiert war – vermutlich durch Renato –, hatte ihn nichts mehr im Kloster halten können. Jetzt war es Albrecht, der seinem Sohn ins Bett half, und offenbar gefiel ihm diese Rolle. Wobei Henrik davon ausging, dass das Essen, das ihm Albrecht servierte, von Dona Celeste zubereitet wurde.

Kaum war Helena weg, steckte er seine Nase durch die Tür. »Darf ich kurz stören?«

»Klar, komm rein!«

»Brauchst du irgendwas?«, fragte sein Vater und trat zum Fußende des Bettes. Er trug seinen neuen Anzug, der ihn wie einen waschechten Portugiesen aussehen ließ. Zumindest Albrechts Meinung nach.

Henrik spähte kurz zu seinem überfüllten Nachttisch hinüber, auf dem sich neben einem Stapel Bücher auch diverse Getränke, eine Schale mit Obst und der MP3-Player samt Kopfhörer befanden. »Nein, alles bestens.«

Anstatt wieder zu verschwinden, blieb sein Vater, wo er war, und schien nicht zu wissen, wohin mit den Händen. Mal wanderten sie in die Jackentaschen, mal stützte er sich aufs Bettgestell.

»Brauchst *du* irgendwas?«, gab Henrik die Frage zurück.

»Na ja, brauchen ... nicht direkt«, druckste er herum. »Es ist einfach so ... Dir geht es ja jetzt schon deutlich besser.«

»Du willst abreisen?«, fragte Henrik irritiert. »Hast du Heimweh nach Deutschland?«

Albrecht schüttelte übertrieben den Kopf. Er benahm sich, als redete er mit einem kleinen Kind.

»Was denn dann?«

»Dona Celeste hat mich ... Sie hat mich eingeladen. An die Algarve. Nur für ein paar Tage. Vorausgesetzt natürlich, du kommst ohne mich zurecht.

»Dona Celeste! An die Algarve? Das ist ... Na, du musst wissen was du tust«, meinte Henrik angesäuert. »Auf mich brauchst du keine Rücksicht zu nehmen, aber ich hoffe, du weißt noch, dass du zu Hause eine Ehefrau hast!«

Er nickte, etwas abgehackt wie eine Handpuppe. »Du darfst nicht von mir denken, dass ich irgendwas tun würde, was deiner Mutter missfällt.«

»Ich will überhaupt nicht denken, schon gar nicht daran, was die Senhora Coelho an der Algarve so alles mit dir anstellt.«

»Anstellt, anstellt!«, blaffte sein Vater. »Wir stellen gar nichts an, ich möchte lediglich ein paar Tage am Meer genießen, ist das so schwer zu verstehen? Besser, du ruhst dich jetzt wieder aus«, grummelte er und verzog sich mit hängenden Schultern.

Also fuhr Albrecht mit Dona Celeste an die Algarve. Als hätte Henrik nicht schon genug Dinge, über die er sich den Kopf zerbrechen musste.

Nach dem Auftritt seines Vaters stand fest, dass es Zeit wurde. Er musste aus diesem Bett raus – auch wenn Filipa ihm verboten hatte, sich zu viel zu bewegen. Er schlug die Decke zur Seite und bemerkte jetzt erst, wie kalt es im Zimmer geworden war, seit er Helena vorhin gebeten hatte, das Fenster zu öffnen. Vorsichtig stellte er seine nackten Zehen auf den Holzboden. Wäre es nach Filipa gegangen, würde er eine Halskrause tragen, aber auch da hatte er sich widersetzt. Seinen Sturkopf musste er definitiv von Albrecht geerbt haben.

Einfach nicht ruckartig bewegen, geschmeidig bleiben, sagte er sich und stand auf. Eine glühende Stahlnadel fuhr ihm ins Genick. Der Schmerz ging einher mit einem Schwindelgefühl und klang nur langsam ab. Er würde einfach den Kopf nicht drehen, dann ging es schon. Lange Sekunden verharrte er vor dem Bett, erst dann trat er langsam ans Fenster, um es zu schließen.

Da saß Adriana. Zwar mit dem Rücken zu ihm, aber unverkennbar Adriana. Unter einem der Sonnenschirme, drüben auf Victors Terrasse. Instinktiv schob er sich hinter den Vorhang. Es war später Nachmittag. Victor öffnete selten so zeitig. Sie war auch der einzige Gast.

*Das Auto!*

Ihren Wagen hatte er komplett vergessen. Ihm fiel ein, dass sie ihn gar nicht hatte erreichen können, weil er kein Handy mehr hatte. Den Festnetzanschluss in der Wohnung hatte er stilllegen lassen, was sich im Nachhinein als überstürzt herausstellte. Auch falls sie es in den letzten Tagen im Antiquariat probiert hatte, wäre das vergebens gewesen. *Wegen Krankheit geschlossen*, verkündete das Schild, das Renato an die Ladentür geklebt hatte.

Womöglich war sie besorgt oder wütend in die Rua do Almada gekommen, um sich ihren Wagen endlich persönlich abzuholen. Nur, warum hockte sie dann drüben bei Victor, statt hier bei ihm Sturm zu läuten? Brauchte sie erst noch einen Drink, bevor sie ihn sich vorknöpfte?

Der Wirt kam mit einem Tablett heraus, auf dem er ein Glas Wein balancierte, und stellte es vor Adriana auf den Tisch. Dann beugte er sich zur ihr hinab und küsste sie. Nicht etwa auf die Wangen, was keineswegs ungewöhnlich gewesen wäre. Nein, Victor küsste Adriana auf den Mund, und zwar alles andere als flüchtig.

Adriana hatte nie erwähnt, dass sie Victor kannte. *So* gut kannte. Sofort dachte Henrik an die peinliche Situation bei Adrianas Wohnung. An den Liebhaber, der ihr das Haar zerwühlt hatte, kurz bevor Henrik sie nach ihrem Auto fragte. War Victor dieser Mann gewesen? Der Wirt aus dem Esquina? Der Tätowierte mit dem unergründlichen Blick, dem er anvertraut hatte, dass er nach einem Buch suchte? War diese Information schnurstracks an Adriana weitergereicht worden? Unterrichtete Victor die attraktive Steuerberaterin darüber, was bei seinem deutschen Nachbarn so alles passierte? Wer bei ihm ein und aus ging?

Verdammt, es war doch lächerlich, hier gleich die nächste Verschwörung zu wittern. Sprach aus ihm nicht einfach nur die Eifersucht? Andererseits ... Von Anfang an war da Adrianas eigenwilliges Verhalten gewesen. Wenn also Victor ihn tatsächlich für Adriana bespitzelte, dann musste er sich fragen, was sie mit diesen Informationen anfing. Für wen Adriana arbeitete.

In seine Grübeleien versunken, blieb er noch lange mit dem Rücken an der Wand stehen. Dann und ohne noch einmal aus dem Fenster zu schauen, stieg er hinunter ins Antiquariat. *O fim do mundo* stand dort im Regal, wo er es hineingeschoben hatte. Niemand war in den vergangenen Tagen hier gewesen, um danach zu suchen.

Nun, Nelson Pereira lag natürlich auf der Intensivstation. Doch falls er die Explosion der Luger überlebte, war es nur eine Frage der Zeit, bis er hier auftauchte. Henrik verscheuchte den Gedanken und ging ins Büro, um nach einem Kuvert zu suchen, in das er Adrianas Autoschlüssel stecken konnte. Zusammen mit einer Beschreibung, wo er den Wagen abgestellt hatte. Er würde Renato bitten, ihr den Umschlag in den Briefkasten zu werfen. Auch wenn das unfair und feige war, aber so musste er ihr wenigstens nicht begegnen.

Das alte Telefon klingelte. Wie immer zuckte er zusammen. Er rang mit sich, ob er den Anruf entgegennehmen sollte. Aber der Anrufer bewies Ausdauer. Schließlich griff er zum Hörer.

»Henrik?«

»Padre! Ist etwas passiert?«, fragte er und spürte sofort, wie sich sein Nacken verkrampfte und der permanente Schmerz sich dadurch verstärkte.

»Ich finde, das sollten Sie erfahren!«, antwortete Bruno. Henrik konnte die Aufregung hören, die seine Stimmbänder zittern ließ.

»Was? Was sollte ich erfahren?«

»Er hat wieder gebeichtet«, antwortete der Priester.

# 45

Wäre es nach ihm gegangen, er wäre unverzüglich hinüber nach São Vicente de Fora gefahren. Aber Pater Bruno bestand darauf, dass er sich weiter erholte. Gerade aufgrund dessen, was er ihm eben mitgeteilt hatte.

Der Söldner hatte bei dem Brand am Bahnhof nicht sein Leben verloren. Genau wie Henrik war der Glatzkopf dem Feuer entkommen. Er fand es schwer, diese Information zu verarbeiten.

Sie hatten definitiv recht: der Padre, Filipa, Helena, Albrecht. Er brauchte Ruhe. Er hatte Ruben Mendes' Tod aufgeklärt und auf gewisse Weise auch den Schlächter von Cardoso für seine einstigen Verbrechen büßen lassen. Das hatte Energie und Blut gekostet, und es wartete noch viel Arbeit auf ihn. Als Allererstes musste er zu neuen Kräften kommen, um sich auf die Suche nach Catia zu machen. Um den Mörder von João de Castro zu finden. Und auch den seines Onkels.

Erschöpft schlurfte er zurück in den Verkaufsraum. Wieder lenkten ihn seine Schritte zu dem Regal, vor dem er vorhin schon gestanden hatte. Er zog das Werk von Ricardo Grão heraus und schlug den Buchdeckel auf. Betrachtete die Widmung, die Blutflecken, den Titel, der auf der ersten Seite wiederholt wurde. Das Ende der Welt.

Der Autor hatte unrecht. Es war nicht zu Ende. Nicht für ihn.

# Muitos cumplimentos de Lisboa!

Ab und zu werde ich gefragt, wie oft ich schon in Lissabon war. Meines Erachtens spielt es keine Rolle, wie häufig man einen Ort besucht, sondern wie intensiv man ihn erlebt, wenn man sich dort aufhält. Lissabon habe ich bei allen meinen Besuchen sehr intensiv erfahren, und es ist eine Art vertraute Zuneigung entstanden. Vielleicht ist es mir mit diesem Buch gelungen, Sie an diesem Gefühl teilhaben zu lassen. Womöglich und sofern Sie es noch nicht getan haben, reisen Sie selbst einmal in die Stadt am Tejo und folgen Henriks Spuren, die immer auch die meinen sind.

Abschließend möchte ich mich bei den vielen Menschen bedanken, die es mir ermöglichen, meine Lissabon-Geschichten zu schreiben. Danke dem Team von Heyne, allen voran Tim Müller und meiner Lektorin Tamara Rapp. Großer Dank gilt auch meinem Agenten Bastian Schlück, der mich so sehr darin bestärkt hat, meine Idee eines Lissabonkrimis umzusetzen. Lieben Dank auch an meine Kollegen vom Club der fetten Dichter, auf deren Rat ich immer zählen kann, und Danke an die vielen Blogger und Blubberer für ihre Treue.

Danke an meine Freunde in Lissabon, allen voran der lieben Xana, die mir zuverlässige Informationen liefert und hilft, wenn ich mich mal in den Gassen der Stadt verlaufen habe.

Danke an meine Familie, die mir die Zeit und Kraft zum Schreiben gibt.

Danke an Sie, liebe Leser, dass ich Sie mit meiner Geschichte unterhalten durfte. Ich verspreche, es wird nicht das letzte Abenteuer sein, das wir gemeinsam in Lissabon erleben.

Ihr
Luis Sellano